# 天生嬌媚

下

# 目次

# 壹之章 新婚燕爾

「郡主。」全福太太把紅綾的一端遞到班嫿手裡，班嫿走出花轎，站在花轎前沒有動。

「嫿嫿，」容瑕握住她的手，「隨我走。」

班嫿手指彎了彎，任由容瑕握住了她的手。

她什麼也看不見，有人扶著她走，至少不用摔跤。

容瑕的父母已經過世，所以拜高堂的時候，本應只拜兩人的牌位，但是在場的賓客發現，這兩個牌位中間，還放著一枚私人印鑑。

身分普通的人不認得，身居高位的人卻認了出來，這是皇帝的隨身印鑑。

人家兒子成婚，拜天地拜父母是天經地義的事，皇帝把私人印鑑擺在中間是幾個意思？

原本還覺得容瑕是皇帝私生子這種說法十分荒唐的嚴暉，看到那個印鑑，忽然覺得或許最荒唐的猜測，才是最後的真相。

容瑕……竟然真的是皇室血脈？

大月宮中，雲慶帝道：「王德，這個時辰該拜高堂了嗎？」

王德笑道：「回陛下，這會兒吉時已經到了。」

雲慶帝頓時安心下來。

只要容瑕與嫿丫頭拜了他的印鑑，他這一身晦氣定會消失得無影無蹤，病痛不再。

他早向身邊那些太監宮女打聽過，民間最有用的便是這種沖喜方法。

想到自己即將擺脫病痛，雲慶帝臉上帶著笑意，昏昏沉沉睡去。

白首園中，班嫿與容瑕齊齊跪了下去。

「一跪天地，拜。」

「二跪高堂，拜。」

班嫿下意識地回頭，只是厚厚的蓋頭遮擋了她的視線，她能看到的只有一片暗紅。

她與容瑕之間隔著一條不長不短的紅綾，能聽見四周的說笑聲，可什麼也瞧不見，這讓她有些不太自在。突然有一隻手握住了她的手，這隻手溫暖乾燥，就像是冬日裡的柴火，暖進了班嫿的心底。

她抿了抿唇，緩緩跪了下去，起身的時候，這隻手扶住了她的腰。

「夫妻對拜。」

放在腰間的手慢慢鬆開，班嫿轉身，朝著自己的對面拜了下去。

她動作很慢，四周的喧鬧聲也安靜了下來，她甚至聽到了自己身上釵環的碰撞聲。

「送入洞房！」

按照規矩，這個時候是由全福太太陪新娘子進洞房，新郎官留在外面宴請賓客，直到夜幕降臨才能回到屋子，給新娘接蓋頭，喝交杯酒。

然而，容瑕向在場賓客們行了一個大禮，在眾人還沒反應過來的時候，竟然伸手扶住班嫿的手腕，與全福太太一起扶著新娘子往內室走。賓客們先是一愣，隨後便哄堂大笑起來。

有說容郎君心疼新娘子的，也有開玩笑說新郎官性急的，但是不管怎麼開玩笑，沒有誰去攔著新郎官也是事實。

「什麼叫心疼新娘子，這才是心疼新娘子，容侯爺真是體貼。」

「或許是擔心新娘子一個人過去害怕？」

女眷們見了以後，又羨又妒，再想一想自家男人，便覺得他們全身上下都是毛病，沒幾個地方討喜的。

「小心臺階。」容瑕扶著班嫿進了寢殿，這座行宮修建得十分豪華，寢殿上鑲嵌著一整塊羊脂白玉璧，這塊玉璧上雕刻著栩栩如生的牡丹，富貴又美豔。

不過容瑕此刻沒有心情關心這塊玉璧，他所有注意力都在班嫿的身上。

「侯爺，您這……」兩個全福太太看著容瑕，都覺得有些為難，把新郎趕出去吧，顯得她們有些多管閒事，可若是不趕出去，這又有些不合規矩。

「我等一下再出去。」容瑕扶著班嫿走到床邊，擔心被子下的花生桂圓糖果等東西硌到她，便把東西抖了抖，掃到一邊，「坐。」

班嫿剛坐下去，容瑕就脫了她的鞋，把人打橫抱到床上，給她身後墊了個軟綿綿的枕頭，將大紅喜被蓋到班嫿身上，「夜裡冷，妳先坐一會兒，我出去敬兩杯酒就過來。」

「侯爺……」全福太太看著容瑕把新娘子腹部以下蓋得嚴嚴實實，兩個人都傻眼了，這是什麼規矩？新娘子怎麼能比新郎先脫鞋上床？

成親禮中，有很多不成文的風俗，比如新娘不能踩新郎的鞋子，踩了就說明這個女人是個悍婦。另外在新郎也不能讓新娘先躺在床上，不然新娘會壓新郎一輩子，新郎一輩子在新娘面前只能做小伏低。

「在上面躺一會兒也沒事，寒冬臘月的，光坐著怎麼受得了？」容瑕確定把被子壓嚴實，不會讓寒氣竄進被子後，又從丫鬟手裡取了暖手爐放到班嫿手裡，「門口守著的都是妳帶來的下人，有什麼不方便的，就叫她們進來伺候，別委屈了自己。」

班嫿伸手抓住他的手腕，「你少喝酒。」

「好。」容瑕笑了笑，「我不會讓妳久等。」

班嫿豔紅的唇往上一揚，沒有說話。

容瑕看著她染著丹蔻的手，輕輕捏了一下，才起身往外走去。

班嫿側耳聽著，直到腳步聲消失不見，她便靠著軟枕，瞇眼睡了過去。今天一大早就被叫了起來，她現在睏得不行，只能這麼靠著養養神了。

兩個全福太太見狀，只好輕手輕腳退出去，兩人看了眼守在外面的丫鬟，轉身去了側殿。

兩個全福太太今天都穿著紫色裙衫，一人衣服上繡著福字，一人衣服上繡著壽字，她們倆也曾給其他新人做過全福太太，但是從未見過哪家人成親是這樣的。

「成安侯家中沒有長輩，有些規矩不知道也是正常的。」紫衣福字的全福太太道：「這些舊規矩，信則靈，不信則啥都不是，不用太放在心上。」

紫衣壽字全福太太笑道：「我們只是做全福太太的，至於小夫妻之間的事，可與我們無干。」

兩人相視而笑，竟是極有默契地決定把這件事忘在心頭。

賓客們見到容瑕出來，都圍了上來，敬酒的敬酒，道喜的道喜，大有不把容瑕灌趴下不甘休的架勢。可惜容瑕身邊的陪客們太過給力，很多敬酒都被他們擋了下來，結果容瑕沒醉，賓客與陪客們倒是醉了一大片。

一些文人們喝醉了以後，念了幾句似是而非的詩，不知道是在恭喜新人，還是緬懷著自己的情緒，反正在這座曾經住過帝王的行宮中，這些賓客們都吃得很盡興。

「容侯爺，娶得如此天香國色的佳人，下官祝您與新娘子恩愛到白首，子孫滿堂。」劉半山舉起酒杯，走到容瑕面前笑著道：「下官先乾為敬，侯爺您隨意。」

「多謝。」容瑕面頰帶著幾分紅暈，他把這杯酒一飲而盡，「劉大人請坐。」

劉半山替容瑕倒滿酒，才回到座位上坐下。

「劉大人，」旁邊一位同僚有些豔羨地看著劉半山，「你竟是與容侯爺有交情。」他們這些人，能來參加這場酒宴已是自覺有臉面，哪還能讓新郎官陪著他們喝一杯酒。

「早前因為靜亭公遭遇刺客一案，劉某與容侯爺有過來往。」劉半山謙遜一笑，「劉某也沒有想到，容侯爺竟然會這般給劉某顏面。」

「哦……」同桌的人恍然大悟，他們怎麼能把這件事給忘了，這件案子把石相爺拉下水，以致於石相在朝中的地位一落千丈，再也不復往日的風光，他們怎麼能把這事給忘記？

「可惜石家姑娘也算是一代佳人，沒想到竟然會因為嫉妒，犯下這等大罪。」一個看起來十分年輕的官員面帶惋惜道：「卿本佳人，奈何心不靜。」

劉半山眉梢一挑，轉頭看著這個年輕的官員，「今日乃是福樂郡主與容侯爺的大喜之日，你我還是不要提這等晦氣之事。」

「很是，很是。」眾人紛紛附和，匆匆轉移開這些話題。

誰不知道石家姑娘對容侯爺有意思，偏偏容侯爺就是查刺殺案的主審之一，最後石家姑娘被判了發配西州。西州離京城一兩千里的距離，哪是嬌弱小姐能夠活得下去的地方？

若是容侯爺對石家小姐能有幾分男女之情，石家姑娘就算會落罪，也不會被發配到西州這種地方。可惜神女有心，襄王無夢，容侯爺心裡掛念的不是才貌雙全的石家姑娘，而是容貌傾城的福樂郡主。在座都是男人，以往都愛誇一句石姑娘如何如何，但若是有福樂郡主在場，他們的眼珠子總是不聽話地往福樂郡主身上跑。

這種有些荒唐的想法，他們不敢讓別人知道，面上還要極力做出正經的模樣，讓別人知道他是如何不好美色。

「諸位請慢用，容某先走一步。」容瑕端著酒杯對大家道：「這杯酒，容某先乾為敬。」

容瑕把手裡的酒一飲而盡，向賓客們再三告罪以後，便匆匆去了內殿。

有賓客吵著要去鬧洞房，卻被幾個公子哥兒攔了下來，不讓他們過去。

小廝提著燈籠，照亮著前路，容瑕走在漢白玉石橋上，步伐匆匆，跟在他身後的小廝們，要一路小跑著才能追趕上他的腳步。

「下雪了？」容瑕忽然停下腳步，抬頭看著黑漆漆的天空，這個時候已經有雪花飄落下來，一些落在了橋上，一些掉進橋下的池中，發出簌簌的聲響。

想到還在屋內等著自己的班嫿，他腳下的步子邁得更快了。

來到殿門口，容瑕沒有理會那些對自己行禮的婢女，推門進去，就看到躺在床上的班嫿。他大步上前，輕輕喚著班嫿，「嫿嫿，妳睡著了？嫿嫿？」

睡得迷迷糊糊的班嫿聽到有人叫自己，她想坐直身體，卻發現脖子瘦得不像是自己的，她倒吸一口涼氣，「快，快來人！」

「怎麼了？」容瑕面色一變，伸手要去扶她。

「別動我！」班嫿抓住他的手，聲音都開始發抖，「我的脖子好疼。」

戴著這麼重的鳳冠，往後仰著睡著，脖子不疼才奇怪。這頂鳳冠做得十分華麗，上面嵌著寶石金絲珍珠，隨便一顆珍珠就夠普通人家好幾年的花用，可見一頂鳳冠有多珍貴？

班家人秉著不求最好，但求最貴的風格，給班嫿準備郡主級別的頂級配置，若不是擔心不合規制，她們恨不得連鳳冠上的鳳凰也用金絲玉寶珠嵌成，但這是皇后才能有的規制，所以刪刪改改，一些地方用珍珠代替了。

容瑕沒有想到自己竟然會得到這樣一個答案，他扶著班嫿靠好，伸手揭去班嫿頭上的蓋頭，取下固定鳳冠的髮釵，小心翼翼地把鳳冠取了下來。

鳳冠一捧在手裡，他才知道這東西有多重。

「我幫妳揉一揉。」容瑕伸手替班嫿捏著肩膀與脖子，失笑道：「好些了嗎？」

「想笑就笑吧。」班嫿別開臉，「反正鳳冠也就戴這一次，我以後再也不會遭這種罪了。」

「不笑妳。」容瑕柔聲一笑，「辛苦了。」

班嫿聞著他身上淡淡的酒味，皺著眉頭吸了吸鼻子。

見她似乎不喜歡自己身上的味道，容瑕脫去身上的外袍，又起身用茶水漱了漱口，茶水有些涼，他也不在意。

「現在好了。」容瑕一手替她的脖頸做按摩，一手牽著班嫿，「還能聞到酒味嗎？」

他的語氣很溫柔，呼吸間還帶著淡淡的茶香，班嫿笑著搖頭，「現在還好。」

兩個全福太太從側殿趕過來，見新娘子的蓋頭被揭了，鳳冠也取下來了，新郎官甚至連外袍也脫了下來，她們愣了一下，幫走過來道：「侯爺、郡主，你們該喝交杯酒了。」

兩人倒好酒遞過去，笑道：「祝二位白首不離，金滿床，玉滿堂，子孫繞膝，福壽雙全。」

「多謝。」容瑕接過酒杯，與班嫿手腕相交，喝下了這杯有些涼的酒。

酒水很淡，或許是為了照顧新娘子的口味，還帶著甜香味。

班嫿把酒水嚥下，見容瑕雙頰緋紅，就像是上了胭脂一樣，她心頭一跳，忽然覺得四周的燭火朦朧，酒有些上頭，竟有種口乾舌燥，想要摸一摸他臉的衝動。

不過身邊還有其他人，班嫿忍住了。

她轉頭看了眼兩個全福太太，心裡想，若是沒有外人在，她一定要伸手摸摸容瑕的臉頰、鎖骨、喉結，還有小腹，這樣的絕色，摸起來的手感肯定好。

「承二位吉言。」容瑕把兩位全福太太送到門口，讓丫鬟帶她們出去吃酒。

屋子裡頓時安靜了下來。

班嫿青絲綰成繁複華麗的雲髻，除去華麗的鳳冠以後，頭上只有幾支金釵與紅玉釵，燭火下的她，美得讓容瑕移不開目光。

「嫿嫿……」容瑕聲音有些乾，他端起桌上的酒杯想要喝一口，想到班嫿可能不喜歡這個味道，又倒了一杯涼茶喝下，才覺得自己心中的燥熱感消失了半分。

隨著他吞嚥的動作，喉結也跟著顫抖起來，班嫿的目光落到他的喉結上，猛地站起身，伸手在他喉嚨間抹了一把。

有些滑，有些嫩，像是摸到了水嫩嫩的豆腐。她的目光掃過容瑕穿著的內袍，很想學話本裡的惡霸，把容瑕按倒在床上，扒開他的衣服，然後在他的前胸後背鎖骨都好好摸上幾下。

她的大腦中出現了各種把容瑕按在床上的畫面，她本人卻還是好好站著，只是目光穿透了他身上的袍子，落在了他身上每一處地方。

「嫿嫿，」容瑕身影顫抖得更加厲害，他伸手握住她的手，「別用這樣的眼神看我。」

班嫿笑得一臉純然，「我用什麼樣的眼神看你了？」

「妳想吃掉我。」容瑕靠近班嫿，灼熱的呼吸在她耳邊，就像是最神奇的藥，讓班嫿的耳朵與脖頸都酥麻起來，「妳……想從那裡開始吃？」

「這裡？」容瑕指著自己的唇。

「這裡？」他指著自己的脖頸。

「還是……」他脫去身上的內袍，露出了紅色的裡衣，接著拉開衣襟，露出了性感的鎖骨，「還是這裡？」

班嫿把人往床上撲，騎坐在容瑕的腰上，伸手取下自己髮間的紅玉釵，任由一頭青絲披散下來，如烈火般的紅唇輕揚，「我都想吃，美人，你便從了我吧。」

妖精，妖精！

容瑕覺得，此刻便是讓他死在這個女人的手裡，他也甘之如飴，不會有半點反抗。

「侯爺！」門外響起杜九焦急的聲音，「侯爺，出事了！」

班嫿遺憾地看了眼容瑕半露未露的胸膛，幫他把裡衣整理好，這才轉頭走到門口拉開一道門縫，「什麼事？」

新娘的妝容十分厚重，一般人用這樣的妝容，都會顯得死板與僵硬，但是班嫿不同，越是豔麗的妝，越是厚重的妝，她就越發明豔。杜九看到班嫿後，先是愣了片刻，隨後忙行禮道：「剛才傳來消息，寧王與謝家大郎發生口角之爭，寧王氣急之下，一刀捅傷了謝大郎。謝家人向靜亭公府求醫，但是據說這兩個大夫跟著郡主……夫人陪嫁到了行宮，現在謝家人已經求上了門。」

比較奇怪的是，為什麼是福樂郡主來開門，他們家侯爺呢？

「寧王就沒有個消停的時候？」班嫿氣惱道：「他那麼能，怎麼不把自己一刀捅死？」

杜九想，大概是寧王還沒有蠢到自己砍自己的地步吧。

「嫿嫿別氣。」容瑕披著外袍走到班嫿身邊，見杜九垂首躬身，便道：「謝家人不知道今日乃是嫿嫿與我的大好日子嗎？整個京城難道就沒有別的大夫，非要來我們白首園要人？」

杜九聽出侯爺語氣裡的不悅，忙道：「侯爺，屬下也是這麼想的，哪知忠平伯親自上門哭求，其他人做不了主，現在園裡還有不少賓客在，若是直接不管，屬下擔心別人說閒話。」

「他們愛說閒話就讓他們說去。」班嫿冷哼，「打擾別人的好日子，也不怕天打雷劈。」

「你讓人把兩個大夫帶過去。」班嫿語氣冷淡，到底沒有拒絕謝家人的請求，「只是這兩個大夫是我班家敬養著的，不管人有沒有救回來，都不能讓兩位大夫受委屈。杜護衛，你多安排幾個人跟著一塊兒去，免得謝家人發瘋，讓我們自己人受委屈。」

「是。」杜九領命退下，待走出幾步遠，他才想起自己還沒有聽侯爺的意思，回頭一看，只看到侯爺低頭與郡主說話的側影，他瞬間覺得自己有些自作多情。

侯爺壓根兒都沒有多看他一眼。

他走出正殿，見到了神情憔悴的忠平伯，對他抱拳道：「請忠平伯稍候，在下這就去請兩位大夫。」

「有勞杜先生。」忠平伯心頭一顫，慌亂之中，竟是對杜九行了一個禮。

忠平伯為尊，杜九為下，這個禮杜九哪裡敢受，匆忙避開以後，他道：「忠平伯不必向在下道謝，這都是我們家夫人的意思，屬下不過是聽命行事而已。」

「我們家夫人」五個字，杜九說得鏗鏘有力，還帶著幾分自豪。

忠平伯老臉卻有些發紅，杜九口中的夫人，本來差一點就能做他家兒媳婦的。

只可惜……只可惜……

「只可惜郎心似鐵，誤了佳人。」班嫿洗去臉上的妝容，對容瑕道：「這個寧王自小就愛跟我過不去，也不知道上輩子我跟他有多大的仇怨。」

容瑕讓伺候的丫鬟們退下，拉著班嫿到床邊坐下，「他以前就欺負妳？」

「他倒是想欺負，可我是那種白讓他欺負的性子嗎？」班嫿把腳塞進被子，抱著被子打了個哈欠，「他小時候的性格雖然不討喜，但也不像現在這樣討厭。」

容瑕見班嫿昏昏欲睡的模樣，低下頭道：「人總是要變的。」

「唔……」班嫿躺進被子裡，「有人是越變越好，有人卻是越變越討厭。」

「睏了？」容瑕目光在班嫿的脖頸處掃過，伸手輕輕摸了摸班嫿的耳垂。

班嫿勉強睜開眼，「你還有事？」

容瑕跟著躺了進去，「嗯，有事。」

多了一個人與自己擠同一床被子，班嫿的睏意頓時飛走了一大半，她睜大眼看著容瑕，就像是一隻驕傲的貓，審視著侵犯自己領土的人類。不過可能是因為這個人類長得太好，驕傲的貓咪終於緩緩地放鬆了全身的情緒，「什麼事？」

「今天是我們的洞房花燭……」

容瑕還沒有說完，班嫿忽然精神十足地坐起身來，「你後背的傷都好了？」

「想要看嗎？」

「想！」班嫿點頭，手已經伸到了容瑕的胸膛。

容瑕拉住她的手，把她的手按在自己的胸口，聲音沙啞道：「不急，我們有一夜的時間慢慢看，慢慢摸，還能慢慢地……嘗一嘗。」

班嫿指尖一顫，忽然覺得手掌下燙得嚇人，就像是一簇沾上油的火苗，越燒越旺盛。

「外面下雪了，很冷。」

溫熱的唇，吻上柔嫩的耳朵尖兒，耳尖兒瞬間變作了盛開的紅花，豔得彷彿要滴出水來。

雪花在空中飛舞，落在了別宮中的露天溫泉池中。朦朧的霧氣升起，與雪花交融在一起，似冷似熱，最終雪花化為水，但是溫泉的溫度卻不曾消減。

「嫿嫿，妳可還好？」

「我很好，要再來一次嗎？」

雪花在溫泉中纏綿，沸騰，融化，而升騰的水霧就像是人間仙境，讓人分不清今夕是何夕，明日是哪年。

雕刻著龍鳳的大紅喜燭燃燒了整整一夜，直到天色大亮之時，這對紅燭才燃燒完畢，在燭臺上留下燭油，證明了這一夜時光的流逝。

如意推開窗戶，看到外面雪白的世界，忍不住又給自己加了一件夾襖。

「如意姑娘。」一個穿著藕荷裙衫的丫鬟走到窗外，對如意行了一禮，「侯爺與夫人快要醒了，我們該去伺候了。」

如意看了眼現在的時辰，對這個丫鬟笑了笑，「多謝。」

「不必如此客氣。」

一行伺候的人來到門外，見室內沒有動靜，於是都轉頭看如意。如意是郡主身邊的人，定是知道郡主的習慣與忌諱的。

如意沒有理會這些人的眼光，只是靜靜地站在門外，等待著主子的傳喚。

容瑕醒來的時候，天外已經大亮了，他很少這麼遲才醒，也很少睡得這麼沉過。

他扭頭看了眼身邊的女子，嘴角不自覺便露出了一抹笑意。

被窩裡太溫暖，溫暖得他不想出去，只想在裡面躺到天荒地老。
「你醒了？」班嫿睜開眼，看到的便是容瑕那張俊俏的臉，頓時露出燦爛的笑容。啾。她在他的嘴角親了一下，紅撲撲的臉上帶著幾分愜意。
容瑕覺得自己被蠱惑了。
他想要親遍她全身，想要把她拆吃入腹，又害怕自己動作重上一點，就會讓她感到疼痛。軟香可口的唇，在他碰到以後就不想鬆開，他是沙漠中最飢渴的旅人，她是他的綠洲。他想溺死在這汪綠洲中，再也不醒來。
「呼……」班嫿紅著臉喘氣，摸了摸自己的唇，「一大早的，你幹什麼呢？」
「不是一大早，」容瑕把她抱進懷中，「已經上午了。」
「可我睏。」班嫿聞到容瑕身上有種乾淨好聞的味道，這個味道不好形容，但班嫿很喜歡。她趴在容瑕的胸口，伸出舌尖輕輕舔了一下他的脖頸，看著他不受控制地嚥了嚥唾沫，她忍不住笑出了聲。
「嫿嫿，」容瑕的手搭在她的後背上，「知道什麼叫烈火澆油嗎？」
班嫿眨了眨眼，笑咪咪道：「我該起床了。」
「春宵一刻值千金，起床做什麼？」容瑕一個轉身，把班嫿壓在身下，「連理枝頭連理枝，如今妳我共為連理枝，自然也該做一些連理枝做的事。」
班嫿伸出右手放在容瑕的胸膛，小聲笑道：「連理枝的事情是什麼？」
「自然是……」
熱水換了一次又一次，守在殿外的婢女們不敢發出響動，直到已時下刻，殿內才傳出響動。婢女們忙捧了洗漱的用具進門，進了內室，她們才脫去外面的鞋子，踩著柔軟的地毯來到兩位主子面前。

如意與其他婢女一同進的門，她見郡主站在床邊，侯爺正在替她繫腰帶，兩人之間親暱的氛圍，讓讓她有種不好意思看下去的感覺。

「郡主。」如意上前行了一個禮，退到了一邊。

班嫿對她點了點頭，開始用溫熱的水洗臉，洗完以後在臉上擦了一些護膚的花露，轉頭見容瑕正看著自己，便道：「你看什麼？」

「看妳好看。」容瑕拿過她手裡的小瓷瓶，「這是什麼？味道淡而清香。」

「不過是女人用的花露。」班嫿在指腹上揉了些點到他的額頭上，「感覺怎麼樣？」

花露有點涼，有點潤，容瑕把瓶子還給班嫿，「妳喜歡什麼，儘管讓下人去準備，不必有所顧慮。」

「好呀。」班嫿把花露交給一個婢女，又在臉上和手上塗塗抹抹了不少東西，轉頭對容瑕問道：「會不會覺得無聊？」

容瑕笑著搖頭，「妳喜歡就好。」

世界上哪有那麼多天生容顏不老的女人，不過是小心護著養著，讓自己的皮膚看起來毫無瑕疵而已。不過這些話題班嫿也不打算跟容瑕提，提了對方也不一定感興趣。

丫鬟們替班嫿梳好頭髮以後，容瑕便自告奮勇地要給她畫眉。見他躍躍欲試的模樣，班嫿一時心軟，還是讓他嘗試了。

然而事實證明，會作畫的人不一定擅長畫眉，班嫿看著自己的柳葉眉變成了歪歪扭扭的波浪眉，嫌棄地用帕子擦乾淨自己的眉，對容瑕道：「這是我的臉，不是畫布。」

「抱歉，第一次畫這個，手有些不聽使喚。」容瑕見她擦眉的動作太重，伸手搶去她手裡的帕子，輕輕地替她擦乾淨，「妳畫我看著。」

剛成親的男人，對什麼都感興趣，女人的髮釵、女人的護膚品，甚至女人的肚兜……他也是偷偷看了好幾眼，就像是打開了一個全新的世界，這個世界裡每處風光都讓他感到新奇。

年少的時候，他覺得自己若是娶了一個沒事便對鏡流淚，對月吟詩的娘子，成親並不會比沒成親有意思。或許是他的母親讓他對女人有了一種恐懼感，以致於他好些年對女人都避之不及，只是別人看不出來罷了。

但是，嬿嬿不一樣，她對著鏡子永遠是愉悅的，她享受著照鏡子的狀態，也享受著生活帶來的美好。

他喜歡看她描眉的樣子，喜歡看她挑揀衣服的樣子，想像著她穿著漂亮衣服首飾讓其他女人黯然失色的模樣，只要想到這些畫面，他就愉悅起來。

「過幾日我們回侯府住。」容瑕低頭在班嬿耳邊道：「侯府裡有很多漂亮的首飾，妳喜歡什麼就戴什麼。」

「很多？」班嬿驚訝地看著容瑕，「你為什麼會有那麼多女人的首飾？」

「很多都是容家祖上留下來的。」容瑕沒有告訴班嬿，還有一部分是他買回來的，他想要這些漂亮的釵環戴在心愛的女人身上，然而那時的他卻不知道這些東西可以用在誰的身上。

「好了。」班嬿梳好妝，整理了一下身上的水紅宮裝，對容瑕道：「好看嗎？」

容瑕點頭，「比所有人都好看。」

「誠實的男人，總是討人喜歡的。」班嬿朝容瑕勾了勾手指頭。

容瑕面對班嬿低下頭來。

一個溫軟的吻留在了他的臉頰上，甚至還留下了淡淡的唇印。

「這是我給你的獎勵。」

容瑕對著鏡子看了眼自己的臉，笑出了聲。

旁邊伺候的丫鬟們面紅耳赤地低下頭，只覺得眼前這一幕幕讓她們看得雙頰發燙，不好意思再看下去。

夫妻二人用了午膳，才坐上馬車，進宮去向皇帝謝恩。

兩人乘坐的馬車來到朱雀門外，守宮門的護衛見到馬車上的標誌，就恭敬地退到了一邊。馬車經由朱雀門，穿過一條長長的宮廊，便停了下來。

「侯爺、夫人，往前面走就是大月宮了。」

再往前走，馬車就不允許通過了。

容瑕掀起簾子走出馬車，轉身扶著跟在他身後出來的班嫿，「小心。」

現在正下著雪，就算每天都有人來清掃，但是沒過多久，雪便積了下來。

班嫿扶著他的手走了下來，容瑕替她理好斗篷，接過太監撐著的傘，遮在了兩人的頭頂。班嫿挽著容瑕的手臂，她踩在鬆軟的雪花上，頓時雪花上便出現了一個深深的腳印。

「別踩那裡，等會兒雪化了腳會涼。」容瑕注意到她故意踩腳印的動作，在她耳邊小聲道：「別調皮。」

「誰調皮了？」班嫿在他腰間擰了一把，容瑕撐傘的手晃了晃，雪花飄在了班嫿的臉上。

「嘶……」班嫿倒吸一口涼氣，把自己冰涼的手指伸到了容瑕的脖子裡，見容瑕凍得縮起了脖子，不由笑了起來，「冷不冷？」

容瑕抓住她的一隻手哈著熱氣，「現在好點沒有？」

「還有這隻。」班嫿把右手也遞到了容瑕嘴邊，於是容瑕又對著右手哈了一口熱氣，班嫿被他這麼聽話的行為逗得笑了出來。

「見過成安侯與福樂郡主。」

班嫿回頭，看到了身後帶著一隊禁衛軍的石晉，她把手從容瑕的手裡抽出來，與容瑕並肩站著，「石大人。」

石晉的目光從這對璧人身上掃過，「二位是來見面見陛下的？」

「是的。」容瑕點頭，對石晉道：「今日風大雪大，石大人辛苦了。」

「此乃我應盡之責。」石晉對容瑕拱了拱手，「請往這邊走。」

等班嫿與容瑕走遠，石晉身後的一名護衛小聲道：「我以前只覺成安侯與福樂郡主兩人不合適，今日一見，只覺得這兩人站一起再合適不過，換個人與他們在一起，反而不對味兒。」

「什麼不對味兒？」另一名護衛道：「你不就是想說，這兩個人長得好看，站一起養眼？」

「就是這個理……」

石晉聽著兩人小聲的交談，沉著臉道：「我等在深宮中當職，不可隨意談論他人。」

「是。」兩個禁衛軍面色一變，忙噤聲不敢多言。

容瑕與班嫿來到大月宮，見大月宮裡的宮女太監們面上都帶著喜色，似乎遇到了什麼天大的好事。這些宮人見到班嫿與容瑕兩人，臉上的笑意更甚，一個女官上前道：「侯爺、郡主，陛下早就盼著兩位貴人了，快請隨奴婢來。」

班嫿心中更加疑惑，但是當她走到內殿，看到被人扶著能走幾步的雲慶帝，頓時明白大月宮的宮人們為何會如此高興了。

「陛下。」班嫿三步併作兩步跑到雲慶帝面前，連行禮也忘了，她一臉喜色地看著雲慶帝，「您大安了？」

「能勉強走上兩步了。」雲慶帝心情非常好，為了證明他身體有所好轉，他推開了扶著他的太監，當著班嫿的面走了好幾步。

「真好。」班嫿用力鼓掌，「陛下，看來出不了幾日，您就能康復了。」

這話說到了雲慶帝心坎裡，他慈和地看著班嫿與容瑕，「昨日是你們的大喜日子，朕雖然不能親自到場，但是待你們的心意，與朕那些子女是沒有差別的。」

「坐下說話。」雲慶帝現在看班嫿與容瑕，是怎麼看怎麼順眼，恨不得現在就把他們認作自己的兒女。若是能讓他恢復健康，就算認個養子養女又如何呢？

今天早上醒來，他就覺得自己身體好了很多，不僅人精神了，就連腿上也有了力氣，太醫來診了脈，說他恢復得很好。他心裡很清楚，這一切都是因為容瑕與班嫿成親沖喜的緣故。

不然為什麼早不好，晚不好，在這兩個小輩成親以後，他身體就開始好轉了？

雲慶帝看兩人的眼神就像在看珍貴的金娃娃，當兩人拜別時，雲慶帝賞了他們一堆的東西。這些東西十分珍貴，連寧王與寧王妃成親第二日來行拜禮的時候，皇帝也不曾這麼大方過。

「容瑕，」班嫿在容瑕耳邊小聲道：「你有沒有覺得陛下不太對勁？」

以前雲慶帝對她雖然好，但也是有個限度的，至少不會越了規矩，但是近來雲慶帝的做法十分奇怪，他不僅把行宮賞賜給了他們，還給他們這麼多新人禮，這些禮物若是被人傳出去，恐怕又有不少人說容瑕是皇帝的私生子了。

「噓……」容瑕在班嫿耳邊小聲道：「這與我們無關。」

班嫿看了眼容瑕，點頭道：「我信你。」

既然容瑕說無關，那就無關吧，反正這些東西是皇帝心甘情願送的，又不是她搶來的。

聽到這三個字，容瑕微微一愣，把班嫿的手緊緊牽住了。

「皇后娘娘，成安侯與福樂郡主求見。」

「快請他們進來。」皇后聽班嫿夫妻兩人到了，忙讓宮人把兩人迎進來。坐在下首的康寧郡主有些尷尬地看著皇后，一時之間不知道自己該走還是該留。

自從惠王府出事，她就被養在皇后跟前，雖然還有個郡主的封號，但她在宮裡過著寄人籬下的日子，就連宮女太監對她也不夠恭敬，可知道父親做過什麼事的她，竟是連抱怨也不敢有。現在聽說班嫿與成安侯來了，她覺得萬分羞惱，一點也不想這兩人看到自己尷尬的境地。

「娘娘，臣女……」

「娘娘，臣女好想您。」穿著水紅宮裙的女子快步走了進來，她雖然梳著婦人髮髻，但是舉手投足間仍舊帶著一股被人疼寵著的天真。

康寧看著班嫿，把沒有說完的話嚥了下去，她朝殿外看了一眼，看到了那個帶著溫柔笑容的男人。她有些慌張地收回自己的視線，匆匆低下了頭。

「微臣見過皇后娘娘。」容瑕走進殿內，見班嫿已經坐在皇后身邊說話了，他笑看了班嫿一眼，上前向皇后行了一個禮。

「不必如此多禮。」皇后見這兩個後輩眉目傳情的模樣，就知道他們感情極好，「白首園還住得習慣嗎？」

「多謝娘娘關心，一切都很好。」

「你這孩子，自小便是這性子，什麼都說好。」皇后轉頭看班嫿，「我問嫿嫿。」

班嫿想了想，「別的都好，就是園子太大了，我都還沒來得及把園子逛完。」

皇后被班嫿這話逗得發笑，她正想取笑班嫿幾句，就見一個小太監連滾帶爬地跑了進來。

「娘娘，不好了，寧王與寧王妃打起來了。」

「你說什麼？」皇后猛地從椅子上站起身，因為起得太快，她差點栽倒在椅子上，幸而班嫿眼疾手快地扶住了她。

皇后匆匆道：「不是讓寧王閉門思過嗎，他怎麼又與王妃起了爭執？」

想到謝家大郎現在還半死不活著，皇后就覺得對不住寧王妃，這個時候又傳出兩夫妻打架，她就覺得心裡累。

皇后匆匆往外走，班嫿猶豫了一下，也跟了上去。轉頭她看到了坐在角落裡的康寧，對她點了點頭，便快步出去了。

康寧張了張嘴，可惜她只看到一片快速消失的衣角。

「郡主告辭。」容瑕對她抱了抱拳，跟在班嫿身後出去了。

康寧愣愣地坐在空蕩蕩的大殿上，忽然想起，就在一年前，她還對這男人抱著旖旎的心思，可是她進宮才多久，便開始心如止水起來。

她被養在深宮裡，以後大概只有兩條路可以走。

一是為皇家祈福，去道觀做姑子，終身不嫁。

一是被賜公主的封號，出嫁到外族和親。

不管是哪個結局，這些都不是她能夠選擇的，所以過往的一切都猶如做夢一般。父王與母親在時，她覺得處處不滿意。現在父王沒了，她被養在宮中，才知道什麼叫做人情冷暖。與現在的日子相比，以前的生活更像是做夢一般。

此時，寧王手裡舉著一把刀，寧王妃手裡是一把劍，兩人隔著一個花圃各自站著，雖然沒有兵戎相見，嘴裡罵出來的話卻不好聽。

「你們謝家算什麼東西，當初如果不是你們家貪圖王妃這位置，又怎麼會讓妳嫁給我？」

「蔣洛，你不是人！」謝宛諭氣得全身發抖，「你如果不是皇子，你以為有誰會多看一眼？你算個什麼東西，連太子的一半都比不上！」

「賤人！」寧王舉起刀就想衝上前去，被幾個宮人抱住了腿。

「王爺，您不能這麼做！」藍袍太監哭求道：「那可是您的王妃，若是被陛下知道……」

「滾開！」寧王根本聽不進這些人求情的話，「整個大業朝，哪個王爺會娶一個會跟自己舉刀動箭的王妃？只有本王倒楣，被逼著娶了這麼一個女人，我今天必不能饒了她！」

「你想娶的當然不是我。」謝宛諭冷笑，「可惜你想娶的女人在西州，有本事你去西州，與她同甘共苦去。」

「妳給我閉嘴！」

「有本事你就殺了我，不然就別想我閉嘴！」謝宛諭是真恨不得一劍殺了蔣洛，若不是他，自己的大哥又怎麼會生死未卜，現在還四處求醫問藥？

這是一個畜生，一個沒有心的畜生！

他可以血洗災民，也可以把刀舉向她的大哥，以後也能把刀舉向謝家其他人。

謝宛諭後悔了，如果她可有再選擇一次，她絕對不會嫁給蔣洛。嫁給誰都好，至少這個人不會害她大哥，不會想要殺了他。

「皇后娘娘駕到。」

聽到太監的傳報，蔣洛轉頭看去，果見皇后一行人朝這邊走來。

「還不把武器放下！」皇后一見兩人的架勢，氣得連聲音都抖了，「這是皇宮大內，不是玩樂的舞臺班子，你們還不把刀劍放下！」

蔣洛沉著臉把刀扔給身後的護衛，對皇后行了一個禮。

謝宛諭雙眼發紅，她舉劍看著皇后，「母后，當年是您與陛下想要謝家與皇家結親，我們謝家究竟欠了他蔣洛什麼，他要對我大哥痛下殺手？那是我的大哥，是他的舅兄！」

這段話是謝宛諭吼出來，她聲音顫抖，帶著怨恨與悲愴，「那是我大哥，親大哥！」

皇后心頭一顫，面上卻沒有表情，「寧王妃，謝家的案子我們會細查，但妳不要犯傻，快把劍放下。」

「早知有今日，我當初就不應該嫁進皇家……」謝宛諭手一鬆，劍掉落在地，她淚流滿面，「蔣洛，你有報應的！」

蔣洛不耐煩地看了她一眼，沒有說話。

謝宛諭看著地上的劍，抹乾臉上的淚，忽然彎腰撿起地上的劍，就要朝自己的脖子抹去。

「叮！」

劍重重摔落在地，謝宛諭茫然地回頭，看到了離她兩步遠的班嫿。她愣愣地摸著有些發麻的手肘，還不知道自己手裡的劍是如何掉在地上的。

「我要是妳，就不用這把劍來抹自己脖子。」班嫿撿起這把劍，發現這把劍不僅開了刃，而且還很鋒利。她把劍扔給一邊的太監，對謝宛諭道：「萬一死不了，留個疤在脖子上，那可就難看了。」

「我的事不用妳管！」謝宛諭咬著唇角，頂了班嫿一句。

「誰想管妳，我只是怕妳血濺得太高，把皇后娘娘與其他人嚇著了。」班嫿毫不留情的嗆回去，「反正妳死了，蔣洛這個人渣就會重新娶一個王妃，真正倒楣的只有你們謝家。」

「班嫿！」蔣洛見班嫿梳著婦人髮髻，對她越發看不順眼，「妳想幹什麼？」

「我就算想要幹什麼，也不會對你幹。」班嫿嗤笑一聲，「你與其跟我爭辯，不如想想怎麼跟皇后娘娘請罪。」

「妳……」蔣洛想要開口大罵，但是話還沒有出口，就覺得自己後背有些發涼。回頭看去，容瑕站在離他幾步遠的地方，臉上似笑非笑，不知是喜是怒。

「寧王殿下，」容瑕朝他走了兩步，「宮中動用兵器，是為大不敬。殿下既是監國，自然應該明白宮裡的規矩。」

「你給我閉嘴。」蔣洛冷笑，「容瑕，你有時間管我的事情，不如回家抱著婆娘睡熱炕，養養身體。」

「寧王！」皇后終於對這個荒唐的兒子忍不可忍，她抬手一巴掌打在蔣洛的臉上，「你若是再胡言亂語，便連我也救不了你！」

陛下現在的脾氣糟糕至極，若這件事傳到陛下耳中，她這個二兒子就算不死也要掉半層皮。

陛下有多看重容瑕，她比誰都清楚，所以也比誰都不想自己兩個兒子把容瑕得罪狠了。

「多謝寧王殿下擔心外子的身體。」班嫿走到容瑕身邊，牽住容瑕的手，笑咪咪道：「那我們這便回家睡熱炕去。」說完，她轉身對皇后福了福身，「娘娘，臣婦告退。」

「嫿嫿……」皇后嘆了口氣，「妳去吧。」

容瑕對皇后行了一禮，轉身牽住班嫿的手，漸漸走遠。

「他娘的！」蔣洛看著容瑕的背影，低聲罵了出來。

「啪！」又是一個重重的耳光落在了他的臉上。

「娘娘！」皇后身邊的宮女見她神情不對，忙伸手扶住她，「您要注意身體。」

皇后看著蔣洛，半晌後痛心疾首道：「洛兒，你讓本宮失望透頂。」

「母后。」連挨了兩巴掌的蔣洛似乎清醒過來，他跪在皇后面前，「母后，兒臣我……」

「從小你性格就荒唐，我想著你還小不懂事，就算有什麼事還有太子給你頂著，如今太子被陛下軟禁在東宮，你替陛下監國，做事還如此不穩重，你是要逼死本宮嗎？」這些日子以來，陛下對她一直半冷不熱，兩人夫妻幾十年，卻走到這個地步，皇后心裡不是不痛，只是沒有表現在兩個兒子面前。

陛下雖然不重視庶子，可是這並不代表她的兩個兒子就可以肆無忌憚。

「是我的錯，」皇后垂淚道：「這一切都怪我……」

若不是她擔心兩個兒子因為權力起爭端，故意放縱小兒子，讓他沒有爭奪皇位的權利，現在也不會變成這個樣子。

她看了眼跪在自己面前的二兒子，對站在一旁的謝宛諭道：「寧王妃隨本宮來。」

謝宛諭走過寧王身旁，跟在皇后身邊，卻沒有伸手去扶她。皇后在心裡苦笑，寧王妃的氣性還是大了些，當年她身為太子妃，卻被惠王妃擠兌，這口氣足足忍了好幾年，直到先帝駕崩，她的腰桿才直了起來。那時候的她，可比寧王妃能忍。

只是這事終究錯在她的兒子身上，她也說不出責備的話來。

「娘娘，福樂郡主也太過猖狂了些。」皇后身邊的女官小聲道：「寧王殿下是皇子，是非對錯自有陛下與娘娘來定論，她憑什麼來說三道四？」

「嫿嫿與洛兒自小就合不來，小時候兩人吵架鬥嘴，洛兒仗著年紀大，常欺負嫿嫿，所以到了現在，兩人還是合不來。」說到這，皇后在心裡嘆了口氣，班家這個丫頭她確實比較喜歡，就是那張嘴有些不饒人。

這樣的小姑娘當作小輩寵著也無所謂，若是娶回來做兒媳婦，就不太妥當了。

「奴婢覺得，她不過是仗著大長公主對陛下有幾分恩情，挾恩圖報罷了。」

「閉嘴！」皇后沉下臉道：「貴人的事，也是妳能說的嗎？」

「奴婢知罪！」

跟在後面的謝宛諭抬頭看了眼皇后，皇后的臉色確實不太好，但她嘴上雖不滿意女官的話，卻沒有真正地責罰她。

看到這，謝宛諭不禁冷笑，宮裡的人都是這樣，虛偽得讓人噁心。即便是皇后口口聲聲說自己有多喜歡班嫿，實際上究竟又能有多喜歡？這份喜歡，肯定比不上陛下。

想到班嫿剛才對自己說的話，謝宛諭心情十分複雜。

她沒有想到，到了這個時候，班嫿還敢當著蔣洛與皇后的面，說蔣洛是一個人渣。

班嫿是當真以為皇后不會對她產生不滿嗎？還是說……她根本並不在意皇后怎麼看她？

班嫿與容瑕沿著高高的宮牆往外走著，班嫿忽然指著一座園子道：「我小時候在這裡玩的時候，被蔣洛從背後推了一下，我整個人都撲進了草叢裡。」

「後來呢？」

「後來我就狠狠踹了蔣洛一腳，踹完就哭，邊哭邊往身上蹭草葉。陛下與皇后娘娘知道以後，罰蔣洛跪了一個時辰，還給我賞賜了不少東西。」班嫿收回視線，眼神有些淡，「那是我第一次明白，哭也是有用的。」

「從那以後，蔣洛就經常找我麻煩，但是只要他碰我一下，我就哭，不僅哭，還讓所有人都知道他欺負我。」班嫿眼瞼低垂，掩飾著心中的情緒，「有一次，陛下問我，蔣洛身上有沒有長於太子的。」

容瑕突然憶起，在九年前，陛下也曾問過他，那時候他只有十五歲，他說的是，他更欣賞太子，所以並不太了解二皇子。

「我說我不喜歡二皇子，只喜歡跟太子玩，二皇子在我眼裡，沒有一處比得上太子。」班嫿牽著容瑕的手，每一步走得很慢也很隨意，因為身邊有一個人牽著她的手，她不用擔心自己會摔跤，「陛下聽了以後，不僅沒有生我的氣，還誇我性子直爽。」

或許陛下少年時期，也盼著有人說，他們只喜歡太子，不想跟二皇子玩。

只是那時候不曾有人這樣直白的說過，她的這句話，讓他心理上有了滿足感。

「真巧，」容瑕笑了，「陛下當年也曾問過我。」

「那你怎麼回答的？」

「我說我跟二皇子不熟。」

「嘻嘻。」班嫿捂著嘴笑，「這個回答好。」

兩人出了宮，見街頭掛滿了紅燈籠，街道上擠滿了人，班嫿道：「明天就是除夕了。」

容瑕見班嫿神情有些落寞，讓馬夫停下車，匆匆跳下了馬車。

「這個給妳。」容瑕回到馬車裡，手裡多了一盞漂亮的大紅燈籠，燈籠上寫著一個大大的福字，另一邊畫著一對喜鵲。喜鵲報春，是好兆頭。

「這不是逗小孩玩的嗎？」班嫿嘴上雖然嫌棄，手卻忍不住戳了幾下燈籠上的喜鵲。

「嗯。」容瑕在她臉頰邊輕輕一吻，小聲道：「在我心裡，妳就是我最珍貴的小女兒，待妳如珠似寶，捨不得讓妳受半分委屈。」

「哼！」班嫿對他小聲道：「我才不信你！」不過，這不代表她不喜歡聽。一個琴棋書畫樣樣精通的美男子，溫柔地說著情話，讓人怎麼能不心動呢？

容瑕把她揉進自己懷中，小聲笑道：「妳會相信的。」

馬車緩緩向前，在積雪上壓出深深的車輪印。在這喧囂的世界，馬車裡的脈脈溫情，就像是雪地中的早春，美好得不太真實。

臘月三十，班嫿出嫁的第三天，本該是出嫁女回門的日子，但是按照風俗，出嫁女的除夕是不能回娘家過的。

班嫿醒來的時候，外面的雪還沒有停，她套上衣衫，淨完面，對端著盆的婢女道：「你們家侯爺呢？」

「回夫人，侯爺方才出去了。」

班嫿把帕子扔回盆中，起身走到銅鏡前，這麼冷的天，容瑕一大早出去幹什麼？

「郡主，您今天想梳什麼髮髻？」玉竹與如意走到班嫿身後，兩人見郡主的神情有些落寞，問話的時候顯得有些小心翼翼。

「隨意了。」班嫿興致不高，「你們看著梳就好。」

「怎麼能隨意？」容瑕大步走進來，大氅上還沾著未化開的雪花，「今天是回門的好日子，我可不想讓岳父岳母以為我對妳不好。」

他把一個木盒放到梳妝檯上，「妳看看這裡面的東西有沒有喜歡的。」

班嫿沒有看這個木盒，而是有些驚訝地看著容瑕，「你說今天回我家？」

容瑕聽到「我家」兩個字，知道在班嫿心中，家仍舊只有一個，那便是靜亭公府。他笑了笑，「今天自然該回去，行宮這麼大，就我們兩個主人在裡面有什麼意思？回岳父岳母那裡，不僅人多熱鬧，你也能高興。」

「容瑕，」班嫿伸手抱住容瑕的腰，「你真好，我有點喜歡你了。」

「只有一點？」

「那……再多一點點？」

王曲走到書房外，對守在外面的小廝道：「我有事要見侯爺，你去通報一聲。」

「王先生。」小廝驚訝地看著王曲，「侯爺陪郡主回娘家了，您不知道嗎？」

「你說什麼？」王曲皺起眉，「今天是除夕。」

小廝點頭，「今天是夫人回門的日子，侯爺擔心夫人找不到合心意的首飾，一大早就讓杜護衛回侯府取了整整一大盒首飾讓夫人挑。這會兒都走了快有小半個時辰了，小的還以為王先生您知道這事呢。」

王曲心裡一個咯噔，不知道是不是他的錯覺，近來侯爺似乎並不願意見他，很多事情也不願意跟他商量。難道他做了什麼讓侯爺不滿的事情，他在藉這個機會敲打他？

心神恍惚地走出書房，他見主院的下人正在往外搬箱子，這些箱子還帶著班家的家族標誌，明顯是侯夫人從娘家帶過來的東西。

「你們把這些搬到哪去？」

「王先生。」搬東西的小廝給王曲行了一個禮，「侯爺說，夫人在這邊行宮住不太習慣，所以把這些東西搬到侯府去，過幾日就回侯府住。」

王曲聞言皺了皺眉，對於侯爺來說，住在這個帝王欽賜的行宮中，絕對比住在侯府裡好，可是就因為福樂郡主住不太習慣，就從行宮中搬出去？

什麼住不習慣，明明是想離自己娘家近些。一個出嫁女，不想著好好照顧夫君，日日惦記著娘家像什麼個樣子？還蠱惑著侯爺陪她去娘家過年，這若是傳出去，外面會說什麼？說侯爺懼內，還是說侯爺忌憚班家勢力，抬不起頭？

馬車裡，班嫿趴在容瑕的膝蓋上閉目養神，容瑕給她講江湖女俠大戰年獸的故事。

「後來怎樣了？」班嫿聽到女俠救了年獸以後，忍不住抬起頭道：「年獸變成人了，要以身相許，還是恩將仇報，殺了女俠？」

容瑕指了指自己的唇，「妳親一口，我就告訴妳。」

為了聽到故事後面，班嫿毫不猶豫地犧牲了自己的色相。

容瑕頓時滿足了，他繼續講了下來，一邊講一邊觀察班嫿的神情，不根據班嫿的神情變化，來決定下面的故事劇情走向。

「侯爺，」外面趕車的馬夫輕輕敲了一下馬車的車窗，「國公府到了。」

班嫿一喜，掀開簾子跳了出去，她身後的容瑕看著自己空蕩蕩的掌心，露出無奈的苦笑。

靜亭公府裡，班淮與班恆有氣無力地趴在桌上，父子兩互相看了一眼，齊齊嘆息一聲。

「大過年的，你們嘆什麼氣？」陰氏穿著紫色裙衫進來，見父子二人這般模樣，忍不住道：「瞧著晦氣。」

「母親。」班恆坐直身體，「今天是姊姊出嫁的第三天，按規矩這是回門的日子，也許成安侯會送姊姊回來也不一定。」

「這事你就別想了。」陰氏面色微黯，「容家雖然沒有長輩，但也沒有女婿陪女兒回娘家過年的道理，你……」

「侯爺，夫人，世子！」一個管事滿臉喜色地跑了進來，「郡主與姑爺回來了！」

「你說什麼？」陰氏喜出望外，「你沒看錯？」

「是真的，這會兒人都快要到二門了。」
「我去看看！」班恆從凳子上一躍而起，眨眼便跑出了門。
班淮不敢置信地看著陰氏，「回、回來了？」
陰氏抹了抹眼角，匆匆走了出去，班淮忙不迭跟上，彷彿走遲一步女兒就會飛走似的。
「姊！姊！」
班嫿在荷花池這邊，就聽到了班恆的聲音，她踮起腳一看，對面的假山後面，班恆正又蹦又跳地對她揮手。
「恆弟。」班嫿臉上露出一個燦爛的笑，伸出手對班恆晃著。
班恆轉頭就朝這邊跑，腳下一個踉蹌，人趴在了地上，不過他很快就從地上爬了起來，快步跑到了班嫿面前。
「姊！」班恆圍著班嫿轉了幾圈，見她姊頭上的首飾不像是從班家給她帶過去的，而且樣樣精緻，便轉頭對容瑕行了一個禮，「姊夫。」
「恆弟。」容瑕微笑著回了一個禮。
「你怎麼不小心一點？」班嫿拍了拍班恆沾上雪的袍子，「摔疼了沒有？」
「不疼。」班恆拍了拍沾上雪花的手，轉身想要替班嫿提裙襬，沒有想到裙襬早被容瑕提在了手裡，他只好與班嫿並肩走著，「姊，父親與母親都在主院等妳，家裡做了妳愛吃的菜，等會兒一定要多吃些。」
「好。」班嫿點頭，想了想又道：「再加一道酸筍湯，你姊夫喜歡這個。」
班恆點頭，「哦。」他轉頭看了容瑕一眼，容瑕對他溫和一笑。
走進主院，陰氏與班淮早已經站在門口等待。看到班嫿以後，班淮也不等班嫿向自己行禮，上前便問班嫿吃得好不好，睡得好不好，帶過去的下人用得稱不稱心。

「岳父，岳母。」容瑕上前向兩人行禮。

「外面正下著雪，進屋說話。」陰氏眼眶發紅，臉上卻還笑著，她對容瑕連連點頭，「回來就好，回來就好。」

院子裡還掛著沒有撤去的紅燈籠與紅綾，一如班嫿出嫁的那一天。

容瑕走進屋，與班恆相鄰而坐，他看了眼正與岳父說話的班嫿，臉上露出溫柔的笑。

陰氏看到他的神情，心裡安心了許多，「賢婿用茶。」

「多謝岳母。」容瑕喝著茶，與班家人聊著天，聊著聊著便提到了後面的安排。

「你是說從行宮中搬出來？」陰氏略思索片刻，「你考慮著很周到，行宮雖然是陛下賜給你的，但是久住在裡面也不太合適，至少現在不太合適。」

「小婿也是這個意思。」容瑕笑看了班嫿一眼，班嫿也回頭對他笑了笑，「嫿嫿也很支持我這個決定。」

陰氏聞言便笑道：「嫿嫿是個小孩性格，大事上糊塗著，你若是有什麼決定，跟她說明白就好，萬不可事事都依著她。」

「嫿嫿挺好的。」容瑕當即便反駁道：「並不糊塗。」

陰氏沒有想到女婿第一次反駁自己，竟是因為她批評了女兒。她先是一愣，隨後笑道：「你與她相處時間不長，日後便知道了。」

「有些人即使相處一百年，我也弄不明白，但是嫿嫿不一樣。」容瑕緩緩搖頭，神情前所未有的認真，「我只是看她一眼，就知道她是世間最好的女人。」

班淮拉著女兒的手，見她釵環首飾都是價值連城的好東西，衣服也是女兒喜歡的式樣，便小聲道：「嫁到了容家，也不要委屈自己，想穿就穿，想吃就吃。我看容瑕也是個不錯的兒郎，所以妳吃的時候，把他也惦記著，這才是夫妻相處之道。」

這話看起來有些幼稚，理卻是那個理。

當一個人把另外一個人掛在心上以後，就算吃到某個好吃的東西，看到某個有意思的玩意兒，都會想讓心愛的人與他一起分享。這與東西的價值無關，只與心意有關。

「他這人什麼都好，就是穿衣風格不太隨我。」班嫿道：「衣服都太素了些。」

所以，當他穿上大紅新郎袍的時候，整個人俊美得都像在發光，以致於她忍不住把人拆吃入腹。那紅衣白膚的盛景，現在想起來都是美味。

「讀書人嘛，穿衣服都講究一個雅字。」班淮勸道：「做人要寬容一些，妳不可在這些事情上與他有矛盾。」

「放心吧，父親。」班嫿失笑，「我哪會是這麼小氣的人？」

她頂多會讓繡娘多做幾件其他色的衣服，想辦法讓容瑕給換上而已。

午飯準備得很豐盛，班家不僅準備了班嫿喜歡吃的東西，還準備了一堆「傳言中」容瑕喜歡的，或者說那些受讀書人推崇的菜式。容瑕雖然不見得真喜歡這些，但是班家人待他的這份心意，卻是讓他的心軟成了一片。

「我們也不知道你喜歡什麼。」班淮與容瑕碰了杯，翁婿兩人小酌一口，「日後你跟嫿嫿再過來，先派人通報一聲，說說想吃的飯菜，我們便讓廚房裡的人準備好。家裡人不多，也不講究外面那些規矩，飯要吃開心才好。」

「謝岳父。」容瑕知道班淮說的不是客氣話，於是應了下來。

一頓和諧開心的午飯吃完，容瑕與班嫿走到班家二老面前，對著他們跪了下來。

「你們這是做什麼？」班淮想要去扶容瑕。

「岳父，岳母。」容瑕對著兩人磕了頭後，語氣認真道：「小婿雙親兄長早逝，家中除了小婿以外，便再無其他家人。現在我做了班家的女婿，嫿嫿的父母就是我的父母，這個禮是小婿必須行的。」說完，他把茶舉到了班淮面前。

「你這孩子……」班淮接過茶杯，仰著頭咕咚咕咚把整杯茶喝得乾乾淨淨，然後在懷中一掏，摸出一疊銀票，全部塞進了容瑕手裡，「我沒有準備紅包，你別嫌棄。」

班恆偷偷瞅了一眼，最上面的一張銀票是五百兩的面額，這一疊銀票少說也有三五千兩，他跟容瑕究竟誰才是班家親兒子？

「謝岳父。」容瑕沒有推辭，把銀票全部塞進了懷中。

「岳母，請喝茶。」

陰氏也沒有想到容瑕會按照親生的兒子孫輩給她行跪拜大禮，她接過容瑕敬的茶，也喝了乾淨，然後掏出兩個紅封放到了容瑕手裡。這原本是給班嫿與班恆準備的，不過女婿這麼討人喜歡，就先把紅封給他了。

「我的呢？」班嫿跪坐在軟墊上，看著父親與母親把銀票與紅封都給了容瑕，唯有自己雙手還是空空的，當下便撇嘴道：「做父母的不能這麼偏心。」

「妳都拿了十幾年的壓歲錢了。」陰氏伸手虛扶了一把容瑕，「今年先給君珀，等一下再給你們姊弟倆補上。」

班嫿與班恆：……

他們倆都是撿來的？

容瑕扶起班嫿，把手裡的銀票與紅封都交給班嫿，「我的就是妳的。」

班嫿拍了拍他的胸口，「乖。」

班恆：呵呵，這個家裡，只有他不是親生的！

來了班家，容瑕才知道，原來除夕可以過成這樣。

不用花時間在接受下人的跪拜上，也不用跪著聽長輩訓誡，一家人坐在一起，吃著瓜果點心看府裡養著的琴師、歌姬、說書人、舞姬等表演。不用講究尊卑規矩，可以肆無忌憚地開玩笑，甚至子女越過父母給舞姬賞賜銀兩，也不是什麼大驚小怪的事情。

夜晚來臨，煙火照亮京城，班嫿看著煙火下父母慈祥的臉，不捨地收回視線，「走吧。」

今天容瑕能陪她來靜亭公過除夕，已經是打破俗規了，她不好再讓他陪著在班家留一夜。好在今晚沒有宵禁，就算晚些出門，也沒有關係。

「走去哪兒？」容瑕牽住她的手，笑著道：「我們還要一起守歲。」

班嫿指尖輕顫，「你……」

「今晚就住在妳的院子裡。」容瑕笑著道：「迎娶妳的時候，我都來不及看一眼妳的院子是什麼模樣。」

班嫿揚起嘴角笑了，「好。」

眼花綻放，照亮了容瑕的臉龐，班嫿眨了眨眼，指尖一點一點彎曲，任由容瑕把她的手全部包裹在掌心中。

「國公爺，陛下賞福菜與福字了。」

「快端去給列祖列宗，這是陛下的心意，可不能浪費。」班淮看了眼那兩盤涼颼颼的菜，毫不猶豫地開口了。

「這是……」陰氏看著兩張福字，這兩個福字的字跡不同，一個有些像是陛下的字跡，另外一個卻是太子的字，「太子的字？」

太子不是被軟禁在東宮？

容瑕拿起其中一張福字看了兩眼，「確實是太子的筆跡。」

「太子被放出來了？」班嫿覺得還是太子比較靠譜。

「我也不清楚。」容瑕笑了笑，「應該是這樣，都除夕了，陛下不會一直關著太子。」

陛下也忍不下寧王了。

「郡主、姑爺，請往這邊走。」

提著燈籠的婢女在前方引路，容瑕牽著班嫿的手，繞過九曲迴廊，就來到了班嫿的院子。院子修得很精緻，儘管有大雪覆蓋，仍舊可以看出房屋主人在設計這個院子的時候，費了不少的精力。

婢女推開房門，屋子裡打掃得很乾淨，紅色紗帳上繡著石榴等各色寓意吉祥的圖案，班嫿轉頭看著身後的丫鬟，「留幾個人伺候，其他人都退下。」

「是。」

婢女們點燃屋裡的燭火，對班嫿於容瑕行了一個禮，躬身退了出去。

「我第一次進女子的閨房。」容瑕走到床邊看了看，發現床頭做了小格子，拉開就看到裡面放著一些零嘴，他扭頭對班嫿道：「挺有意思的，回去我讓他們按著這個做。」

「沒事，我陪嫁過去的鴛鴦床，上面做了小格子。」班嫿洗去臉上的妝容，換上了寬容舒適的睡袍，「洗洗睡覺吧。」

容瑕見她在泡腳，湊過去把自己的腳擠到了同一個大盆裡。

「你別跟我擠，」班嫿踩他的腳，「家裡不缺水。」

「節約用水。」容瑕理直氣壯道：「這麼冷的天，伺候的人跑來跑去也不容易。」

「姑爺，廂房裡的爐子上還溫著熱水。」一個小丫鬟誠實地開口，「不麻煩的。」

「沒事，我跟你們家郡主擠著用就成。」藉口被戳穿，容瑕也沒有絲毫的不自在，反而用腳趾輕輕地撓著班嫿腳掌心，惹得班嫿忍不住又踩了他兩腳。

泡好腳，容瑕打橫把班嫿抱到床上。床上已經被湯婆子熏得暖烘烘的，班嫿縮在被窩裡，打了個哈欠，「都已經過子時了，睡吧。」

容瑕把她攬進懷裡，見她真的睏了，在她眉間輕輕一吻，「做個好夢。」

班嫿在他胸口拱了拱，聽著他的心跳聲，沉沉地睡了過去。

❀ ❀ ❀

「妳即便貌若天仙，顛倒眾生，但是感情不可勉強。妳放過我，也放過妳自己。」

「你算什麼東西，值得我放過還是不放過？」紅衣女子騎在馬背上，驕傲的下巴微微上揚，看他的眼神就像是在看一個無關的路人甲，「要滾就滾，別在我面前道衷腸訴哭情。當初我願意與你謝啟臨定下婚約，不過看你有幾分姿色。今日你與他人私奔，我不攔你，但願你們二人沒有後悔的一日。」

「多謝郡主寬宏，謝某不會後悔。」

「嗤！」馬背上的女子笑了一聲，眼中滿是嘲諷，「你這樣的男人，我在話本裡見多了。」她把一個小包袱扔給站在他身邊的女人，「這個東西，算是我給妳的謝禮。若不是妳，我也不能知道這個男人是個什麼樣的貨色。」

晨曦的微光中，她面色紅潤，唇角帶笑，一雙燦爛的雙眸卻滿是寒意。

「二公子，二公子，大公子又發熱了，大夫說情況不大好，您快去瞧瞧吧！」

謝啟臨睜開眼，窗外的天色還未亮，他聽到小廝急切的聲音，匆匆披上一件大氅，連外袍都來不及穿，便拉開門走了出去。

「大哥怎麼樣了？」

「昨兒晚上用了一點粥，精神頭還好，哪知這會兒便發起熱來。」小廝提著燈籠，深一腳淺一腳的在雪地上走著，天還沒有亮，灑掃的下人也都在睡夢中，這些雪便沒有人來鏟走。

「大夫呢？」

「幾位太醫與外面請來的大夫都在。」小廝來來回回跑了好幾趟，說話時還帶著喘氣聲，「就是他們說情況不太好。」

謝啟臨面色一變，步子邁得更快。走進大哥的院子，他聽到了母親的哭聲以及父親盛怒下的叫罵聲。

「我們花重金聘請你們，你們就是這樣回報的嗎？你們還自詡是神醫，卻為什麼連吾兒也治不好？」

「父親！」謝啟臨擔心父親傷心過度，說話的時候衝動不計後果，把這些大夫得罪了，對大哥並沒有任何好處。現在大哥還要靠他們救治，他們得罪不起這些人。

「忠平伯。」兩個大夫站了出來，一個人面色冷淡道：「我們二人雖醫術不精，但也是福樂郡主養著的大夫，不是你們忠平伯府的人。俗話說，打狗要看主人，我等二人在伯爺眼中或許連狗都不如，但也只有福樂郡主罵我們的份，而不是伯爺。」

「伯爺在郡主大婚之日求上門，郡主心軟讓我二人前來替貴公子診治，並不代表我二人要任你責罵。」另外一個大夫補充道：「既然忠平伯瞧不上我二人的醫術，我們現在就告辭。」

「二位大夫請留步。」謝啟臨走到兩人面前，對他們作揖道：「家父一時情急，言語上多有冒犯，請二位諒解。」

「抱歉，謝二公子，我們兄弟二人都不是好性子的人，忠平伯罵我們，就等於不把我們家郡主放在心上。俗話說，君辱臣死，主辱僕羞。謝二公子不必多說，告辭！」

兩個大夫說完這番話，也不管謝啟臨如何懇求，甩袖便走。

謝啟臨愣愣地看著這兩人的背影，一句話都說不出來。班家的人向來這樣，好言好語還會給幾分面子，但若是有人打了他們的臉，他們會把這個人的臉往地上踩，就連下人也都十分維護主人，頗有武將家族的作風。

「父親，」謝啟臨走到忠平伯面前，「大哥怎麼樣了？」

忠平伯滿臉滄桑地搖頭，半晌才道：「啟臨，為父這輩子最後悔的便是讓你妹妹嫁給寧王，讓我們一家子綁在了寧王的船上。」

謝啟臨看著床上生死未卜的謝重錦，忽然道：「那我們家就下了他這條船。」

忠平伯面色大變，他顫抖著唇，整個人蜷縮在椅子上，暮色沉沉，毫無活力。

一夜無夢，容瑕醒來的時候，天已經大亮。他見班嫿還在睡，小心地抽出自己的胳膊，穿好外袍後，輕手輕腳走到外間，才讓丫鬟們伺候著洗漱。

班恆進來，見容瑕穿戴整齊坐在外間的椅子上，壓低聲音問：「姊夫，我姊還在睡？」

容瑕點了點頭，起身走到門外，「恆弟，可否帶我在院子裡走一走？」

班恆點了點頭，「外面還下著雪，用完早膳以後，我帶你去四處看看。」

「有勞。」

班恆有些不自在地撓了撓手背，「那什麼，你別跟我這麼客氣。咱們家不講究這些，你以後跟我們相處久了就明白了。規矩是做給別人看的，自家人私底下，怎麼自在怎麼來。」

容瑕聞言笑出聲，「難怪嫿嫿會這麼可愛。」

班恆抖了抖肩膀，這要什麼樣的眼神兒才能覺得他姊可愛？

誇他姊美，這是事實，可要說可愛……

這大概就是傳說中的情人眼裡出西施吧，反正他這個親弟弟都說不出這麼違心的話，總覺得良心這道坎過不去。

到了用早膳的時間，班嫿還沒有起床，陰氏不好意思道：「賢婿，讓你看笑話了。」

「岳母，能睡是福氣。」容瑕對陰氏道：「讓嫿嫿多睡一會兒也無妨。」

陰氏乾笑兩聲，不好再多說什麼了。若容瑕這話是客套，她還能順勢教訓班嫿幾句，偏偏看容瑕這模樣，是真的不覺得嫿嫿睡懶覺的，這樣下去，那丫頭會懶成什麼模樣？

用了飯，班恆便帶容瑕在班家的院子閒逛。

「這幾個小院子都沒有住人，我們家的女眷少，這些小院都用不上，所以有兩個院子被修成了書房與果園，其他院子都鎖了起來。」班恆帶容瑕進了果園，裡面種的是桔子樹，樹枝上零星掛著幾個桔子。這些桔子長得不算太好，只是紅橙橙的看著喜人。這些果子沒人摘，所以大部分已經熟透掉在了地上，其餘幾個就算掛在枝頭上，但是走近了看，這些果子都不太好，蔫蔫的不甚新鮮。

「祖母的公主府有一個果園，據說是因為祖父喜歡。後來我們家搬進侯府，也按照公主府的樣子弄了這麼一個園子，可惜祖母很少來過這個園子。」班恆從枝頭上摘了一個桔子下來，剝開外皮，桔子肉已經沒有多少水分，變成了乾白色。

「本來還想給你嘗嘗，看來是沒法吃了。」班恆可惜地把桔子扔進雪地裡，轉頭道：「我姊快要醒了，我們回去。」

容瑕看著這片桔子林，「嫿嫿喜歡這片林子嗎？」

「她以前老帶我來林子玩，還捉樹上的夏蟬來嚇我。」班恆帶著容瑕走出果園，臉上露出笑意，「我姊性格有些直，不懂得溫婉迂迴，不過心眼很好。」

班恆三兩句話就拐到班嫿身上，中心思想就是「雖然我姊有很多缺點，但她是個好姑娘」，一句話不提容瑕要好好對他姊，但是每一句話的意思都是不想讓容瑕辜負班嫿。

「真羨慕你們。」容瑕回憶著自己的童年，竟是找不到一件特別有意思的事情。

唯一還有些印象的就是十一歲那年，他帶著一個五六歲的小孩子偷偷在結冰的冰面上玩，後來被母親發現他的袍子打濕了，氣得好幾日沒有理他。後來他才知道，結了冰的冰面很危險，幸好那日沒有出事，不然他跟那個小孩都會被淹死在水裡。

猶記得那個小孩還找了一塊木板，在冰上坐著要他拉著走，他沒有同意。他不記得那個小孩長什麼樣了，但是對方嘟嘴的模樣，他卻記得清清楚楚。

這個動作，母親是從不允許他來做的，因為不夠風雅。

班恆擺了擺手，「有什麼好羡慕的。」

容瑕笑，「有人陪伴著一起長大，挺好。」

「你不也有兄長，怎麼會沒有人陪？」這話說出口以後，班恆才意識到自己說錯了話，容家大郎早就在幾年前病逝了，他舊事重提，豈不是往人家傷心事上戳刀子。

「抱歉……」班恆覺得自己嘴有些欠。

「無礙。」容瑕搖了搖頭，「都是陳年舊事，沒什麼不能提的。」

他與他的大哥感情並沒有太好，他們雖是親兄弟，可是因為容家的家風，所以他們並不親密，敬愛多於親暱，一言一行都不能脫離規矩二字。

「這麼大的雪，你們跑這來幹什麼？」班嫿抱著暖手爐站在迴廊下，「快過來。」

班恆跑到班恆面前，「姊，妳可算起來了。」

班嫿臉頰上帶著起床後的紅暈，「昨晚睡得太香，所以起得晚了。」

「冷不冷？」容瑕摸了摸她的臉，軟柔滑嫩，他忍不住又多摸了一下。

「手冷捧這個。」班嫿把暖手爐塞進了容瑕手裡，雙手捂臉道：「別亂摸，把我的臉摸方了怎麼辦？」

容瑕捏住她的手，把暖手爐放回她手裡，「好好好，我不摸。」

「郡主，」如意匆匆過來，「您借到忠平伯府的兩位大夫回來了，他們想要見您。」

「謝家大郎不用大夫了？」班嫿挑了挑眉，「讓他們在前廳見我。」

謝重錦被人捅了刀子，這才過了幾天，就不用大夫了？

難道是……人沒了？

班嫿來到前廳，聽兩個大夫說完事情經過以後，點頭道：「你們做的對，讓兩位先生受委屈了，請到後院休息。」

「郡主言重了，謝家無禮，萬沒有責怪郡主的道理。」兩位大夫道：「屬下先告退。」

等兩個大夫離開以後，班嫿冷哼一聲，「謝家人真是不識抬舉，以後管他家誰要死要活，就算跪在地上向我磕頭，我也不借大夫給他了。」

「好，咱們不借。」容瑕在旁邊點頭應和。

白首園外，登門致歉的謝啟臨在門外站了片刻，一個穿著青衣的小廝走出來，朝他行禮道：「謝公子，真是不巧，我們家侯爺與夫人不在園子裡。」

「不在這裡，是回了成安侯府？」謝啟臨拍了拍肩膀上的雪花，呼出一口熱氣。

小廝搖頭，「昨日是夫人回門的日子，昨兒我們家侯爺與夫人便去了靜亭公府，今天還沒回來呢！」

「靜亭公府？」謝啟臨以為自己聽錯了，「你說的是昨日回去的？」

「正是。」小廝笑著道：「您若是要見兩位主子，只怕是要去夫人的娘家靜亭公府了。」

「多謝。」

「不敢。」

謝啟臨騎上馬背，接過小廝遞來的大氅繫好，容瑕竟是在除夕當天陪班嫿回了靜亭公府，他壓根兒沒有想到這一點。

「公子，我們要去靜亭公府嗎？」牽馬繩的小廝看著謝啟臨，他其實不太想去靜亭公府，因為他們兩家不僅主子之間互相看不順眼，就連下人也要互別苗頭。

「不用了。」謝啟臨緩緩搖頭，「今日是正月初一，不好多去打擾。把我們的致歉禮與帖子留在這裡就好。」

「是。」

謝啟臨心神有些恍惚，他怎麼也想不到，容瑕為了班嫿竟然會做到這個地步。在女眷娘家過年，甚至連正月初一也待在岳家，這跟上門女婿又有什麼差別？

容瑕與班嫿在班家待到正月初三以後，才收拾著大包小包回到了行宮。

「對了，」班嫿趴在桌上，歪著頭看容瑕，「我們要去給公公婆婆上香嗎？」

容瑕端給她一杯兌了蜜的水，「什麼時候去都可以。」

班嫿見他神情疏淡，似乎對他的父母感情並不深，便不再提這事。

三日後，雪停了，容瑕帶她來後院的一個屋子裡，裡面擺著容家二老和容家大郎的牌位，容瑕把點燃的香遞給班嫿，「天冷，不需要去墓前祭拜，我們就在這裡行禮吧。」

這個屋子有些冷清，屋子裡空蕩蕩的，除了供著的兩個牌位以外，便再沒有其他擺件。牌位後面掛著兩幅畫，左男右女，可能是容瑕的父母。

班嫿不知道對著冷冰冰的牌位能說什麼，她拿著香鞠了三個躬，把香插進香爐後，撩起裙襬準備行跪拜禮，被容瑕一手拉住。

「不必，地上涼。」容瑕面無表情地看著牌位，「就這樣吧。」

「哦。」班嫿牽住他的手，輕輕地拉了拉，「你心情不好？」

「沒事，我很好。」容瑕伸手點了點她的額頭，露出溫柔的笑意。

「不想笑就別笑了。」班嫿拖著他就往外走，「走，我們在園子逛一逛。」這座行宮雖然已經是他們的了，但她還沒有好好欣賞過呢。

「王妃，王爺喝醉了，現在起不來。」

謝宛諭站在床邊，看著床上睡得死沉的男人，轉頭見屋子裡幾個宮人都驚懼地看著她，忍不住冷笑一聲，難不成這些人以為她會趁著這個機會殺了蔣洛？

她轉過身，面無表情地離開了這間屋子。

她與蔣洛雖名為夫妻，卻沒有半分夫妻的情分，當初她自以為嫁給蔣洛以後，就能壓班嫿一頭，讓她對自己低頭彎腰，沒有想到自己竟是嫁給了一個火坑。

她回到自己的屋子，從梳妝檯上取出一盒看起來很普通的面脂，這盒面脂味道幽香撲鼻，就像八月盛開的桂花香味。

「王妃，」一個宮女上前，「您要梳洗嗎？」

「不用了。」謝宛諭把這盒已經用了三分之一的面脂放回梳妝檯，似笑非笑道：「叫人好好伺候著王爺，聽說酒醉的人，有時候會在睡夢中無意識被噎死。」

宮女肩膀嚇得抖了抖，不敢說話。

見宮女嚇成這個模樣，謝宛諭冷笑一聲，「怎麼，我說這麼一句話，妳們也要害怕？」

宮人們齊齊噤聲不言。

王妃與王爺現在用「形同陌路」來形容，已經是客氣的說法，不如說是「抬頭不見低頭見的仇人」更貼切。王爺害得王妃的兄長命懸一線，這種仇怨，又該如何化解？

要他們說，王爺做得也確實太過了些，謝家大郎好歹是他的舅兄，兩人之間有什麼樣的深仇大恨，要動刀子才能解恨呢？

「妳們都退下，」謝宛諭臉上的笑容消失，「我想一個人靜靜。」

「是。」

屋子裡恢復安靜，謝宛諭從一個髮釵中抽出一張紙條，裡面寫著短短的一句話。

「斷寧近東宮。」

她苦笑，日後就算寧王登基，以寧王待她的態度，謝家也不會落得什麼好下場。可如今若是東宮繼位，她這個寧王妃又有什麼好下場？進退維谷，她竟是落得這般田地。

究竟還有什麼法子，能讓她既能斷了寧王，又能保證日後衣食無憂？

正月初七，朝廷重新開印，百官在新年裡第一次上朝。當他們看到站在殿上的不止有二皇子，還有太子以後，他們才知道東宮解禁了。

太子性格雖略軟弱了些，但至少稱得上一個仁字，寧王暴虐成性，實在讓人膽戰心驚。

實際上，寧王比百官更要震驚，在太子出現以前，他都不知道東宮已經解禁了。他看著站在自己左邊的太子，沉著臉勉強彎下腰，向太子行了一個禮。

父皇竟是瞞著他，把太子偷偷放出來了，他想做什麼？

「陛下有旨，太子殿下身體已經大安，可為朕分憂……」

太子被軟禁時，對外的理由是身體不適，現在既然身體好了，自然就繼續監國，至於寧王，就乖乖做他的寧王吧。

正月初九，雲慶帝賜了一座親王府給寧王，言明讓他在一個月後搬入王府。

眾臣得知這道聖旨後，終於安下心來。

看來，這個天下終將是太子繼承。

「我不服，我不服！」蔣洛砸碎了屋裡所有的東西，「太子不過是比我早出生幾年而已，憑什麼這個天下就是他的？」

「王爺，息怒！」太監端著茶走到寧王面前，「事情尚不到絕境，您萬不可自亂陣腳。」

蔣洛接過茶杯猛喝了幾口茶，茶水入腹以後，他覺得頭腦清明了很多，「我使計讓太子犯了那麼大的錯誤，父皇也只是關了他幾個月，本王還有什麼機會？」

太監笑道：「王爺，太子除了有幾個文臣支持以外，手上可沒有兵權。」

「難道本王手裡便有了？」蔣洛一屁股坐到椅子上，不耐道：「倒是那個容瑕在文臣中極有分量，他又頗喜太子，不除去此人，我心中實在難安。」

「可是您上次的刺殺……」

「我不動他，我動他的女人。」蔣洛冷笑，「是人就有弱點，若是班嫿在他的府裡出了事，我看班家人能不能饒過他。」

「您的意思是說，派人去刺殺福樂郡主？」太監眼神閃爍，飛快地低下頭，「福樂郡主死於刺殺，班家人怎麼會恨成安侯？奴婢愚鈍，實在想不明白這個理。」

「你一個閹貨，自然不明白。」寧王輕哼一聲，「班家人最是不講理，遷怒於他人也是常有的事。只要班嫿出了事，不用我們去對付容瑕，有班家在，容瑕便會自顧不暇。」

「王爺好計謀，奴婢實在太愚蠢了。」

……

「你說什麼？」謝宛諭轉頭看著面前這個太監，「寧王想要殺班嫿？」

「是。」

「他瘋了嗎？」

謝宛諭捏著手裡的帕子，深吸了好幾口氣，「你出去，我要好好想想。」

太監默默地退了出去。

謝宛諭非常討厭班嫿，有時候恨不得她去死。

但是……

「太子。」石氏走進書房，把手裡的食盒放下，「這是我讓人熬的湯，您喝一口吧。」

「放在這就好。」蔣涵拿過一本沒有打開的奏摺，放在正在批閱的奏摺上，「妳辛苦了。」

石氏注意到他防備自己的動作，心頭微苦，放下食盒後，對太子福了福身，「您注意休息，別熬壞了身子。」她打開食盒，把湯端出來，放到了太子面前，「我看著您喝。」

「不必了。」蔣涵抬頭看她，「我看完這個摺子就喝，妳去休息吧。」

淡淡的肉湯香味在屋子裡繚繞，太子妃往後退了一步，「妾身告退。」

「嗯。」蔣涵低下頭，沒有看她。

石氏緩緩走到門口，回頭看太子，太子仍舊沒有看她，唯有那碗被遺忘的湯，散發著熱氣，不知什麼時候就會涼下來。

太子重新開始監國以後，就把原本代替容瑕與姚培吉職位的官員擼了下去，然後親自到姚家請姚培吉回朝，做足了禮賢下士的姿態。

姚培吉回朝以後，眾人就在猜測成安侯什麼時候回朝。讓大家沒有想到的是，太子親自上門拜訪成安侯的時候，成安侯竟拒絕了太子的請求。

大家再一想，成安侯是有氣性的文人，他入朝以後為朝廷做了不少實事，結果寧王說罷免就罷免，連半分顏面都不給，這會兒人家剛成親不久，正是佳人在懷的時候，又怎麼會心甘情願地回來？更何況說不定人家也是皇家血脈，被這麼折辱，這口氣嚥得下去才怪。

太子派系的官員很氣憤，這成安侯真是不識抬舉，太子以儲君之尊親自上門邀請，他竟然不給面子，難道要太子求他才行嗎？

「太子殿下，」一名隸屬於東宮的六品小官不忿道：「天底下又不止容瑕一人有才，您身分高貴，又怎麼能為了他紆尊降貴，再次上門相邀？」

「人才常有，奇才難得。」蔣涵伸開雙臂，讓宮女替他整理身上的袍子，對這個小官的說法萬分不贊成，「有容君相助，孤如虎添翼。」

「可是……」

「古有聖君為了人才多次上門拜訪，孤雖不敢自比，但是為了大業的百年基業，孤便是多走幾趟又有何難？」

「太子高義！」

「是我等鼠目寸光了。」

蔣涵苦笑，哪是他高義，只是現在朝堂上已經是一團爛攤子，民怨四起，貪官汙吏就像是蛀蟲一般毀著基業，朝中官員猶如一盤散沙，互相拖後腿，想要管理實在不易。

容瑕雖然年輕，但是在朝中十分有威望，就連當初他被父皇責罰，幾乎天下所有人都以為他被厭棄時，還有一些官員在朝堂上為他說話，可見其影響。

他不求容瑕能替他做多少事，但必須擺出重用容瑕的姿態，來安撫天下讀書人的心。

「車馬已經套好了嗎？」蔣涵問身邊的長隨，「聽說成安侯昨日已經搬回了侯府？」

「回殿下，成安侯確實已經搬到了成安侯府。」

「這像是他做的事。」

「據傳是因為福樂郡主喜歡到京城裡玩，侯爺擔心她出入不方便，便特意搬回了侯府。」

蔣涵聞言朗笑出聲，「嫿嫿這丫頭，就算出嫁了，也不會委屈自己。」

「福樂郡主長得那麼漂亮，成安侯哪裡捨得他委屈。」長隨知道太子喜歡靜亭公府一家人，所以只挑好聽的話來說：「小的還聽說，成安侯陪福樂郡主回靜亭公府過除夕了，京城裡不少人都在羨慕郡主。」

蔣涵聽到這，對容瑕的印象更好，在他看來，一個男人願意花這麼多心思對待自己的伴侶，內心一定是溫柔的。

想到與他成親好幾年的石氏，蔣涵輕輕嘆息一聲，神情有些寥落。

成安侯府現在正處於一片忙亂中，因為班嫿的嫁妝實在太多，一個庫房不夠用，要重新整理庫房才行。

金銀玉器無數件，負責登記造冊的管家忙得滿頭大汗，他們家侯爺這是娶回了一尊財神。再看從班家陪嫁過來的管事滿臉淡定，管家深吸了一口氣，讓搬東西的下人手腳更加小心。

「東西都收拾好了？」容瑕走了過來，見院子裡還擺著很多箱子，轉頭看管家，「夫人把這件事交給你辦，是對你的信任，你不要辜負了夫人的信任。」

「是。」在班嫿還沒有嫁進容家前，管家還擔心過郡主會不會讓她帶過來的人架空他在府中的權力，但是他沒有想到的是，夫人不僅沒有這個打算，還把看管庫房的事情讓他與夫人的陪嫁一起負責。

這讓他鬆了一口氣的同時，又覺得感動，夫人這是不把他們家侯爺當外人啊！

「侯爺，金銀玉器都已經整理好了，只是這些古玩字畫……」管家看到這些古玩字畫時，差點以為看花了眼，或是班家人在逗他玩，這事他不敢告訴其他下人，就怕鬧大不好收場。

「字畫怎麼了？」容瑕挑眉，「是下人粗手粗腳，把東西弄壞了？」

管家連連搖頭，他哪敢讓人弄壞，如果這些東西都是真品，隨便一樣就是價值連城。別說弄壞，他連碰都不敢碰。用言語形容不了他心中的震驚，他只能把單子遞到了容瑕面前。

千年前書法大家的字、前前朝皇帝的親筆畫、某個名門弟子的著作孤本、前前朝皇后的畫作，一堆大家名士的書畫孤本或是已經絕版的手抄本，這些玩意兒可是萬金難求，怎麼班家會有這麼多，他們家是把所有字畫書籍都搬來侯府了嗎？

容瑕接過這張單子，越看越心驚，不由壓低聲音道：「這件事還有誰知道？」容家乃是幾百年的大族，好東西不少，書籍字畫也有一些珍藏，但絕對沒有這張單子上的東西讓他吃驚。當初班家放在明面上的陪嫁單子裡並沒有這些東西，所以他還不知道自己心愛的夫人竟然帶了這麼龐大的身家嫁給他。

當初嫿嫿送給他的那幾本書，已經讓他吃驚不已，沒有想到班家竟然還有這麼多讀書人夢寐以求的好東西。

「除了屬下以外，就只有夫人派來處理庫房的陪房知道。」

「這件事你做得很好。」容瑕把單子收了起來，「東西全都好好收著，不可走漏消息。」

「屬下明白。」

容瑕拿著單子到後院去找班嫿，她正趴在漢白玉橋上餵魚，因為天氣還冷，她全身穿得毛茸茸的，打遠了看，就像是一隻美麗的懶狐狸。

「嫿嫿。」容瑕走到她身邊，拿過婢女手上的披風，披在她身上，「我剛才看到了妳的嫁妝，我還是去岳母岳母家做上門女婿吧。」

「不，」容瑕搖頭，「被那些書嚇住了。」

班嫿被他的話逗笑，擺擺手，讓身邊伺候的人退下，才道：「被那些金銀財寶嚇著了？」

「這都是我們家祖上陪太祖打天下時，揀了其他將軍不要的東西。」班嫿嘆口氣，「據說那時候天下大亂，民不聊生，先祖每隨主公打下一座城池，就會與其他兄弟分一些富貴人家的東西。為了避免兄弟間因為財寶起矛盾，太祖就讓大家一起抽籤，我們班家先祖運氣不好，每次都抽到別人不要的破字爛畫，後來太祖都不忍心了，他稱帝以後，賞賜了我家先祖不少金銀珠寶，我們家第一代積蓄就是這麼來的。」

大業朝第一代帝王，也是一個沒多少見識的泥腿子，據說剛開始打天下的時候，連字都認不全，誰能相信這樣一個人能做皇帝呢？

聽到「破字爛畫」四個字時，淡定如容瑕，也忍不住挑了幾下眉頭。不過想想當年那個亂世，這些古玩字畫說不定還不如一筐米麵有價值。當人的肚子都填不飽的時候，對於普通人來說，這些字畫又有何用？

「家裡人想著你可能喜歡這些字畫，就讓我帶了過來。」班嫿垂下眼瞼，不去看容瑕，而是低頭去看水中的錦鯉，「等恆弟有了孩子以後，我們再分一半給他，這幾年的時間，夠你把該臨摹的都臨摹好了。」

「走。」

一隻白皙的手伸到班嫿面前。

「去哪兒？」班嫿抬頭看容瑕，他的臉上全是笑，笑得班嫿心都軟了。

「帶妳去看我的庫房。」

班嫿眨巴著眼，把手放進了容瑕的手掌心。容瑕一把拉起她，兩人就像是小孩子般，帶著彼此去看自己的寶貝。

容家的祖產庫房很大，班嫿見容瑕連開了好幾道門以後，才進了庫房裡面。擺在外面的十幾口紅漆大箱子，容瑕連看都沒有看一眼，直接帶著班嫿往裡走。中間的屋子擺著很多古玩字畫，班嫿對這些玩意兒並不感興趣，一眼掃過以後，就收起了好奇心。最裡面的屋子也很大，一排排整齊的架子上擺著大大小小的精緻盒子，有紅木的，有檀木的，有沉香木的，甚至還有金絲楠木的。她隨後打開一個沉香木盒子，裡面放著滿滿一盒玉佩，隨意得像是擺了一堆鵝卵石在裡面。

打開離她最近的一個大紅木盒，裡面擺著一套黃金頭面，上面的牡丹花瓣薄如蟬翼，巧奪天工。再打開其他盒子，什麼珍珠衫、玉枕、紅玉配飾等等，各色價值連城的珠寶，美得讓班嫿移不開眼。

「容瑕……」班嫿小心翼翼地取出一支鳳翅釵，這支釵美得讓她連呼吸都忘記了，「你們祖上該不是做摸金將軍的吧？」

他們班家也算是顯赫了，最金銀珠寶更是不少，但是像這種有錢也難尋的珠寶，他們家可沒有多得滿滿一個庫房都是。

「當然不是。」容瑕笑出聲，把班嫿手裡這支鳳釵插進她的髮間，「容家的祖上，曾有人做過前朝丞相，還有人娶過前朝的公主，妳小時候肯定沒有好好記譜子。」

大家出身的公子貴女，都會背各大家族的譜系，誰家祖上做了什麼大事，誰家祖上有多風光，大都能說上幾句，平日裡交流的時候，也能互相吹捧一番。他們容家是一個風光了兩三個朝代的大家族，京城裡不少人都知道他們祖上的風光事蹟。

「那些關係實在太複雜，我就背了幾個與我們家交好的家族。」班嫿從架子上取了一個鑲嵌著珠寶的手鏡照了照自己的頭髮，高興地看著容瑕，「這髮釵真漂亮。」

容瑕把這一串鑰匙放到班嫿手裡，「這裡的珠寶首飾全都是妳的，妳喜歡什麼就取來戴，每一樣都可以。」

「所有的？」鑰匙在班嫿手裡發出碰撞的叮噹聲，她不敢置信地看著容瑕，這可是容家祖上傳下來的東西，他也敢讓她隨便拿出去戴著玩？

容瑕目光掃過這間屋子，點頭笑道：「是的，這些珠寶待在這間屋子裡暗無天日很多年，還要拜託嫿嫿帶它們出去透透氣。」

班嫿笑得眼睛彎了起來，「好。」

她最喜歡這些漂亮東西了。

見班嫿高興的模樣，容瑕感覺自己童年心中缺失的那一塊終於填補了起來，被填得滿滿的，整顆心都是溫暖的。

「這個手串漂亮嗎？」班嫿挑了一個有異域風情的手串，上面有墜著繁複的珠寶，一邊要套著手指上，一邊要套在手腕上。班嫿的手臂又嫩又白，彷彿輕輕點一下，就能點出水來。

「很漂亮。」容瑕呼吸加重，在班嫿手臂上輕輕舔了一下，「但是更漂亮的是這隻手臂。」

「別鬧，我還沒洗手呢！」

「我不嫌棄。」

「可是我嫌棄。」

容瑕打橫抱起班嫿，笑著大步走出庫房，守在外面的心腹們齊齊低下頭，不敢多看。

「都愣著做什麼，還不去鎖門。」杜九乾咳一聲，喚回這些屬下們的神智。

世上總有這麼一個人，讓你怎麼摸都不夠，覺得她每一處都是迷人的。想從她的頭髮絲親到腳底，想要把她緊緊擁在懷裡，永遠都不放開，捨不得她受一點委屈。她皺一下眉，就會想盡辦法哄她開心，她若是笑著，便會覺得天是藍的，心是暖的，即便是為她去死，也心甘情願。

容瑕覺得自己已經愛死了身下這個女人，她身上每一處地方，都讓他捨不得移開唇。

世界上怎麼可能有這麼迷人的女人，他怎麼會如此為她入迷？他想不明白，也不想弄明白。

她的身體柔軟如雲端，她的唇甘甜如蜜，在她面前，他是毫無理智毫無立場的信徒，想要為她奉獻一切，只求她的雙眼會一直看著他，會一直戀著他，永不會移開。

溫暖的舌尖，滑過她的鎖骨，鎖住的卻是他的心。

一個半時辰後，班嫿從浴桶中出來，換上了新的衣衫，整個人就像是飽滿水潤的蜜桃，讓婢女們看得面紅耳赤，心跳如雷，偏偏連她們自己都不知道，心為什麼會不聽使喚。

「如意，」班嫿慵懶地單手托腮，眼角眉梢帶著絲絲媚意，「給我梳妝。」

「是。」

在頭髮梳好後，她從盒子裡取出那支容瑕給她戴到髮間的鳳釵，「用這支。」

如意接過這支髮釵，被這精湛的手藝驚得倒吸一口涼氣，「郡主，這支釵好漂亮。」

「就是因為它漂亮才選了它。」班嫿在眉間描了朵豔麗的花朵，「不然戴它做什麼？」

如意幫班嫿整理衣衫時，看到她的脖頸間有一道淡淡的紅痕，紅著臉道：「郡主說的是。」

好險，她剛才差點忍不住在郡主脖子上摸一摸了，她這是怎麼了？

班嫿剛換好衣服，梳好妝，就聽下人來說，太子來訪。

「侯爺呢？」半個時辰以前，容瑕就出去了，現在太子來訪，也不知道容瑕在不在。

「方才有人找侯爺，侯爺剛剛出府。」

「我馬上過去。」班嫿披上了件亮紅大氅，轉身就往殿外走，伺候的下人們趕緊跟上。

# 貳之章 ✿ 九死一生

「太子殿下，屬下跟侯府的下人打聽過了，成安侯現在不在府裡。」太子的長隨走了進來，面上帶著些許不悅。

「君珀不在也沒關係，孤就當是來拜訪表妹了。」蔣涵溫和一笑，面上並不見半分不滿。

「太子哥哥這是想我了？」

蔣涵轉頭一看，就見班嫿笑容滿面地走了進來，身後還跟著一大群下人，跟出嫁前一個樣。他被軟禁在東宮以後，外面很多消息都收不到，但是班家還時不時送東西進來，雖然只是一些時令果蔬，但是這份心意卻讓他十分感動。

雪中送炭者難，整個大業有多少人因為他是太子才送東西？唯有班家人，不管他得勢或落魄，對他一如既往，大概這也是父皇喜歡班家人的原因吧。

「嫿嫿，」蔣涵站起身，笑著道：「妳近來可好？」

「太子哥哥。」班嫿走進門，對太子行了一個大禮，仔細打量他一番後搖頭，「瘦了。」

蔣涵苦笑，「近來胃口不好。」

「唉……」班嫿嘆口氣，請太子坐下，「太子哥哥，您有什麼時，召我進宮就是，何必親自跑這一趟？」

「我不是來見妳，是來找成安侯的。」蔣涵知道班嫿是有話直說的性子，所以也不跟她拐彎抹角地說話，「不知表妹夫可在？」

「他剛才出門了。」班嫿招來一個下人，「你派幾個機靈的人去找侯爺，就說太子來訪，讓他快些回來。」

「表妹不必如此。」蔣涵忙道：「表妹夫不在，我與妳說幾句話也好，不用把他叫回來。」

「若是別人，我也懶得叫了。」班嫿輕笑一聲，「您是他的表哥，貴客來訪，哪有妹夫不在場的道理？」

「見妳在侯府生活得很習慣，我也放心了。」見班嫿說話有底氣，蔣涵臉上的笑容也真心了幾分，「原本我還擔心妳跟成安侯相處得不好，看來是我白擔心一場了。」

他內心是有遺憾的，嫿嫿成親的時候，他還被關在東宮，想要親自送一句祝福都不能。

「這怎麼能是白擔心，您可是我的後臺，若是他欺負我，您還要幫著我出氣。」班嫿理直氣壯道：「到時候您不會幫他，不幫我吧？」

「自然是幫妳的。」

表兄妹二人說著一些家常，陪坐在一旁的東宮官員暗自著急，太子與福樂郡主關係這麼好，怎麼不從福樂郡主身上下文章，到時候讓福樂郡主向成安侯吹吹枕頭風，事情不就成了嗎？

大半個時辰後，容瑕回來了，他一進門就向太子請罪。

「君珀不要多禮。」蔣涵伸手扶住，沒有讓他行完這個禮，「是我冒昧拜訪，打擾了你。」

「多謝殿下寬容。」容瑕在班嫿身邊坐下，並且對班嫿露出了一個溫柔的笑。

班嫿勾了勾他的手指頭，站起身道：「太子哥哥，你們聊，我去讓下人準備晚膳。」

等班嫿離開以後，容瑕臉上的笑容才淡了幾分，「殿下，您這次若還是為朝上的事而來，請恕微臣不能答應。」

「君珀……」

「殿下。」容瑕站起身對太子行了一個大禮，「微臣與郡主剛成婚，正是培養感情的時候，實在不忍與她分開。」

蔣涵沉默下來，他可以不在乎別的，但是表妹的事情卻不得不在乎。

片刻後，他才再次開口，「我知道現在讓你回朝是件為難的事情，可是大業需要你，大業的百姓需要你。」他站起身，對著容瑕行了一個深深的揖禮，「表妹那裡，我親自去向她致歉，但求侯爺幫孤一把。」

「太子殿下！」東宮官員驚駭地看著太子，堂堂一國儲君，怎麼能向朝臣行禮？

容瑕站起身，回了大禮，「殿下，微臣有一句話，不得不提醒您。」

蔣涵站起身，神情溫和地看著容瑕，「侯爺請說。」

「陛下身體虛弱，寧王虎視眈眈，即便您有心，但是朝中很多事也只能是無力。」

蔣涵聞言愣住，他不是不知道，只是裝作不知，而他身邊那些人也不敢跟他提這件事。

「我又怎會不知？」蔣涵苦笑，「但求無愧於心罷了。」

容瑕沒有說話，太子是個好人，卻不是一個好的皇帝。他若是太子，這個時候就會控制住寧王，並且趁此機會掌握朝中大權，架空皇帝的權力，讓這些不利的條件都變為有利。

可是太子太孝順，太忠厚，太柔和。

這樣的人，又怎麼壓得住朝中的大小事務，不過是癡心妄想罷了。

「太子若是有心，不如先撥款到受災地區，免其賦稅兩年，藉此安撫百姓的心？」容瑕眼神凌厲地看著太子，「當然，更好的辦法是責罰寧王，讓天下百姓看到朝廷的誠意。」

「可他……終究是我的弟弟。」蔣涵為難道：「若是處置了他，父皇與母后亦會難過。」

容瑕面色更加淡漠，「既然這一切太子都清楚，還讓微臣回朝做什麼呢？」

一灘扶不上牆的爛泥，偏偏還要讓他來扶，他又不是神仙。

就算是神仙，也不想沾一手的爛泥為自己添堵。

他要的，可不是一面爛牆。

「管家說，莊子裡送了一批新鮮的小菜。」班嫿走進來，發現氣氛有些不對勁，太子的屬官一臉不忿卻又不敢發作，太子的神情有些落寞，有些強顏歡笑的味道，唯有容瑕神情如常，優雅地坐在旁邊喝茶。

她走到容瑕身邊坐下，裝作沒有發現容瑕與這些人之間起了矛盾，「太子哥哥，我們好久不曾坐在一起好好說話了，今天您就留下來一起用飯，這位大人是……」

「下官是詹事府……」

「哦，原來是詹事府的大人。」班嫿打斷這個滿臉不高興表情官員的話，掩著嘴輕笑出聲，另外一隻手摸著鬢邊的鳳飛釵，漫不經心道：「看到大人現在的神情，我總是想到宮裡一些教規矩的嬤嬤。當年有個寵妃身邊的教養嬤嬤對我挑三揀四，我性子倔又年輕不懂事，便與這位娘娘爭辯了幾句，這些年一直沒有見過這位娘娘，不知道她現在怎麼樣了。」

太子的屬官臉色有些不太好看，他強壓著心頭的不滿，「不知這位娘娘是？」

「好像是叫宋貴嬪還是宋昭儀的。」班嫿把手捂在暖手爐上，眉眼一挑，「時日長了些，我都快忘了她叫什麼了。」

宋昭儀……

太子屬官臉色一變，他記得很清楚，五年前頗為受寵的宋昭儀因為得罪了某個貴人，被陛下厭棄，從此以後宮中再無這號人物。福樂郡主提到這位娘娘，是嫌他臉色不好看，影響到她心情了？難道宋昭儀得罪的貴人，就是當年還是鄉君的福樂郡主？

大冷的天，太子屬官覺得自己喉嚨裡彷彿滑進了一塊寒冰，冷得牙齒都忍不住打顫。他扭頭看向太子，見太子並沒有對福樂郡主有半分不滿，他就收斂了自己的表情，這位福樂郡主他可招惹不起，到時候被挨上幾鞭子，大約也是白挨了。

晚膳準備得很豐盛，每一道菜都講究色香味俱全。容家是傳承兩三朝的大家族，班家世代都是重口腹之欲的，所以兩家祖上積攢了不少食譜，現在兩家的後代成婚，飯桌上能擺上的菜式就更多了。

蔣涵與容瑕同桌吃過好幾次飯的，以前他來的時候，容家的飯食講究清雅養生，今日倒是與往時不同。他看了眼坐在容瑕身邊的班嫿，頓時心如明鏡。

太子屬官坐在下首，看著這一桌子菜，只覺得心疼，這福樂郡主也太過奢靡了，竟然用這麼講究的飯食。可惜容瑕一個如月淡雅公子，竟因沉迷於女色，任由她這般講究。

不過這些菜式味道確實很不錯，他忍不住比平日多吃了不少。

晚飯用過，洗手漱口後，蔣涵對容瑕道：「孤知道今日之事有些強人所難，但求侯爺能夠理解孤的為難之處。」

「殿下，自古忠義難兩全。」容瑕沉著臉道：「微臣以為，您明白這個道理。」

蔣涵沉默著長嘆一聲，「我雖是明白，但終究不忍。」

容瑕輕笑一聲，這聲笑顯得有些諷刺。

「既然太子已經這麼說了，那麼恕微臣無能為力。」

蔣涵只覺得自己面上火辣辣的疼，他轉頭去看班嫿，她正低著頭把玩手腕上的玉鐲，似乎對他們的聊天內容半點都不感興趣。太子的屬官不忍太子受此等為難，開口道：「殿下，天色漸晚，您該回宮了。」

蔣涵恍然回神，對容瑕與班嫿道：「表妹、表妹夫，我該回去了，告辭。」

容瑕與班嫿把太子送到容家大門口，直到太子上了馬車以後，夫妻二人才轉身回主院。

「太子來找你做什麼？」

「他想讓我回朝。」

班嫿皺了皺眉，「現在朝上混亂不堪，黨派林立，上次你還被陛下莫名其妙杖責，這種爛攤子，誰想去碰？更何況……」她頓了頓，「更何況寧王怎麼看都不是做皇帝的料，你隨他們鬧去，不用管。」

「我以為嫿嫿會讓我去幫太子。」容瑕有些驚訝地看著班嫿，「原來妳竟是這樣想的。」

「我怎麼想沒用的。」班嫿搖頭，「祖父與祖母曾對我說過，天下萬物都是盛極必衰，衰極逢生。如今朝堂變成這樣，就算你去了也改變不了太多東西，我希望你安然無事。」
幾年後新帝繼位，才不會被捲入那場抄家的風波中。
「祖父與祖母說的對。」容瑕笑了，「衰極逢生，這個天下總會有轉機的。」
第二日一早，班嫿收到了一張來自東宮的請柬，太子妃邀請貴族女眷們到東宮品茶，班嫿身分尊貴，自然在受邀之列。
她拿著請柬翻來覆去看了好幾遍，越看越覺得這封請柬像是太子妃親筆書寫，雖然她在書法上沒有什麼造詣，但是請柬下方的太子妃私印她還是認識的。
「郡主，太子妃與咱們關係一直不太好，要不，咱們不去了吧？」如意擔憂地看著班嫿手中這份請柬，「奴婢擔心她會故意為難您。」
「怎麼能不去？」班嫿把請柬扔回桌上，「這可是我出嫁後收到的第一份請柬，我不僅要去，還要風風光光漂漂亮亮地去。至於太子妃那裡，她不敢對我怎麼樣。」
以石氏現在的處境，她除非腦子不正常，不然絕對不會做出讓她不快的事情。
更何況，她已經知道石飛仙並不是指使刺客刺殺她父親的幕後兇手，所以她願意給太子妃這個面子，或者說是給太子一個面子，反正她是閒不住的性格。
到現在她還不知道真正的兇手是誰，可是這件事牽涉到朝堂爭鬥，已經不是她輕易動手去查的事情了。但是她不甘心，總覺得這件事不查清楚，她的心裡就不踏實。誰知道這個幕後黑手躲在哪裡，會不會再次算計班家？
她隱隱約約察覺到這件事背後有雲慶帝插手，所以她才會如此縮手縮腳。陛下想要藉著她父親遇刺的事情來打壓石家，真相於他而言，並不重要，他甚至想要班家相信那就是真相。
「郡主？郡主？」
班嫿收回神，她看如意，「把那件煙霞鍛做的宮裝取出來，明日我穿那件進宮。」

「會不會顯得……華麗了些。」如意見過那件煙霞鍛的宮裝，據說是侯爺在郡主還沒進門前就讓人開始做了，前兩日才全部完工，整件衣服美得猶如仙衣，毫無瑕疵。

若不是她親眼瞧見，她怎麼也不敢相信，侯爺那般淡雅的人，竟會為郡主準備如此華麗的衣衫，她還以為依侯爺的性子，會喜歡郡主穿得素雅出塵一些，而不是那些華麗得讓人移不開視線的衣物。

「華麗才好。」班嫿對著鏡子照了照自己的臉，「看到她們想要罵我，想要嫉妒我，卻不得不忍著的模樣，我覺得好極了。」

如意聞言小聲笑道：「您還記著她們說的那些閒話呢？」

「我又不是聖人，別人說了我閒話，我當然要記著。」班嫿把口脂點在唇上，然後抿抿唇，「女人活得那麼大度幹什麼，那是寬恕了別人，委屈了自己。」

如意點頭道：「郡主說的對。」

左右她們家郡主說什麼都是對的。

宮中，寧王住所。

「王妃，」宮女把一面鏡子舉到謝宛諭面前，「您看這樣行嗎？」

謝宛諭點了點頭，胭脂恰到好處的遮掩住了自己有些蒼白的臉，口脂讓她的唇看起來紅潤有光澤。妝容大概是世界上最神奇的東西，可有把女人所有的疲倦與情緒掩埋，心中的那些想法，除了自己無人可知。

「時辰快到了吧？」她眨了眨眼，讓自己眼睛看起來更加有神。

「是的。」

「那便走吧。」

早春有些寒，謝宛諭身上披了一件狐毛披風，一路行來，有不少宮女太監對她行禮，這些以前讓她無比享受的場面，現在卻讓她不能升起半分情緒。她不過是比這些宮女太監身分更高的可憐人而已，受了這些人的禮，又有哪裡值得沾沾自喜？

剛走到東宮門外，她聽到了身後不遠處傳來說話聲，而且還非常熱鬧。她停下腳步，回頭望身後看了過去。

班嫿被幾個宮女太監圍在中間獻殷勤，有人誇她氣色好，有人誇她衣服漂亮，她聽得高興，就賞了這些人一把金瓜子，見前面還站這人，便忍不住多看了幾眼。

謝宛諭？

注意到謝宛諭臉上稍顯得有些厚重的妝容，班嫿沒有繼續往前走。

兩人的視線在空中交匯，讓班嫿有些驚訝的是，謝宛諭竟然對她點了點頭，然後轉頭就進了東宮的大門。

謝宛諭什麼時候變得這麼好相處了？班嫿覺得自己整個人都震驚了。

得了班嫿上次的宮女太監更加殷勤，把班嫿迎進東宮，又行了大禮以後，才匆匆退下。

「成安侯夫人還沒來呢？」有位伯爺夫人看了眼四周，對身邊的女眷道：「我還急著見一見這位新嫁娘呢！」

「什麼成安侯夫人？」這位女眷聲音有些細，笑起來的聲音聽起來帶著嘲諷的味道：「福樂郡主的爵位可比成安侯高，我們該叫成安侯郡馬才對。」

關於稱呼問題，向來是卑從尊，只是成安侯與福樂郡主這一對有些讓人為難。

若稱成安侯為郡馬，成安侯的爵位又不低，現在雖然還沒有回朝，但是吏部尚書這個職位還掛在他的頭上，更何況他還有可能是皇帝的私生子。若稱福樂郡主為侯夫人，也是不妥，按照品級算，福樂郡主可要比成安侯高出兩級。

福樂郡主嫁給成安侯，竟是低嫁了。

「各位夫人姊姊妹妹，想要怎麼叫我都行。」班嫿笑著走了進來，「妳們覺得哪個順口就叫哪個，我跟侯爺都不在意這些。」

諸位女眷回頭，就見妝容華麗的班嫿走了進來。她們先是被班嫿的宮裝驚豔，隨後便反應過來，福樂郡主嫁給成安侯那般清俊的君子，還過得如此奢靡，不怕成安侯厭棄她嗎？

成安侯願意去求娶福樂郡主已經讓她們吃驚，福樂郡主還如此不顧及成安侯的想法，這也太猖狂了。這麼不想好好過日子，成安侯就算是難得的君子，又能忍她幾時？

「臣婦見過太子妃，來得遲了些，請太子妃恕罪。」班嫿在眾人打量的目光中走到太子妃面前，對她行了一個禮。

「自家人不必這麼多禮，快快請坐。」太子妃笑著邀請班嫿坐下，「我在宮中閒著無事，就想請諸位來說說話，喝喝茶，看看戲。」說著便把一本戲摺子遞到班嫿手裡，「郡主看看有什麼想聽的。」

班嫿隨意點了一齣熱鬧的戲，便把戲摺子還給太子妃。

太子妃見她沒讓自己難堪，心中大定，她就怕班嫿還惦記著二妹那事，故意令她下不了臺。

戲曲剛演了一會兒，皇后派人送來了一些瓜果點心，說她身子不適，不好來湊熱鬧，讓大家玩得開心。

皇后此舉給足了太子妃的顏面，女眷們紛紛誇讚皇后心疼太子，心疼太子妃云云，逗得太子妃臉上笑容連連，連不喜歡的點心都用了兩塊。

茶水喝多了，女眷們就要起身去後面更衣，班嫿去後面的時候，發現謝宛諭跟了過來。身為王妃，謝宛諭出來竟然只帶了一名宮女，這個宮女還是謝宛諭在閨閣中伺候的。

「班嫿，」謝宛諭在經過班嫿身邊時，忽然推了她一下，「妳怎麼回事，會不會走路？」

「妳幹什麼？」如意伸手扶住班嫿，瞪著謝宛諭，「王妃，請自重。」

謝宛諭看了班嫿一眼，輕哼一聲，轉身便走。

「她……她……」如意氣得低罵道：「有腦疾啊！」

班嫿抬頭看著謝宛諭離去的方向，扭頭在四周看了一眼，發現在遠處的假山旁有兩個不起眼的太監站在那。

「沒事。」班嫿帶著如意進了內殿，打開了手中的一張紙條。

如意震驚地看著班嫿手裡的紙條，快速往四周看了一眼，然後若無其事地打開了旁邊一扇窗戶，彷彿只是想開窗透透氣，偏偏身體剛好把班嫿遮住。

『寧王有殺人之意，小心。』

班嫿看著紙條上的這幾個字，然後把紙條撕碎，放進自己隨身攜帶的一個香包中。

她與謝宛諭關係並不好，謝宛諭為什麼提醒她？

因為蔣洛傷了她的大哥，還是蔣洛對她不好？

謝宛諭難道沒有想過，萬一她把這個紙條呈到陛下面前，會引來多大的後果？她走到銅鏡前扶了扶鬢邊的鳳釵，對如意道：「回去吧。」

「是。」如意沒有問班嫿那張紙條上寫了什麼，但她心裡清楚，這張紙條中一定會有很重要的消息，不然郡主不會慎重地把紙條撕碎。

回到聚會的殿上，班嫿見謝宛諭已經坐回她的位置上了，見到她進來，謝宛諭連一個眼神都沒有給她。倒是太子妃見到她進來以後，對她笑了笑。

石氏打從心底不喜歡班嫿，當初班嫿帶人衝到相府，逼著人把二妹帶到了大理寺，這口氣太子妃一直記在心裡。更諷刺的是，她妹妹心儀的男人，卻被班嫿得到了手。

班嫿嫁給容瑕已經有小半個月了，可是她面色紅潤，神采飛揚，明顯成親以後的日子過得很好，班嫿才會這般肆意。還有她身上那條宮裙，是用難得一見的煙霞鍛製成，不知道的人只當是班家捨得陪嫁，只有她心裡清楚，這條裙子不是班家為班嫿準備的。

她記得很清楚，煙霞鍛整個大業都很少，就算有，最多也只能拿來做一條披帛或是手帕，做成一條裙子就太過奢侈了，更何況這等好東西，就算有心奢侈也很難買到。

據說煙霞鍛做工極其複雜，布匹放太久都不會折損顏色，即使放上一百年，它還是如雲霞般美麗，但是會這門手藝的織娘已經病逝，她沒有後人沒有徒弟，手藝便已經失傳了。

所以，現在就算哪家想找煙霞鍛做條裙子，那也不能夠。

她聽人說過，當年陛下登基的時候，特意賞了老成安侯一匹煙霞鍛，但是由於成安侯夫人林氏不喜歡華麗的東西，這煙霞鍛便再沒在成安侯府出現過。沒想到時隔二十餘年，這煙霞鍛竟是用在了班嫿的身上，成安侯對班嫿倒是很捨得。

用午膳的時候，一位夫人終於沒忍住，對班嫿道：「郡主，您身上的宮裙真漂亮，不知道是用什麼料子做的，是哪位繡娘的繡工？」

「這我倒是不太清楚。」班嫿無奈一笑，「挑衣服穿的時候，我也不管它是什麼料子，是什麼繡工，見它漂亮就穿上了。」

這位夫人乾笑道：「這衣服倒是襯郡主您的美貌。」

班嫿笑了笑，竟是把這句稱讚笑納了。

其他夫人也忍不住多看了好幾眼班嫿身上的宮裝，確實是美，人美衣服美，美得讓一眾女眷連嫉妒心都不好意思有。

「郡主這般奢靡，怕是太過了些。」一個年輕女眷道：「成安侯是節儉的性子，您這麼做，讓其他人怎麼看待侯爺？」

班嫿挑眉看向這個說話的女眷，不怒反笑道：「這位夫人真有意思，我的郡馬怎麼看待，是我夫妻之間的事情，何須妳來操心？更何況，這宮裙本是侯爺為我訂做的，他讓人做好了我便穿，這與外人有何干係？」

這位夫人聞言，面色潮紅，好半天才小聲道：「是我理解錯了，郡主何必如此咄咄逼人？」

「妳一個不相干的外人都管著我穿什麼了，還嫌我咄咄逼人？」班嫿嗤笑一聲，「這是哪家的女眷，竟是連這點規矩都不懂。瞧著年紀也不小了，連不議他人私事都不知道嗎？」

「福樂郡主，這位是國子監祭酒的夫人，娘家姓楊。」一位有心討好班嫿的夫人小聲道：「她上面還有個姊姊。」

「楊？」班嫿仔細想了想，隨後搖頭道：「沒甚印象。」

「細論起來，成安侯府原本與她的娘家還有些淵源。」這位夫人臉上的笑容有些古怪，「這位國子監祭酒夫人的姊姊，原本是成安侯兄長的夫人，令兄病逝以後，楊氏便打了腹中的胎兒，回娘家改嫁了。」

班嫿挑了挑眉，語氣淡然道：「原來竟是如此。」

容瑕大哥病逝，楊氏打掉胎兒改嫁，從人性角度來說，並不是天大的錯誤，但是從人情上來說，又顯得過於寡情了。夫君剛死，屍骨未寒，便急切地打掉孩子回娘家改嫁，這事做得確實讓人寒心。

同為女人，她對此事不予置評，只是不喜歡現在這位小楊氏對自己的私事指手畫腳。她朝小楊氏瞥了一眼，見對她慌張得連手腳都不知道怎麼放，頓時連說話的心思都沒有了。

膽子小成這樣，還要為容瑕操心一下聲譽問題，她該謝謝這位夫人對自己郎君的關心嗎？

有了這個插曲，班嫿理直氣壯地起身向太子妃告辭。太子妃知道她的性子，若是苦留著她，還不知道會鬧出什麼事，所以只好讓身邊得臉的宮女把人親自送出去。

等班嫿走了以後，太子妃臉色不太好地看了小楊氏一眼，隨後漫不經心道：「我們做女人的，好好過好自己的日子就成，若是對別人指手畫腳，就顯得不討人喜歡了。」

在場眾人知道太子妃是在說小楊氏，但都裝作沒有聽出來，紛紛上前附和。現如今太子起復，陛下身體不知道什麼時候才好，眼看著大業朝就要屬於太子，他們誰敢得罪太子妃？

小楊氏尷尬地陪坐在一旁，出了宮以後，躲在馬車裡哭了一場。她覺得自己今天丟臉極了，不僅被福樂郡主奚落，還讓太子妃厭棄了。她不明白，太子妃明明與班家人關係不好，為什麼卻要幫著班嫿說話，她不應該盼著班嫿難堪嗎？

班嫿回到侯府，容瑕已經在屋子裡等她了，

「嫿嫿今日真美。」容瑕起身牽住她的手，「今天的聚會有意思嗎？」

「能有什麼意思。」班嫿坐到鏡前，取下釵環等物，「無非是比夫君，比孩子。比夫君，她們誰能比得過我？比孩子，我又沒孩子，跟她們也聊不到一塊去。」

「我有那麼好？」容瑕臉上的笑容更加明顯。

「在我眼裡，你就是最好的夫君。」班嫿扭頭看容瑕，拉著他的衣襟，讓他彎下腰以後，在他臉頰旁吻了一下，「乖。」

被她哄孩子的舉動逗笑，容瑕幫班嫿取髮間的髮釵，「如果沒意思，下次我們就不去了。」

「怎麼能不去？」班嫿笑，「不去我怎麼聽各種八卦？」

「對了……」班嫿把謝宛諭給她紙條這件事告訴容瑕了，她皺起眉頭道：「上次蔣洛刺殺你不成，陛下把他給保住，他現在還不死心。你們兩個究竟有多大仇，他一心想要你的命？」

班嫿非常不理解蔣洛的做法，想要爭權奪利，除了刺殺這一條路，就沒有別的方法嗎？好好動一動腦子不行？

「仇？」容瑕的拇指滑過班嫿的臉頰，眼神平靜無波。

「寧王生性暴虐，行事全憑心意，只要我做的事情不按他所想，他便與我有仇。」容瑕笑了笑，「我只是替大業的百姓擔心，未來該如何是好？」

班嫿嘆口氣，沉默良久後道：「謝宛諭是在向我們示好，還是向太子示好？」

容瑕伸出手指，輕輕壓住她輕皺的眉頭，「無論她想做什麼，現在為她煩惱都不值得。」

班嫿捏住他這根手指頭，輕笑一聲，「我知道，你近來要小心。」

「好。」

自從上次刺殺事件以後，容瑕在主院安排了很多護衛，整個侯府全都徹查了一遍，陰溝裡翻了一次船，他就不想再犯第二次同樣的錯誤。

正月底，寧王一家人終於從宮中搬了出來，王府是早就準備好的，寧王雖然心裡不痛快，但是搬進新家後，卻不得不裝作興高采烈的模樣，擺酒席邀請別人來府中做客。

最讓蔣洛生氣的是，班家與容瑕竟然找了個藉口，送來了賀禮卻不來人，這幾乎等於告訴整個京城的權貴，成安侯府與班家跟他關係不好。

若是只有這兩家便罷了，偏偏有好幾家稱病，恭恭敬敬讓人送來厚禮，但是家中連個小輩都不派來。這些人大多與容瑕關係比較不錯，或者說一直比較推崇容瑕。

聽完下人來報，蔣洛把　家人送來的禮盒掀翻在地，價值近千兩的玉觀音被摔得粉碎。

寧王身邊的長隨看到摔碎的是玉觀音後，嚇得面色大變，今日是王爺喬遷之日，摔壞玉觀音也太不吉利了。他想要伸手去收拾地上的碎玉片，結果卻被寧王一腳踹開，寧王的腳踩在了玉觀音頭上，眼中滿是陰霾。

「都是些不識抬舉的狗東西！」

謝宛諭站在門口，看著寧王越來越控制不住自己的情緒，輕笑一聲，轉身離開。

「王妃，」宮女陪她回到屋子裡，「您送給福樂郡主的那張紙條，會不會讓福樂郡主以為寧王想要暗殺成安侯？」

「那就是她自己的事了。」謝宛諭的笑容有些陰沉，「該給的人情我已經給了，若是她自己不小心，就不能怪我了。」她現在雖然已經不太討厭班嫿，但是也談不上有什麼喜歡。她現在過得如此不順，別人若是有熱鬧，她非常願意觀看。

少了好些比較重要的人物，蔣洛舉辦的這場喬遷新居宴席顯得頗冷清，從宴席開始到結束，他的臉色一直不太好，中途有個丫鬟伺候得不合心意，還被他當眾踢了一腳，最後這個丫鬟是被其他人抬下去的。

旁邊人見寧王如此草菅人命，忍不住心寒。這頓飯吃得是主不心悅，客不盡興，大家起身告辭的時候，竟有些匆忙之感。

「劉大人。」有人叫住劉半山，小聲問道：「聽說大理寺最近接了一件有些棘手的案子？」

這件案子棘手的地方就在於，被告是寧王府的管家，寧王打定主意覺得，大理寺若是動了他的管家，就是折了他的顏面，所以竟是不讓大理寺把人拘走。

管家手裡犯了三條人命，寧王竟因為面子，不讓大理寺把人帶走，這實在惹人詬病。

劉半晌嘆息一聲，搖頭不欲多說。

這位大人理解地拍了拍他的肩膀，「我們倒是沒關係，只可憐天下的百姓……」

心知肚明，卻又無可奈何，這就是大業朝廷的現狀。

十日後的大月宮中，雲慶帝的精神頭格外好，最近一段時日，他不僅能漸漸走幾步，就連飯食都比往日多用了些。他對容瑕與班嫿越發看重，總覺得自己現在的好狀態，都是這兩人的喜氣帶來的。

「近來又有多少彈劾寧王的？」他看向站在下首的太子，喝了一口養生茶，見太子仍舊欲言又止，皺起眉頭道：「太子，你雖是寧王的兄長，但你也是大業未來的帝王，有什麼話不敢說，不可說的？」

蔣涵跪下道：「父皇，您千秋萬代，兒臣願意做一輩子的太子。」

殿內安靜下來，太子跪在地上不敢抬頭，唯一能夠聽到的聲音，就是自己急促的呼吸聲。

「沒有哪個帝王能夠千秋萬代，朕也一樣。」雲慶帝神情莫測，「你起來回話。」

蔣涵站起身，看著父皇蒼老的容顏，還有灰白的頭髮，想起十幾年前，父皇握著他的手，教他一筆一劃寫字的情景。他不忍父親因為這些事影響心情，二弟做的事確實太過了些。

「還沒想好怎麼替你二弟掩飾？」雲慶帝把手裡的一道奏摺扔到太子懷裡，「老二搬到寧王府還不到十日，就有三個下人失足摔死，你若是還替他隱瞞，是不是要等他把人殺光以後？」

「父皇息怒，兒臣已經勸過二弟了。」蔣涵見雲慶帝氣得臉都白了，上前輕輕拍著雲慶帝的背，「有什麼話您慢慢說，不要把身體氣壞了。」

「哼！」雲慶帝冷笑，「他派兵鎮壓災民，有效果嗎？」

他可以不在意一些賤民的性命，卻很在意自己的兒子做事沒腦子。身為高位者，應該有最基本下決策能力，如果連這一點都做不到，還能成什麼大事？

蔣涵面色頓時黯淡下來，「兒臣已經想辦法安撫各地災民，不會出現太大的亂子。」

「朕知道了。」雲慶帝擺手，「你退下。」

「父親，二弟尚還年幼，您再給他幾個機會……」

「太子。」雲慶帝打斷太子的話，「朕十五歲的時候就知道，怎麼才能成為一個皇帝，怎麼治理一個國家。身為帝王，可以憑愛好偏寵一些人，但若是過了這條底線，那便是昏君。」

「朕不盼你成為一代明君，至少不要因為偏心自己人釀成大禍，最後遺臭萬年。」雲慶帝擺手，「你退下好好想想。」

「是。」蔣涵面色慘白地走出大月宮，半路上遇到了來向皇后請安的謝宛諭。

「太子殿下。」謝宛諭見太子面色不好，就知道他又被父皇斥責了。

「弟妹。」蔣涵略看了謝宛諭一眼後，便移開了視線，沒有半分的冒犯。

謝宛諭想，太子實際上是個很不錯的男人，只是性格太過溫和了。她福了福身，「太子殿下，弟媳有一句想要告訴您。」

「什麼？」

「我發現寧王近來情緒不太對勁，我擔心他身體出了問題。」謝宛諭低頭看著自己的腳尖，「不過我們家王爺不太喜歡跟我說他的事情，我若是勸他去看看太醫，他也是不會肯的。」

「妳的意思說，二弟近來性格越來越不好，是因為身體不好？」蔣涵雙眼一亮，彷彿替蔣洛找到了犯錯的藉口。

「或許吧。」謝宛諭有些同情這位太子了，他至今都還不知道，他之前因為與后妃不清不楚被陛下軟禁，並不是巧合，而是蔣洛特意設計的。他還在替蔣洛開脫，卻不知道蔣洛把他當作眼中釘，不拔除絕不甘心。

這兩兄弟真有意思，明明同父同母，性格卻南轅北轍。

「多謝弟妹告知。」蔣涵想了想，「我會與母后商量此事的。」

「有勞太子了。」謝宛諭臉上頓時露出了感激的神情，「若是您與母后勸一勸他，他定會聽你們的。」

蔣涵苦笑，只怕他的話，二弟也是不想聽的。

「對了，之前宮裡的發生那個誤會，太子解釋清楚了嗎？」謝宛諭狀似無意道：「我相信太子不會做這件事，為了這點小事與陛下產生誤會，也不划算。」

聽謝宛諭提起當日那件事，蔣涵臉上的笑意終於繃不住了。

被軟禁在東宮以後，他無數次回想當日究竟是怎麼一回事，他怎麼會與父皇的嬪妃待在一個屋子裡，還偏偏被父皇發現了。一切彷彿只是巧合造成的誤會，可是又怎麼會這麼巧？

他懷疑過自己是被幾個庶出的皇子算計了，但是他們都不受父皇重視，手中又沒有實權，算計了他對他們又有什麼好處？

「殿下若是想要查清真相，可以去問問我家王爺。」謝宛諭笑得一臉自在，「王爺身邊有個太監與那位嬪妃身邊的某個宮女關係好，您不如讓這個太監幫著問一問，或許就能說清裡面發生的事情了。」

「妳說二弟身邊的太監與這位嬪妃身邊的宮女關係很好？」

「對啊。」謝宛諭不解地看著太子，「怎麼了？」

「沒事。」蔣涵面色更加難看，「弟妹請隨意，我先告辭。」

「太子殿下慢走。」謝宛諭笑咪咪地看著太子遠去的背影，眼中滿是快意。她的大哥如今被疼痛折磨得瘦骨嶙峋，寧王憑什麼還要有一個處處為他著想的長兄？

做了缺德事，還想要好處占盡，世間哪有這等好事？

嫁給這樣一個男人，既然不能與他和離，她寧可當個寡婦，也不想看他榮耀一輩子，甚至還坐到人間至尊的位置上。

二月初二，是大業朝的農耕日，到了這一天，皇帝都會親自帶著皇后到農田裡耕田播種，向上蒼祈福，希望這一年風調雨順，五穀豐登，但是今年不同，皇帝行動不便，只好由太子代帝王出行。除了太子外，宗室貴族、朝中要員，都要在這一天陪駕，扛著鋤頭挖兩下土，女眷們則拿著種子撒幾下。

班嫿未成婚以前，是不用參加這種活動的，可她現在已經成親，代表著一個能夠撐住家庭的婦人，她出身又高，這次的農耕節就必須現身了。

穿著短打棉衣，一頭青絲用花布圍著，再用兩支木簪固定，其餘首飾全部拆下，班嫿照著鏡子，忍不住想，三四年以後，她若是沒了爵位，大概就要這樣穿戴了。

「郡主真是天生麗質，就算是這麼簡單的衣衫，也不能遮掩您的美。」如意替班嫿洗去指甲上的丹蔻，確定自家郡主身上再沒有其他讓人挑剔的地方以後，才道：「郡主這般打扮，也別有一番美呢！」

「如意，妳知道我最喜歡妳哪一點嗎？」班嫿拍了拍身上顏色黯淡的粗布衣服，「我最喜歡妳的嘴甜。」

旁邊的玉竹聞言後，笑著道：「郡主，奴婢嘴也甜，您也要多疼疼我。」

「疼疼疼，妳們這些小美人我都疼。」班嫿抓住兩人的手，調笑道：「也不知道以後會便宜哪兩個臭男人，把我家這兩個小美人娶走。」

「郡主，奴婢不要臭男人，奴婢只想留在您的身邊伺候您。」

門外，臭男人一員的容瑕神情複雜地看著自家夫人左擁右抱，感覺自己就像是發現丈夫偷香竊玉的原配，酸溜溜地找不到理由發洩。

「嫿嫿，」容瑕敲了敲門，打斷了班嫿與婢女們的玩樂，「我們該準備出門了。」

班嫿扭頭看去，發現容瑕身上穿著灰色粗布衣服，頭髮用一條布搓的頭繩繫著，唯一與這套衣服不搭的就是他白皙的臉蛋，還有那嫩得出水的脖頸。她忍不住雙眼一熱，若是容瑕真的是個普通人，以這樣的形象出現在她面前，指不定她真的會忍不住把他圈養起來。

她起身走到容瑕身邊，牽住他的手，「那我們走。」

容瑕似笑非笑地看了眼如意、玉竹等婢女，「嫿嫿與她們的感情真好。」

「放心吧，美人，我最愛的人永遠是你。」

容瑕眼神炙熱的看著班嫿，「這句話若是換成我永遠最愛你就更好了。」

班嫿眨了眨眼，又擺出了自己的招牌無辜臉。

「妳不說？」容瑕伸手在她臉蛋上摸了摸，「那我跟妳說。」

「說什麼？」

「我永遠只愛妳。」

班嬙腳步微頓，她轉頭看容瑕，望進了他深不見底的雙眼中。有些人的眼睛，就是最魅惑的存在，班嬙覺得自己看到的不是一雙眼睛，而是耀眼浩瀚的星空，那裡面的景色太美，也太朦朧，她看不懂這裡面所有的景色。

移開自己的雙眼，班嬙笑了笑，纖長的睫毛美得猶如晨霧。

容瑕握緊她的手，牽著她坐進馬車。

「容瑕，」班嬙掀起簾子看著外面繁華的京城，「你看外面。」

容瑕傾身靠近班嬙，看著車窗外的景色，但是除了過往的行人、酒肆店鋪外，外面並沒有特別的東西。

「好看嗎？」

容瑕看向班嬙，她臉上的表情很平靜，他一時間竟不知道自己該點頭還是搖頭。想了想，他還是誠實地問：「什麼好看？」

「京城的繁華好看。」

他們乘坐的馬車很華麗，所以引起了過往百姓的觀看，班嬙在他們臉上看到了羨慕、嫉妒，更多的卻是敬畏。因為他們知道，即便窮極一生，他們也不會過上如此風光的生活。

容瑕伸開手掌，與班嬙十指相扣，「我會讓妳看盡一生的繁華，相信我。」

班嬙眼瞼輕顫，緩緩看向容瑕，「一生？」

「對，一生，一輩子。」容瑕笑看著她，「妳喜歡京城的繁華，那我們就儘量把它留下，好不好？」

班嬙沒有回答好與不好，她看著容瑕精緻的下巴，忽然問：「你喜歡穿玄色的衣服嗎？」

容瑕凝視著班嫿的雙眸，半晌後道：「妳喜歡我穿玄色衣服？」

「我更喜歡你衣衫半褪，或是什麼都不穿的樣子。」班嫿笑得一臉曖昧。

「嫿嫿，」容瑕深吸幾口氣，才把湧上心頭的燥意壓下去，「妳再這麼說話，我今天大概就要御前失儀了。」

「陛下今日不會來。」班嫿在他下巴上親了一口，笑嘻嘻地推開他，「你可是正人君子，別做出失禮的事情。」

容瑕苦笑，有這樣一個妖精在身邊，他還做什麼正人君子？

「侯爺，御田到了。」

容瑕掀起簾子走了下去，然後轉身去扶班嫿。班嫿站在高高的馬凳上，比他還高出了小半個頭，她居高臨下地看著他，就像是驕傲的小孔雀，「我答應你。」

容瑕愣住，隨後露出一個燦爛的笑容。

「成安……」姚培吉看到成安侯府的馬車停下，正準備上前去打招呼，哪知道看到成安侯與福樂郡主情意綿綿地對望微笑，他這個半老頭臊得有些不好意思上前打擾了。他摸了摸自己的臉，轉過身裝作自己什麼都沒看見。

「姚尚書，」劉半山走了過來，對他行了一個禮，「您站在這做什麼？」

姚培吉乾咳一聲，給劉半山回了半禮，「老夫就是四處瞧瞧，四處瞧瞧。」

劉半山見他神情不對勁，往四周看了一眼，就瞧見成安侯扶著福樂郡主從馬凳上跳下來。成安侯小心翼翼的模樣，就像是捧著珍寶似的。

福樂郡主跳下馬車以後，不知道說了什麼，逗得成安侯臉上的笑容就沒有消失過。

劉半山與姚培吉在角落裡足足站了近一炷香的時間，容瑕才發現他們的存在。他牽著班嫿的手，走到兩人身邊，互相見過禮後，容瑕道：「兩位大人的夫人在何處？」

「拙荊身體不適，我讓她在府中休養了。」姚培吉轉頭看劉半山，「令夫人應該來了吧？」

劉半山知道成安侯是在擔心福樂郡主一個人無聊，想要找個人陪伴，於是道：「拙荊馬上就過來，請稍等。」

班嫿看到一個笑容滿面，身材略豐滿的女子朝這邊過來。她看了眼劉半山瘦削的身材，這兩人竟是夫妻，這倒有些意思。

劉夫人是個很和氣的人，她身分不太高，但是在班嫿面前，卻不會過於急切地討好她。女眷與男人是分開的，劉夫人帶著班嫿到了女眷們等待聖駕來臨的地方，然後小聲地為她講解農耕節她們要做的事情。

雖然這位劉夫人行事很周到，並且沒有半點諂媚，但是與她相處一陣後，她還是能夠感覺到這位劉夫人對她過於恭敬了，或者說過於看重她了。

劉半山雖然只是大理寺少卿，品級不如她與容瑕，但劉夫人也不至於如此恭敬。

等了大約有小半個時辰，太子與太子妃終於駕到，他們從豪華的太子馬車上下來時，作農人打扮，太子妃手裡還提著一個藤編的籃子。

旁邊有禮官提醒太子需要做什麼，需要小心什麼，其餘的朝臣與命婦都恭敬站著，直到太子與太子妃動手以後，朝臣與命婦才有樣學樣，努力做出熱火朝天的繁忙模樣。

踩在鬆軟的泥土上，班嫿發現這些土全都翻過，不見一株雜草，也不見一粒超過大拇指大小的石子，這塊地乾淨得不像正常的土地。班家別莊四周的土地都屬於班家，她沒事的時候常與父兄玩，所以見過不少農人做農活的場面，土沒有這麼鬆軟，也不可能沒有雜草，石子、乾枯的枝椏都是常有的，看來都是哄人的玩意兒。

班嫿把手裡的種子往挖好的坑裡扔，每個坑裡扔三四顆，是死是活就要靠天命了。

她的手腳更快，不一會兒就撒了一壟，轉頭見其他命婦都已經被她遠遠甩在了身後，她看著腰間竹筐裡的種子，對身邊的小太監道：「我是不是做得快了些？」

似乎有不合群的嫌疑，雖然她本來就不怎麼合群。

「郡主手腳麻利，是好事。」小太監乾笑，本來就是隨便應付的事情，就算這些貴人就只扔了一兩粒種植，也會有下面的人把剩下的補齊，並且保證田地裡的作物長得比誰家的都好。

他也沒有想到福樂郡主手腳會這麼麻利，扔種子的姿勢還有那麼幾分味道，他一個粗使太監也不敢打斷福樂郡主扔種子的興致，只敢老老實實地跟在她身

班嫿站直身體，往四周看了一眼，看到遠處容瑕正在給地鬆土，雖然她覺得這些土軟得都像是被人鬆過無數次。

「郡主，」劉夫人走到她身邊，「您累了沒有，若是累了便過來休息一會兒吧。」

農田旁邊早就搭好了棚子，裡面桌子椅子墊子瓜果點心一應俱全。

班嫿洗乾淨手，就進了棚子。其他命婦見到是她，紛紛起身相迎，班嫿抬了抬手道：「諸位不必多禮，都坐下吧。」

「郡主真厲害，竟做了這麼多活。」一位夫人吹捧道：「妾身瞧著真羨慕。」

「沒什麼好羨慕的。」班嫿道：「我是武將世家出身，力氣比妳們大一些並不奇怪。」

其他人聞言又誇讚班家祖上如何了不起，如何跟隨太祖打天下，如何保衛大業邊疆。

宮女們進來奉茶，給班嫿奉茶的宮女手一抖，茶水不小心漫過杯沿，濺在了桌上。

「郡主恕罪，郡主恕罪。」

班嫿見這個宮女不過十三四歲的年齡，臉上稚氣未退，眼神驚懼，像是受了驚的小白兔，瞧著有些可憐，便遞給了她一塊手絹，「無礙，小心別燙傷了自己。」

「謝郡主。」宮女捏著手帕沒有擦手背，而是把杯中原本的茶水倒了出去，端起茶水往杯中續了水。

「請郡主慢慢飲用，奴婢告退。」宮女捏著手帕，用袖子擦去桌上的水，匆匆退了出去。

班嫿端起茶杯輕輕抿了一口，便放了下來。

劉夫人坐在班嫿的下首，她在班嫿耳邊小聲道：「這邊的茶水不太好，因為太祖曾說過，身為龍子鳳孫，不可沉迷於享受，所以御田的茶都又苦又澀，頂多拿來解解渴。」

班嫿見其他命婦面上為難，但都捧著杯子喝了兩口，以示她們能與百姓同甘共苦的決心。

「這茶……」班嫿端起茶杯，放在鼻尖輕輕一嗅，「還受了潮嗎？」

「受潮？」劉夫人失笑，「茶葉雖不好，但下面的人哪敢把受潮的茶拿出來。」

班嫿端詳著手裡這杯土黃色的茶，勉強喝了一小口到嘴裡，便放下了茶杯。只是這股味道實在有些噁心，班嫿接過如意遞來的帕子，把這口茶吐在了手帕上。

恰好此時太子妃進來，女眷們紛紛起身相迎，太子妃面上帶著細汗，對眾人道：「諸位請坐，不必多禮。」她喝了幾口茶，面上沒有半分勉強，不知是真的渴了，還是善於作戲。

不過，從言行來看，她是一位合格的太子妃。

女眷們再度坐下，太子妃笑看著班嫿，「福樂郡主第一次來，可還習慣？」

「多謝太子妃關心。」班嫿覺得喉嚨裡有些發燙，她搖頭道：「一切還好。」

太子妃見她面前的茶杯裡茶水幾乎沒動多少，就知道這位從小被嬌慣著長大的郡主吃不得半點苦。只是如今太子有心拉攏成安侯，她少不得要替她掩飾幾分，「我瞧妳方才一個人撒了一壟的種子，仔細別累著了。」

茶水不喝就不喝吧，反正女眷裡面又沒有記錄官，少喝幾口水也不礙著什麼。

「這都快午時了。」太子妃用帕子擦了擦臉，因為勞作，她的臉頰微紅，「準備用飯吧。」

她們已經嘗了粗茶，午飯自然也不會準備得太豐盛，半碗粗粳米飯，幾道不見半點葷腥的煮野菜。挑嘴如班嫿，她吃了一筷子又苦又腥的野菜，就對自己幾年後的日子越發擔憂。

普通老百姓的日子不容易，這些東西難吃如斯，都還有可能吃不飽。想到蔣洛還曾派兵鎮壓災民，死傷無數，班嫿不知怎地，竟是覺得噁心萬分，差一點就吐了出來。

「福樂郡主，這飯確實不太好吃，不過天下百姓能吃，太子妃能吃，您多少還是吃些。」坐在班嫿對面下首的一位女眷看似勸慰，實際在故意找碴，「您只是吃一頓，有些人卻是要吃一輩子呢！」

班嫿瞥了這人一眼，這好像是母親同父異母的妹妹，嫁給了某個四品落魄縣伯，勉強能來這種活動上湊個熱鬧，但因為身分低微，這裡還真沒她說話的份。

班嫿是聖上欽封的從一品郡主，品級與她父親班淮相同，像這個小陰氏的小心思，她根本不看在眼裡。她冷笑一聲，使出了她殺敵無數的手段，無視大法。

一個四品夫人挑剔從一品郡主言行，還被人無視，這種難堪是無法用言語來形容的。

劉夫人倒是開口了，「這位夫人坐在下首，竟是知道福樂郡主吃了多少，看來妳的儀態學得還不夠。」

食不言，不無故注視尊者，這是最基本的規矩，劉夫人這話只差明著說小陰氏沒有家教了。好幾位夫人都笑出了聲，她們都是有臉面的貴婦人，這些飯菜對她們來說確實難以下嚥，現在一個不知道哪個牌面的人，也敢對著郡主指手畫腳，真是把自己當成個人物了。

小陰氏被人這麼一取笑，頓時又羞又惱，氣急之下道：「劉夫人，我雖身分低微，但也是福樂郡主的長輩，說上幾句也不為過！」

班嫿聽到小陰氏竟然還敢跟他們家攀親戚，頓時沉下臉道：「妳算什麼東西，也好意思跟我們家攀親戚！妳若是不要臉，就趕緊滾出這裡！」

靜亭公夫人與娘家那些恩怨，很多人都是知道的，這些年靜亭公夫人從未回過娘家，不過由於陰家做的事情太噁心，加之靜亭公夫人有夫家撐腰，也無人敢說她不孝，最多在背後嘲笑陰家不善待嫡長女，以致於現在有大腿都抱不上。

班嫿給了小陰氏這麼大個難堪，她還想說其他，結果坐在上首的太子妃開口道：「這位夫人身子不適，即刻安排人把她送出去。」

「太子妃……」小陰氏驚訝地看著太子妃。

太子妃慢條斯理地擦了擦嘴，「不必多說，退下吧。」

小陰氏身體搖搖欲墜，轉身被兩位女官「請」了出去。

這些年陰家人過得並不太好，因為靜亭公以及他交好的那些勳貴刻意的刁難，陰家後輩在朝中舉步維艱，尤其是他們這幾個繼室所出的子女，日子過得竟不如庶出的子女。

她曾不甘過，曾咒罵過，可是班家深受皇室恩寵，他們陰家又能如何？他們家也曾試圖與班家和解，可是她那個嫡長姊半點顏面都不給，甚至連門都不讓陰家人進。

「福樂郡主臉色不太好，是不是身體不舒服？」太子妃把小陰氏趕走以後，轉頭見班嫿面色蒼白，嘴唇發烏，忙道：「我讓太醫進來給你瞧瞧。」

「不用了，」班嫿搖了搖頭，「我就是……」

她的話語頓住，竟是吐出了一口烏紅的血。

「郡主！」劉夫人再也端不住臉上的笑，驚慌失措地扶住班嫿，「妳怎麼了？」

班嫿用手背擦了擦唇角，手背上全是血，她捂住火燒般的胸口，迷糊間覺得很不甘心。

她今日脂粉未用，華服釵環皆無，她不能死得這般樸素。若是她死，應該身著華群，畫著最美的妝容，佩戴著天下女人都羨慕的首飾，才不枉來人世走一遭。

不甘心！

她不想死！

「快！快傳太醫，把所有太醫都傳過來！」太子妃連聲音都發抖了，女眷這邊的茶點都是她在負責，若是福樂郡主出了事，她真是有一百張嘴都說不清了。

「馬上安排禁衛軍把這邊看守起來，所有人都不能離開，宮女太監全部嚴查！」太子妃恨得咬牙，在座這麼多女眷，誰出事都比班嫿出事好，「絕對不能放過任何一個可疑的人！」

其他女眷也嚇得花容失色，她們平日裡最多也就鬥鬥嘴，陰陽怪氣地埋汰幾句，但大多人還沒有心狠到下毒殺人的地步。現在看到福樂郡主面色蠟黃，口吐鮮血的模樣，膽子小的人忍不住尖叫出聲。

蔣涵正在與朝臣用飯，聽到女眷那邊傳出尖叫聲，甚至還有禁衛軍調動的動靜，他忙招來身邊得用的太監，「快去看看太子妃那邊發生了什麼事。」

太子妃性格穩重，若不是大事發生，絕對不會輕易調動禁衛軍。

「報！」太子妃身邊的一個太監驚惶地跑進來，來不及看清屋內的人便重重地跪下，「殿下，福樂郡主中毒了！」

「你說什麼？」容瑕猛地站起身，他面前的小桌被掀翻，飯菜濺落一地。

「福樂郡主中毒，太醫已經全部調往……」

容瑕只覺得腦子裡嗡嗡作響，他推開身邊想要上前勸慰自己的官員，大步走了出去。

剩下的官員面面相覷，驚訝過後又感到害怕，吃食茶水中竟然混入了毒藥，若是這人想要他們的命，他們現在豈有命在？

「太子……」太子的屬官見太子也跟著走了出去，想要叫住太子，太子根本沒有搭理他。

「石副統領，出大事了。」楊統領走到石晉面前，「福樂郡主出事了，太子與太子妃有命，讓我們立刻看守御田，不讓任何人離開。」

「你說誰出事了？」石晉握著佩刀的手一緊，他腮幫子咬得緊緊的，「誰？」

楊統領被他奇怪的反應弄得有些心慌，「就是成安侯夫人，福樂郡主。」

石晉沉默地對楊統領行了一個禮，轉身就往女眷所在的方向走。楊統領見狀忙叫住他，「石晉，你要去哪兒？」

石晉沒有理他，仍舊頭也不回地往前走。

「哎……」楊統領察覺到石晉的不對勁，福樂郡主中毒，石晉這麼激動做什麼？

石晉往前走了沒多遠，就看到遠處神色倉皇的容瑕，這位風度翩翩的男人，跑得毫無形象，就像是……一條無家可歸的狗。

他停下了腳步，看著容瑕在地上摔了一跤，然後從地上拍起來繼續往前跑，沒有怕身上的塵土，甚至連散開的髮髻都沒有理會，只是匆匆地跑著，連一點猶豫都沒有。

「石副統領？」楊統領追了上來，「你怎麼了？」

「沒事。」石晉收回視線，轉頭看向楊統領，「下官這就去安排禁衛軍把這邊圍起來。」

楊統領看著石晉僵硬的背影，又看了看女眷所在的方向，若有所思地皺了皺眉。

容瑕衝進女眷所在的屋子，見班嫿正躺在臨時拼湊的榻上，太醫在往她嘴裡餵一碗黑漆漆的藥。藥剛餵進去沒幾口，班嫿便吐了，不僅吐出了好不容易餵進去的藥，還吐出了一大團血。

「成安侯……」太子妃看到容瑕進來，想要說兩句話寬慰容瑕，誰知容瑕看了她一眼，太子妃便覺得好像有無盡的寒氣竄入她的腳底，一直冷到她的胸口。她忍不住打了個寒顫，竟是不敢再開口了。

「嫿嫿……」容瑕走到班嫿身邊，伸手握住她的手，但是她的手指冰涼，容瑕忍不住伸手在班嫿的鼻尖探了探，確定有呼吸後，他顫抖著手把班嫿雙手捂在胸口，雙眼通紅地看向太醫，「郡主怎麼樣了？」

「侯爺，下官正在給郡主催吐，待把毒吐出來，或許……」太醫想說或許還有救，可是看著成安侯赤紅的雙眼，他把後半句吞了回去。

「繼續。」

「什麼？」

「我說繼續催吐。」容瑕眼中有水霧閃過，但是太醫不敢細看，只是端著藥碗往福樂郡主嘴邊餵，可是昏迷的人哪有吞嚥能力，若是身分普通的，他用一個漏斗也能餵進去，偏偏這是陛下看重的郡主，他若真的敢這麼做，明天就能被太醫院除名了。

「我來。」容瑕搶過太醫手裡的碗，把班嫿摟進懷中，仰頭自己喝了一大口味道怪異的藥，低頭餵進了班嫿的嘴裡。

周圍的女眷不好意思地移開視線，但又忍不住偷偷看上兩眼。

一口、兩口、三口……

昏迷的班嫿皺了皺眉，吐出了幾口暗褐色藥汁後，吐的便是大口大口的血，血一開始是烏紅色，但是漸漸地便正常起來。

容瑕看中盆中的鮮血，手抖得越來越厲害，差點連藥碗都端不住。

「侯爺，好了。」太醫觀察了一下血的顏色，「郡主內腹的毒藥已經清除得差不多了，依下官來看，這毒雖十分烈性，但是郡主中的量應該非常小，所以才能有機會救治過來。」

蔣涵轉頭去看其他太醫，「郡主中的什麼毒，你們查出來了嗎？」

「回太子殿下，下官在福樂郡主用過的茶杯中發現了少量的雪上一枝蒿。」

「雪上一枝蒿？」蔣涵聽著這名字似乎挺美，「這是什麼藥？」

「它還有個俗名叫烏頭，本是治療跌打損傷的藥，可若是內服，便是劇毒。福樂郡主服用的量小，應該不會有危險。」太醫最不明白的就是，下毒之人實在太難讓人理解了，既然有心要人的命，為何又只放這一點毒？

烏頭雖毒，可若是用量少，又催吐及時，是不會有性命之危的。

「我想起來了。」劉夫人忽然道：「剛才有個宮女給郡主端茶時，不小心灑了茶水出來，郡主還賞了一塊手絹給這個宮女。宮女把茶倒了，重新給郡主續的茶……」

也就是說，最開始那杯茶裡面是有劇毒的，可是那個宮女把原本的茶水倒了，重新倒了新茶，所以毒量便縮小了很多。

有心殺人，毒藥定是淬煉過的，只需要喝一口就能斃命。就算郡主挑剔，也會禮貌性地喝一口，單單這一口，足以要了她的性命，唯一的意外就是那個宮女重新給郡主續了一杯。

這是巧合，還是那個宮女臨到關頭後悔了，所以救了福樂郡主一命？

「把那個宮女帶進來。」蔣涵看了眼抱著班嫿的容瑕，這件事若是不給班家還有容瑕一個交代，他日後就不好意思見他們了。

早在班嫿出事的時候，太子妃就下令把這些宮女太監嚴加看管起來，就算他們想要自盡都沒有機會。現在太子想要見到人，宮女很快就被帶了上來。

「妳叫什麼名字？」蔣涵見這個宮女年歲尚小，稚氣未脫，「妳為什麼要毒害福樂郡主？」

「奴婢……奴婢叫小雨。」小宮女朝著躺在硬榻上的班嫿磕了一個頭，「奴婢自知是死罪，奴婢甘願受罰。」

「指使妳的人是誰？」太子妃追問道：「妳一個宮女與郡主有多大的仇，要置她於死地？」

小宮女搖頭，「郡主是個好人。」

太子妃冷笑，「妳既然說她是好人，又為何要毒殺她？」

小宮女仍舊只是搖頭，「奴婢對不起福樂郡主，願下輩子再償還她的恩情。」說完，她站起身就衝向一位拔刀的禁衛軍，杜九眼疾手快地攔住了她。

「妳以為一死了之就可以？」太子妃冷眼看著這個小宮女，「妳的家人，妳的父老鄉親，都有可能因為這件事被連累。本宮若是妳，便會說出幕後主使，至少不會連累可憐的無辜之人。」

小宮女肩膀微微一抖，她小心翼翼地看了眼太子與太子妃，「奴婢無話可說。」

「既然如此，便拖出去……」

「太子殿下。」容瑕忽然開口，他眼眶微紅，像是哭過，又像是盛怒過後的平靜，「讓微臣跟她說幾句話。」

「成安侯請。」蔣涵有些不敢看容瑕，他覺得這事是他對不起容瑕與嫿丫頭，非常心虛。

「我知道妳有重要的人被威脅，所以不敢說出幕後主使。」容瑕看著跪在地上瑟瑟發抖的宮女，眼中沒有一絲溫度，「但是此事我懷疑妳不只是針對福樂郡主，妳想要謀殺的還有太子與太子妃。這種誅九族的事情妳既然敢做，那就要有勇氣承擔後果。」

「侯爺！」小宮女忙道：「這事是我一人所為，與他人無關，求侯爺開恩！」

容瑕冷笑，「我若是給妳開恩，誰又能替嫿嫿受今日所苦？」

小宮女重重磕頭道：「奴婢願以命相抵！」

「我不在意妳的命。」容瑕轉頭看著榻上的班嫿，她臉色蒼白得毫無生氣，紅潤的唇也變得慘白，他的心有熊熊怒火在燃燒，但是大腦卻冷靜得讓他自己都驚訝。

他只恨自己做得還不夠好，沒有護住嫿嫿，讓她受了這麼大的苦，差點連性命都丟了。

太子妃看到了容瑕眼中無限殺意，明明這件事與她毫無關係，但她就是說不出的畏懼。

「太子……」太子妃轉頭去看太子，想要太子說句話打破現在的僵局，但是太子只是輕輕搖了頭，竟是打算把主動權交給容瑕了。他轉頭看了眼其他女眷，讓她們全部退下了。

「我身邊沒什麼親人，」容瑕握住班嫿的手，語氣平靜，「嫿嫿是唯一陪伴在我身邊的人，妳傷了她，就不要跟我說求情。無可奈何也好，被逼的也好，全都與我無關。」

「我只想要妳九族的性命。」

「杜九，」容瑕喚來護衛，「馬上去查這個宮女身邊有哪些交好的人，家中還有什麼親人，但凡可疑的人，全都抓起來。本官懷疑，她與亂黨勾結，對皇室圖謀不軌。」

「是。」

「侯爺開恩，侯爺開恩！」小宮女對著容瑕連連磕頭。

砰砰砰，一聲又一聲，很快她的額頭便滲出血來，蔣涵看著有些不忍，轉頭想說什麼，可是瞧見容瑕看班嫿的眼神，他終究沒有開口。

他從未見過容瑕用這種眼神看過誰，甚至覺得若是嫿嫿今日就這麼去了，容瑕一定會瘋。

「別磕了，不要打擾了嫿嫿的休息。」容瑕用手帕小心翼翼地擦去班嫿唇邊的血跡，「妳若是想把自己磕死在這，就去外面磕。不管妳死還是活，妳在下面都不會孤單，本官會送妳的親朋來與妳相伴。」

成安侯瘋了？

太子妃不敢置信地看著容瑕，這是謙謙君子能夠說出來的話嗎？

班嫿真有這麼重要，重要到他捨棄了做人的原則，名聲不要了，風度不要了，甚至連最後的臉面都不要了，對一個小小的宮女都使出這種手段？

太子妃沒有懷疑成安侯的話，不知道為什麼，她就是覺得，若是這個宮女不把事實真相說出來，成安侯真的會讓她的親朋一起受到牽連。

美人淚，英雄塚，成安侯終究是個男人，是男人都逃不開美色的誘惑。他被班嫿迷了心智，連自我都扔掉了。

這也是太子妃一開始不喜歡班嫿的地方，她不討厭比自己美的女人，整個京城美人那麼多，她若是有心嫉妒，能嫉妒得過來嗎？可是班嫿不同，她的美得太媚，美得太妖豔，這樣的女人即便不是禍國妖姬，也會是不安分的女人。

她不太喜歡不安分的女人，包括太子的親生姊姊安樂公主，她內心裡也是不太喜歡的。

在她看來，班嫿與安樂公主是一樣的，活得沒心沒肺還不安於室。成安侯對班嫿情根深種，就像是雨天出太陽，讓人詫異又無法理解。世間好女人很多，長得美貌又有才華的女子亦不少，成安侯究竟是著了什麼魔，偏偏被這樣一個女人迷了心竅？

「成安侯，」太子妃忍不住開口道：「你這樣逼迫她又有何用？不如派人下去慢慢細查，看她與哪些人有過來往，總會水落石出的。」

「我等不了。」容瑕冷冷地看向太子妃，「嫿嫿是我的夫人，太子妃不懂微臣對她的一片心意，微臣毫無怨言，只盼太子妃不要阻攔微臣的決定。」

太子妃面色不太好看，「成安侯，你這話是什麼意思？」

什麼心意？

天下情愛，不過是利益罷了，容瑕這話是在嘲笑她與太子感情不好，還是什麼意思？

容瑕沒有理會太子妃，他用薄被裹好班嫿，攔腰打橫抱起她，轉身就往外走。

「成安侯……」

蔣涵起身叫住容瑕，「你帶嫿丫頭去哪兒？」

「嫿嫿喜歡軟一些的床鋪，我帶她回府休養。」容瑕對太子微微頷首，「請恕微臣不能向您行禮。」

蔣涵搖了搖頭，嘆息一聲道：「我這就去請御醫到貴府。」

「多謝太子。」

蔣涵道：「嫿丫頭乃是我的表妹，看到她這樣，我心裡也不好受，不必道謝。」

太子妃神情有些落寞，她被一個侯爺出言不遜，太子不僅不為她找回顏面，竟還擔心著一個遠房表妹。她與太子的感情，什麼時候冷淡至此了？

記得剛嫁進太子府時，太子對她很好的。

就因為……她不能為他誕下嫡子嗎？

容瑕抱著班嫿走出屋子，抬頭與守在外面的石晉視線對上。

寒風起，吹起容瑕披散下來的頭髮。

相傳幾百年前有位文人放蕩不羈，身穿寬鬆大袍，長髮不束，但由於他才華出眾，被人譽為名士，甚至得了一個狂生的名號，但是頭髮散亂的男人，能好看到哪去呢？

石晉從小到大都是規矩的，他甚至無法理解別人這種不規矩的行為究竟有哪裡值得稱讚。

他與容瑕立場雖然不同，內心卻不得不承認，容瑕是京城中難得的人物。見過了他現在狼狽的一面，石晉並沒有感到幸災樂禍，只是內心複雜難言。

既想他對福樂郡主不好，又想他與福樂郡主恩愛到白頭。

看了容瑕懷中抱著的人一眼，石晉抬了抬手，示意屬下放容瑕離開。

容瑕對他頷首過後，便登上了一輛匆匆停在外面的馬車。

「成安侯，」石晉走到馬車旁，「福樂郡主怎麼樣了？」

「有勞石大人關心，在下的夫人並沒有性命之憂。」容瑕掀起簾子，神情淡漠，「告辭。」

「告辭。」石晉退後兩步，目送帶著成安侯府家徽的馬車離開。

他轉過頭，剛才被帶進去的小丫鬟被押了出來，太子與太子妃跟著走了出來，臉上的神情不太好看。

「殿下。」石晉走到太子面前，「這個宮女便是毒害福樂郡主的兇手？」

「兇手雖是她，但是幕後主使卻另有其人。」太子妃接下話頭道：「成安侯已經離開了？」

「方才已經匆匆離開了。」

太子妃抿抿唇，轉頭去看太子，太子臉上的擔憂濃得化不開。她伸手去拉太子的手臂，「殿下，我們要不要送些福樂郡主需要的藥材過去？」

「有勞太子妃了。」蔣涵對她點了點頭，轉身去了朝臣所在的地方。

太子妃愣愣地看著太子的背影，很久以前太子喜歡叫她的閨中小名，那時她總勸太子這樣不合規矩，若被其他人聽見，一定會笑話他。現在太子不再叫她閨中小名，她才恍然覺得失落。

定是因為成安侯叫班嫿的小名，她才會如此的患得患失。太子妃自嘲一笑，她與班嫿不同，何須與她比較這些？

「太子妃，」石晉擔心地看著她，「您怎麼了？」

「沒事，」太子妃搖頭，「我就是有些累。」

石晉見她不願意多說，抱拳行了一禮便退下了。

火，熊熊大火。

班嫿覺得自己就像是被架在了柴火堆上，火勢大得映紅了半邊天，她張開乾涸的唇，看到的卻只有黑漆漆的天空。沒多久，天上又開始飄起雪花來，雪越下越大，她冷得無處可躲。

不是被火燒死，就是被雪凍死嗎？

她低頭看了眼身上的衣服，粗布麻衣毫無美感可言，再一摸頭髮，散亂乾枯的頭髮，比雞窩也好不到哪去。

不、不行，她不能就這麼死了！

雪埋住了她的小腿，每走一步都極為艱難。她深吸一口氣，尋找著靜亭公府所在的方向。

走了沒幾步，她眼前的道路變了模樣，一邊是火，一邊是雪，她停下腳步，內心感到了絕望。可是只要低頭看到身上的衣服，她又有了勇氣，一步又一步艱難地往前挪動。

道路的盡頭是無數的墳墓，墳墓上沒有雜草，也沒有墓碑，每一座都冷冰冰地立在那，讓人汗毛直立。

班嫿停下腳步，忽然想起了曾經做的夢，那些在鎮壓軍刀下的亡魂，他們有些是真的悍匪，但是更多的卻是被逼上絕路的災民。她閉上眼，想要從這塊地上穿行而過。

她聽到了小孩子的哭聲、女人的哀嚎、男人的怒吼。咬緊腮幫子，她不敢回頭，也不敢回應那些叫她名字的人。祖父曾跟她說過，在墓地中若是有人叫她，一定不能回頭，也不能應。

「嫿嫿……」一個穿著青袍，身材魁梧的老者笑咪咪地站在前方，「妳來這裡做什麼，還不跟我回去。」

祖父？

班嫿愣愣地看著眼前的老者，想要開口叫住他。

不，不對！

祖父臨終前受驚了病痛的折磨，瘦得不成人形，可是他為了祖母支撐了一天又一天，直到再也堅持不下去以後，才拉著她的手說，要她好好陪著祖母。

祖母……

班嫿眼中的淚終於落了下來，她對不起祖父，她沒有好好陪著祖母，也沒有好好保護祖母。

「嫿嫿……」容瑕衝到床邊，看著高熱不退，燒得滿臉通紅的班嫿流出了眼淚，忙抓住她的手，大聲問道：「嫿嫿，妳哪裡不舒服，嫿嫿？」

「成安侯……」一位施完針的御醫見容瑕這樣，有些不忍地開口，「成安侯，郡主現在正處於昏迷狀態，她聽不見您的聲音。」

「郡主現在怎麼樣了？」容瑕握緊班嫿的手，滾燙的溫度讓他內心難以安定，「之前你們不是說毒藥的量不大，不會有性命之憂嗎？」

「按理本是如此，只是郡主吐了這麼多血，又開始發高熱，這些情況確實有些凶險。」御醫見成安侯沉著臉沒有說話，又小心翼翼道：「您放心，下官等一定全力救治。」

容瑕沉默地點頭，「有勞。」

他轉頭替班嫿試去了臉上的淚。

御醫見他失魂落魄的模樣，無奈地搖頭，正準備說話，一個小廝匆匆跑了進來。

「侯、侯爺，靜亭公、靜亭公夫人以及世子來了！」小廝喘著粗氣向容瑕行了一個禮，「靜亭公等不及通報，已經趕過來了。」

「我知道了。」容瑕話音剛落，班淮的聲音便傳了進來。

「嫿嫿怎麼樣了？」

「是誰算計的？請來的御醫是哪幾位？」

班家人湧了進來，御醫發現出了班家三口以外，還來了一些班家旁支的人，這些人各個凶神惡煞，若不是他們一口一個福樂郡主的小名，他們差點以為班家人是來砸場子的。

「岳父，岳母。」容瑕向二老行了一個禮，不過班家二老現在也沒有心思等他行禮。陰氏走到床邊摸了摸班嫿發燙的額頭，「兇手抓到了嗎？」

容瑕躬身道：「這個案子，我會親自去審。」

陰氏點了點頭，用手帕擦去班嫿額頭上的細汗，「你做事，我們放心。」

容瑕又向陰氏行了一個深深的揖禮，沒有再多言。

「早知道會出這種事，我就該去御田的。」班淮又是後悔，又是憤怒，「哪個小王八羔子讓我們家閨女遭這麼大罪，我宰了他！」

御醫不禁想，靜亭公不愧是武將之後，這罵人的話可真夠直白的。

「待查清了幕後主使，我們一定不放過他！」班恆恨得咬牙切齒，他走到陰氏身後，看著神情異常痛苦的姊姊，轉頭去看太醫，「我姊中的什麼毒？」

「烏頭。」

「什麼？」班恆腳下一軟，竟是這麼陰狠的毒？

他姊……

他姊……

「請世子放心，郡主中毒並不嚴重，只要熬過這場高熱，就沒事了。」

班恆心裡仍舊難受萬分，他姊哪受過這樣的苦？什麼叫只要熬過，這可是被人下了毒，不是餓著了，渴著了。可是誰跟她姊有這麼大的深仇大恨，非要她的性命不可？

寧王妃謝宛諭？

太子妃石氏？

謝家老二謝啟臨，還是被她姊鞭笞過的沈鈺？

前面三個不提，沈鈺就算再恨他姊，可他有本事安排人在農耕節搗亂？若他真有這個能耐，又怎麼會被削去功名，官職也保不住？

班恆自知腦子有限，便把心中的疑惑提了出去。

「不可能是沈鈺，」陰氏用近乎肯定的語氣道：「他回了老家東州。」

「我就說怎麼一直沒再見過他，原來被革除功名以後，他就回了老家。」班恆看向容瑕，「姊夫，拜託你一定要把幕後真凶找出來。」

「我會的，」容瑕沉著臉道：「我不會讓嬿嬿白受這些罪。」

班嬿被人下毒的消息，很快就傳到了雲慶帝跟前，他聽到這個消息以後，差點不敢相信自己的耳朵。

「毒藥怎麼會帶進御田？」這次安排太子代替他去農耕，他特意讓禮部準備的帝王規格，每一樣吃食，每一樣用品都經過了重重檢查，想要混入其中幾乎是難上加難。

除非在御田伺候的宮女太監早就被人買通，不然絕對不可能有這種事發生。

楊統領心裡隱隱有了猜測，但是他卻不好直說，只是道：「微臣一定會盡快查清。」

未料雲慶帝忽然開口道：「你認為是寧王還是寧王妃？」

楊統領愣了半晌，「微臣……不知。」

「你是不知道，還是不敢說？」雲慶帝讓王德扶著他走到御案旁，「研磨。」

寧王生性衝動，是朕溺愛之過。如今已年長，行事仍舊毫無進退，朕甚感痛心。今褫奪皇子洛的親王爵位，降為郡王，盼其有所悔改……

楊統領只看到聖旨上這幾句後，便覺得冷汗直流，陛下這是要削寧王的爵位？

雲慶帝寫好聖旨以後，放下筆嘆息一聲，忍了忍，終究沒讓人把這份聖旨頒發到寧王府。

然而，就在當天夜裡，雲慶帝又開始做惡夢了，夢裡他被故人們撕扯著，差一點跟著他們一起掉進無盡的深淵。

地牢中，宮女小雨縮著肩膀坐在角落中，不遠處有只灰撲撲的老鼠跑過，叼起一塊不知道什麼時候掉下的乾黃饅頭，轉頭鑽入散發著黴味的枯草中。

小雨盡力往後藏，可是她身後除了厚重冰涼的牆壁，已經躲無可躲。

「妳出來！」獄卒走到她老門邊，冷冰冰的語氣毫無感情，「成安侯要問妳話，快點！」

小雨有些畏縮地走出牢門，她腳上戴著腳銬，不能走太快，長長的影子落在斑駁地牆上，讓她想到了幼時聽過的鬼故事。

走過長長的通道，她看到的囚犯不是面無表情，便是狀若癲狂。

到了燈火最輝煌的地方，小雨看到了坐在木椅上的成安侯，對方穿著一身黯色錦袍，臉色慘白，眼圈四周有一團淡淡的淤青。

「侯爺，犯人已經帶到。」

小雨看到對方終於抬頭看了她一眼，只是這個眼神毫無感情，涼得讓她不自覺跪了下來。

「起來回話。」容瑕語氣出乎小雨意料的平和，她偷偷看了容瑕一眼，對方表情格外平靜，彷彿她剛才感覺到的寒意是她的錯覺。她顫顫巍巍地站起身，心中的愧疚之情讓她不好意思抬起頭來。終究只是個十三四歲的小宮女，她的內心還不夠堅定。

「我不明白，第一杯茶有劇毒，也是妳下的，為什麼到了最後關頭妳又放棄了？」容瑕問得很隨意，彷彿他只是想問一個很簡單的問題。

「奴婢……奴婢的哥哥在宮中當差，曾受過郡主的恩惠。原本他只是個粗使太監，可是因為郡主的幾句話，一個暖手爐就讓他在宮裡的日子好過起來。」小雨一邊說，一邊止不住的掉淚，「他常對奴婢說郡主的好，奴婢過不去心中的那道坎。」

寧王拿家人的性命來威脅她，她不得不從，可是她沒有想到福樂郡主竟是如此好的一個人。她打翻了茶，不僅沒有責怪她，還給她帕子讓她小心，她沒法眼睜睜地看著這麼一個好人中毒而亡。連她自己都沒有想到，當時她會放棄這麼一個大好機會，暈了頭似的把那杯茶倒掉。

或許是她不想恩將仇報，或許是福樂郡主笑起來的樣子太過好看，讓她失去了神智。不管是什麼原因，至少在把茶倒出去的那一刻，她的內心無比輕鬆。

「妳的家人我已經讓人控制了下來，妳若是願意供出幕後主使，我就讓人好好保護他們，若是妳不願意開口……」容瑕垂下眼瞼，「我只能讓妳的家人陪妳一起走。」

「您說真的？我的家人真的全部被您派人找到了？」小雨驚喜地看著容瑕，「您沒騙我？」

容瑕面無表情道：「妳自己選。」

「奴婢說！」小雨給容瑕磕了一個頭，「奴婢這就說！」

「指使奴婢的是……」

「成安侯。」蔣洛大步走了進來，他瞥了小雨一眼，「成安侯真厲害，嬌妻在家中昏迷不醒，你卻有閒心在這裡審一個無足輕重的小宮女。」

他轉頭在小雨身上打量一遍，「倒是有幾分稚嫩可口。」

小雨嚇得面色一白，不敢去看蔣洛。

「不用理會無關的人。」容瑕沒有理會蔣洛，甚至沒有起身給蔣洛行禮，他只是看著小雨，「這是妳最後的機會。」

「是……是……」小雨看了蔣洛一眼，蔣洛正眼神陰狠地盯著他。她全身抖了抖，閉上眼道：「指使奴婢的，就是寧王殿下。」

「飯可以隨便吃，話可不能亂說，本王什麼時候見過妳？」蔣洛冷笑，「妳不過是個上不得檯面的宮女，容貌不夠豔麗，身姿不夠曼妙，本王就算是眼瞎了，也不會注意到妳身上。」

「成安侯，這個宮女詆毀皇親，理應斬首。」蔣洛忽然大聲道：「來人，把這個胡言亂語，敗壞本王名聲的宮女帶走！」

「寧王，」容瑕轉身看了眼湧進來的寧王親衛，眼神微冷，「這裡是京城地牢，王爺若是想要從這裡帶人，至少要由大理寺與京兆尹的手令。」

「大理寺與京兆尹算什麼東西，本王要帶走一個人，誰敢攔？」

容瑕把手背在身後，緩緩道：「王爺這是迫不及待想要殺人滅口？」

「滅什麼口？」蔣洛打了個手勢，讓親衛即刻動手搶人，「成安侯說話還是要慎重些。」

「微臣倒是覺得，王爺要做事慎重。」容瑕右手抬了抬，原本沒有多少人的地牢裡，忽然湧出了很多護衛，有大理寺的人，也有京兆尹的人，「今日有微臣在，誰也不能帶走她。」

「成安侯，你這是想以下犯上？」

「微臣盡忠的只有陛下。」容瑕似笑非笑地看著寧王，「寧王殿下想要號令微臣，現在恐怕還早了些。」

蔣洛臉色陰沉得幾乎擠出墨來，他咬牙道：「容瑕，你別給臉不要臉。」

回應他的，只有容瑕嘲諷的輕笑。

蔣洛一怒之下，兩邊終於兵戎相見，不過顯然兩邊都極為克制，不敢真的鬧出人命來，所以手裡的兵器反而讓他們縮手縮腳起來。

寧王府親衛不想把事情鬧大，最後指不定還會落得一個謀反或是別的大罪名。京兆尹與大理寺的人顧忌寧王身分，也不敢真的動刀動劍。

見到此景，蔣洛的怒意更甚，他想也不想地便伸手去拽跪坐在地上的宮女，結果他還沒來得及彎腰，就被容瑕攔住了，「寧王，你想造反嗎？這裡是地牢，你即便是皇子，也不可擅闖。」

「滾開！」蔣洛想要把容瑕推開，豈知容瑕竟是半分不退，他當下便罵道：「容瑕，你不過是在我外祖父家寄養的雜種，別在本王面前擺什麼正人君子的譜，本王不稀罕看！」

「砰！」忽然身後的大門被撞開，一群拿著木棍的年輕人衝了進來。寧王與容瑕兩邊的人馬還沒反應過來，就見這群年輕人逮著寧王府的親衛就打，他們也不打別的地方，就打小腿與屁股。一時間哀嚎不斷，大家都被這群來勢洶洶身分不明的年輕人驚呆了。

大理寺的人原本還有些緊張，可是見這群人明顯只盯著寧王親衛開揍，頓時放下心來，這誰家的小廝，膽子竟然這麼大？

把寧王親衛全部揍翻以後，這些年輕人也不猶豫，拎起手臂粗的木棍就匆匆離開，若不是有寧王親衛們躺在地上哀嚎，他們差點以為這一切都是錯覺。

「我覺得……」一位大理寺的官員吶吶開口道：「我們是不是該先叫大夫？」

這些人把他們大理寺的地牢當成什麼，說來就來說走就走，還有剛才那群做小廝打扮的年輕人，手臂堅毅有力，腳步厚重，明顯都是習武之人，若是大理寺沒有內應，怎麼可能容他們來去匆匆，全身而退？

想到這，他看了眼旁邊安靜站立的成安侯，聰明地選擇沉默。

寧王最終還是沒能把宮女帶走，他回到寧王府兩個時辰以後，就接到宮中傳出來的聖旨。

父皇削了他的爵位，從親王降到了郡王。

身為皇帝嫡次子，竟是被削減為郡王，這讓他日後如何在京城中立足？想到他人嘲諷的眼光，尤其是高高在上的太子，蔣洛覺得自己的頭都炸了。

寢具被砸了一地，伺候的下人也通通被拖下去打板子，但是這樣仍舊不夠，蔣洛覺得自己內心像是有火在燒，滿腔怒火怎麼也壓不住，必須找到發洩口，才能讓他平靜下來。他注意到角落裡有個瑟瑟發抖的丫鬟，把她往床上一拉，便再也忍不住心中的暴虐情緒發洩起來。

「王妃……」寧王府總管走到謝宛諭面前，「王爺院子裡有個丫鬟失足摔死了，現在需要調新的下人去伺候。」

「失足摔死？」謝宛諭覺得自己好像聽到了一個天大的笑話，「王府裡是有懸崖還是暗器機關，既然能摔死人？」

管家低著頭不敢回答。

「罷了。」謝宛諭冷笑，「我知道了，王府的事情你安排了便是，不必向我稟告。」

管家乾笑兩聲，退了出去。

王爺與王妃的感情不好，他們這些做下人的才是最遭罪的。都不是省心的主兒，但誰也不能得罪，他們能怎麼辦，無非是左右和稀泥，但求日子能過好一點罷了。

想著剛才那個丫鬟的慘狀，管家打了個寒顫。王爺性格越來越暴虐，竟似換了一個人般。以前的王爺性格雖然衝動，但只是頭腦簡單，行事不太顧忌而已。現在的王爺，更像是性格暴虐的瘋子，所有人在他眼裡，都不值得一提。

「王爺，」太監替寧王倒好一杯茶，小聲勸慰道：「您且息怒，您雖然暫時降了一點爵位，但您與步兵衙門的統領交好，這一點可是太子比不上的。」

「步兵衙門統領……」

步兵衙門雖然聽起來不夠霸氣，然而事實上整個京城的兵力有一半都屬於他們掌管，禁衛軍雖然近身保護陛下，但人數終究有限。

蔣洛突然轉頭看向太監，「你說，容瑕究竟是不是我父皇的私生子？」

「王爺，您這可為難奴婢了，奴婢有幾時能見到陛下與成安侯啊！」太監聲音有些尖利，這讓蔣洛不太高興地皺起了眉。

「不過，奴婢雖然沒有見過，但是陛下對寧王確實好上加好，也難怪京城裡有些人會心生嫉妒，亂傳謠言了。」

「依本王看，這不是謠言。」

若是謠言，父皇又怎麼會為了容瑕降他的爵位，卻不追究大理寺突然出現在大理寺的那些小廝是什麼身分。

「他們既然如此不仁，那就別怪本王不義了。」

古往今來，多少帝王為了皇位手上沾滿鮮血？

大哥懦弱不堪，父皇行動不便，這個天下憑什麼不能由他來做主？

✿ ✿ ✿

班嫿仍舊在夢中前行，她走了很久，終於在一座城門前看到了京城二字。

她沉重的腳變得輕盈，輕得彷彿可以飛起來。

但就在她即將踏入城門的時候，有個人抓住了她的手。

班嫿驀地回頭，看到了一個穿玄衣的男人，他頭戴九珠龍冠，腰掛降龍佩，青眉飛揚，星眸挺鼻，是一張她極熟悉的臉。

她與他同床共枕，耳語纏綿，他是除開父親與弟弟外，與她最親密的男人。

「容瑕……」

京城消失，恐怖的墳場毫無蹤影，整個天地白茫茫一片，只剩她與穿著玄衣的容瑕。

「嫿嫿？」容瑕聽到班嫿在昏迷中叫自己的名字，撲到床邊，抓住她的手，「嫿嫿？」

班嫿緩緩睜開眼，愣愣地看著眼前這個男人，「容……瑕？」

「是我。」容瑕見她神情不太對勁，以為她剛醒過來身體不舒服，連忙轉身道：「來人，快找御醫。」

他穿著一件淺色錦袍，身上沒有佩戴玉佩，神情看起來有些憔悴，與她剛才看到的那個神情威嚴的容瑕沒有半點相似。

「妳別怕，御醫說了，妳的身體沒有太大的問題，只要好好養一段時間就好。」容瑕摸了摸她的額頭，「現在感覺怎麼樣，有沒有哪裡不舒服？」

「渴……」班嫿一開口，發現自己的聲音粗嗄難聽，她驚駭地睜大眼睛，這是怎麼回事？

「別擔心，御醫說妳傷了嗓子，養上幾日就好了。」容瑕在她的額頭上親了一下，早有婢女端來了溫好的湯。

班嫿渾身軟得厲害，頭又暈又疼，就像是有什麼在拉扯腦子裡東西。

容瑕餵班嫿喝了幾勺湯後，就把碗拿開了。班嫿不敢置信地瞪著容瑕，她才在床上躺多久，容瑕竟然連吃的都不給她了？

被她這委屈的眼神盯得又是心疼又是無奈，「御醫說了，妳剛醒來不能用太多的東西，妳現在的腸胃弱，不能一下子吃太多的東西，兩刻鐘後我再餵妳。」

班嫿看容瑕態度堅決，知道這事沒商量了，她把臉往被子裡一埋，不出聲了。

室內很安靜，若不是她確定容瑕沒有離開，她甚至會以為屋子裡一個人都沒有。

「嫿嫿，妳沒事太好了。」

良久以後，她聽到容瑕這樣說。

把頭伸出被子，班嫿看到容瑕露出了一個溫柔到無法用言語形容的微笑。她心底微顫，偷偷在被子下摳著被單，張嘴道：「我才不會這麼輕易出事。」

「嗯。」容瑕快速別開頭，過了片刻才再轉過來，「我很高興。」

班嫿看到容瑕眼底有水光閃過，就像是……哭過？

「你……」班嫿咳了兩聲，容瑕端來一杯淡鹽水給她漱口，她用自己難聽的聲音道：「有下人在，何必你來做這些事？」

「沒事。」容瑕用手帕擦乾淨她的嘴角。

只有親眼看著嫿嫿睜眼說話，看著她喝水，他才能夠安心下來。

他這一輩子算計良多，說什麼話，做什麼事，都是早就算好的，唯一意外的就是與眼前這個女子成親。他不是一個太為難自己的人，也不會逼著自己放棄這份意外。

與她成親，他慶幸。

這條通往榮耀的路，他想要有一個人享受他掙來的榮耀、利益、風光。若是得了天下所有，卻沒有人為此高興，為此感到滿足，他做的這一切又有什麼意義？

「容瑕……」班嫿剛醒來精神不太好，這會兒因為頭暈，又犯睏了，她睡眼朦朧道：「我前些日子讓製衣坊的人為你做了一些新袍子，等我康復以後，你就穿給我看看吧。」

「好。」容瑕替她蓋好被子，「待妳痊癒了，想要我穿什麼我就穿什麼，便是讓我不穿衣服給妳看，我也是願意的。」

「不要臉。」班嫿嘀咕了一句，便迷迷糊糊睡了過去。

容瑕輕笑一聲，在她唇角偷了一個吻，起身走到門外，對守在外面的丫鬟道：「好好守著郡主，我出去一會兒就回來。」

「是。」丫鬟們面紅耳赤地行禮，不敢直視容瑕的容貌。

雖然他們站在外面，但是侯爺與郡主的房中私語，她們仍舊不小心聽到了幾句。

容瑕出了主院，對守在院子外的小廝道：「去把王曲先生請到書房。」

「是。」小廝快步跑了出去。

剛趕過來的杜九看到這一幕，神情有些凝重，「侯爺，王曲他犯什麼事了？」他跟在侯爺身邊這麼多年，侯爺神情越平靜，就代表他下了某個決定。

侯爺與福樂郡主定下婚期以後，侯爺對王曲就不如往日信任，書房更是很少讓王曲過去，現在他突然要見王曲，杜九不覺得這真的是好事。

容瑕沒有理會他，只是往書房走。杜九猶豫了一下，快步跟了上去。

王曲來到書房門外，看著半開的房門，行了一個作揖禮，「屬下王曲求見。」

門被拉開，開門的人是杜九。王曲看了杜九一眼，杜九面無表情地走到了一旁，王曲心裡咯噔一跳，覺得手掌有些發涼。

「侯爺。」他老老實實走到屋中央，朝容瑕拱手行禮。

容瑕抬起眼皮看他，半晌後才免他的禮，「你跟在我身邊多久了？」

「回侯爺，屬下在最落魄的時候受侯爺恩惠，已經六年了。屬下願為侯爺肝腦塗地，死而無憾。」王曲的心一點一點平靜下來，「只是不知為何侯爺近來似乎並不願意重用屬下了。」

容瑕語氣冰涼得毫無溫度，「寧王府的消息，是你截下來的？」

自從上次殺手事件過後，他就加重了對寧王府的監視。這次寧王讓小宮女給嫿嫿下毒，動作不算小，他卻沒有提前受到任何提示，只能說明他手下的人出了問題。

王曲面色大變，他猶豫了片刻，掀起袍子跪在了容瑕面前，「侯爺，屬下自知此舉罪無可恕，但是在侯爺治罪屬下前，屬下有話想說，看在主僕多年的情分上，請您讓屬下說完。」

「你既然知道你與主子乃是主僕，又怎敢擅自妄為？」杜九沒想到這件事與王曲有干係，他忍不住罵道：「你此舉與背叛主子又有何異？」

「我所做的這一切都是為了主子，為了主子的霸業。」王曲雖跪著，背脊卻挺著很直，也並不後悔自己的選擇，「福樂郡主不配做當家主母，侯爺被她的美色迷惑了。」

「杜九，」容瑕閉上眼，「帶他下去吧。」

「主子即便是要我的性命，我也要說。」王曲朝容瑕磕了一個頭，「班氏乃亡國妖姬之相，主子不可被他迷惑。您為了這個腐朽的天下，付出了多少心力，豈可因為一個女子讓所有努力毀於一旦？」

容瑕睜開眼，「王曲，你可知我最討厭什麼樣的人？」

「自以為是，擅自做主的屬下，我要不起。」容瑕垂下眼瞼，「看在你我主僕一場的分上，我不會要了你的性命，甚至會安排兩個人服侍你。」

王曲面色大變，主子盛怒後的手段，他是清楚的。

「主子，屬下但求一死。」

容瑕沒有理會他，兩個穿著普通的小廝把他拖了下去。

一日後，成安侯府的清客王曲飲酒過量，屋子裡殘燭燒盡引起大火，他也不知逃離，最後人雖被救出來了，卻被熏啞了嗓子，燒壞了手腳，連眼睛也不太好使了。然而成安侯心善，不僅沒有厭棄他，甚至還特意為他安排了一個小院子養傷。

其他府上養著的清客聽了此事，都忍不住感慨成安侯宅心仁厚，竟是準備養這個無用清客一輩子了。

班嫿是在第二天聽到這個消息的，她就著如意的手喝了幾勺蔬菜湯，「那個清客是王曲？」

「正是他。」如意怕郡主無聊，所以沒事就找些外面的事說給班嫿聽，「聽侯府的下人說，王先生很受侯爺重用，平日不好女色，就喜歡喝兩口酒，沒想到居然引出這麼大的禍事。」

班嫿咳嗽了幾聲，摸著有些癢疼的喉嚨，「大概是運氣不好吧。」

「可不是運氣不好，遇到侯爺這麼好的一個主子，結果鬧出這種事，不是運氣不好，哪能遇到這種事呢？」如意不敢給班嫿喝太多湯，放下碗以後道：「侯爺今日天未亮便出了門，好像是替主子您查下毒案了。」

說到這，如意便替容瑕多說了幾句好話，因為她親眼看到成安侯對自己主子有多好，「您昏迷以後，侯爺幾乎沒怎麼休息過。雖然他沒怎麼發過火，但是您昏迷不醒的那兩日，奴婢覺得侯爺看人的眼神像冰渣一樣，刺得奴婢全身發涼。」

班嫿笑了笑，「妳們以往不是覺得他是翩翩君子嗎，眼神又怎麼會這般可怕？」

「這話奴婢可回答不了。」如意小聲笑道：「不過，奴婢斗膽猜一猜，大概是因為侯爺太在乎您了。」

「又挑好聽的話說。」班嫿閉上眼，臉上平靜又祥和，「我睡一會兒。」

「是。」

如意起身替班嫿放下了紗帳，輕手輕腳退到了外間。

# 參之章 揭竿起義

容瑕進了宮，不過，他見的不是雲慶帝，而是監國的太子。

「侯爺，這事是不是有什麼誤會，二弟怎麼可能做出這種事？」蔣涵看完宮女的口供，有些不敢置信地道：「這……」

坐在太子身邊的石氏沒有開口，但是在她看來，寧王做出什麼事都有可能。能夠做出派兵鎮壓無辜災民的人，有什麼事做不出來的？更何況，這件事就算不是寧王做的，也應該讓寧王擔下罪名。父皇膝下嫡子僅有二人，只要把寧王踩得死死的，那麼就再也不會有人威脅到太子的地位了。

但是，這話她不能說，因為她嫁給太子這麼多年，知道太子是個心軟的人，對寧王這個同胞弟弟更是十分寬容。若是讓他知道自己有這個想法，太子一定會發怒。

想到這，她看了成安侯一眼，就盼成安侯態度能夠堅決些了。

「太子殿下，微臣比您更不願意相信。微臣以為，寧王與郡主雖偶有不合，但兩人總歸是表兄妹關係，就算有天大的矛盾，也不至於要人的性命。」看到太子搖擺不定的態度，容瑕語氣不變，「郡主天真嬌憨，微臣實在不明白，寧王究竟有多大的仇怨，要安排宮女毒殺她？」

蔣涵張口結舌說不出半句話來，一邊是自己的弟弟，一邊是自己喜愛的表妹，手心手背都是肉，他連連嘆息，沒臉抬頭去看容瑕。

天真嬌憨？太子妃冷笑，成安侯也真好意思說，班嫿身上有哪一點與天真嬌憨搭界？依她看，明明是驕縱刁蠻更合適。

蔣涵放下供狀，「嫿丫頭現在可還好？」

「命雖保住了，卻需要休養一段時日。御醫說了，在兩年之內她都不能要孩子。」容瑕垂下眼瞼，「微臣不在意子嗣，但是郡主身體遭了這麼大的罪，微臣心裡難受。」

「孤知道。」蔣涵嘆息道：「孤……孤……」

蔣涵並不相信容瑕說不在意子嗣的話，他與太子妃成婚好幾年，膝下僅一個庶出的女兒，就因為這，無數屬官讓他多納妾室。現在有沒有嫡子已經不重要，至少要有一個兒子出生，才能讓更多的朝臣支持他。

想到這，蔣涵心中的愧疚之心更濃，「侯爺，你讓孤再想一想，孤一定會給你一個交代。」

「殿下，微臣並不需要您給微臣交代，微臣只需要寧王給郡主一個交代。」容瑕態度仍舊沒有軟化，「若是殿下做不到這一點，微臣只能去求見陛下了。」

「侯爺，您這是何必……」

「殿下，」太子妃看到成安侯臉色越來越冷，知道太子再說下去，只會觸怒成安侯，便開口打斷太子的話，「這件事牽連甚大，妾身以為，本該稟告給陛下。」

「這是孤與二弟的事，妳不必多言。」

太子妃面色微微一變，仍舊再次開口道：「殿下，您是一國儲君，寧王是一國王爺，寧王做出這種事，早已經不是私事，而是涉及朝堂的大事。」

堂堂王爺毒殺郡主，爪牙被抓住，寧王竟還想去地牢搶人。若是把人搶出來成功滅口便罷，偏偏人沒搶走，還被收拾了一頓，這種既丟面子又丟裡子的事情，正常人根本做不出來。

太子若還是想護著寧王，到時候寒心的不僅僅是成安侯，還會讓滿朝大臣失望。

身為儲君，分不清事情輕重，公私不夠分明，這讓朝臣怎麼放心？若她是個朝臣，而不是太子妃，也是會對這種儲君失望的。

蔣涵被太子妃這麼一說，面色雖然難看，不過確實沒有再說其他的話。他把供詞還給容瑕，「侯爺，你……唉。」

容瑕看了眼失魂落魄的太子，把供詞放回了懷中，「微臣告辭。」

「容侯爺，」蔣涵見容瑕走到了門口，叫住他道：「請你給寧王留三分顏面。」

容瑕回頭看向太子，神情複雜難辨。

「殿下，寧王想要的，是在下夫人的性命。」說完這句話，他頭也不回地大步走出東宮，那決絕的態度，彷彿再也不會回頭看這裡一眼。

太子妃心底微涼，苦笑起來，太子終於把這位成安侯給得罪了。她起身看著茫然的太子，靜靜地向他行了一個禮，退了出去。他是一個心軟的好男人，她是一個看重利益的女人，她理解不了太子的仁厚，就如同太子越來越不喜歡她的現實勢利，也不知道他倆誰錯了。

……

「陛下，」王德手捧拂塵走進內殿，「成安侯求見。」

仰靠在御榻上的雲慶帝睜開眼，揮手讓給他捶腿的宮女退下，聲音有些虛弱懶散，「他是為了嬧丫頭被下毒一案而來？」

王德頭埋得更低，「奴婢不知。」

雲慶帝看著自己有些萎縮乾癟的小腿，「讓他進來。」

王德退出殿外，對候在殿外的容瑕行了一禮，「侯爺，陛下請您進去。」

容瑕走了進去，王德躬身跟在他身後，走了沒幾步，他忽然回頭看了眼身後，石晉正帶著禁衛軍在大月宮外巡邏。他停下腳步，轉身對石晉拱了一下手。

石晉回了一禮。

「副統領，這個王德眼高於頂，對成安侯倒是挺恭敬。」跟在石晉身後的一個小隊長半調侃半認真道：「這可真是難得。」

他差點想說，成安侯指不定就是陛下的兒子，但他們在大月宮前，他不敢開口說這句話。

石晉從沒有相信過這個流言，直接道：「不要胡言亂語。」

如果容瑕真的是皇帝的私生子，皇后又怎麼可能讓娘家人照顧他。天下間，有哪個女人會真心真意照顧自己的男人跟其他女人生的孩子？

「君珀，你的心情朕能夠理解，但是皇家不能鬧出這種難堪的事情。」雲慶帝注視著容瑕，「我會補償你跟嫿丫頭，老二那裡，也會給你一個交代，但是這件事不可鬧大。」

容瑕跪在雲慶帝面前，「陛下，郡主因為這件事，差點沒了性命。」

「朕知道。」雲慶帝把供詞扔進火盆中，「但這件事不能明著給你們夫妻二人一個公道。」

「微臣明白了。」容瑕向雲慶帝磕了一個頭，他抬頭看著雲慶帝憔悴蒼老的容顏，「微臣讓陛下操心了，請陛下保重龍體。」

「朕明白，」雲慶帝輕輕點頭，「你退下吧。」

容瑕站起身，不疾不徐地退了出去。

雲慶帝看了眼已經被燒得乾乾淨淨的供詞，對王德道：「朝中年輕有為的才子不少，唯有容瑕最合朕意。」知道什麼可以做，知道什麼不可以做，懂得適可而止。這些行為看似簡單，然而要真正做到，卻難上加難。

王德看著只餘灰燼的火盆，笑著道：「陛下您說的是。」

寧王府中，謝宛諭把玩著手中只剩一小半的胭脂，把胭脂遞給了身後的陪嫁宮女。

「這胭脂我不喜歡了，今夜把它全都用了吧。」

宮女捧著胭脂盒子的手微微發抖，「奴婢瞧著這盒子也不大好看……」

「那便燒了，乾乾淨淨，一了百了。」謝宛諭起身推開窗，看著碧空中的太陽，「我聽說班嫿醒了？」

「是，王妃。」

「嗤！」謝宛諭冷笑一聲，「禍害遺千年，她就是命好，這樣也死不了！」

「罷了，左右也與我沒有干係了。」謝宛諭回頭看了眼宮女的胭脂膏，「妳去吧。」

宮女屈膝行禮，匆匆退了出去。

大業皇宮外，容瑕騎馬走在街道上，路過一個捏糖面人的攤子時，忽然想起班嫿就喜歡這些小玩意兒，她現在整日待在侯府裡養身體又不能出門，肯定很無聊。

「杜九，去找一些手藝精湛的民間手藝人到侯府，讓他們給郡主解解悶。」

於是，當天下午，班嫿再醒來的時候，就發現自己桌上多了一堆各種各樣的玩意兒。她疑惑地看著容瑕，「你這是把小鋪子上的東西都買了？」

「沒有買，我把鋪子主人請來了。」容瑕笑著給她餵蔬菜肉湯，現在班嫿已經可以喝一點加肉沫的湯了，只是仍舊不能吃太多。在吃食方面，容瑕管得很嚴，不管班嫿怎麼撒嬌都沒有用，「妳喜歡什麼，就讓他們做什麼。」

「我喜歡吃你上次帶我去的那家麵館。」

「過幾日就讓他來給妳做。」

「還要過幾日？」

「兩三日就好。」

班嫿苦著臉道：「那至少還要二三十個時辰。」

「等妳痊癒了，妳想吃什麼我都陪妳去吃，乖。」容瑕又餵了班嫿一口肉菜湯，剩下的他當著班嫿的面一口氣全都喝光，惹得班嫿捶了他一拳。

「都有力氣打我了，看來明日就能吃一點蔬菜麵。」容瑕笑咪咪地把班嫿摟進懷裡，「別動太厲害，不然一會兒頭又該疼了。」

御醫說，烏頭內服以後，有個頭暈頭疼是正常的。醫書中記載，有人誤服此藥以後，命雖救回來了，人卻變得瘋瘋癲癲。好在嫿嫿及時把藥吐了出來，除了失血有些過多，身體虛弱暫時不能要孩子以外，其他並沒有什麼影響。

把班嫿哄開心以後，容瑕接到了一封密信。

「主子，我們要不要稟告陛下？」

容瑕似笑非笑地把這封密信扔進銅盆中，點上火，看著它一點一點燃燒殆盡。

「稟告什麼？」他抬頭看杜九，「我什麼都不知道。」

杜九彎下腰，「屬下也什麼都不知。」

✿ ✿ ✿

早春的子時，冷得猶如寒冬，窗外的風吹聲，讓雲慶帝醒了過來。

他看著窗外影影綽綽的黑影，開口喚人，「來人。」

寬敞的大殿裡一片死寂，他等了片刻，沒有任何人進來。

「來人！」

吱呀……

他聽到殿門被吹開的聲音，可是因為他的視線被重重帷幔遮擋，他不知道誰進來了。

風順著殿門吹進來，帷幔輕輕飛舞著，雲慶帝忽然心生恐懼，忍不住抱著被子往床後面退了退，「是誰在外面？」

啪、啪、啪！

這個腳步聲很沉悶，宮女太監在夜間伺候的時候都穿軟底鞋，不可能發出這樣的聲響。

外面的人是誰？

雲慶帝睜大眼睛，看著最後一層帷幔被人掀起，對方手中的利刃發出幽幽的寒光。

「寧王……」雲慶帝張著嘴，就像是跳出水的魚，既恐懼又無可奈何。

「父皇，您怎麼忘了，兒臣早已不是王爺，而是郡王了？」蔣洛把劍橫在雲慶帝的脖子上，身為人子卻帶兵闖宮，以圖弒父，這種本會遺臭萬年的事情，蔣洛做起來卻毫無心理壓力，甚至臉上還帶著有些癲狂的笑。

「你這個畜生，你想弒父嗎？」雲慶帝氣得不停地喘氣，他睜大眼睛看著面前這個瘋狂的兒子，「你瘋了？」

「我早就瘋了，在你偏心太子，把什麼好東西都給他的時候，我就已經瘋了。」蔣洛臉上扭曲的笑變成無盡的怨恨，「兒子與太子乃是同胞兄弟，從小你有什麼好東西，太子永遠都排在第一位。你有沒有想過，我也是你的兒子？」

雲慶帝看著這樣的蔣洛，不敢開口說話。

「小時候便罷了，後來太子成親，你讓他娶了母族顯赫，賢德在外的石氏，我呢？」蔣洛嫉恨地咆哮，「謝家是個什麼上不得檯面的玩意兒？你讓我娶，我即便是萬般不願，我也娶了。可你為什麼要在我即將成親前不久，還讓人削了謝大郎的職，你這是迫不及待地想要全天下知道你的二兒子不過是笑話，在你心中什麼地位也沒有？」

雲慶帝沒有想到二兒子竟然會有這麼多的怨恨，這些年他有意只培養太子，疏遠庶子，就是想讓其他兒子歇了奪位的心思，以免走向他與先帝的老路。他本以為這樣就可以避免在他與先輩們身上發生的悲哀，誰知道竟帶出這樣大的隱患。

「你若是現在退下，父皇不追究你的責任。」

「不追究？哈！」蔣洛諷刺笑道：「你以為我還是小孩子，你說什麼我都會信？」

他喜歡鄰國上貢的小玩意兒，父皇說好要送他，結果因為太子功課完成得好，又多看了那小玩意兒兩眼，東西就變成太子的了。

後來太子得知他喜歡，炫耀似的讓人把東西送了過來，他氣得把它砸了，結果又得了父皇一場訓斥。像這樣的事情實在太多了，多得他根本不想再回憶一遍。

「不要說廢話了，我要你現在就寫禪位詔書。」蔣洛的劍往下壓了壓，雲慶帝的脖頸上露出一條長長的血紅色傷口。蔣洛看到這個傷口，不僅沒有半點後悔，眼神反而亮了起來，「你若是不想寫也沒關係，反正太子現在也在我的手裡，若是我等得不耐煩了，就讓太子先下去為你鋪路，到時候你們走在一起也不會寂寞。」

「蔣洛，我是你的父親，太子是你的兄長！」雲慶帝不敢亂動，他看出蔣洛說的不是假話，他是真想他們死。

「有了權勢，父兄要來又有何用？」蔣洛冷笑，「小時候我敬仰你們，你們何曾把我看起過？如今你再拿這些沒用的血緣關係來跟我廢話，我早已經不愛聽了。」

「廢話少說。」蔣洛把雲慶帝從床上拖下來，讓兩個小太監把他扶到御案前，「寫！」

「畜生！」雲慶帝身上只穿著單衣，此刻被凍得瑟瑟發抖，他目光掃過兩個小太監，兩個小太監嚇得跪了下去。

「父皇，這都什麼時候了，你還對兩個太監耍威風？」蔣洛把御筆塞進雲慶帝手裡，「快點寫，一炷香後你若是再沒有動筆，我就讓人剁太子一根手指。」

「禪位聖旨不是我寫了就行，還要左右相、六部尚書同時在場頒發，最後再昭告天下。」雲慶帝看著蔣洛，「你現在讓我寫這些又有什麼用？」

「有沒有用是我說了算，不是你說了算。」蔣洛見雲慶帝不願意動筆的模樣，忍不住嘲諷笑道：「看來太子在你心中也沒什麼地位可言，你最愛的不是太子，而是你的皇位。」

雲慶帝怒視著蔣洛，「你給朕閉嘴！」

「如今我為刀俎，你為魚肉，父皇，你還是對兒臣溫柔一些好。」蔣洛走到龍床邊，從枕頭下取出一個香囊，「福樂郡主這種繡工，也值得父王你當寶貝似的藏著？好在班嫿是你的侄女，不然兒臣就要懷疑你是不是有不可告人的心思。」

「你這個混帳，怎麼什麼話都說得出口？」雲慶帝盯著蔣洛手裡的香囊，臉色氣得通紅。可是他不敢起身，因為兩個持刀士兵把他給攔了下來。

他心裡清楚，蔣洛此刻能在宮中如此囂張，說明整個後宮已經被他控制了。

「楊統領與石晉去哪兒了？」雲慶帝怎麼也不敢相信，有這兩人在，蔣洛還能無聲無息把整個後宮控制下來。

「楊統領？」蔣洛挑眉，臉上笑容變得怪異，「你說的是你那隻走狗，他大概已經在黃泉路上等著你了。」

「至於石晉……」蔣洛嗤了一聲，「今晚不是他當值，你竟是不知道？」

雲慶帝確實不知道，他看著蔣洛，就像是看自己這輩子最大的錯誤。

蔣洛卻半點也不在意他的眼神，他見雲慶帝不寫，轉身道：「來人，把東西端上來。」

一個穿著鐵甲的衛兵端上來一個托盤，上面還蓋著一塊黑色錦帕，不知道裡面放了什麼。蔣洛當著雲慶帝的面揭開帕子，裡面竟然躺著血淋淋的三根手指。

雲慶帝差點噁心得吐出來，他轉過頭不看，蔣洛卻不想放過他，「這是你身邊太監總管的手指，等一下讓人送來的，就不是太監的手指了。」

「蔣洛，你究竟想要做什麼？」

「兒臣不是說了嗎，讓你寫禪位詔書。」蔣洛冷笑著道：「父皇何必再問？」

雲慶帝拿著筆的手不停顫抖，很快空白的聖旨上就沾上了墨點。

「父皇，手可不要抖。」蔣洛抽走這份空白聖旨，又重新了放了一份在他面前，「兒臣脾氣不好，父皇再這麼抖下去，兒臣也不知道會發生什麼事。」

雲慶帝抬頭看向宮門，外面漆黑一片，安靜得像是一片墳墓。

他一字一字寫著，寫到「傳位於」三個字時，動作忽然停了下來。

「老二，這個天下在你心中是什麼？」

「當然是無上的權力，」蔣洛反問：「不然你以為是什麼？」

雲慶帝下一個字怎麼也寫不下去，「你有沒有想過自己會有後悔的一日？」

「後悔？」蔣洛意味不明地笑出聲，「你當時讓密探給舊疾發作的班駙馬下毒時，可曾後悔過？還有當年的成安伯，他又為什麼死在了你的手裡？」

雲慶帝面色大變，聲音粗啞地問：「你……怎麼知道？」

「因為你下令剷除德寧駙馬時，我就躲在正殿的角落裡，至於成安伯……」他挑眉，「容瑕不是你的私生子嗎？成安伯死因成謎，他的長子到死都沒有等到爵位，臨到容瑕的時候，他竟是不降等襲爵，你不就是想把爵位留給容瑕？」

「你整日口口聲聲說喜歡班嫿，可若是她知道她的祖父就是被你還有先皇害死的，你說她會不會恨你？」蔣洛把荷包放到燭火下燃燒，「也不知道德寧大長公主知道事情的真相，會不會後悔捨命救了你？」

雲慶帝面色慘白，一個字都說不出來。

「你罵我是畜生，實際上我不過是學你罷了。」看著荷包慢慢燒盡，蔣洛大笑出聲，「我是小畜生，你便是大畜生，先帝就是老畜生，我們蔣家兒郎淨出畜生。」

「太子與嬪妃私通的事情，是不是你的算計？」

「怎麼，你終於想起問這件事了？」蔣洛笑咪咪地看著披頭散髮，臉被凍得烏青的雲慶帝，「你是真的不相信太子，還是需要不相信太子？」

「我雖瞧不上太子那娘們兒似的性子，不過他做事確實比你要有人情味一些。」蔣洛得意一笑，「就是人傻了些。」

雲慶帝面色一白，昏花的眼中流出渾濁的淚來。

「看來父皇的精神頭不太好，我讓人來幫你醒醒神。」一盆浸泡著冰塊的水端進來，蔣洛指指雲慶帝什麼都沒穿的腳，「來，伺候陛下泡泡腳。」

子時剛過，大月宮傳出了雲慶帝淒慘的叫聲。

此時皇后被重重護衛封鎖在宮中，既往外傳遞不了消息，也不知道外面發生了什麼事。這些看守她的士兵雖然沒有為難她，態度卻油鹽不進，不管她說什麼，都不讓出門。

「娘娘，」宮女扶住身子搖搖欲墜的皇后，「您先歇息一會兒吧。」

皇后搖了搖頭，神情疲倦地走到窗戶邊，不知道是在等待援軍的到來，還是等待她不敢聽到的噩耗。

時間一點一點過去，當旭日東昇，朝堂正門大開後，朝臣們看到的不是監國的太子，也不是病癒的陛下，而是穿著龍袍的寧王。寧王身上的龍袍剪裁合身，顯然是量身訂做的，不知道特意準備了多久。

「寧王，你想造反嗎？」一位脾氣倔的大臣指著寧王罵道：「你還不快快從龍椅上下來！」

「放肆，從今日起，朕就是大業的皇帝！」蔣洛抬了抬下巴，「來人，把太上皇的聖旨拿出來念念！」

「皇二字蔣洛心懷仁義，有治世之才……」

朝臣們愣愣地聽完這道聖旨，陛下才下旨降了寧王的爵位，又怎麼可能讓他繼承帝位？有朝臣不服，想要求見陛下，可是守衛森嚴，他們剛摸到宮門的邊，就被侍衛趕了出來。

越是這樣，大家就越是懷疑是不是出了什麼事，不然為什麼他們連宮門都進不了。以往常有太監出宮辦事，這兩日也不見人影了，彷彿整座皇宮都安靜起來。

寧王把皇宮控制住了。

所有人都想到了這一點，卻不敢直接宣揚出來。最後還是支持太子的派系忍不住，站出來開始質疑寧王。寧王身為王爺的時候就脾氣暴虐，更別提現在成為皇帝。他當下便讓人把這些質疑他的官員押入大牢，一時間朝上風聲鶴唳，整個京城陷入了惶然的境地。

寧王登基的第五日，便迫不及待封皇后為太后，又封賞了幾個他寵愛的妾室，倒是正妃謝氏現在還沒得到一個皇后的名分，不尷不尬地在宮中待著。所有跟隨蔣洛的官員，都得到了大筆賞賜，朝堂上除了這些官員外，其他人根本不敢發聲。

封賞過後，蔣洛開始下斥責聖旨，他第一個想要貶斥的是容瑕，可容瑕在讀書人中地位實在太高，蔣洛還是被親信們攔住了，最後他只能退而求其次，連下了三道貶班淮的旨意。

第一道，貶班淮為侯。

第二道，貶班淮為伯爵。

第三道，直接削了班淮的爵位，並收回皇家賜給他的宅子，開始抄家。

在大業朝風光了幾百年的班家，終於在頃刻間倒塌。不過由於班家人並沒有魚肉鄉里，所以除了抄家以外，並沒有被打入罪籍。只是這番變故，在其他人看來，已經是天大的打擊了。

有人同情班家，也有人同情班嫿，娘家失勢，在夫家還怎麼抬得起頭？

然而，讓所有人都沒有想到的事，班家被抄家那一日，班家人神情平靜，沒有半分意外。而那些養在班家的各種老人，早已經被班家發了銀財，安排倒了別處。

近來被抄家的人不少，據說但凡這些年得罪過蔣洛的人，下場不是抄家就是一貶再貶。這些人哭天搶地，痛心疾首，班家冷靜淡然的反應，簡直就是一眾受害者中的清泉。

或許是因為蔣洛實在太不得人心，班家這個反應竟引得不少讚譽聲，甚至有才子特意寫詩兩首，來稱讚班家失如何不畏權威，如何橫眉冷對邪惡勢力。讓看到詩的人紛紛摩拳擦掌叫好，竟是忘了班家也曾是權貴的一份子。

敵人的敵人就是朋友，班家現在就是敵人的敵人。

班家被抄家以後，就被成安侯府的下人接走了。不過班家人不想連累容瑕，死活不願意住到成安侯府，最後容瑕沒辦法，便讓人在京城裡買了一棟大宅子，讓班家人暫時住了進去。

「岳父，岳母。」容瑕看著這棟別墅，有些愧疚道：「委屈你們了。」

「一家人就不要這麼客氣了。」班淮喜孜孜地從腰帶裡摳出幾張銀票，這是他特意讓人縫進去的，抄家的官兵並沒有太過為難他，所以他就穿著一身縫著銀票的衣服出來了。

他把銀票盡數塞到陰氏手裡，「夫人，這些都交由妳保管。」

陰氏當下沒有猶豫就把銀票接了過來，她看向容瑕道：「我們現在也不方便去侯府，嫿嫿就拜託你多多照顧了。」

「請岳母放心，小婿一定會好好照顧她。」容瑕行了晚輩禮，並沒有因為班家現在落魄就有半分怠慢，「嫿嫿近幾日身體好了很多，每次可以用小半碗飯，還能用一些肉食。」

「這孩子從小就挑嘴，這些日子你把她哄住怕是費了不少力。」

「嫿嫿很好，對她好不費力。」容瑕笑了。

陰氏見他這樣，懸著的心終於放了下來。

安頓好班家人以後，容瑕匆匆趕回了家。班家被抄家的事情，容瑕還不知道怎麼告訴班嫿，他擔心她還沒痊癒的身體又因為這件事受到刺激。

「你回來了？」班嫿穿著厚厚的錦袍縮在貴妃椅上看民間藝人玩雜耍，見容瑕進來，便伸手招他過來。只是她身上的錦袍有些寬鬆，一伸手便露出半截手臂出來。

容瑕走過去握了握她的掌心，確定她的手並不涼才道：「今天有沒有偷吃點心？」

「我是管不住嘴的人？」班嫿驕傲地別開臉，「又不是兩三歲的小孩。」

「嗯，我知道妳是十七八歲的小孩。」容瑕笑著把她抱起來，兩人一路回到臥室，容瑕把人塞進被窩，「中午想用什麼，我讓人給妳做。」

「今天胃口不太好，讓廚房的人做些開胃爽口的。」班嫿疑惑地看了容瑕一眼，「你是不是有事瞞著我？」

這副欲言又止的模樣，怎麼看都不像是沒事的樣子。

「嫿嫿……」容瑕摩挲著她柔嫩的臉頰，「今天發生了一件事，妳聽了不要太激動。」

「哦？」班嫿挑眉，「是皇位換人坐了，還是我父親又得罪誰了？」

容瑕……

「嗯？」班嫿更加不解了，「我不會真的說中了吧？」

不然容瑕為什麼不說話？

「幾日前，太上皇頒發旨意，讓寧王繼位。」

班嫿揪被子的手頓住，她睜大眼看著容瑕，「你說……寧王？」

容瑕沉默地點了點頭，不過他神情很平靜，彷彿登基的不是與他有嫌隙的皇子，只是一個無關的陌生人。

「太子呢？」

「沒有人見過太子，石崇海已經被撤去丞相一職，到了其他地方任知州，石晉也被發配去了邊關。」

「蔣洛腦子有病，這個時候還放支持太子的石家人離開？」班嫿就算自認沒有政治覺悟，也知道這個時候絕對不能放石家人走，這無疑是縱虎歸山。

「大概寧王覺得這樣更加能夠羞辱石家。」

「但是這樣只會羞辱他本就不太靈光的腦子。」

「還有別的事？」

容瑕沉默片刻，「寧王登基三日內，連下三道貶斥岳父的聖旨，今日靜亭公府被抄……」

「被抄家了？」班嫿恍惚地看著容瑕，忽然點頭道：「原來竟是如此……竟是如此……」

她一直覺得自己的夢順序混亂又毫無邏輯，到了這一刻才明白，班家本就會被削去爵位，只是削去他們家爵位的不是那位造反的新帝，而是一直與班家不對盤的蔣洛。

「嫿嫿，妳別難過，只要我在的一日，我就護班家一天。」容瑕見她似笑又哭，擔心她傷心過度，「妳相信我，我定不會讓岳父岳母受委屈的。」

「我沒有難過。」班嫿看著容瑕竟是笑了，「我相信你。」

容瑕看得出班嫿是真的不難過，她的雙眸燦爛如星辰，裡面是他看不懂的光彩。這樣的嫿嫿讓他迷惑又沉迷，他忍不住把人摟進懷中，「嫿嫿，妳有什麼話一定要對我說，別憋在心中。」

「那我今天想要吃鵝掌，你讓人去做。」

「好。」容瑕當即答應下來，轉身出門去吩咐候在外面的下人。

班嫿從床上爬起來，走到衣櫥旁，拉開雕著雙花並蒂的門，彎腰在最底下拖出一個木箱。

「嫿嫿，」容瑕走到班嫿身邊，幫她把木箱放到桌上，「這裡面是什麼？」

「一套衣服。」班嫿輕輕地摩挲著箱子的蓋子，「我讓人為你做的一套衣服。」說完，她打開了箱蓋，裡面是一套華麗的玄色錦袍，錦袍上用暗紋繡著祥雲，每一針每一線都彰顯著它低調的華貴。

容瑕沒想到這箱子裡放著的竟然只是一套衣服，用金絲楠木箱子裝著的一套錦衣。

「我一直不知道這套衣服該不該給你試試。」班嫿轉頭笑看著容瑕，「因為你穿淺色的衣服很好看。」

容瑕覺得班嫿想說的不僅僅是這個。

「但是我想著從未見過你穿玄色衣服，竟又有些遺憾。」班嫿把玄色錦袍從箱子裡拿出來，笑咪咪地遞到容瑕面前，「穿給我看看吧。」

「好。」容瑕接過錦袍，去了屏風後面。

班嫿在桌邊坐下，她單手托腮，目光落到牆角擺的花瓶上，想起了夢中她臨死前誇她是京城難得鮮活人，送給她狐裘的男人。

她對夢中的新帝觀感很複雜，一是感謝他願意照顧自己的家人，二是怨他剝去了班家對的爵位。她的結局本該是在沈鈺退婚以後，就沒有找到合適的兒郎，最後被削去爵位，死在不知是何人的箭下。然而當她夢醒，現實與夢境越行越遠後，她已經漸漸不再重視那個夢。

喜也好，悲也好，在這世上走一遭，榮華富貴享受了，若是落得抄家早亡的下場，也是她的命運，只要家人無恙，她便沒有什麼可怨恨的。

不知過了多久，班嫿聽到身後傳來腳步聲。她回頭看去，就看到身著玄衣的貴公子朝自己款款而來，白玉冠，上好的羊脂白玉，白皙的脖頸，完美得幾乎不真實的下巴。

與夢中的那個男人一模一樣。

班嫿忽然笑了，笑聲傳出屋子，讓守在外面的丫鬟以為夫人因為班家出事受到刺激瘋了。

「嫿嫿，妳笑什麼？」

「我在笑一句詩。」

「什麼詩？」

「有心栽花花不開，無心插柳柳成蔭，這句是我沒念錯吧？」

「沒有。」容瑕在她身邊坐下，「我只是不明白妳怎麼會想起這句詩來。」

「嗯，大概是因為我覺得你穿玄色衣服比淺色更好看。」

「真的？」容瑕低頭看了眼身上的衣服，「既然嫿嫿喜歡，那我便每日穿給妳看。」

「那不行。」班嫿搖頭，「我可不想便宜了其他女人，讓她們看到你的美色。」

「那我就在家穿？」

「好。」
班嫿笑著點頭。
她伸手在容瑕的白玉冠上摸了摸，道：「容瑕。」
「嗯？」容瑕把她另一隻手捏在掌心把玩。
「這個問題我只問你一次。」
「你是不是有什麼事情瞞著我？」
容瑕沒有想到班嫿會突然問這個問題，他看著班嫿，忽然沉默下來。
他並不想把班嫿牽連進這件事中，甚至有意瞞著她，還為她找了一條後路。若是失敗，他會讓班嫿「大義滅親」，加上嫿嫿有蔣家一部分血脈，她仍舊可以活得很好。
所以，他有意避開了班家的勢力與人脈，不讓班家參與進他的私事中。他做事十分隱蔽，甚至沒有透露出半分野心，他不明白嫿嫿為什麼會猜到這件事，又或者說她想要問的不是這件事，還是他想多了，嫿嫿問的並不是他想的？
屋子裡安靜下來。
班嫿取了兩只精緻的茶杯，倒了一杯放到容瑕手裡，笑著道：「慢慢想，我不急。」
「嫿嫿，妳想知道什麼？」容瑕苦笑著接過這杯沉重的茶，仰了喝了大半。
「你隨便說，想想你瞞了我什麼就說什麼。」班嫿似笑非笑地挑眉看他，「左右你現在不用上朝當差，我也沒什麼事可做，你可以慢慢說，我可以慢慢聽。」
容瑕苦笑著想要放下茶杯，卻被班嫿攔住了，「茶杯還是別放下了，我怕你等會兒話說的太多會口渴。」
聞言，容瑕又把茶杯揣了回去，「那好吧，妳慢慢聽，我慢慢講。」
「小的時候我並不討母親的喜歡，因為我出生後，母親就開始發胖，她用了很多法子都恢復不到以前的模樣。」容瑕語氣平淡，對自己母親的這種怨恨沒有任何反應，「不過好在我從小相貌討喜，母親漸漸也待我好了不少，只是對我嚴格了些，又覺得我不如大哥好。」

「這什麼亂七八糟的說法，願不願意出生又不是你選擇的，她就算矯情要怪，那也該怪她自己或是你父親，憑什麼怪在什麼都不知道的你身上？」班嫿剛聽了一個開頭就炸了，「還講不講道理了？」

罵完以後，班嫿才想起這好歹是自己死去的婆婆，她這個行為好像十分的不孝？

容瑕沒有生氣，他見班嫿因為動怒氣得面頰通紅，竟是露出了幾分笑意，「不氣，事情都過去這麼多年了。」

從小被祖父祖母，還有雙親寵愛著長大的班嫿，不敢想像容瑕小時候生活在哪種氛圍中，她深吸了一口氣，終於壓下了還想罵人的衝動。

「後來父親仕途略有不順，在府中陪伴母親的時間便不如以前，母親懷疑父親養了外室，便常對我說，因為我的出身，她犧牲了多少。」容瑕臉上露出了嘲諷的笑，「後來她死了，外面都傳她是病死的。」

「傳？」

「對，都是傳言。」容瑕垂下眼瞼，語氣有些冷，「她死於毒殺，那時候我年紀小，不知道她中了什麼毒，直到去年我才知道，她死於相思豆中毒，還是父親送給她的相思豆。」

班嫿心裡有些發涼，容瑕的母親死於自殺，還是謀殺？

誰殺她的？

嫉妒她的女人，還是……容瑕父親？

班家的家庭氛圍很和諧，班嫿雖然沒有經歷過宅鬥各種鬥，但是聽身邊一些小姊妹聽過，什麼正室折辱小妾，小妾給男人吹枕頭風，故意挑釁正室，各種恩怨情仇積攢在一起，都可以寫一篇風生水起的話本。

現在聽容瑕講這些，她第一個念頭就想到了以前聽過的那些家族祕聞。

容瑕見她神情怪異，就知道她想歪了，接著道：「家父與家母感情很好，家父身邊沒有妾室，連一個通房都沒有。家母過世以後，家父整日裡寫詩作詞悼念家母，直到他病逝那日，也一再強調要與家母葬在一起。」

生不同時，死要同穴。

明明是一個很感人的愛情故事，但是班嫿聽了卻沒有多大觸動，大概人的心都是偏的，她更加關心容瑕失去父母後的生活，而不是他父母那些愛情。

「事實上，家父也不是正常死亡，他與母親一樣，死於相思豆中毒。」容瑕抿了一口涼透的茶，「不過我覺得，他大概也不想活了，就算沒有中毒，也堅持不了多少年。」

「再後來便是大哥也病了，他一日瘦過一日，臨死也沒有等到繼承爵位的聖旨，大嫂則是在熱孝期間回了娘家，並且不小心小產。」容瑕的目光落到牆角的花瓶上，「偌大的容家，最後終於只剩下我一個人。」

「現在又有了妳。」容瑕唇角上揚，「這裡才又變成了家，而不是一座華麗空蕩的府邸。」

「我……」班嫿轉頭道：「還是別說了吧。」

她光是聽著就覺得難受，更別提經歷過這些事的容瑕。

「這些事我一直藏在心裡，無人可說。」容瑕握住她的手，「妳陪我坐一會兒好不好？」

班嫿抿著嘴點頭。

容瑕輕笑出聲，「妳不必難過，這些經歷或許不算太幸運，但至少我幸運地遇上了妳。」

「都這個時候了，還不忘說好聽話。」

「我不說好聽話，只說實話。」

「你還說不說其他的事啦，不說我去睡覺。」

容瑕把人攬進懷裡，「我繼續說，妳別走。」

「大哥病逝後，我查到了他平日服用的藥中有幾味藥對身體損傷很大，看似能幫人提神，實際上卻是不能輕易使用的藥。」容瑕苦笑，「那時候我不過十餘歲，就算找到了疑點，也不敢告訴任何人，因為我也不知道誰能夠信任。」

「我查到的東西越來越多，最後我終於查清了幕後黑手來自於哪裡。」容瑕諷刺笑道：「是陛下。」

他低頭看班嫿，以為她會震驚，或是為雲慶帝辯解，沒有想到的是，她竟然只是靜靜聽著，毫無為雲慶帝辯解的意思。

「陛下連連向我施恩，還讓我做了密探首領。」容瑕漂亮的星眸中滿是嘲弄，「整個大業朝誇我是君子，卻不知我做著密探幹的事。」

這種震撼人心的消息一般人聽了都會震驚一場。

班嫿確實震驚了，不過她震驚的是另外一件事，「就你像玩兒似的劍術，拿出去唬人還行，能當密探首領嗎？」

「密探首領又不是殺手的首領，為什麼一定要功夫好？」容瑕搖頭苦笑，「就不能因為是我腦子比較好？」

「那倒也有可能。」班嫿恍然點頭，「你腦子確實比我好使，那你繼續講，我聽著呢！」

「越做密探就越覺得，整個大業朝就像是被蛀蟲鑽滿洞的空架子，已經無可救藥。」容瑕搖頭笑，「那時候我就想，若是扶持一個有魄力做帝王的皇子也好。」

班嫿想起雲慶帝那些兒子，語氣複雜，「那你找到了嗎？」

容瑕道：「我以為妳不會問我這個問題。」

班嫿：……

「嫿嫿，我不是君子，我是一個有野心的男人。」容瑕道：「妳與恆弟兩次埋寶藏的地方，都與我有關。」

班嫿嚥了嚥口水，「你也在那裡埋東西啦？」

容瑕聞言失笑，「對，埋了一些鐵器。」

「鐵器這個形容是不是有些委婉？」班嫿仔細回想，以前不覺得與容瑕巧遇有什麼怪異的地方，現在容瑕說清楚以後，她才覺得處處透露著不對勁兒。

一次是大清早，一次天快黑，這種時候誰會沒事往荒山野嶺跑？

想到這，她後脖子一涼，容瑕竟然沒有殺她滅口，這真是太有涵養了，「你竟然沒有殺人滅口，我跟恆弟命真大。」

「若是其他人，我或許不得不選擇這個結果，但妳不同。」

「因為我特別美的緣故？」

容瑕默默地點頭。

她回頭的那瞬間確實讓他驚豔，但是真正讓他留著他們性命的原因並不是這個，而是他確定這姊弟二人沒有發現他的祕密，也沒腦子發現。

這個想法就不告訴嫿嫿了，他擔心說了以後今晚得去睡書房。

「有眼光。」班嫿拍了拍容瑕的肩膀，繼續保持。

「嫿嫿，」容瑕看著班嫿，「我不想連累妳，也不想連累班家。若是我事敗，妳就當不知道這件事，其他的我已經安排好，絕對不會讓妳受連累。」

「什麼連累不連累的？」班嫿沒好氣道：「你都是我男人了，你做的事情，我出去說與我無關，別人會信？」

「若是太子登基，他就一定會信。」

「太子性格懦弱，哪能做一國之君？」班嫿沒好氣道：「更何況，現在太子是死是活都不知道，你想得倒是挺遠。」

「妳不怨我？」容瑕覺得嫿嫿每一天都讓他有新奇的感受，「我想要的是這個天下。」

「那不是挺好嗎？你若是成了皇帝，我就是皇后。」班嫿一臉淡定，「想要做什麼就去做，我不會阻攔你。」

「陛下那裡……」

「我不是傻子。」班嫿神情有些失落，「我們班家發生的那些事情，還有過往一些舊怨，祖母雖然不曾跟我說過，但是我心裡是有些猜測的，只是一直不太敢相信。」

雲慶帝連自己兒時的伴讀都能下手毒害，那麼多害一個她祖父，又有什麼意外呢？

「祖母出事那日，我去大長公主府拜訪，她老人家送了我一樣東西。」

「祖母送了你東西，是什麼？」

「三軍虎符。」

「你說什麼？」班嫿驚駭地看著容瑕，「虎符不是早就丟了，只是陛下沒有對外宣揚嗎？」

原來這麼重要的東西一直在祖母手上？祖母為什麼要把東西送給容瑕，如果她知道容瑕的心思，還要把虎符送給容瑕，是代表她對蔣家皇朝有怨恨嗎？

班嫿對雲慶帝的感情很複雜，既感恩於他對自己的照顧，又恨他冷血無情，過河拆橋暗害祖父。從小祖父都待她極好，每一個與祖父有關的回憶都是高興的。

她做不到親手去害雲慶帝，可也不能當做祖父受過的苦不存在。

「容瑕，」班嫿定定地看著容瑕，「你會成功的。」

蔣家王朝終會迎來改朝換代的日子。

盛極必衰，朝代更替，是早就註定的事情。

容瑕以為自己的坦白會迎來暴風驟雨，沒有想到迎接他的竟然只是和風細雨，這巨大的落差讓他體會到什麼叫「幸福來得太突然」。

「那個……」班嫿不好意思地看著容瑕，「能不能讓我看看虎符長什麼樣，我挺好奇的。」

虎符用金鑄就，姿態挺威風，就是模樣看起來有些可愛。班嫿翻來覆去看了好幾遍，「虎符聽起來很厲害，實際上並沒有多少用處。調兵遣將，要將軍願意聽你的才行。這虎符有時候十分得用，有時候就是一個吉祥物，最難掌控的是人心。」

「我知道光靠一個虎符根本無法調兵遣將。」容瑕見班嫿把虎符當成小玩意兒般扔來扔去，「不過在某些時候，它同樣有用。」

「這種需要動腦子的事情就不要告訴我了。」班嫿把虎符還給容瑕，「我肚子餓了，還是去吃飯吧。」

她站起身，忽然眯著眼睛問：「還有沒有其他事瞞著我？」

容瑕認真想了很久，肯定地搖頭，「沒有。」。

「乖。」班嫿拍了拍他的頭，「早這樣就好了。」

寧王登基後，定國號為「豐寧」。本是豐收寧靜的好寓意，然而大業朝的日子並不寧靜。各地民亂四起，朝中官員換了一撥又一撥，寧王聽信小人讒言，動不動就大發脾氣，不給朝臣半點面子。

但凡與太子有關係的官員，最後都沒有落得好下場，不僅如此，宮中還常有宮女被虐待致死，很快豐寧帝暴虐的行為傳遍了整個大業朝。關於豐寧帝的帝位來路不正，軟禁父兄的傳聞甚囂塵上，甚至就連比較偏遠的州縣百姓也能活靈活現地講述出豐寧帝如何逼宮篡位，如何葷素不忌，在宮中大施暴行。

民心是很奇怪的東西，老白姓大多逆來順受，不敢生出半分叛逆之心。但當上位者做的事情衝破他們底線後，他們就會瘋狂地反抗，即使不要性命，也要推翻這個讓他們厭惡的上位者。

就在豐寧帝正在朝上因為暴民大發雷霆時，薛州百姓反了，而且不是百姓反，是當地的官員與百姓一起反了。大家這才想起，趙家早被豐寧帝貶到了其他州縣，薛州刺史是趙家主脈的嫡子，難怪會忍無可忍地反了。

薛州扛起清君側的大旗，東洲、西州等幾大州縣紛紛響應，朝廷軍隊節節敗退，整日荒唐的蔣洛再也坐不住，連派了幾個親信過去，都被叛軍打敗，大業疆土竟有小半落入叛軍手中。

朝臣們束手無策，蔣洛抱怨連連，這才後悔自己把朝中幾個能打仗的官員都貶去了邊境，現在竟是無人可用。

「陛下，」一直在蔣洛身邊伺候的小太監道：「奴婢其實有一個好人選推薦，只是怕陛下聽到此人的名字會不滿。」

「誰？」蔣洛現在已經是病急亂投醫，聽到身邊的小太監出主意，連忙問道：「這些沒用的東西，平日裡各個舌綻蓮花，到了關鍵時候，一個頂用的都沒有。」

「成安侯容君珀。」

「他？」蔣洛皺眉，「他一個文人能上戰場？」

「他雖不擅長，但他的大人卻是武將世家出身。」太監道：「容瑕一直受陛下您外祖父家的恩惠，又是大業朝的侯爺，在這個關鍵時刻，他就算不想站出來，也不得不為了大業朝拋頭顱灑熱血。退一萬步說，他若是不小心死在了戰場上，也是了了您心頭一件大事。」

「你說的有道理。」蔣洛恍然大悟，他本就恨不得成安侯去死，只是一直抓不到他把柄，現在他死在戰場上，為國捐軀，還有誰能說什麼？

「你說的對，來人，擬旨。」

「對了，容瑕與班嫿帶兵出城，班家人住的地方派重兵把守，不能讓他們出城。」

「是。」

在這道旨意還沒有下發前，容瑕已經讓人把班家人轉移出了京城，留在城裡的「班家人」因為不太出門，所以誰也沒有懷疑他們的身分。步兵衙門的人把班家居住的院子把守起來時，「班淮」與「班恆」還拉開半扇門叫罵了小半天，讓人見識到班家人不識趣的臭脾氣。

「班家人」被控制的同時，豐寧帝的聖旨被送到了成安侯府。

不出豐寧帝所料，在聽到班家人被好好保護起來以後，成安侯夫婦變了臉色，最後老老實實行禮領旨，第二天一早便帶了親隨與只有五萬但號稱「二十萬」的遠征軍出城。

豐寧帝討厭容瑕，所以在容瑕出城的時候，他甚至沒有給容瑕送行做臉，隨隨便便派了一個不起眼的官員去送行便應付過去了。

他這個舉動讓更多的朝臣寒心，包括一些原本跟隨他的官員。

出了京城地界後，遠征軍一路南行，不敢有半分耽擱。

中途有士兵擾民，甚至損壞了農作物，容瑕下令責罰這些士兵，他們還不服氣，最後他們發現比箭術他們比不過容瑕，比槍法打不過班嫿一介女子，只得都老實起來。

「將軍，前方就是叛軍所在的地界了，」先鋒官驅馬來到容瑕身邊，「請將軍示下。」

「各位將士一路急行辛苦了，先安營紮寨，養精蓄銳。」

「是。」

先鋒官心中一喜，他們這一路確實也累了，如果現在就去叫營，他們哪能是叛軍的對手？只是他現在糧草有限，時間不能拖得太長，到時候糧草不濟，必敗無疑。

紮好營寨後，容瑕與班嫿同住一個營帳，其他將士早已經習慣，所以並不覺得奇怪。這一路行來，他們早已經被福樂郡主的本事折服，雖是女子，卻是好多兒郎都比不上的。

可惜不是男子，不然班家也算是後繼有人了。

想到班家人現在被陛下看管在京城裡當人質，將士們又覺得心寒。本是帝王不仁，引得天下大亂，最後卻逼著一個女人上戰場，還拿她的家人做威脅，這事做得讓他們這些粗人都看不下去了。可憐成安侯與福樂郡主，本是新婚燕爾，卻遇到這些糟心事。

「看將軍的態度，似乎並不想與叛軍正面對上。」一位老將搖搖頭，就算有萬千心事，這個時候也無法開口。

「誰想與叛軍對上？」一位年輕的銀甲將軍怒道：「我們做將士的，是為了守衛國家邊疆，抵禦外敵，而不是把武器對向自己的國人與無辜的百姓。」

其他幾個將領沒有說話，他們的心情同樣沉重，因為所有人都知道，這些叛軍是被逼得走投無路才選擇了造反，可他們明明知道對方沒有錯，卻要與他們兵戎相見，誰能高興得起來。

「他娘個腿的，乾脆老子們兒也反了算了！」銀甲將軍罵道：「為一個昏庸的皇帝賣命，老子覺得憋屈！」

銀甲小將是武將世家，雖然不如班家顯赫，也傳承了幾代，他剛在軍中謀了職沒幾年，沒想到第一次上戰場不是殺外敵，而是砍殺自己人，這讓他十分憋屈。

「別胡說！」老將道：「若是讓其他人聽見了，你還要不要命了？」

「喀！」這是有人踩到了枯枝。

幾位將領回頭，看到了站在不遠處身著金色軟甲的福樂郡主。

「末將見過郡主。」將領們面色大變，紛紛起身向她行禮。

班嫿這次隨軍，還有一個「右將軍」的稱謂，可見當今陛下是打定主意要把班家拖下水。

有朝臣站出來反對班嫿上戰場，說大業並無女子做將軍的先例，卻被豐寧帝以史上有女子做將軍的理由駁了回去。

史上的女人做得，福樂郡主為何做不得？難道她對大業朝沒有責任，對大業朝沒有忠心？身為朝中郡主，連這點覺悟都沒有？

這話的意思就是，班嫿若是不願意上戰場，那就是對大業朝沒有忠誠可言，其心可誅。所有人都知道豐寧帝這是詭辯，卻無人敢站出來為福樂郡主說話。

因為有脊樑的人，早已經不能站在這個朝堂上，留下的都是一些牆頭草或者軟骨頭。

合不合規矩也無所謂了，左右這個天下早已經亂了，讓一個女人上戰場又有什麼干係？

幾位將士很心虛，他們不敢看班嫿的眼睛，一個個大老爺們兒，站在班嫿面前就像是做了壞事的鵪鶉一樣。

班嫿穿著小皮靴，銀蝟軟甲，一頭青絲用華麗的玉冠束起，英姿颯爽，氣勢逼人，若有不知她性別的女子見到，說不定會一見傾心，難以忘懷。

班嫿扶著腰間的佩劍，走到這幾個將領面前，圍著他們走了一圈，「這大晚上的，你們幾個大老爺們兒不睡覺，跑來這說什麼閒話呢？」

銀甲小將到底年輕，有些沉不住氣，「郡主，我等只是為百姓抱不平而已。」

「哦，原來如此。」班嫿一臉恍然地點頭，隨後抽了抽鼻子，「你們在烤什麼？」

「是……是從境外小國傳進來的賤玩意兒，最容易栽種，不過吃了這種東西，很容易發生不雅的事情，所以栽種它的並不多。」銀甲小將把一個黑漆漆圓滾滾的東西從火堆裡翻了出來，「偶爾吃一吃還是不錯的。」

「你祖上是否有人在我祖父帳下做過事？」班嫿覺得這個小將軍有些眼熟，很像祖父麾下的某個將士。

「回郡主，末將的祖父曾有幸在大元帥麾下做過先鋒官。」提到班嫿的祖父，這個小將雙眼都在發光，「沒有想到郡主您既然還記得？」

「我很小的時候，你的祖父曾來鄙府做過客。」班嬙記得那是一個很精神的老頭子，還給她帶了很多南邊才有的小玩意兒，「祖父說，令祖父是一位很了不起的將軍。」

這幾句誇獎讓銀甲小將像喝了蜜般，他忍不住挺直胸膛，熱血沸騰得現在就能上陣殺敵。

「不過現在是軍營，各位將軍不用叫我封號，稱我為班將軍就好。」班嬙蹲下身，伸手去剝那散發著甜香味東西的殼，結果這東西極燙，她忍不住連連甩手，「我雖不及祖父皮毛，但軍中的規矩還是知道的，還請各位不要因為我是女子的緣故，便有所偏見。」

在場的人看著她伸出白皙的手指去戳番藷，就像好奇的孩童似的，這讓他們實在叫不出「將軍」二字。

不過也因為有這一齣，原本說了朝廷壞話而感到緊張的他們竟漸漸放鬆下來。

「班將軍，」因為班嬙自帶名將後代光環，所以對班嬙祖父十分崇拜的銀甲小將十分自然地稱班嬙為將軍，「剛才末將言行無狀，與幾位將軍無關。」

「你說的沒錯。」班嬙嘗了一點番藷軟軟的內裡，味道很甜，是個很不錯的東西，「誰捨得對自己無辜的同胞下手？」

將領們沒有想到班嬙居然說出這種話，他們驚訝地看著班嬙，好半晌，最年長的那個將領才道：「郡主言重，我等只是出口抱怨幾句，絕對不敢有謀反之意。」

他擔心班嬙故意這麼說，藉以釣他們的真心話。

「你們想說什麼都沒關係，反正坐在上面的那位，」班嬙放下番藷，抹了抹嘴，「自小與我就不睦，他跟我的仇怨，三天三夜都說不完，你們想罵就罵，聽你們罵人，我也能解解氣。」

聽到這話，將領們看班嬙的眼神帶了幾分同情。

家人被留在京城中做了人質，風光十幾年，一朝被削去爵位，也難怪喜歡他們罵當今了。

「我早就想罵了。」銀中小將罵道：「陛下剛登基，便迫不及待地沉迷享樂，近兩年災害連連，百姓居無定所，餓殍遍地，他與朝中那些奸佞只只奢靡享受，百姓在他們心中算什麼？」

他氣得在地上狠狠砸了一拳，「為這樣的人賣命，真不甘心！」

其餘人跟著沉默下來，他們都是良心未泯之輩，誰願意刀口上染上百姓的血，只是皇命難違，沒有選擇的餘地罷了。

班嬧看著這些憤怒的將領，長長嘆息一聲。或許這是班家世世代代都願意守護邊疆的原因，他們有些人可能大字不識，有些人可能粗鄙不堪，甚至還有些人犯下不堪的錯事，但更多的人卻滿腔熱血，為了百姓拋頭顱灑熱血。他們不懂得風花雪月，也不懂得詩詞歌賦，但他們知道自己的刀劍應該指向誰。

一將功成萬骨枯，朝代的更替，國與國之間的爭鬥，最苦的永遠是百姓。

那時候她不懂祖父提起那些戰友為何飽含感情，現在她可能有些懂了。

若是祖父沒有在戰場上受人算計，身受重傷，或許他老人家還會在邊疆守衛很多年，直到再也拿不起槍劍，才會過上安寧的生活。

她手裡的番藷開始變涼，她把番藷遞到小將面前，「這個叫什麼名兒？」

「沒有正式的名字，大家都叫它番藷。」銀甲小將又從火堆裡扒拉出幾個分給其他人，他們飯量大，晚上吃的粥不頂餓，所以總會想盡辦法往肚子裡塞些東西。碰巧打到的獵物也好，捉到的蚱蜢也罷，都是能夠吞下肚子的東西。

班嬧盤腿與這些將領們坐在一起，談著各地的天氣與地形，若是讓京城那些富貴小姐看見了，肯定不會相信這會是班嬧會做的事情。

福樂郡主在生活上向來講究享受，幾乎是所有人都知道的事情。衣食無一不精，出行更是香車寶馬，像這樣盤腿坐在冰涼的地上，與幾個臭烘烘的男人談天說地，無疑是天下紅雨。

容瑕找過來的時候，班嬧手裡的番藷已經吃了大半，白皙的臉頰上印著兩抹灰印，看起來既狼狽又可愛，容瑕卻覺得自己的心被什麼揪住了，難受得厲害。

他記得嬅嬅說過她很崇拜將士，但是不想去做將士，因為將士太苦了，她吃不得苦。

可是，現在她穿著冰涼的銀甲，沒有精緻的首飾，完美的妝容，與將士吃著黑乎乎的東西，這讓他難受得喘不過氣。他想要給她最好的，最尊貴的，最美麗的，而不是讓她吃這些苦。

「容瑕，你來了？」容瑕還沒走近，班嬅率先回了頭，她朝容瑕揮了揮手。

原本還盤腿坐著的將領們起身向容瑕行禮，剛開始的時候，他們還嫌棄容瑕一介書生，懂什麼行兵打仗，可這一路行來，刺頭兒都被容瑕收拾得服服貼貼，下面的將士對容瑕也滿是敬畏。文化人就是文化人，這身能耐讓他們不得不服。

「各位將軍隨意，軍中不必講究這些規矩。」容瑕學著班嬅的樣子，在她身邊盤腿坐下。將領們互看了幾眼，都跟著坐下了。

「妳在吃什麼東西？」容瑕見班嬅拿著一個烤得半焦的東西吃得有滋有味，便伸手取了一點放進手裡。番藷有些涼了，不如剛才軟和，甜味卻半點都沒有少。

「這東西……」容瑕面色稍變，「叫什麼名字？栽種容易嗎？」

「這個叫番藷，據說栽種挺容易的。」銀甲小將不好意思地撓頭一笑，「這些是末將偷偷帶進來的填肚子的，究竟怎麼種，末將也不知道。」

「沒關係。」容瑕笑了笑，雖然軍營裡規定不能帶東西進來，但是在外面行軍打仗，糧草又不太充足，只要將士們不在外擾民搶劫，若是偷偷帶些填肚子的東西進來，很多人都會睜一隻眼閉一隻眼，「知道它的名字就好。」

這東西口感不錯，若是容易栽種，也能緩解部分百姓的腹飢之困。

吃完番藷以後，容瑕擦乾淨嘴角，「諸位將軍也是軍中老人了，爾等的性格我也曾有所耳聞，今有一事，我不得不告訴諸位。」

最年長的將領當下道：「元帥請講。」

容瑕在懷中一摸，拿出一枚金色的印章，「寧王帶兵逼宮，陛下與太子受困。容某欲討伐判王，救出陛下與太子，請各位將軍助容某一臂之力。」

「三軍虎符？」老將當下抱拳道：「見虎符如見護國大統領，末將願聽元帥調遣。」

班爐疑惑地看著這位老將，剛才此人行事還十分謹慎，這會兒容瑕隨隨便便說兩句，這人就迫不及待地表忠心帶節奏，這人是容瑕請來的托兒？

「末將願意聽從元帥派遣！」熱血沸騰的銀甲小將第二個發話。

「末將等願意聽從元帥派遣！」

班爐：等等，這是要推翻現在坐在皇位上的皇帝，你們這些人答應得也太隨便了吧？

班爐不知，在寧王登基以後，處處打壓武將，原本地位就低的武將，現在更是連俸銀都拿不到，手下的兵崽子更是飽一頓餓一頓，所以在武將心中，豐寧帝就是一個無可救藥的昏君。

加上軍營早有容瑕的人，所以容瑕掌控這個軍營十分容易。這些將士雖然沒有多少文化，但不代表他們是蠢貨。容瑕既然敢把這件事說出來，就代表他篤定了他們會答應。

至於不答應……

不答應的下場，誰都不願意去想。

朝堂之上，寧王昏昏欲睡地聽著兵部與戶部為了糧餉爭論不休，他揉著額頭不耐煩道：「不過是糧餉罷了，大軍途徑那麼多地，隨便徵些糧餉便足夠他們吃喝了，難道還要朕親自送到他們手上不成？」

「陛下！」尚書令周秉安忙道：「糧餉豈可輕易到途徑州縣徵收……」

「周大人，整個天下都是朕的，這些百姓為了士兵捐獻一些糧草出來，又有什麼不行的？」蔣洛冷冷地打斷周秉安的話，「還是你覺得，朕的命令毫無用處？」

「臣……明白了。」周秉安後退一步，不再開口。

朝堂上頓時安靜下來，還有良知的官員都為皇帝的話感到心寒。如今朝內各地民亂四起，本是應該安撫民心的時候，陛下還隨意徵收糧餉，這是嫌造反的百姓還不夠多嗎？

若是當初旱災過後，朝中好好安撫災民，而不是派兵鎮壓，又怎麼會走到這一步？

身為帝王，視百姓為草芥，這樣的人怎麼配做一國之主？

三日後，有官員策劃進宮救太子，卻被人告發，惹得豐寧帝暴怒，當天便斬首了十餘個官員，還有一些名官員被發配，主使者的首級甚至被掛在了菜市口示眾，引起無數人圍觀。

尚書令周秉安稱病致仕，豐寧帝沒有挽留，甚至沒有給他一個榮譽稱號，當廷就答應了他的請求。

周秉安致仕以後，張起淮、趙瑋申也步上其後塵，朝中僅剩的良心官員終於退出了朝堂，整個大業王朝，已經是將傾的人廈，隨隨便便一場風雨，就足以讓這個王朝覆滅。

可是，蔣洛還在奸佞的吹捧中醉生夢死，權勢酒色讓他最後一絲理智喪失，他與歷史上那些有名的昏君一樣，今夕不知何夕，卻以為整個天下盡在他的掌握中。

如今後宮中沒有皇后，曾是寧王妃的謝宛諭身分相當尷尬，宮裡人雖稱她一聲娘娘，但這無品無級，在宮裡也是不尷不尬地過活。宮裡其他嬪妃也不敢來找她麻煩，因為她們的頭上還有太后頂著。

陛下雖然荒唐，但是太后的面子還要給幾分的，雖然太后根本不願意見到陛下，整日只在福寧宮吃齋念佛，彷彿陛下有再多的榮耀與風光都與她無關，甚至連陛下封她為太后的聖旨，也被她扔出了福寧宮的大門。

謝宛諭雖然不受陛下待見，但是太后娘娘偶爾卻要見她一面，僅憑著這個，後宮裡其他那些上不得檯面的嬪妃，也不敢上前去招惹。

「娘娘，」為謝宛諭梳妝的宮女看著她打扮得灰暗，不由道：「您還是打扮得豔麗些吧。」陛下就喜歡花啊粉的，她家娘娘明明是原配，結果卻落得如此地步，實在是讓人恨極。

「我為何要為他穿衣服？」謝宛諭冷笑，「我覺得這樣很好。」

「娘娘，」一個小太監跑了進來，跪在她面前痛哭出聲，「謝大郎君去了！」

謝宛諭眼瞼顫了顫，面頰煞白，竟是一滴淚也沒有流，她摸了摸自己乾燥的面頰，顫抖著嗓音道：「我知道了，你退下。」

「娘娘，您節哀。」太監用袖子試了試眼角，掩面退了出去。

聽著屋子裡嗚嗚咽咽的哭聲，謝宛諭厲聲道：「哭什麼，有什麼好哭的，都不許哭！」

「娘娘！」謝宛諭的陪嫁宮女跪在她的面前，「您不要這樣，您若是難過，便哭出來吧！」

謝宛諭緩緩搖頭，「有什麼可哭的，怪只怪……」

怪只怪我們咎由自取，一步錯，步步錯，落得了這個下場。

她看著鏡中的自己，聲音沙啞地笑了，「今天這身衣服，竟是格外合適了。」

她扶著桌站起身，暗灰的裙襬在凳子上掃過，就像是一道長長的化不開的陰影，堵在了陪嫁宮女的心頭。

謝宛諭走出宮門，聽到不遠處有女子的歌聲與男人的笑聲傳出，歡樂得猶如人間仙境。她朝聲音傳出的方向走去，就看到蔣洛與一個女子在桃花下尋歡作樂，兩人姿態親暱，荒唐得讓人看不下去。

白日宣淫，當真是以地作床，以天當被。若是老天有眼，怎麼能讓這樣一個畜生做皇帝？

她轉身就走，再也不看身後的男女一眼。

「陛下，那好像是皇后娘娘？」膩在蔣洛懷中的嬪妃聲音輕浮，「她看到您，怎麼不過來行禮就走了？」

「什麼皇后娘娘，不過是朕不待見的玩意兒罷了。」蔣洛在她的脖子上偷香一口，留下緋紅的印記，「不過來才對，免得敗了朕的胃口。」

這個嬪妃頓時嬌笑起來，她得意的揚起下巴，原配如何，名門貴女又如何，現如今還不如她一個煙花柳巷之地出來的女人，真是可笑極了。

朝上有人發現，遠征軍到了中州以後，便不再前進了，明明叛軍就在前方，他們卻毫無動靜，這是什麼意思？

有佞臣得知這個消息以後，到蔣洛面前去參了容瑕一本，蔣洛氣得連發了三道斥責容瑕的聖旨，並且在聖旨中暗示，若是容瑕不立刻進軍，那麼留在京城裡的班家人就會立即喪命。

可是，這三道聖旨還沒有發出京城，就有八百里加急消息傳進京。

成安侯帶著號稱十萬的遠征軍反了，並且高舉義旗，說豐寧帝迫害太上皇與太子，太上皇屬意的繼承人根本不是豐寧帝，而是太子。最讓人震驚的是，容瑕手裡不僅有三軍虎符，還有太上皇傳位於太子的聖旨。

朝廷被容瑕此舉打得猝不及防，蔣洛想要殺班家人洩憤，卻被朝臣勸住，若是容瑕真的打進京城，班家人好歹還是跟容瑕談條件的籌碼。

「什麼籌碼？」蔣洛氣得砸了御案上所有奏摺，「容瑕那個偽君子，根本不在意班家人的死活，又怎麼會因為班家人改變計畫？」

「朕被他騙了！」

什麼對福樂郡主情根深種，什麼癡心不改，這些都是做給他看的。

「他根本不在意班嫿，他想要的是朕的皇位。」蔣洛咬牙切齒地去了關押雲慶帝的地方，雲慶帝早已經被蔣洛折磨得不成人樣。曾經高高在上的帝王，身邊只有兩三個太監伺候，還時不時忍受蔣洛的謾罵，雲慶帝被氣得躺在床上不能動彈，甚至連話也不能說了。

「你的私生子終於造反準備打進京了。」蔣洛冷笑，「你說他是來救你，還是來跟我爭奪這個皇位的？」

雲慶帝睜大眼，他猛地搖頭，可惜一個字也說不出來。

「嗤！」蔣洛忽然瘋狂地把桌上所有茶具都砸在了地上，「他不過是一個雜種，要與朕搶東西，簡直就是癡心妄想！」

雲慶帝眼睜睜看著蔣洛頭也不回地走掉，喉嚨裡發出粗重的喘息聲。

「陛下，」王德手上還纏著紗布，他上前扶起雲慶帝，「您怎樣了？」

雲慶帝伸出顫抖的手指著蔣洛離去的方向，眼中滿是焦急。

「陛下，您請息怒，」王德擦了擦眼淚，「成安侯一定會來救我們的。」

雲慶帝的眼睛睜得更大，可他口不能言，王德又不明白他的意思，最後竟是氣暈過去。

朝廷原本還打著容瑕會與其他叛軍對上，兩邊互相廝殺，讓朝廷坐收漁翁之利。哪知道容瑕帶去的遠征軍根本沒有與叛軍起矛盾，叛軍反而像是瘋了一樣，忽然尊稱容瑕為首領，所有的叛軍勢力全部落於容瑕之手。

容瑕手裡不過是五萬遠征軍，並且還糧草不足，不管怎麼看，這些叛軍也不該以容瑕為首才對。容瑕究竟有什麼本事，竟然能把這些叛軍哄得服服貼貼？

朝堂上那些酒囊飯袋還在疑惑，周秉安、姚培吉、張起淮、趙瑋中等人之流，卻隱隱猜到了一種可能。

「這些叛軍會不會本就與成安侯有關？」四人中，唯有張起淮與容瑕沒有多少交情，所以開口的時候也最沒有顧忌，「不然怎麼會有如此巧合的事情？這些叛軍來勢洶洶，遇到容瑕後就俯首稱臣。遠征軍糧草不足，裝備也不夠精良，成安侯哪來的底氣突然反了朝廷？」

唯一的可能就是，東洲、西州、薛州等州縣的叛軍首領，大多是容瑕的人，他們就等著容瑕到來的那一日。

「這……」姚培吉張嘴說不出話，他看了眼周秉安，周家與班家交情不錯，成安侯反了，留在京城裡的班家人能不能保住命就很難預計了。只可惜他們四人現如今都是白身，在豐寧帝面前也沒有什麼臉面，這會兒想要出手相救，竟是有心無力。

他欠了班家一個極大的恩情，這會兒做不到眼睜睜看班家人去死。

趙瑋申搖頭，「那所院子裡關押的可能不是班家人。」

他與班家人祕密來往這麼多年，早在容瑕帶兵出城那一日，他就收到了一個陌生人送來的金鴻雁。鴻雁南飛，又怎麼會留在京城中？

姚培吉聽到趙瑋申這麼說，竟是鬆了一口氣，「不是他們就好，不是他們就好。」

不過，趙瑋申是怎麼知道的？

他心裡犯疑，卻不好意思問出來，便轉開話題道：「成安侯想要做什麼？」鬧出這麼大的動靜，連陛下親筆書寫的傳位詔書與三軍虎符都拿出來了，真的只是為了救陛下與太子？

「三軍虎符……」

尚書令周秉安是雲慶帝心腹，知道一些朝中密事，「早就在二十年前遺失了。」

「遺失了？」其他三人聞言面面相覷，反應過來以後，就露出了驚駭之色。如果三軍虎符早就遺失，又怎麼會落到成安侯手裡？

當年三軍虎符在班元帥手裡，後來班元帥在邊疆受傷，回到京城後就解甲做了悠閒國公爺，後來雲慶帝登基，邊疆再無戰事，三軍虎符從此以後就沒有現過身。

他們只以為陛下忌憚現在的武將，所以沒有再把三軍虎符交給任何人，沒有想到陛下手裡竟然沒有虎符，這實在太讓人意外了。

「會不會虎符本來就在班元帥手裡？」姚培吉小聲道：「當年班元帥受傷，本來就是很突然的事情。若是他沒有交出虎符，卻對陛下說虎符被人搶走了……」

先帝不喜陛下，更喜歡惠王，說不定陛下真會相信班元帥的說辭。難怪陛下能忍惠王這麼多年，恐怕就是擔心惠王會突然起兵造反。惠王夫婦死後，陛下又把惠王夫婦的子女養在宮中，一是為了宣揚他的仁善，另外一個目的恐怕就是為了控制這兩個人，不讓他們亂來。

以往想不通的事情，在這個虎符出現以後，一切難以理解的事情都變得清晰起來。

班家世代忠良，為什麼班元帥會撒這麼大一個謊？

還有這三軍虎符，是班郡主給成安侯的？

「我知道……」趙瑋申是班元帥舊部，想起曾經威風凜凜的元帥，他聲音有些沙啞，「元帥並不是被敵人所傷，而是被自己人偷襲。最後先帝查出是某個將領嫉妒，才做這種事。避免擾亂軍心，這個將領被祕密處死，就連他的家人都沒有遭受牽連。」

「不久之後，先帝便病得嚴重。」趙瑋申回憶起當年的過往，平靜的敘述之下，卻是無數人的生死與鮮血，他垂下眼瞼，「後來先帝沒來得及留下遺詔便去了，陛下身為太子，順理成章地登基，成為了大業朝的皇帝。」

這其中涉及了多少陰謀詭計，趙瑋申不想去提，其他幾位大人心裡也有數，他們現在都是白身，就算有心為百姓操勞，也是無力。

「太子與寧王都沒有治世之能，若是成安侯……」姚培吉極欣賞容瑕的才華，所以說話的時候，難免有幾分偏向。好在他還有理智，知道這個話再說下去，就有造反之嫌了。

「我知道你的意思。」趙瑋申笑了笑，「我等學得文武藝，不就是想要效忠朝廷，為百姓做兩件實事？事情順其自然就好，老天長了眼睛，正看著天下蒼生呢！」

早年看盡了朝中爭鬥，他還真算不上特別忠誠的臣子，與其說他忠於大業朝，不如說他更忠於大業統治下的百姓。

大約老天真是長了眼睛的，三月桃花開盡的時候，忽然京城近郊一陣地動山搖，露出一塊奇石出來。這塊石頭姿態詭異，像是騰空而起的青鳥。傳說中青鳥是王母娘娘身邊的報喜鳥，牠的出現會帶來改變天下的消息。

巡邏軍很快趕過來，但是看到這塊石頭上刻著的字後，他們臉色都變了。

「蔣氏不仁，天下大亂。亂世有仁君，救民於水火……」

一個念過幾年書的士兵把這短短十幾個字念出來以後，整個人抖得猶如篩糠一樣，竟是覺得這石頭威儀無比，不敢再往下看去。

「胡說八道，這是叛軍的計謀！」巡邏隊長指著巨石道：「還不快快把上面的字抹去？」

「是！」一個士兵抽刀上前，但詭異的是，他剛走了沒幾步，忽然口歪鼻斜渾身抽搐地倒在了地上。剩下的巡邏兵頓時不敢再上前，有人匆匆把渾身抽搐的士兵拖了回來，抬到城裡找大夫一看，說他是邪風入體，受到了驚嚇。

受到了驚嚇？

這些目睹奇石的巡邏兵們更加犯疑，直到這個士兵醒來，才有人問他看到了什麼。

「我、我看到了一頭龍，盤旋在石頭上，他的眼睛像燈籠一般。」士兵沒說完，便抱著頭大叫起來，理智全無。

一日後，欽天監的官員再去看這個士兵，他卻已經瘋了，說話顛三倒四，一會兒說有鳥，一會兒說有鬼，瘋瘋癲癲的，一句有用的話也沒有。

關於這塊奇石的消息，早就在一日之內傳遍整個京城，據說又有幾個看到這塊巨石的人瘋了。謠言越傳越烈，什麼蔣氏王朝要亡國了，什麼當今陛下不仁，引起了天下大亂，什麼命定的仁義之君已經出現，等待著取代蔣氏王朝的一日。

謠言傳到最後，就變成了若是蔣氏王朝繼續統治天下，將會災禍連連，民不聊生，只有那位仁義之君才是上天命定的天子。

蔣洛大怒，請了幾位有名的僧道去巨石旁作法，但是消息已經傳出去了，就算請了所謂的高人去處理，又有什麼用處呢？

「雲方丈，您覺得這座石頭上有什麼？」一位清瘦的老道似笑非笑地看著雲方丈。

雲方丈念了一聲佛，「這上面有人心。」

老道笑了一聲，「人心也罷，神蹟也好，老道不過是方外之人，本不欲插手此事，只可惜皇帝以觀中後輩性命做要脅，老道這才不得不從。」

雲方丈看起來十分慈和的雙眼露出笑意，「道長乃是真正的高人。」

老道意味不明地嘆息一聲，做了一個請的姿勢，「雲方丈請。」

這種裝神弄鬼的手段，照舊是一些走旁門左道的修士用爛的，剛巧兩日前他與雲道長有幸論禪論經，今日便做出了一個選擇。他雖是方外之人，也是一個人，就算不能解救蒼生，至少不願意助紂為虐。

眾目睽睽之下，不知雲方丈與老道用了什麼手段，巨石上的字終於消失了，但是這兩位京城中最出名的僧道，卻口吐鮮血暈了過去。原本對此事還半信半疑的朝臣們，在見到兩人的下場以後，反而對巨石上的字深信不疑了。

只是，他們不敢把心思表露出來，等蔣洛再想派兵去阻殺叛軍時，朝堂上竟無一人敢站出來自願領兵。

他們敢跟人過不去，可有幾個人願意與天過不去？就算是佞臣，也是害怕上蒼責罰的。

蔣洛氣得又打殺了幾個人，見到這些人膽小如鼠的模樣，他就來氣。

回到宮後，蔣洛就發作了幾個小太監，仍舊覺得不解恨。

「陛下，奴婢覺得，石晉或許有些用處。」

「他又能有什麼用處？」蔣洛一腳把說話的太監踹翻在地，「上次你說容瑕是個好人選，結果怎麼樣？」

「奴婢有罪！」小太監連連磕頭告饒，不敢再多說。

「你確實有罪！」蔣洛恨道：「早知如此，朕該早早把容瑕殺了，而不是讓他帶兵出城。」

「誰能料到他竟然半點也不在意福樂郡主的家人呢？」小太監眼珠子一轉，「或許福樂郡主這會兒也在心裡恨著他，不如我們想辦法聯繫上福樂郡主，讓她做我們的臥底？」

「班嫿那個女人，從小就只會吃喝玩樂，她那樣的豬腦子能幹什麼？」蔣洛下意識地貶低班嫿，「她能幫著朕做什麼，拖後腿嗎？」

小太監沉默片刻，「陛下，福樂郡主雖然性格直率了些，但她卻是一個女人。」

「女人能做什麼？」

「當女人恨一個男人的時候，她們什麼事都做得出來。」小太監恭恭敬敬地叩在地上，以額頭抵地，「您為何不試試看呢？」

「女人再恨男人，也不過是男人的依附品，能做得成什麼？」蔣洛竟是被太監荒唐的話逗笑了，「你一個閹貨懂得什麼女人，退出去在門口跪兩個時辰去。」

「是，陛下。」太監依言退了出去。

軍帳中，容瑕正在與幾位屬下看勘輿圖。

趙仲見容瑕面帶憔悴，等軍情商議結束以後，才笑聲道：「主公，請注意休息。」

「我如何能安心休息，多拖延一日，百姓就要多受一日的苦。」容瑕捏了捏額際，「倒是這幾年辛苦你了。」

「能為主公效力，是屬下的榮幸。」趙仲唯一沒有想到的就是，自己早夭弟弟的未婚妻，竟然嫁給了自家主公。他雖然在薛州任刺史，但也聽說過福樂郡主的一些傳言。

未婚夫寧可與風塵女子私奔，也不願意與她在一起。長相豔麗，剋夫，第一個未婚夫小小年紀便夭折，一定是她剋的。

他的母親與陰姨關係極好，連帶著整個趙家與班家的關係也還不錯，外面那些剋夫的傳言，趙家是從來不信的。他的幼弟不是死於福樂郡主八字上，而是死於寧王手裡。

當年母親帶幼弟進宮，哪知道二皇子竟然把只有三四歲的幼弟撞落水中。弟弟受寒與驚嚇，回來以後便一病不起，最後藥石無用，被病痛折磨著走了。

後來陛下給了他們趙家一個不大不小的爵位後，就把這件事壓下了。他們趙家的喪子之痛，在皇家人眼裡，不過是一個小小爵位就能打發的事情而已。

可憐比他幼弟還要小兩個月的福樂郡主，什麼都不知道，卻因此背上了剋夫的名頭，在京城裡被人說嘴這麼多年。

他與主公在中州會合已經有兩三日了，可惜一直無緣得見福樂郡主，他一個大男人也不好問主公夫人的行蹤，所以有心想要去向福樂郡主道一聲歉，都找不到合適的機會。

容瑕拍了拍趙仲的肩膀，「子仲，你的家人我已經讓人轉移出城，所以這些不用擔心。」

「多謝主公！」趙仲有些激動地向容瑕行了一個大禮。

「自己人就不要說這種客套話。」容瑕喝了口茶提神，「令妻如今也與你在軍營中？」

「是的，拙荊與兩個犬子都隨屬下在軍中。」

「若是令妻與令郎無聊的話，可以到我帳中與郡主說說話，她是個閒不住的性子，到時候令妻別嫌她就好。」

「不敢，不敢。」趙仲心頭一喜，他正想找機會去看看福樂郡主，現在主公發了話，他讓自己的夫人去看一看，陪著說幾句話也是好的。

自從容瑕與其他叛軍會合以後，班嫿就不太操心軍中的事情了。她是個能坐著就不站著，能躺著就不坐著的懶人，現在谷瑕把軍中將士管得服服貼貼，她正好省心了。

所以，她沒事就帶著自己的貼身護衛與人比劍法弓箭，雖然沒有朝廷欽封的右將軍威嚴，至少也與不少士兵打成了一片。與這些將士混久了，班嫿過足了大姊大的癮，騎馬拉弓射飛雁，上樹摸果子，下水摸魚，她帶著這些兵崽子，竟是帶了不少東西回來給軍中打牙祭。

若不是她長得膚白貌美，將士們差點要叫她一聲「班哥」而不是「班姊」了。

沒辦法，雖然班嫿言行豪邁得讓一干將士折服，但是只要看到她的臉，他們理智就會告訴他們，這是個有名的大美人，叫「哥」實在太對不起這張臉了。

不愧是名將之後，這身氣魄與本事，十個兒郎也比不上。

這日，班嫿又在比武臺上虐了幾個年輕氣盛的小兵，聽到貼身女護衛來說，趙夫人求見，她對在場的將士拱手道：「不好意思，各位兄弟，我有些事要辦，諸位慢慢比劃。」

「班姊慢走！」眾將十齊刷刷地回禮，即便是長著一臉絡腮鬍，二三十歲的大漢子，也一臉崇敬地稱班嫿為「姊」。若他們身上不是穿著盔甲，老百姓見了這個場面，沒准兒會以為是哪個道上的堂子出來收保護費了。

趙夫人忐忑不安地坐在椅子上，心裡有些發虛。

來了這邊軍營後，她聽了很多有關福樂郡主的傳言。據說這位郡主長得極美，主公十分愛重她，甚至軍帳都沒有與她分開。又傳言這位郡主武藝出眾，在軍中很受將士推崇，她一個只知後宅的女人，若是有什麼話說的不對，不知會不會讓她看不起？

正胡思亂想著，門口的簾子被掀起，一位穿著錦衣玉冠束髮的年輕美貌公子走了進來。她回過神後才想起，這裡是主公與郡主的營帳，這個少年郎是誰，竟一身貴族公子打扮闖了進來。

「趙嫂子請坐。」班嫿見趙夫人愣愣地看著自己，便拍了拍自己身上的男裝，「出門在外，穿得隨意了些，讓夫人見笑了。」

「見、見過郡主。」趙夫人沒想到這個美貌少年郎竟是福樂郡主，她深吸幾口氣，「郡主長得太好看，讓妾身看得失神忘了行禮，請郡主見諒。」

「沒事，沒事，快快請坐。」班嫿在上首坐下，笑看著趙夫人。趙夫人鵝蛋臉，皮膚白皙，頭髮用幾根木簪束著，可能是因為在軍營中一切從簡，她身上的衣服也都以輕便為主，不過看得出這是一個很隨和的女人。待護衛奉上茶以後，班嫿一邊招呼著趙夫人喝茶，一邊道：「我記得妳有兩個孩子，怎麼沒一塊兒帶來？」

「犬子還小不懂事，我怕他們過來吵著您。」

「沒事，再吵鬧的孩子我都有辦法收拾。」班嫿擺擺手，「我不在意這些，夫人下次儘管帶來就是。」

儘管趙夫人性格隨和，這時候也不知道該說什麼好。不過讓她意外的是，郡主竟然知道她有兩個孩子，這實在是太稀奇了。

「我跟趙小姐私下的關係還算不錯，有時候會聽她提及你們。」班嫿笑了笑，「家母也很關心你們，待回了京城，你們定要去家母家父那裡坐一坐，她見了你們，肯定會很高興。」

趙夫人被班嫿輕鬆的口吻逗笑了，她點頭道：「到時候一定到貴府上叨擾。」

他們這會兒還在造反，聽福樂郡主這語氣，好似他們已經成功了。難怪主公這般喜歡郡主，原來郡主才是對主公最有信心的人。

「什麼叨擾不叨擾？」班嫿想了想，「軍營裡的男人多，妳平日如果待得無聊了，便來我這裡坐坐。」

以趙夫人的性子，大概在軍營裡是不好意思出門的，到她這裡來走走，也能解解悶。

趙夫人也明白這是班嫿的一番好意思，便答應了下來。嫁到趙家前，她也聽過這位郡主原本與趙家是有婚約的，只可惜她那無緣得見的小叔子走得早，與這位郡主有緣無分。

拜別福樂郡主後，趙夫人回到了自家營帳。

趙仲見她回來，便道：「夫人，福樂郡主可曾為難妳？」

趙夫人笑著搖頭，「郡主人好又熱情，還要留我用飯，我想著主公定是要回去與郡主一同用飯的，便堅持沒有答應。」

趙仲聽到這話便放下心來，「幸而妳沒用，不然我跟兩個孩子就要單獨用飯了。」

「竟是胡說！」趙夫人與夫君孩子圍坐在有些簡陋的桌邊，見兩個孩子吃得香甜的模樣，趙夫人又往他們碗裡夾了兩塊肉，轉頭對趙仲道：「福樂郡主是個特別的女子，我瞧著主帳那邊的人都很尊重她。」

「那便好了。」趙仲點了點頭，放下心來。

「郡主還說我若是待得無聊，便去她哪裡坐。」

「好。」趙仲當下便道：「我正擔心妳整日悶在帳中難受，這樣也好，福樂郡主那裡是個好去處。」

容瑕帶領大軍暢行無阻地通過中州地界，與中州相鄰的是尋洲，容瑕派遣的先行軍剛到城門，還沒來得及攻城，就見尋洲城門大開，所有將士官員正裝相迎，竟沒有半分抵抗的意思。

他們在尋洲待了兩日，所有的士兵沒有擾民，沒有強徵糧草，這讓原本忐忑不安的百姓們又感動又欣慰，叛軍離開尋洲的時候，有百姓捧著瓜果米麵前來送行。

雞鴨魚肉瓜果米麵容瑕沒有接受，卻收下了一位百歲老人贈送的水囊。

「諸位百姓的心意容某心領，只是大家日子都不容易，容某如何忍心看著大家忍飢挨餓？」

容瑕把水囊高舉頭頂，「水是生命的源頭，容某收下老伯贈送的水囊，便是收下了各位鄉親的心意，請各位鄉親保重，容某告辭。」

尋洲被容瑕這番態度與說辭感動，知道叛軍全部離開，還有人站在城門口不願意離去。

「好人啊，好人啊！」百歲老翁扶著兒孫的手站起身，仰頭看著蒼天，「老天有眼，終於讓我們看到了希望！」

四周的百姓被百歲老翁情緒所感染，竟都盼著容瑕能做皇帝了。

叛軍出了尋洲，下一個地方就是荊州。荊州居然與尋洲一樣，大開城門相迎。不過容瑕等人進城以後，發現當地的官員腐敗無能，魚肉百姓，於是判了這些貪官汙吏的罪名，當著百姓的面，斬去了他們的首級。

一時間，百姓們奔相走告，都說荊州終於來了好官。

百姓可不管來的人是朝廷還是叛軍，只要能幫他們伸張正義，不欺壓他們，那就是好官。什麼，你說這位俊俏的年輕大官有可能做皇帝，現在的皇帝昏庸無能？

那必須讓年輕大官做皇帝啊，留著一個昏庸無能的皇帝幹什麼，留著過年嗎？若是養頭豬，過年還能宰殺了吃肉，留一個魚肉百姓的皇帝什麼用都沒有。

班嫿跟在容瑕身邊，看著百姓們因為貪官被斬首而露出滿意的微笑，有些動容。這些百姓不懂得什麼叫忠君，也不懂得詩詞歌賦、琴棋書畫，他們甚至連當今皇帝的名號諱都不一定知道，他們每日為了生計奔波，卻又如此容易滿足。身在高位的皇帝，就算不願意為了百姓嘔心瀝血，也該為他們想一想，為他們考慮一點點。

至少……能讓他們稍微安穩地活下去。

貪官汙吏被抄了家，容瑕安排了幾個人來打理荊州的事務，待百姓們已經接受這幾個人管理事務以後，他便帶著大軍繼續往京城的方向行進。

可能因為容瑕在荊州殺了貪官汙吏，讓其他州縣的官員人心惶惶，他們不敢把容瑕迎進城，所以一些人開始激烈反抗，而一些人在容瑕帶領的大軍還沒趕到時，便帶著妻兒財寶匆匆逃走，只留下官兵抵抗。

還有些官員故意散播一些消息，說什麼容瑕是殺人惡魔，但凡他經過的地方都會血流成河，哀鴻遍野，鼓動當地百姓奮力抵抗。這一招用處並不大，因為大多百姓早就聽到了從其他州縣傳過來的消息，說這位成安侯人如何的好，對百姓如何的寬容，沿途的貪官汙吏也都被他處罰了。當百姓發現官員故意騙他們時，這種怒火是壓制不住的。

所以，容瑕等人來到與京城已經比較近的泰州時，泰州的城門是被一群憤怒的百姓率先打開的。守城門的官兵也沒怎麼阻攔百姓，甚至都沒有拔刀，任由這些百姓把城門拉開了。

班嫿騎在馬背上，偏頭對容瑕道：「容瑕，我們真的是在造反嗎？」

這怎麼跟鬧著玩兒似的？

整個大業朝究竟要腐敗到哪種程度，才會讓百姓恨到這個地步？

班嫿是個很懶的人，懶得考慮太多，也懶得考慮陰謀詭計，不過這一路走來實在是太順了，就像是已經有人提前打好了前路，只等待著他們的到來。

「泰州城內有我安排的人。」屋子裡，容瑕對趴在浴桶裡的班嫿笑道：「夫人需要我來伺候妳沐浴嗎？」

「幫我捏捏肩。」班嫿雙手扒拉著浴桶邊緣，長長的青絲浸泡在浴桶中，水蒸氣在屋子裡繚繞，整個屋子的氣溫都在升高。

容瑕忍不住在她香肩上輕輕一咬，留下淡淡的粉色。

「你屬狗的嗎？」班嫿捂住被咬的地方，伸手把穿戴整齊的容瑕拉進浴桶，看著他渾身濕漉漉狼狽的模樣，伸手環住他的脖頸，「是不是想要跟我一起洗？」

容瑕看到她白皙嫩滑胸口，呼吸一沉，「嫿嫿，據說很多很多年前，神山上有一個女妖，只要見過她的人都神魂顛倒，願意為她獻上自己的頭顱……」

舌尖在班嫿耳廓處劃過，「妳就是這個女妖嗎？」

「我是不是，你嘗過不就知道了？」

班嫿輕聲一笑，就像是點燃容瑕胸口火焰的引子，讓兩人的體溫在浴桶中燃燒起來。

「杜九？」趙仲走到院子外面，這棟宅子原本是一個官員的住所，不過由於這個官員魚肉百姓，已經被當地百姓捆綁起來扔進大牢了。他見杜九守在主院大門外，好奇地問：「這次我沒有看到王曲先生？」

「他現在腳不能行，手不能寫，目不能視，哪能隨軍？」杜九沒有提王曲做的那些事，這些事提起來，只會讓主公再次不高興。

趙仲聽到王曲這個話，就猜到王曲可能是犯了主公的忌諱，才會落得如此下場。他在四周看了一眼，拍拍屁股往石階上一坐，「你們都是跟在主公身邊的老人，我無意打聽主公的私事，只是福樂郡主與我們家有些舊緣，所以想聽聽她過得如何，不圖別的，就求個心安吧。」

「我看你是糊塗了。」杜九走到他身邊，學著他的樣子坐下，「郡主乃是主公的夫人，豈會過得不好？」

「老杜，咱們也算是多年的老交情了，這些場面話你不用跟我說，我也不愛聽這些。」趙仲苦笑，「我們趙家與福樂郡主的淵源，你又不是不知道。」

「就是因為知道，才不想跟你多說。」杜九沒好氣道：「主公對郡主有多看重，你這些年不在京城可能不清楚，但是我能不清楚嗎？我若是你，日後提也不提你們家與郡主當年那點淵源，有緣無分的事情，提起來做什麼？」

「不提便不提，主公與郡主感情好我便放心了。」趙仲的脾氣好，聽到杜九這麼說，也沒有半點不悅，反而寬厚一笑，「我們家那兩個皮孩子，自從與郡主相處過幾次後，整日裡就一句一個郡主說，真不知道誰才是他們老子。」

杜九嗤了一聲，頗為自得道：「這算什麼，京城裡多少熊孩子到了我們家郡主面前都要規規矩矩行禮，你們家那兩個小了喜歡聽郡主的話，就不是怪事了。」

聽杜九一句一個我們家郡主，趙仲失笑，杜九究竟是跟主公的人，還是跟福樂郡主的人

但是聽其他謀士說，杜九這些年在主公面前一直很得用，就連福樂郡主進門後，也對他特別親近。大概這就是老實的人有老實活路。王曲滿腹經綸，也不缺心計智謀，最後卻還不如杜九地位穩固。

「夫妻本是一體，郡主待見你家小子，不就是主公待見嗎？」杜九乾脆把話說得更明白些，「郡主騎射武功樣樣精通，你家那兩小子若能學得一招半式也夠用了。」

趙仲恍然反應過來，杜九這是在告訴他，侯爺與郡主感情有多好。主公的那些謀士，都在掂量福樂郡主背後的勢力，還在考慮班家會不會因為大長公主的緣故，不贊同主公登基。沒想到杜九卻一語道破本質，夫妻本是一體。

這話不一定能用在其他人身上，但是主公不同，他身邊沒有重要的親人，最親近的恐怕只有福樂郡主了。還有，主公這些日子拿出來的三軍虎符，這不是郡主送給他的還有誰？若是他們早有三軍虎符，何必隱忍至今？福樂郡主把這麼重要的東西都給了主公，他們這些外人又怎麼能看輕這份情誼？

大軍在泰州歇了七日，備足糧草以後，就聽到朝廷派遣大軍，打算一舉攻滅所有的叛軍。容瑕這邊的人馬總共只有十五萬，而伐容大軍號稱三十五萬，抽去其中的水分，大概還有二十萬左右。這場仗打起來，恐怕有些艱難。

班嫿懷疑自己的嘴巴是不是有毒，前幾天才說造反跟鬧著玩兒似的，今天朝廷大軍就壓境。她坐在副手位置上，聽完線兵的彙報後，問道：「帶兵的人是誰？」

「長青王任兵馬大元帥，石晉任兵馬大將軍。長青王為正，石晉為副。」

「竟然是他們？」班嫿有些意外，「石晉不是太子的人嗎？」

「石家上下老小的性命都在暴君手上，石晉又豈能不從？」銀甲小將對石晉有幾分欣賞，言語中對蔣洛的惡感更濃，「他就是仗著這一點，才敢讓石晉帶兵上陣的。」

班嫿搖了搖頭，對石家的遭遇不知道該同情還是感慨。

風光了這麼多年，結果被蔣洛這麼一折騰，真是家不家，臣不臣，甚至連堂堂相府公子，也要違背心意做事。

容瑕看了班嫿一眼，「再去探聽消息。」

「是。」

三日後，容瑕帶領大軍進入永州地界，永州地勢不算險要，但是想要攻下永州，就必須渡過青沙河。容瑕大軍趕到時，河面上的鐵索橋已經被人為毀壞了橋板。

隔著寬敞平靜的河面，容瑕看著河對岸的大軍，不發一言。

一個時辰後，一艘船從河對岸划了過來，船上坐著三個使者，他們試圖說服容瑕投降，並且許下了許多好處，其中一個條件就是恢復班家人的爵位。

已經走到了這一步，容瑕又怎麼會投降，他平靜地看著這三個使者，反問道：「三位大人以為，天下百姓苦還是不苦？」

三位使者面上不自在，其中一人抱拳道：「成安侯，身為人臣，本該忠君……」

「身為朝廷命官，本該愛國愛民，容某不才，此舉雖有可能是螳臂當車，但也想救萬民於水火之中。」容瑕起身看著這三個人，「三位大人的忠誠容某十分敬佩，但為了天下百姓，容某願背下這叛君不忠的罵名。」

使者聽著這話只覺得臉紅，成安侯本是謙謙君子，風光霽月的人物，今天卻走到了這一步，難道這僅僅是不夠忠誠的緣故？或許正因為他是君子，所以看不得天下百姓受苦難，忍受不了昏庸的帝王。

他們本不及他，今日來做說客，也不過是奉命行事，他們很明白，根本無法說服容瑕。

「侯爺高義！」其中一個髮鬚皆白的老者朝容瑕深一揖，「侯爺的心思我等已經明白，我們這就回去向元帥稟報。」

容瑕抬手做了一個請的姿勢。

三位使者走出帳外，見到容家軍的氣勢，又想到朝廷軍毫無戰鬥心的模樣，忍不住在心中搖頭，除非班元帥在世，不然朝廷軍擋不住叛軍前進的步伐。

可是，班元帥的後人已經嫁給容瑕，連三軍虎符都交到了他手裡，這個天下最後會姓什麼，誰都不敢保證。

朝廷軍與容家軍在青沙河兩岸對峙了三日，互相都沒有動武的打算。第四日一早，瞭望臺上的朝廷軍發現，容家軍竟是又唱又跳，彷彿是在過節一般。

他心裡不解，便把這個消息傳報給了上峰。

很快這個消息就傳到了長青王與石晉面前。

「不過是迷惑人的手段。」長青王冷笑，「容瑕此人，最喜歡表面一片平靜，內裡急成什麼樣還不知道。他們的糧草有限，若想跟我們打消耗戰，有他哭的。」

石晉看著桌上的勘輿圖，視線落在永州旁邊的青松縣沒有說話。青松縣那邊也有一道通過青沙河的橋，只是那個鐵索橋比起永州這道橋小了許多，並且河道兩邊的地勢狹窄，道路曲折難行，沒有熟悉路況的當地人帶路，很容易掉進湍急的河水中，以容瑕謹慎的性格，應該不會選擇這麼一條道。

他與長青王並沒有多少交情，進了軍營以後，長青王不想被他分權，所以處處防備他，就算他說了自己的猜測，長青王也不會相信他。果不其然，他提出要帶兵去鎮守青松縣時，被長青王斷然拒絕了。

「你把兵帶走一部分，容家軍突然打過來，這邊又該怎麼辦？」長青王篤定道：「我跟容瑕來往多年，他是什麼樣的人，我多少了解幾分，他肯定等著我們主動分軍，好趁夜偷襲。」

石晉在心中諷刺地笑，一個心存反意，手握三軍虎符，卻沒讓任何人發現的侯爺，就算真與你有幾年的來往交情，你又怎麼保證對方不是在跟你虛與委蛇？

自從寧王登基後，長青王便由郡王升為親王，誰也沒有料到他竟然與寧王是一夥的。現在長青王在京城中風光無限，誰也不敢輕易得罪。長青王是自以為聰明的人，他自負又自傲，最不喜歡的便是別人質疑他的決定。

石晉性格沉穩，做什麼事都要細細揣摩，不一意孤行，他們兩人幾乎是截然相反的性子。主將不和，不利於軍心，所以石晉大多時候都不願意與長青王起爭執，甚至他內心抱著一個怪異的念頭，覺得這個天下即便被推翻了，也不是什麼壞事。

長青王做下的決定，有時候他明明覺得是錯的，卻選擇了順水推舟。

容家軍在對岸熱鬧了兩日後，第三天晚上忽然夜襲，意圖給橋鋪上木板，攻進對岸，哪知被早有準備的朝廷軍發現，只好匆匆退了回來。

長青王站在瞭望塔上，看著容家軍被朝廷軍打得丟盔棄甲狼狽逃竄的模樣，臉上露出了快意的表情。他就知道容瑕慣會這樣裝模作樣，這不是坐不住了嗎？

「大元帥，我們要不要打到河對岸去？」

「不用。」長青王得意地勾起唇角，「容瑕就盼著我們渡過河，我偏偏不會讓他如意。」

接下來的幾天晚上，容家軍都會派人試圖渡河，不過每次都失敗了。漸漸地，朝廷軍發現，容家軍沒心思唱唱跳跳，甚至連炊煙也少了起來。

朝廷軍幾乎可以肯定，這是叛軍糧草不足了。

就在他們等著叛軍自己投降時，忽然青松縣傳來急報，叛軍從青松縣那邊渡過河，意圖攻破青松縣大門，他們要請求支援。

「什麼？」長青王不敢置信地看著報訊的士兵，「容瑕怎麼會帶兵攻打青松縣？」

他被容瑕騙了！

從一開始，容瑕就沒有打算攻進永州，他故意讓士兵接連幾夜突襲，就是為了讓他相信，他的重點在永州。

「大元帥，現在該怎麼辦？」

長青王看向石晉，半晌才鐵青著臉色道：「石晉，你帶兵到青松縣斬殺叛軍。容瑕為人狡猾，我擔心攻打青松縣的叛軍只是一小部分，叛軍的主要人馬目標還是這裡。」

「是。」石晉抱了一拳，便掀起軍帳簾子走了出去。

營帳裡的將士都記得當初石晉主動提出要帶兵去鎮守青松縣，可是長青王不願，所以才造成了今日的局面。只是這會兒看到長青王盛怒的模樣，沒人敢不識趣地再火上澆油。

這次長青王猜的不錯，攻打青松縣的容家軍確實只是一部分，帶領這幫士兵的人就是班嫿。她身著銀甲，一言不發地聽著城門上守軍的叫罵。

「容瑕手下是沒人了嗎，竟然要你這個娘們兒似的小白臉帶兵？」站在城牆上的將領哈哈大笑，彷彿自己說了一件多可笑的事情般，「你若是乖乖投降，從爺爺我的褲襠下鑽過去，爺爺就饒你一條狗命！」

有時候兩兵對罵時，什麼難聽的話都罵得出來，跟在班嫿身後的杜九與趙仲擔心她受不了這種言語刺激，哪知道班嫿竟然扯著嗓子與對方叫罵起來了。

「就你這副模樣也想當小爺的爺爺，也不去找坨狗尿照照自己的屁股，能生得出小爺我這樣標致的人物？」班嫿把手裡的銀槍扔給杜九，插腰罵道：「你長得這麼艱辛，娶到妻了嗎？生下的崽子是你的嗎？別整日想著天下男人都是你的兒子孫子，想太多是病，你先去想想哪個倒楣鬼願意做你的爹，做你的爺爺，再來小爺面前擺譜吧，呸！」

容家軍被班嫿這番叫罵驚呆了，這、這是福樂郡主沒錯，是他們主公夫人沒錯吧？這罵人的功夫，怎麼跟軍中老油子似的？

「媽的，你這個小兔崽子，待爺爺我宰了你，拿你那二兩蛋泡酒喝！」

「你倒是羨慕我有二兩，你身上有二錢嗎？」班嫿反罵，「就算喝盡天下的蛋酒，你也只是一個醜王八二錢，做不了二兩！」

趙仲忍不住嚥了一下口水，轉頭看向杜九，發現他比自己也好不到哪去，頓時心裡平衡了不少，看來不是他一個人受到了驚嚇。

班嫿一個人舌戰十人，終於氣得城門上的將領帶著兵馬衝了出來，這大漢身高八尺，手拿鐵刺大錘，大有不砸死班嫿不甘心的架勢。

「哼！」班嫿抽出放在馬背上的弓箭，搭箭射出，那個還嗷嗷大叫的大漢被箭穿胸而過，砰地一聲倒在了地上。

他帶出來的士兵見首領死了，頓時一愣，轉身就想回城，哪知道漫天箭雨落下，他們都被射成了篩子。

班嫿冷著臉看著身後的將士，「你們記著，這就是逞匹夫之勇的下場。能動手就不要廢話，也不要瞧不起任何對手。他剛才有在城門叫罵的時間，就該找擅弓箭的射手來射我們的王旗，可他偏偏瞧不起我這個小白臉，找機會來羞辱我。你們謹記這個教訓，不要犯同樣的錯誤。」

「是！」眾將領齊齊應聲，看向班嫿的眼神中，滿是崇拜。

班嫿對他們聽話的態度非常滿意，抬手道：「攻城！」

守城本該比攻城容易，可由於青松縣將士首領被叛軍小白臉頭子一箭射死，軍心大亂，眼看著叛軍殺聲震天，城門也即將攻破，不少士兵喪失了守城的勇氣。

「將軍，」杜九抹去臉上不知何時濺上的血，「守城士兵的抵抗力度好像下降了。」

「破城破的就是軍心。」班嬗一槍挑翻一個騎兵，對杜九道：「叫兄弟們加把勁，盡快攻下青松縣，我如果沒有預料錯的話，不出兩日，朝廷派來的援軍就要到了。」

「末將明白。」杜九一拍馬屁股，開始去鼓勵自己這邊的軍心了。

到了戰場上，就不分男人女人了，只會分你我。容家軍早就知道班嬗有兩把刷子，沒有想到她竟然如此適應軍中這一套，帶兵遣將也頗有手段，上陣殺敵乾淨又俐落，一看就是練過的。

這些跟著班嬗出來攻打青松縣的將士，對班嬗終於是心服口服。

「砰！」青松縣的城門終於被攻破，班嬗帶兵殺了進去。她本以為迎接自己的是軍民激烈的反抗，哪知道在她衝進去的那一刻，就看到一個十多歲的小孩子哭著大喊：「我投降！」

這個男孩穿著不合身的鐵甲，身材又瘦又小，握刀的手瑟瑟發抖，班嬗僅僅看了他一眼，他就嚇得跪在了班嬗面前。

其他將士也比這個男孩好不了多少，他們麻木的臉上帶了幾分驚恐，一絲一毫的反抗之意都沒有，但是這些人卻站在了最前面，被他們擋在身後的，是衣衫襤褸的老弱婦孺。

「杜九，帶人清點人數，小心偷襲。」班嬗掃過人群中瑟瑟發抖的孩子婦女，又加了一句：「軍中誰若是敢奸淫婦女，我會親自砍了他的人頭，掛在城牆之上。」

「屬下領命。」

青松縣城門攻破以後，安排青松縣的百姓，比班嬗想像中容易。或者說，在這些人發現班嬗並無意殺他們，並且還幫他們整理街道以後，他們就對班嬗的安排十分順從，說讓他們往東，就絕對不往西。

「將、將軍。」就在班嬗走下城樓，準備去看下面人收上來的名冊時，一個小男孩跑到她的面前，「你真的是叛軍嗎？」

班爐伸手摸了摸他的腦袋，「我們不是叛軍，是來解救大家的。」

小男孩不懂什麼叫解救，他愣愣地看著班爐，半晌後道：「您不搶我們的食物，您是好人。」

「小屁孩，這不叫好人，這叫人。」班爐淡笑，「搶百姓東西的官兵，那是畜生。」

「大、大人。」一個十多歲的小姑娘匆匆跑過來，伸手在小男孩身上狠狠敲了幾下，然後驚恐地看著班爐，「弟弟不懂事，冒犯了大人，求大人放過我們。」

「妳的弟弟挺有意思的。」班爐見這小女孩嚇得連話都說得結結巴巴，便用調侃的口吻道：「妳別害怕，我不欺負小孩。」

她在荷包裡掏了掏，找出了幾顆自己當零嘴的點心，放到小女孩手裡，「拿去壓壓驚。」

小女孩捧著點心不敢動。

「妳還挺有戒心的嘛！」班爐從她手裡拿回一塊扔進自己嘴裡，「放心吧，這裡面沒毒。」

小女孩偷偷地看了班爐一眼，僅僅只是一眼便讓她面紅耳赤，低頭捧著點心，匆匆拉著弟弟走開，走遠了以後才敢偷偷回頭看，哪知卻找不到班爐的人影了。

「姊姊，那個將軍人真好。」小男孩把一塊點心塞進嘴裡，「他的點心也好吃。」

「吃吃吃，就知道吃！」小女孩忍不住罵道：「萬一他是壞人，你還要不要命了？」

「可他不是好人嗎？」小男孩扭頭嘀咕，忽然發現幾個男人鬼鬼祟祟地從自己經常路過的巷口走過，忍不住多看了幾眼。

青松縣只有這麼大，平時路過的街坊有哪些，縣裡大家穿衣風格是什麼樣的，大家心裡都清楚，那幾個男人的言行，怎麼看都不像是他們青松縣的人。

「將軍，」杜九走到班爐辦公的地方，「剛才有個小孩來報信，說城裡出現了幾個形跡可疑的成年男人。」

「探子？」班嫿首先想到的便是這個，她算了算時間，也該是朝廷軍反應過來的時候，「叫下面的兄弟提高戒備，朝廷軍應該快來了。」

「屬下明白。」杜九猶豫了一下，忍不住問道：「將軍，您在陣前叫罵的那些……」

「怎麼，聽不習慣？」

「不不不，屬下聽著挺解氣的。」

「解氣就好。」班嫿把筆扔到一邊，她最不耐煩這些東西，「我家裡供養著不少上過陣的殘疾老兵，他們罵人的水準才叫精湛。你若是感興趣，待回京後，就去拜訪拜訪他們，讓他們也教你兩招。」

杜九一愣，原來班家私下還養著那麼多對於朝廷來說，已經是殘廢無用的老將嗎？

在這個瞬間，班家的形象在他心中變得無比高大起來。

「讓人去清點一下這次受傷還有陣亡的將士，該厚葬的厚葬，該給家裡安撫的給安撫費，這事記得讓你信得過的人去做。」班嫿想起軍營裡還有私吞撫恤費這種事情，補充道：「誰若是敢做出這種事，不必稟告給主公，我親自砍了他的人頭！」

「是！」杜九心中一動，面帶激動之色，「請將軍放心，屬下一定辦妥此事！」

班嫿見他氣勢如虹地出去，忍不住嘆了口氣，她身後的女護衛擔憂地看著她，「郡主，您還好嗎？」

郡主從小嬌生慣養，雖然跟著老將軍學調兵遣將之道，不過那也是好些年前的事情，那時候郡主才多大，哪裡真正見識過戰場上的殘酷？現在整日與這些士兵在一起，吃不好穿不好，綾羅綢緞金銀首飾更是不能用，他們家郡主何曾受過這種苦？

「我沒事。」班嫿靠在椅子上，閉眼讓女護衛為自己捏肩，「蔣洛行事殘暴，若是不把他推翻，不僅天下百姓寢食難安，就連我班家上下所有人都活不了。」

「可是……」女護衛猶豫了片刻，「飛鳥盡，良弓藏，屬下擔心姑爺……」若姑爺真有登基為帝的一日，主子雖與姑爺為結髮夫妻，可人心易變，萬一到時候姑爺忌憚主子身上有蔣氏一族的血脈，到時候又該如何是好？

「就算容瑕與我情分已盡，他至少也是個好皇帝，加上我班家待他不薄，他絕不會為難班家人。」班嫿笑了笑，「至於其他的，擔心這麼早也沒有用。人生在世，總要往好的地方想，不然每一日都活得不開心，那就太不划算了。」

「郡主，您的心態好，想得也開。」女護衛被班嫿的話逗笑了，「您說的有道理，是屬下膽子太小了。」

「民間有句話，不就是叫捨不得一身剮，怎麼能把美人拉下馬。」班嫿妖嬈地揚了揚頭，「妳說對不對？」

「民間的原話不是捨得一身剮，能把皇帝……」女護衛面色一變，苦笑道：「郡主，您又逗屬下，這話屬下可不敢說。」

「有什麼不敢說的，我們現在不正在幹這種事兒？」班嫿理直氣壯道：「沒事，咱們關起門來說話，誰也不知道。」

女護衛們紛紛稱是，大有班嫿說什麼，她們便信什麼的架勢。

# 肆之章 所向披靡

青松縣是永州管轄下的一個窮縣，這座縣城地勢險峻，土質不夠肥沃，所以農產品豐富。天氣好的時候，收成就好些，勉強能夠吃個飽飯，若是遇到大災年，便得勒緊褲腰帶過日子，一不小心被餓死，也是有可能的。

班嫿的到來，並沒有讓當地百姓感到絕望，反而讓他們看到了希望。

這些士兵沒有燒殺搶掠，也沒有藉此為難他們，可見這些叛軍是真的想解救百姓於水火，才不得不揭竿而起。有人打聽帶兵的年輕玉面將軍是誰，得知是軍中第二大的將軍以後，甚至有老太太開始關心這位將軍有沒有成家。

得知其已經成親，不少在當地縣城算是望族的家庭有些失望，不過還是本著交好的心態，給容家軍捐獻了一些糧草。在這種時候，金銀反而不如糧草更受歡迎。這些望族一是想要投機，二是擔心這些叛軍是裝模作樣，本著不得罪的心態，塞點好處給他們。

班嫿接下這些糧草以後，全部登記造冊，對這些望族道：「各位鄉親的義舉，在下已銘記在心，待打倒佞臣，定會加倍感激諸位。」

「將軍言重，不敢不敢。」

這些富民望族誰也不敢把這場面話當成一回事，出了班嫿臨時暫住的府邸之後，只當自己花錢買了一個心安。

剛送走這些人，就有士兵來報，朝廷大軍已經出現在二里之外。

「總算來了。」班嫿站起身，「弓箭手準備。」

「是！」

班嫿拿起放在桌上的頭盔，匆匆往城牆上趕。

朝廷軍的行軍速度很快，班嫿站在城門之上，看著他們的將旗上寫著「石」字，忍不住挑起了眉頭，帶兵的人原來是石晉。

「在下石晉，受皇上之命特來招降各位，只要諸位棄械投降，朝廷定不追究諸位的過錯。」石晉騎在馬背上，抬頭看著城門上舉弓的士兵，他身後的士兵紛紛舉起盾牌攔在他面前。

「好一個忠肝義膽的石將軍。」班嫿在城牆上大聲道：「如今國將不國，民不聊生，我等不忍百姓不生活在水深火熱之中，即便背負歷史罵名，也絕不退縮。石將軍忠心為皇，一心為朝廷辦事，倒是值得讓史官稱讚一句忠誠。」

這話聽似在誇獎石晉，但是字字誅心，石晉面色有些發白，當他看清說話的人是誰以後，面色更是慘澹得猶如灰漿一般。

「臣見過福樂郡主。」他拱手朝上方恭敬行了一禮，「您乃朝廷欽封的郡主，為何要與叛軍同流合汙？」

「豐寧帝不仁，軟禁陛下與太子，我身為陛下欽封的郡主，又怎麼能忍心陛下與太子受如此對待？」班嫿理直氣壯道：「若是豐寧帝絲毫沒有心虛，為何不讓我等面見陛下與太子？」

石晉又怎麼不知道班嫿說的是事實，可是石家主支與分支數百口人的性命全部掌握在蔣洛手裡，他不得不屈服。

兩邊將士沒有開口說話，這無聲的對峙，成了主將之間心理上的戰爭。石晉心中有愧，他甚至不敢直視班嫿的臉。

「郡主，有什麼誤會，您可以回京再說，如今牽連甚大，百姓人心惶惶，您又如何忍心？」

石晉垂下頭道：「在下在其位，謀其事，得罪了。」

班嫿冷笑，搭好弓，一箭射斷朝廷軍的帥旗，揚聲道：「爾等若是再進一步，有如此旗！」

「將軍好箭術。」杜九接過班嫿手裡的弓箭，「屬下佩服。」

「我的箭術不算好。」班嫿搖頭，「比不得真正上過戰場的弓箭手。」

杜九心裡想，這都不算好，什麼才算好的？

「弓箭手準備！」

「放！」

城樓下殺聲震天，朝廷軍被第一波箭雨逼停以後，就退到了幾百米之外，見箭雨終於停了，便又衝了上去。

「兄弟們，他們的箭不足，快衝！」

但是，他們還沒靠近城門，一鍋又一鍋滾燙的開水、熱油被潑了下來，攻城的士兵疼得哀嚎連連，竟是不敢再靠近了。

「將軍，」石晉的副手退到石晉身邊，「對手太狡猾了，他們剛攻城不久，從何處找到的熱水與滾油？」

石晉看著眼前這個僵持的局面，想到了一種可能，那就是這座城裡的老百姓在幫叛軍，所以他們才能有這麼多的滾油與開水。他揚手道：「暫停攻擊，不要作無謂的犧牲。」

班嫿早有防備，他們現在硬攻，是討不了好的。

「是！」

「將軍，他們撤走了！」

一個士兵驚喜地指著城下。

「緩兵之計而已。」班嫿瞇了瞇眼，「兩個時辰內，這些朝廷軍絕對不會再來，爾等就地休息，留下幾個人守著城頭。切記，兵器不可離身。」

「是！」

班嫿扶著城牆上斑駁的磚，看著朝廷軍遠處的方向，神情平靜。

她不知道石晉為什麼會願意帶兵前來剿滅叛軍，但是此人是個十分冷靜的人，不像之前青松縣守城將軍那般容易激怒，所以她必須小心又小心。

如果她是石晉，會選擇什麼方式來攻城呢？

「石將軍，現在怎麼辦？」

石晉看著被抬在擔架上的傷兵，搖頭道：「先給受傷的士兵上藥。」

「將軍，傷藥不足，不夠用了。」

「將軍，一部分的兵器有問題，上了戰場恐怕不能正常使用。」

「將軍，朝廷發給我們的糧食已經黴爛了，屬下擔心這些東西做給將士們食用，大家的身體會熬不住。」

石晉越聽越沉默，朝廷這些蛀蟲，一邊要他們上戰場殺敵，一邊卻給他們吃這些東西，實在是可恨。石晉即便性格沉穩，也忍不住沉下了臉，這樣的朝廷，他為何還要擁護？

「將軍？」

火頭兵見將軍臉色難看，小心翼翼地開口道：「您沒事吧？」

石晉搖頭，「你去看看哪些東西能吃，先讓大家充飢，至於其他的……我稍後再想辦法。」

火頭兵退出了營帳外，石晉無奈地坐在椅子上，揉著額頭嘆息一聲。

夜半時分，看守糧草的士兵打了一個盹兒，睜開眼時，匆忙往四周看了一眼，見沒有同僚注意到自己，忙甩了甩頭，讓自己變得更加清醒一些。

這個時候，他看到某個營帳後走出一個小兵，嘴裡嘀咕說著拉肚子之類的話，他想起晚上吃的那碗帶黴味的粥，有些同情地看了眼這個小兵，看他年紀輕輕的樣子，以前恐怕沒上過戰場。他們這些老兵什麼沒吃過，別說帶黴味的稀粥，就是草根樹皮、山鼠野兔也吃過不少。

沒一會兒，那個小兵又拎著褲子回來了，走過他身邊時，還小聲道：「大哥，您沒覺得肚子不舒服？」

「這算什麼，你這種年輕人就是沒見過世面。」看守兵對年輕人吹了一會兒牛，忽然覺得有些尿意，便對小兵道：「你幫我看一下，我很快就回來。」

「大哥，我沒看過這些，你、你快點啊！」年輕人往四周看了一眼，見這裡只守著幾個士兵，顯得有些害怕。

「都上戰場了，你怎麼還像娘們兒磨磨嘰嘰的？」看守兵見他竟然還怕黑，忍不住搖頭道：「你就在這好好站著，我馬上回來。」

轉身離開的時候，他還有些得意，這些新兵蛋子就是不罵不知戰場的不容易。

班嫿把藏在身上的磷粉全部扔進了後面的庫房中，待她站遠了幾步以後，就把點燃的紙團扔了進去。

「砰！」磷粉一遇到火星便燃了起來，旁邊有個護衛注意到她的動作，還沒來得及開口，就被她捂住嘴敲暈，扔到了離糧倉稍微遠一點的地方。

「著火啦，糧倉著火啦！」班嫿喊完這一句，便快速往旁邊的營帳後躲去，待營帳中其他士兵都跑出來以後，她作匆忙的模樣擠在這群人中間。

「快救火，看嚴軍營四周，不能讓可疑的人跑出去！」

石晉聽到糧倉起火，半點都不震驚。他走到帳外，看到糧倉中的火很快被撲滅，往四周看了一眼，「抓到可疑之人沒有？」

有個士兵來報，說他剛才與一個皮膚白皙的少年郎說過話。

皮膚白皙的少年郎？

石晉心中暗暗驚疑，難道是班嫿親自出手？

待明火撲滅，他發現有些未滅的小火散發著幽幽的藍光，「那是……磷粉？」

磷粉是些雜耍藝人用得上的東西，但是這些手藝一般不外傳，除非自己家裡養了這種手藝人，才能了解其中的內情，看來這真像是班嫿的手筆，京城誰不知道班家養了不少雜耍藝人。

可是她圖什麼，這點火根本燒不起糧倉，這是一堆糧食，不是一堆易燃的紙。

他百思不解，待士兵們疲倦地回到營帳裡休息後，他才回到主帳中。他剛坐到榻上，脖頸上就多了一把冰涼的劍。

「郡主，您不該來。」他閉了閉眼，「若是我現在出聲，您不能活著走出這個帳子。」

「有什麼該不該的？」班嫿轉到他正面，笑咪咪道：「我相信現在很多人都睡得死沉，就算敲鑼打鼓都不一定能醒過來。」

她剛才在糧倉裡扔下的，不僅僅是易燃的磷粉，還有催眠的藥粉，只要聞到煙味的人，都會不自覺犯睏。

石晉面色微變，「這才是您的主要目的？」

班嫿笑而不語。

石晉睜開眼，看著眼前作士兵打扮的班嫿，昏暗的燭火下，她的臉看起來有些黯淡，但是那雙眼睛卻亮如星辰。他移開視線，「郡主好手段，石某不及。」

「石將軍不也派了暗探潛入城中嗎？」班嫿笑了，「我們不過是彼此彼此罷了。」

石晉抬了抬下巴，「郡主若是想要動手，就盡快吧。」他猶豫了一下，「動手過後，從西邊營門出去，那邊防守薄弱，對郡主更有利。」

「我要殺你，你還要幫我想好退路？」班嫿忍不住笑了，「你這人可真有意思。」

她的目光在石晉臉上掃了一遍，「你長得這麼好看，我還真捨不得向你動手。」說完，她忽然反手收回劍，狠狠地砸在了石晉後腦杓上，石晉應聲而倒。

「郡主，」一個士兵走了進來，竟是軍營中的火頭兵，「我們快走。」說完這話，他與另外一個看起來毫不起眼的士兵把石晉裝進一個黑色布袋中，然後把人抬出了營帳。

整個朝廷軍的營地一片安靜，唯有斷斷續續的鼾聲傳出來。

班嫿看了眼四周，道：「把這邊都包圍住，能收走的武器全部收走。」

她不是什麼正人君子，也不是絕世名將，如果用些手段就能贏得輕鬆，她絕對不拒絕。這個火頭兵是班家老部將的孫子，面上與班家毫無關係，實際上卻是班家在軍中的「人脈」。

身為火頭兵中的老大，沒有誰比他更適合在飯食中下迷藥了。加上糧草都已經發黴，就算飯食味道有什麼不對，大家也只會以為食物不對勁，而不是飯有問題。

火頭兵的藥，加上她在糧倉裡扔的那些，足夠這些人好好睡一場了。

只不過希望他們明天醒來，發現自己衣不蔽體，武器全部被收繳以後，不會太震驚。

出了軍營，班嫿帶親衛回到青松縣，不過還沒進城門，她立刻發現到不對，忙抬手讓大家停下來，「全部熄滅火把，城門上有問題。」

親衛們紛紛滅了火把，跳下馬背往旁邊躲開，以防城門上的弓箭手會向他們之前待的地方發射箭羽。

不過，城門上並沒有箭雨落下來，反而有人點燃了火把，站在了城門上。

「下面之人……是郡主嗎？」

班嫿聽到這聲音有些耳熟，好像是趙仲？

她看了眼身邊的親衛，示意他們不要動，自己小跑著換了一個位置才道：「是我。」

「嫿嫿，」容瑕忽然出現在了城牆上，他出現在火把旁，對著黑漆漆的城牆下道：「我下來接妳。」

班嫿愣愣地看著城牆上的容瑕一晃而過，很快城門大開，容瑕騎著白馬，身著金甲，走了過來，紅通通的火把照亮他的臉頰，看起來喜慶極了。

班嫿從地上站起身來，看著舉著火把四處張望的容瑕，忍不住道：「我在這裡！」

容瑕跳下馬背，舉著火把快步朝班嫿走來，伸手摸了摸她冰涼的手，「走，我們進去。」

「你傻不傻，這麼衝出來不要命了？」班嫿任由他把自己手握住，「萬一有人挾持了我，故意引你出來，你還有命在？」

「他們若是挾持了妳，就是挾持了我的命。與妳死在一起，做一對亡命鴛鴦也挺好的。」

「胡說八道！」班嫿忍不住在他的頭盔上敲了一下，「腦子晃一晃，我聽聽有沒有水聲，是不是進水了？」

一行人進城後，容瑕發現有兩個士兵正抬著一個碩大的黑布袋子，不由停下腳步，多看了幾眼，「這裡面是什麼？」

瞧著好像是人？

「哦，我剛才順手把他們那邊的將軍綁架了。」

容瑕愣住，將軍……石晉？

「綁他有什麼用，把他扔了。」容瑕冷酷地道：「他只要失敗，對朝廷就沒什麼用處了。」

「對朝廷沒用，對你有用啊！」班嫿真心實意道：「這人有幾分能耐，為你所用也好。」

「不用！」容瑕拒絕得很直接。

班嫿：……

這什麼毛病？

好在夫妻二人也沒有為了石晉的事情爭吵，班嫿跟容瑕回了臨時的府邸，她脫下鎧甲，打了個哈欠，躺在床上，「你怎麼來了？」

原計畫不是他留下來攻打永州，她來青松縣嗎？

「計畫變了。」容瑕見她眼眶下帶著淡淡的烏青，心疼地摸了摸她的眼下，「這幾日都沒有好好休息嗎？」

「可不是嗎？什麼名冊帳冊我看得頭都疼了。」班嫿把腳上的靴子一蹬，連襪子都懶得脫，迷迷糊糊說了句「你來我就放心了」後，便沉沉睡了過去。

容瑕見她累成這樣，便替她脫下襪子，用熱水擦乾淨她的腳，發現她白淨細嫩的腳底有兩個刺眼的血泡，便找來一根用酒消過毒的銀針挑破血泡，上完藥才把她整個人塞進被子裡。

早上天剛亮，容瑕聽到門外有動靜，穿好外袍抱著鞋子走出了門，「有什麼事？」

趙仲見他外袍不整，抱著鞋子的模樣，先是愣了一下，才道：「主公，石晉醒了。」

「我馬上去見他。」

石晉醒過來以後，發現自己躺在一個屋子裡，身上蓋著的是乾淨的棉被，他瞬間反應過來，自己是被叛軍帶走了。

他全身無力地從床上坐起身，還沒來得及下地，就看到一個士兵推門進來，看了他一眼後又匆匆離去。沒過多久，門外就傳來腳步聲，容瑕推門走了進來。

看到來人是容瑕，石晉冷笑道：「成安侯真是好本事，竟然瞞天過海來了青松縣。不過你最大的本事不是瞞過了長青王來了這邊，而是讓一個女子為你到敵營涉險。」

趙仲聽到這話，想要為容瑕解釋兩句，卻被容瑕打斷了。

「在這一點上，我也挺佩服自己的。」容瑕微笑著道：「石大人若是看不慣，只能請你擔待些，我家夫人偏偏對我這般好，我也是沒辦法。」

「你還是不是男人？」石晉對容瑕這種洋洋自得的態度感到十分厭惡，「容瑕，你若是個男人，就該好好保護她，別讓她冒險做這種事。」

「石大人憑什麼來管我們夫妻之間的私事？」容瑕挑眉，「論公，你我身分有別；論私，我們兩家並無多少交情，石大人不覺得自己有些多事嗎？」

石晉面色有些難看，容瑕這席話堵得他開不了口。

「還請石大人謹言慎行，不要多管閒事。」容瑕垂下眼瞼，「我們還是談談公事吧。」

他家孃孃不聽話，以身犯險這種事，待她醒了以後，他自會好好教導她。

「成安侯想要說什麼，請直言。」石晉知道自己沒有立場管別人夫妻間的私事，他整了整衣冠，走到桌邊坐下。儘管是階下囚，他仍舊帶著世家公子的貴氣，舉手投足不見半分畏縮。

「我想讓石大人助我一臂之力。」

「可笑，我身為朝廷命官，又豈會和你這個叛黨同流合汙？」石晉想也不想道：「容瑕，你不必多費口舌，我不會與你合作的。」

「既然如此，那我也不強求。」容瑕站起身，轉身就往門外走，一點說服對方的意思都沒有。他這個反應讓在場眾人愣了一下，杜九驚訝地看了眼容瑕，又看了眼坐在桌邊不出聲的石晉，轉身追了出去。

「石大人。」趙仲留在屋子裡，他天生長著一張厚道臉，任誰看到他的第一眼，都會覺得此人肯定不會撒謊。

石晉沒有理會他。

趙仲也不在意，隨便挑了個凳子坐下，慢條斯理地給兩人倒了茶，「石大人幾年前去邊疆當過差嗎？」

石晉眉梢微動，他轉頭看趙仲，不知道他想說什麼。

「你不用這麼防備我，我就是隨便說說。」趙仲一臉憨厚，「我小的時候想去學武，不過家裡人不同意，這些年便耽擱了。」

「邊疆苦寒，趙大人不去也好。」石晉喝了口有些涼的茶水，「你是什麼時候與容瑕勾結在一起的？」

「這不叫勾結，叫志同道合。」趙仲嗤笑一聲，轉頭看著窗外，「我在薛州任了幾年刺史，在當地百姓心目中，也勉強有些地位。可是當薛州遭遇災害的時候，我這個做父母官的，卻不能為他們求來多少朝廷的援助。三年前，薛州鬧洪災，死了不少人，朝廷怕薛州鬧瘟疫，便讓人從外面把城封住了，只許進不許出。」

「我知道這是預防瘟疫的辦法，我也沒有怨過誰，但是朝廷把薛州封住以後，卻沒有派人送來糧食藥材，難道朝廷是打算餓死所有的人，讓薛州變成孤城？」說到這件事，趙仲眼眶有些發紅，「你知道薛州死了多少人嗎？」

「一萬人！足足一萬人！」

石晉沉默，他記得這事，不過是在父親寫來的信裡，因為薛州的事在朝堂上根本沒鬧出多大的水花，後來好像是誰頂著壓力往上報了這件事，並且親自押送了糧食草藥去了薛州。

「那些天，薛州城的哭聲從未停歇過，娘為兒女哭，丈夫為娘子哭，兒女為父母哭。」趙仲聲音顫抖，「本來可以不用死這麼多人的，本來不用死這麼多人的……」

後來容瑕出現了，帶著救命的草藥，在那個瞬間，他幾乎要給容瑕跪下了。

那一刻的心情，他至今都不會忘，也不能忘。然後他就知道，薛州的事情是容瑕頂著重重壓力上報的，因此還得罪了一部分官員。在薛州共事的那段時間，他為容瑕的個人魅力傾倒，願意加入他的麾下。

石晉說不出話來，他當然知道朝廷有多腐朽，甚至他的父親還是這腐朽中的一員，所以那時候的他逃避著班嫿，也逃避著石家沉重的擔子。他想做一個黑白分明的人，想做一個敢愛敢恨的人，可是為了家族，他不敢任性，只能馱著家族的大殼，一步步往前走著。

「趙家人口眾多，你不怕連累家人？」

「只要有決心，就肯定有不連累家人的方法。」趙仲搖頭，「方法都是人想出來的，只在於想與不想而已。」

石晉沉默片刻，忽然道：「你這個說客做得挺好，我差一點就動心了。」

「不是我做得好，而是石大人心中本就還有一份良知與正義在。」趙仲憨厚一笑，「我這人腦子不太好，想到什麼就說了什麼，石大人可不要嫌棄我說話沒有條理。」

「如今我身為階下囚，有什麼嫌棄他人的資格？」石晉見趙仲沒有準備離開的意思，於是問了一句：「我帶來的那些士兵怎麼樣了？」

「主公知道他們也是聽命他人，無可選擇，所以不會為難他們，你放心吧。」趙仲見他還掛念著那些士兵，對石晉有了幾分好感，「你被俘虜的消息已經快傳到長青王耳中，這個時候就算我們放你回去，長青王與朝廷也不會再相信你，你還不如跟著我們幹。待主公事成，不僅天下百姓有好日子過，就連你們石家也有復起的機會，至於現在嘛……」趙仲連連搖頭，「你們石家是太子舊部，豐寧帝怎麼也不可能相信你們石家人，待豐寧帝退位，他的子孫繼位，朝廷誰還記得曾經顯赫一時的石家？」

「豐寧帝不會重用我們石家，難道容瑕就會？」

「主公與豐寧帝不一樣，他只看重才華，只要你做好自己的事，就不怕主公不重用。」趙仲對這一點還是很肯定，「你拿豐寧帝那個暴君與我家主公比，是對我家主公的侮辱。」

在趙仲心中，他是非常崇拜容瑕的。

石晉見他如此推崇容瑕，一時間竟不知道該感到好笑，還是該趁機諷刺幾句，可是想到現如今民不聊生的天下，他反駁不了趙仲的話。

「別人有能力容瑕當然會信任，」石晉轉過頭，看著院子外的芙蓉樹，「但是他對我，卻不會毫無芥蒂。」

「你們有舊怨？」趙仲有些疑惑，石晉與他家主公似乎並沒有產生過矛盾吧？

「或許有吧。」石晉閉上眼，一副不欲多說的樣子。

見他這樣，趙仲非常識趣地起身告辭，走出院子，見杜九站在外面，便朝四周看了一眼，問道：「主公呢？」

「與班將軍一道去看望受傷的將士了。」杜九懷裡抱著劍靠牆根站著，「石晉那裡，你說動了沒有？」

「我看他的樣子，也不像是很忠於朝廷，就是不知道為什麼不願意效忠主公，還說他們有舊怨。」趙仲皺眉，「你一直跟在主公身邊，可知主公與石晉的事情？」

杜九面上露出恍然之色，他伸手拍了拍趙仲的肩膀，「趙兄，此事非你之責，石晉若是不願意，便罷了。」

「那你總該讓我知道究竟是怎麼一回事。」趙仲更加好奇了。

「有些事知道的人越少越好。」杜九搖頭，「趙兄的好奇心不要太多。」

這話要他怎麼說，說石晉對班將軍有意思，他們家主公心裡不高興？身為主公近身侍衛，他靠的不僅僅是身手，還有腦子。

班嫿與容瑕探望傷兵以後，就去看士兵們操練，這一大堆士兵裡面，還能見到一些穿著朝廷盔甲的士兵穿梭其中，這些人身上的鎧甲大多破舊節省，護胸鏡只有薄薄一片，別說護住從前方飛來的箭，就連一把匕首就能穿透。

這些朝廷軍被抓後，原本還有部分人在抵抗，可是在容家軍吃了一頓早飯以後，抵抗力度就小了很多。

班嫿與容瑕過來時，午飯正要開鍋。窩窩頭與稠粥一桶桶被抬了出來，被抓住的朝廷軍也是一樣的待遇，只是容家軍有兩樣配菜，他們只有一樣。

不過他們仍舊非常滿足，因為裡面有油星兒，運氣好的，還能從菜裡找出一塊肉來，這讓多日不見油星兒的他們，恨不得揣在兜裡，每頓飯的時候才摸出來舔一口。

窩窩頭做得很粗糙，稠粥也是用陳米煮的，不過沒有異味，吃進肚子還是熱的。

班嫿見朝廷軍蹲在地上，捧著大粗碗吃得津津有味，心裡有種說不出來的滋味。她雖然與這些士兵們打成一片，但是這些吃食她卻嚥不下去，粥勉強能喝幾口，尤其是這吃著卡喉嚨的窩頭，她嘗了一次，差點沒直接吐出來。

「主公！將軍！」有用飯的士兵發現他們，紛紛起身行禮。

「都好好吃飯。」班嫿板著臉道：「誰也不許起來行禮，再敢起來，我就把你們拉到檯子上去踹屁股。」

將士們哄堂大笑，不過有了這句話，他們確實放得更開了，一邊偷偷扒拉碗裡的粥，一邊偷偷看班嫿與容瑕。

容瑕早就知道班嫿平日裡與將士是如何相處的，在與普通士兵的相處方式上，容瑕自認比不上班嫿有魅力。聽到班嫿說這麼粗俗的話，容瑕也沒有什麼不適應，他剛開始聽見時還有些震驚，現在已經習以為常。

更何況，士兵們也更適合這種交流方式，他也就不去對嫿嫿的做法指手畫腳了。

嫿嫿不太管他如何與謀臣相處，他也不會干涉嫿嫿的行事，這是他們對彼此的尊重。

容家軍放得開，朝廷軍就有些束手束腳了，見班嫿與容瑕走過來，他們捧著碗一時間不知道該站起來，還是繼續埋頭苦吃。

今天一大早醒來，他們就像被螞蚱一樣捆在了一起，外面全被叛軍圍了起來，他們連反抗的機會都沒有，就這麼被帶了過來。

一萬多人，明明很多人沒有被捆綁，也老老實實地被帶了過來，老實得讓容家軍的將士們都有些心疼。

「所有人都一樣，該吃飯的好好吃飯。」班嫿見朝廷軍畏縮的模樣，忍不住在心裡嘆氣，「我與主公只是過來看看大夥兒吃得如何。」

「將軍，」火頭軍的頭兒嬉皮笑臉地湊了過來，「咱們的伙食雖然比不上自家做的味道好，但絕對管飽，您放心。」

「能管飽就好。」班嬧滿意地轉頭，看向容瑕，「主公可還要看看？」

「罷了，我們若是在這裡，他們也無法好好用飯。」容瑕拱手道：「各位將士們辛苦了，容某無以為報，只能以禮相謝。」說完，對著全體將士行了一個深深的揖禮。

「主公！」這些耿直的漢子們紅了眼眶，「我等誓死為百姓而戰，誓死為主公而戰！」呼聲震天，這是一群熱血漢子的堅持。

朝廷軍愣愣地看著這些人，不知道是被這吼聲嚇住了，還是為自己的行為感到迷茫。

軍營很大，總共分為幾個大營區，容瑕與班嬧依次走了一遍後，班嬧才覺得自己餓得前胸貼後背。她騎在馬背上，道：「你讓人迷惑了長青王的視線，是準備從後面突擊？」

「知我者，嬧嬧也。」容瑕點頭道：「長青王是個極其自負的人，也是一個十分多疑的人。」

「也是一個自以為了解你的人？」班嬧補充道：「我到現在都還記得長青王府中那隻被擰斷脖子的八哥，你說，究竟是誰教八哥說那句話的？」

「是誰教的不重要。」容瑕看得很透徹，「重要的是，長青王有意讓你們看到這件事。」

看到的人越多，越顯得他無辜，尤其是看到的還是班嬧與班恆，這對忠於雲慶帝的姊弟。

班嬧忽然想起，當時外面確實有一些關於長青王的傳言，長青王這麼做，或許是以退為進，讓雲慶帝相信有很多人在針對他，他是無辜的受害者。

當覺得一個人可疑的時候，就覺得他處處可疑。班嬧又想起前年秋獵時，她與蔣洛在獵場發生爭執，最後長青王斥責了蔣洛兩句，當時蔣洛沒有反駁，那時候她以為蔣洛在長輩面前有幾分收斂，現在卻覺得那不是對長輩尊敬，而是因為長青王是他背後的支持者。

長青王選擇在背後支持蔣洛，恐怕也不是因為他看重蔣洛，而是蔣洛腦子不靈光好糊弄，長青王野心勃勃。

「真沒想到長青王竟然會是這樣的人。」班嫿與長青王私交普通，但一開始她對長青王的印象很不錯，「看來我的眼光不好，識人不明。」

「誰說妳的眼光不好，妳連我都找著了，這多好的眼光？」容瑕一本正經道：「妳這話我可不同意。」

「這個時候還不忘誇自己，真是不要臉皮。」班嫿白了他一眼，拍了馬兒屁股一下，讓馬兒跑得更快。容瑕趕緊跟上，總算在臨時府邸前追上了。

現在早過了午時，護衛把兩人的飯菜端了上來，班嫿端起碗就吃，倒也沒有挑挑揀揀。

「嫿嫿，讓妳受苦了。」

一刻鐘後，容瑕看著班嫿空蕩蕩的碗裡，心中更加不是滋味。

「知道我辛苦，以後就對我好些。」班嫿端起涼茶漱了口，擦乾淨嘴角道：「我們準備什麼時候拔營？」

現在青松縣被他們牢牢控制，除了他們想讓長青王知道的消息，其他消息一概傳不出去。也許這時的長青王還在永州的河邊打消耗戰，全然不知容瑕已帶了大部分將士來了青松縣。

「明天的天氣好，宜出行。」容瑕轉頭看著班嫿，「不過我現在有更重要的事情跟妳說。」

「說。」班嫿把頭盔放到一邊，身上沉重的鎧甲也脫了下來，束髮的頭冠一取，一頭青絲便披散了下來，她整個人就像隻慵懶的貓，沒有骨頭似的趴在榻上。

容瑕的視線忍不住往她身上溜，可是想到自己要說什麼以後，又嚴肅起來，「我希望妳以後不要再以身犯險，我會很擔心的。」

「嗯？」班嫿睜大眼，「你是指昨天的事情？」

容瑕走到她身邊挨著她坐下，語重心長道：「沒有什麼計畫是萬無一失，若是其中哪一環出了問題，後果都是我不敢去想的。」

「你想到哪兒去了？朝廷軍這邊好幾個將領都曾是班家的舊部，我就算被他們抓住了，他們也不會為難我。」班嫿滿不在乎道：「朝廷軍跟個篩子似的，能有什麼危險？」

「嫿嫿！」容瑕沉下臉道：「可世上總有萬一，這個萬一，我不敢承擔。」

班嫿聽他語氣不對，慵懶的表情漸去，「可是，你覺得還有其他人比我更適合去嗎？」

「就算妳最適合，我也不願妳去。」容瑕抓住她的肩，讓她明白自己的態度有多堅決，「我有很多下屬門客，卻只有一個妳，妳懂不懂？」

屋內安靜至極，班嫿半晌才拉開容瑕扳著自己肩膀的手，「你這話可千萬別讓其他人聽見，不然他們一定不跟你幹了。」

「嫿嫿，」容瑕有些動怒，「妳不要跟我開玩笑！」

「我知道你的意思。」班嫿臉上的笑意褪去，「但是，只有我知道與這些舊部聯絡的方式，他們也只信任我，若是換了其他人，計畫不一定能夠成功。成大事者不拘小節，我知道你是有野心的人，為何要在這些事情上選擇一條最難走的路？既然我是最適合的人，就不要讓其他將士作無謂的犧牲。身為將領，我們不能做出讓士兵寒心的事情。」

「我們班家歷代祖先多是軍中將領，他們都不是為了自身性命而讓下屬無謂犧牲的將軍。」班嫿垂下眼瞼，整個人看起來恬靜極了，但是說的話全不似閨閣中的女兒，「我是個怕苦怕累的千金小姐，可從小與將士打交道，我畏懼軍營中的艱苦，卻又敬佩他們。我既然到了軍營，他們叫我一聲將軍，我就要為他們負責。」

「班家人在戰場上沒有貪生怕死之輩，我班嫿雖是女子，卻不想辱沒先祖遺風。」班嫿抬頭看容瑕，原本有些嚴肅的臉上突然露出笑意，「不過，你放心，我絕對不會拿自己的性命開玩笑，也不會讓你傷心難過的。」

容瑕沉默地點頭。

「好啦，」班嫿伸手扯了扯他的臉頰，「別不高興了，笑一個給我看看。」

容瑕任由她把自己的臉捏來捏去，忽然道：「嫿嫿，妳若是男兒，我一定也會極欣賞妳。」

「我若是兒郎，你就算再欣賞我，我也不會為了你斷袖分桃。」班嫿笑彎了眼睛，「天下美人那麼多，我一定要慢慢欣賞，哪有心思跟你一個臭男人攪和在一起。」

「所以我覺得妳還是嬌娥好。」容瑕把班嫿抱到膝蓋上，將她翻過身來，不輕不重地在她屁股上拍了兩下，無可奈何道：「妳下次再這樣，我就揍妳的屁股，讓妳下不得床。」

「身為男人，揍得我下不了床算什麼本事？」班嫿被他不輕不重拍兩下也不生氣，反而輕哼一聲道：「有本事……」

是男人都忍不了這種話，容瑕把人把肩上一扛，便朝床邊走去。

這場男人與女人的較量酣暢淋漓，容瑕雖然沒能讓班嫿下不了床，至少他也是滿面春光。下次去書房與謀士將領商量大計時，臉上的笑容也比平時多。

這事就算揭過去了，唯有容瑕與班嫿彼此胸口上的唇印表達了他們彼此的底線。

第二日一早，大軍開拔，容瑕留下人鎮守青松縣，大軍直接朝永州城趕去。

永州與泰州以河為界，只要永州不破，蔣氏王朝便還有希望，若是永州城破，那將是摧枯拉朽，朝廷會失去主動權，想要重新扳回局面是難上加難。

朝廷也知道這一點，才會把勉強能派上用場的長青王與石晉都派了過來。只可惜朝中蛀蟲太多，有人在將士的兵器盔甲上偷工減料，有人在糧草上吃拿剋扣，濫竽充數。

既要馬兒跑，又不讓馬兒吃草，朝廷腐敗成這樣，怎麼期望將士為他賣命殺敵？

青松縣到永州，如果是急行軍，大約兩天一夜就能趕到。

就在長青王準備派兵渡河攻打容家軍時，永州城外便被密密麻麻的容家軍包圍了。瞭望臺上的士兵見容家軍來勢洶洶，嚇得腿都軟了，不斷拿著令旗朝下面的守軍打手勢，告訴他們容家軍來了。

「叛軍來了！」

「叛軍來了！」

這一聲聲中，更多的是驚恐與逃避，而不是熱血與憤怒。

長青王還等著容瑕帶兵從橋上攻打過來，哪知轉頭就聽到士兵來報，容家軍從北面攻打過來了，永州北門正好對著青松縣的方向。

「有多少人？」長青王以為是班嫿帶領的那支軍隊，心裡對石晉有些不滿——連一個女人都攔不住，真是沒用的廢物！

「元、元帥，屬下瞧著肯定不止五萬。」

「什麼？」長青王猛地回頭看報信的士兵，「怎麼會有五萬？」

「屬下看到，為首的將旗上寫著『容』字。」士兵有些敬畏地道：「屬下懷疑，是由容瑕親自帶兵。」

「我馬上過去看看！」

長青王爬上馬背，迫不及待地趕了過去。

此時雙方情緒還很克制，互相罵陣。這邊慰問他家女眷，那邊就慰問對方全家，互相來回慰問以後，連十八輩祖宗的棺材板都沒有放過。

罵陣看似粗鄙，實則大有好處。若是互相叫罵一番，對方將領沉不住氣，在指揮戰場時，就有可能出現失誤。有時候一個失誤，就決定著輸贏。

「你奶奶個腿兒，老子當年怎麼就生下你這個豬不豬，狗不狗的東西？」容家軍一個老將拍著大腿罵道：「只可恨當年沒一泡尿把你弄牆上，也好過今日來叫罵為父！」

「呸，你算個什麼東西，也敢占你爺爺的便宜！」城牆上的將領毫不示弱，反口罵起來。

「王將軍，這個不孝順的玩意兒，你留著做什麼？」班嫿忽然道：「他這種不仁不義，不東不西的廢物，不死何矣？」

說完，班嫿就抬手打手勢，讓幾個早就準備好的弓箭手，直接朝罵人最厲害的人射箭。

「這麼不聽話的小輩，還是打殺了好，免得禍害世人。」

班嫿速度太快，兩邊罵得正熱火朝天，她這一箭射去，雖然沒有射中對方的頭顱，但也傷了對方的手臂。班嫿的動作，就像是一個開關，容家軍準備好的弓箭手，在持盾手的掩護下，齊齊放箭。

這些人都是跟班嫿攻打過青松縣的，所以配合很有默契，從頭到尾秉持著能動手就絕對不多說一句話，就算多說話也是為了迷惑敵人的原則，點燃了這場戰火。

朝廷軍沒有想到容家軍這麼陰險，明明在罵著陣，一言不合就出手，這跟以前的套路似乎有些不太一樣？

「真是卑鄙小人！」中箭的將士捂著傷口，喘著粗氣道：「今天有老子在這裡，絕對不讓他們進城！」

戰爭永遠都是要流血的，廝殺聲、痛呼聲，有些人已經殺紅了眼，不知疼痛不知疲倦。

「殺敵五人獎銀五兩，殺敵十人獎銀十五兩，若是殺了敵方將領，得官得爵也不在話下，兄弟們快衝啊！」杜九拎著一把帶血的大刀，騎馬衝到城門下，撞門車一下又一下撞著城門，年久失修的老舊城門，終於在連續的撞擊下失去了抵抗能力，傾倒了下來。

躲在城門後的朝廷軍傾巢而出，兩邊人馬混戰在一起，城門外整片土地都被鮮血染紅了。班嫿也想跟著衝進去，不過被容瑕拉住了。

「身為將領，不可衝動。」容瑕騎在馬背上，面無表情地看著城牆上的皇家旗幟，「這場戰爭，還不到妳非下場不可的地步。」

班嫿拔出劍，隨手握緊，「我明白。」

「元帥，大門破了！」一位士兵攔住長青王，「您快點走吧，城門守不了太久！」

他們也沒有料到永州的城門會年久失修到這個地步，當地的官員究竟在做什麼？一座座府邸修得富麗堂皇，竟沒有銀錢來修整城門？

朝廷軍現在不滿已經無濟於事，他們唯一能做的就是護住元帥撤退，不讓叛軍給抓住。石將軍已經被抓走，若是元帥再被抓走，那麼朝廷軍就真的是全軍覆沒了。

城外喊殺聲震天，長青王聽著喊殺聲越來越近，咬牙對身邊眾人道：「撤！」

永州城保不住了，他怎麼也沒有想到容瑕竟有這麼多手段，還有叛軍那些鎧甲武器，恐怕也是早就開始準備的，不然怎麼會比朝廷軍還要好？

容瑕好大的膽子，居然這麼早就有了野心。

長青王心中雖恨，卻也知道現在不是逞能的時候，讓手下簡單收拾了一些東西，騎上駿馬就往外逃竄。由於他們擔心一路上跑得太慢會被叛軍追上，稍重一點不方便攜帶的東西，都被他們一路扔掉了，他們用實際行動來詮釋了什麼叫丟盔棄甲。

容瑕踩著一片血海踏進永州城大門，滿城的血腥味，還有隱隱約約的哀嚎聲，把這裡襯得猶如人間地獄。

班嫿站在他身邊，視線避開滿地的鮮血，轉頭對杜九道：「帶人去處理傷兵，注意那些躺在地上的朝廷軍，不要被暗算了。」

「是。」杜九領命退下。

「嫿嫿，」容瑕回頭看向班嫿，握住她的手，「就這麼一直陪在我身邊，好不好？」

「君心不變，我亦不負。」班嬙利索地整了整身上的衣服，「你不要想太多，只要你不讓我失望，我會一直陪著你的。」

「主公，將軍，」趙仲騎著快馬過來，「長青王逃了。」

「逃了？」班嬙冷笑，「這才幾個時辰，他就不管不顧扔下將士自己跑了，可真是有情有義的王爺！」

趙仲看到兩人緊握在一起的手，乾笑道：「我們要去追嗎？」

「不必。」容瑕道：「暫時在永州休整，半個月後，直入皇城殺奸佞，正朝綱！」

「是！」趙仲心頭一熱，眼神都亮了起來。

長青王一路潰逃，躲到了離京城很近的明玉州才安下心來，可是他現在兵敗奔逃，必須要給朝廷一個交代才行。他想了很久，讓手下給朝中幾個豐寧帝信任的大臣送了金銀珠寶，又給豐寧帝寫了一道請罪的奏摺，奏摺裡處處在請罪，但是每一句話又在暗示豐寧帝，不是他帶兵能力，而是軍營裡出現了叛徒，洩露了軍機。

這個叛徒是誰？

自然是太子的舅兄石晉，反正現在石晉被俘，所有的錯由他來承擔，長青王毫無壓力。

蔣洛接到長青王的奏摺，加上身邊近臣吹耳旁風，他果真把所有錯都歸在了石晉身上，一怒之下，他把石家滿門殺的殺，貶的貶，年紀小的發配為奴，曾經風光一時的石家，終於徹徹底底地沒落了。

有人唏噓，有人同情，腦子稍微正常的，都能猜到長青王撒了謊，可是陛下相信，他們又有什麼方法？加上石家得勢的時候，得罪了不少人，現在自然沒誰願意站出來為他們說話。

這個消息傳到永州的時候，石晉正在屋子裡抄經書。

「我父親……被斬首了？」石晉啞著嗓子，愣愣地坐在凳子上，筆尖上的墨點濺落，汙了整張紙，可是這個時候誰還會在意這麼一張紙？

趙仲見他這個樣子，竟有些同情，「請你節哀。」

石晉茫然地搖頭，他放下毛筆，對趙仲道：「多謝趙大人，在下想要靜一靜。」

「告辭。」趙仲退出房門，搖頭嘆息。

三日後，石晉換上了一件乾淨的素色棉袍，銀冠束髮，面色看起來還好，只是眼中有化不開的血絲。他找到容瑕，對他行了一個大禮，「在下石晉，願為成安侯效犬馬之勞。」

容瑕看著這個站在陽光下的人，半晌後才道：「你心甘情願嗎？」

「自是心甘情願。」石晉苦笑，「在下現在孤身一人，了無牽掛，跟隨侯爺，至少不用受到良心的譴責。」

「石先生客氣。」容瑕回了石晉一禮，「以後便請石先生多多照顧。」

「不敢。」石晉又回了一個大禮，「屬下石晉，見過主公。」

穿著一件水色裙衫的班嫿站在房門外，石晉此時背對著她，她看不到他的表情，石晉也同樣不知道自己暗戀的女子就在自己身後。

班嫿在原地站了一會兒，終究沒有上前打擾。她轉過身，沐浴著陽光走出了這座院子。

「將軍，」趙夫人牽著兩個孩子，看到她以後行了一個禮，隨後露出一個笑來，「今日天氣好，郡主何不在城裡走一走？」

班嫿伸手摸摸兩個孩子的頭頂，對趙夫人笑道：「走，你們這兩個小猴子也悶壞了吧。」

之前擔心城裡有朝廷軍的探子，所以將士們的家屬一律不得出門，現在城裡被清查了一遍又一遍，甚至已經有百姓開始擺攤過日子，班嫿才放心這兩個孩子出門。

「是有一點悶，」趙大郎點頭，「不過還能忍受。」

「這麼小就知道忍受了？」班嫿捏捏他頭上的辮子，「這點隨你父親。」

趙大郎摸著腦門傻笑，他的弟弟掙脫趙夫人的手，眼巴巴地湊到班嫿面前，從懷裡掏出一個醜醜的糖果子，「郡主，這是我給妳留的。」

「謝謝二郎。」班嫿接過糖果子，也不嫌棄東西是不是乾淨，扔進嘴裡吃著。

帶上護衛，一行人走出臨時府邸，班嫿掏錢給這兩孩子買了不少的小玩意兒。有攤主不敢收她的錢，她也不多說，直接把銀錢扔下就走，像極了移動的錢袋子。

走到一個牆根處，一個不到十歲大的小孩子嚎啕大哭，他滿臉髒汙，身上的衣服也破得不成樣子。趙夫人眼看著不忍，想要去幫助這個孩子，卻被班嫿一把攔住。

「趙夫人，」班嫿看著這個越哭越傷心的孩子，面上的表情有些冷，「在亂世的時候，孩子有時候不一定是孩子，妳還是小心些好。」

趙夫人心中一顫，她仔細打量著這可憐的孩子，實在看不出他身上有哪裡不對勁。

「妳沒發現嗎？剛才那些打打鬧鬧的小孩，看到我們以後就會不自覺降低聲音。」班嫿抬了抬下巴，「像這種沒有父母庇佑的孩子，本該小心謹慎才對。」

趙夫人頓時明白過來，想著自己剛才的行為，倒抽一口涼氣，萬一這孩子有問題，她……

班嫿給親衛打了一個手勢，「把這個孩子帶去兒堂，讓人注意看管，但不要為難他。」

「是。」

趙夫人看著如此耀眼的福樂郡主，心中萬分折服，不愧是讓軍中一眾兒郎都敬佩的郡主，行事謹慎又有理有據，比她這種後宅婦人有見識多了。

不知為何，趙夫人心中竟有了幾分豔羨之意。

女兒家活成這般模樣，一定很有意思。

送去育兒堂的小孩子，沒過幾日就被人查清了身分，還真是一個經過培訓的小殺手，他加入組織的時間並不長，是前年鬧雪災的時候被殺手組織看上的。由於近來情勢嚴重，他們這些年紀小的殺手也被派出來執行任務。

這小殺手加入殺手組織，也是為了討一碗飯吃，這還是他第一次出手，結果就失敗了。

他見育兒堂伙食不比殺手組織差，又被抓住了，乾脆把知道的東西都說了出來。他還沒被殺手組織洗腦，務實的性格占了上風，賣組織的時候，賣得毫無壓力。

班嬞這才知道，原來這個殺手組織就是當初刺殺容瑕的那一個，也正是因為那次損失嚴重，才會讓他們把小孩子都派了出來。

問出他們的老巢以後，班嬞決定，回京城就要把這個殺手組織給拆了。

三日後，大軍開拔，容家軍一路披荊斬棘，所向披靡，竟無人能夠抵抗，僅僅三個月不到的時間，就打到了離京城最近的州府玉京州。

玉京州是個繁華的地方，曾有高人直言，京城有了玉京州，龍氣才會更加旺盛。對於朝廷而言，玉京州是他們最後一道苟延殘喘的防線。

聽聞容瑕打到了玉京州，蔣洛食不下嚥，睡不安寢，曾一度打斷棄京逃跑，得知退路也被容瑕派人包抄以後，他才死了這份心思。

如今玉京州與京城就像是被圍在圈內的肥肉，跳不出來，只能等待被人啃噬的那一日。除非這塊肥肉變成餓狼，奮起反抗。

比起驚慌的貴族與皇室，京城的百姓顯得淡定許多，他們早就聽說了，成安侯一路行來猶如神助，短短一年內就侵占了大業大半的疆土，有些州縣甚至熱烈歡迎他的到來。成安侯的大軍進城以後，既不擾民也不行偷搶之事，比朝廷軍可要厚道多了。

難怪老天都要降下神蹟來提醒百姓，說會有明主取代昏君，明主是成安侯，昏君就是現在龍椅坐著的那位。

一家子關上門以後，便忍不住互相偷偷問上一句：「今天成安侯打進來了嗎？」

「還沒有。」
「這都過去好幾日了，成安侯打進來了嗎？」
「還沒有。」
成安侯什麼時候才能打進來呢？百姓每天都要應付這種腦疾皇帝，也是很累的。
「走不得，打不得，你們說要怎麼辦才行？」蔣洛砸了茶杯，對下面站著的大臣罵道：「難不成真要讓朕讓位於他才行？」
「陛下，不如派一個與成安侯有交情的大臣去招降，給他封個王爺之類的，也算是給他一個臺階下。」一個平日在蔣洛面前頗有顏面的大臣道：「我們朝廷擺明了誠意，若是成安侯再不識趣，到時候就是他居心不良了。」
「你說得有道理，就照你說的辦，不過派誰去才合適？」蔣洛壓根兒不知容瑕與誰交好，在他印象裡，父皇掌朝的時候，容瑕似乎與每個朝臣的關係都很好。
「不如……」這個大臣眼珠子轉了一圈，「由姚培吉去？」
「行，就派他去。」
姚培吉接到這份聖旨以後，正在家裡逗弄孫子，宣旨的太監趾高氣揚，拿了姚培吉送的荷包以後轉身就走，半點顏面都不給。
「有什麼可得意的，他家主子都要做亡國之君了！」姚菱氣憤地罵道：「蛇鼠一窩，都不是好東西！」
姚培吉把聖旨扔到一邊，摸著鬍鬚道：「朝廷想得太天真了。」
容瑕現在已經勝利在望，哪還會在意什麼王爺之位。至於所謂的人言可畏，就更可笑了，這個世間只有失敗者才在意人言可畏，真正的歷史都是由勝利者書寫的。
「父親，我們現在該怎麼辦？」姚菱捧著臉，神情落寞，「也不知道福樂郡主怎麼樣了，跟著成安侯餐風露宿，真讓人擔心。」

姚培吉不解地看向小女兒，「妳什麼時候跟福樂郡主交情這麼好了？」

這大半年裡，女兒時不時向他問起有關福樂郡主的事情，他之前不覺得有什麼不對勁，現在隱隱察覺有古怪。

「父親，您不懂。」姚菱搖頭，「美人易得，真正的佳人難尋。」

「胡言亂語。」姚培吉道：「我看妳年紀不小了，等京城安穩下來，就給妳訂門親事。」

「我覺得福樂郡主的弟弟就不錯，」姚菱捧臉，「笑起來的模樣挺可愛的。」

「班恆？」姚培吉瞪大眼，「班家那個紈絝？」

「他不是普通的紈絝，是個與眾不同的紈絝，」姚菱認真道：「嫁給他挺好的。」

姚培吉憋了半天，才道：「妳想嫁給人家，也要人家願意娶妳才行。」

把女兒噎得沒話說的姚培吉，第二日一早便帶上幾個隨臣，出京趕往玉京州。

班嫿正在教導將士們槍法，聽到京城裡來了使臣，便把手裡的銀槍扔給其中一位將士，擦著額頭上的細汗道：「來人是誰？」

「姚培吉。」杜九回答。

「他？」班嫿挑眉，快步走到主帳，正好看到一箱又一箱的金銀珠寶往主帳裡抬，幾個守在外面的太監見到她，連頭都不敢抬。

這些都是宮裡派來的宦官，目的是為了監視姚培吉。

掀帳進去，就聽到一個太監聲音尖利地吼著：「成安侯，你想叛國嗎？」

她上前一腳把這個尖叫的太監踹翻在地，在軍營待了一段時間，她行事越來越不委婉了。

這個使臣趴在地上，還有些沒有反應過來，半晌他才罵道：「是誰，誰敢踢雜家？」

班嫿一腳踩在太監的背上，冷笑道：「不過是蔣洛身邊的一條狗，也敢在這亂吼亂叫。這裡是容家軍的主帳，可不是蔣洛的皇宮，你最好把嘴閉上，不然我讓人割了你的舌頭。」

「福樂郡主，妳、妳敢？」宮裡有點臉面的太監，沒誰不認識班嫿，儘管他現在趴在地上看不到班嫿的臉，但只要聽聲音，就知道踹自己的人是誰。

「你大可以試試看。」班嫿嗤笑一聲，鬆開踩著太監的腳，「來，叫一聲給我聽聽。」

太監的臉紅了又白，白了又青，卻真不敢再大吼大叫了。

「早閉上嘴不就好了？」班嫿走到容瑕身邊坐下，竟沒有分高低。

容瑕見她額頭鼻尖有汗，便用帕子替她擦了擦，「何必為這種玩意兒動怒，別髒了腳。」

「不識趣的狗東西，我難道還忍著他？」班嫿喝了半盞茶，「你們繼續談，我坐著就好，不打擾你們。」

坐在一旁的姚培吉從班嫿開始踹太監以後，就一副老神在在什麼都沒看見的模樣，聽到班嫿說這句話，他才起身對容瑕拱手道：「成安侯，老朽這廂有禮了。」

「姚大人不必多禮，請坐。」容瑕絕口不問姚培吉的來意，兩人打了很久的太極後，還是姚培吉撐不住，說明了來意。

「親王爵位？」容瑕挑眉，臉上的表情似笑非笑，「不知是什麼封號？」

「忠明。」

「一片忠心日月可鑑？」容瑕端起班嫿方才喝過半盞的茶喝了一口，徐徐搖頭道：「這個封號不好。」

「侯爺喜歡什麼爵位，朝廷一定滿足你。」

「爵位並不重要，我只是想要見一見陛下與太子。」容瑕放下茶杯，「不見到陛下與太子，微臣寢食難安。」

容瑕一口一個陛下，所指的絕對不是豐寧帝，而是久不露面的雲慶帝。

姚培吉只當聽不明白，一個勁兒低頭喝茶。

「侯爺，陛下乃是太上皇欽封的繼承人，您這話是何意？」剛才安靜了許久的太監忍不住再次開口，「陛下是太上皇的孩子，難道還會……」

「砰！」一個茶杯在他腳邊炸開。

容瑕冷下臉道：「我與姚大人說話，豈有你一個低賤之人插嘴的份？」

「來人！」

幾個穿著鐵甲的士兵滿面煞氣走了進來。

「把這個太監拖下去，割去舌頭，」容瑕面無表情，「聽著讓人心煩。」

士兵不顧這個太監的掙扎，捂住他的嘴便拖了下去。其他隨著一道來的太監，沒有任何人敢開口，到了現在他們才完完全全清醒過來，這裡不是大業皇宮，他們也不是連朝臣都要討好的御前紅人，沒人會給他們面子。

成安侯動起手來毫無預兆，他們哪還敢得罪？

看到多嘴多舌的太監被拖出去，姚培吉也不覺得被冒犯，反而起身朝容瑕賠禮。

「姚大人不必放在心上，他人之過與你又有何干？」容瑕道：「請姚大人回去轉告寧王，容某並不在意爵位，只想讓寧王帶陛下與太子出來，證明二人的安全。」

姚培吉也不堅持，立刻便應了下來，「下官定會轉達侯爺的意思。」

姚培吉還沒回到京城，關於容瑕寧可不要親王爵位，也要確定陛下與太子安全的消息傳遍了好幾座州縣，甚至連京城的人也知道了。

有人誇容瑕不為權勢折腰，也有人誇容瑕忠誠，也更加坐實了蔣洛皇位來路不正。

「他造反還造出美名了？」蔣洛聽到傳言，差點連心頭血都氣了出來，「去告訴京兆尹，若是京城裡有誰胡言亂語，直接押入大牢。」

「陛下，此事不可。」一位還有點腦子的奸佞道：「若是真是照這樣做，在百姓眼裡，只會變成我們心虛。」

蔣洛忽然沉下臉，「若是太上皇病逝了，自然就沒有人吵著要見他了。」

其他幾人皺了皺眉，如今陛下已經皇位到手，太上皇也被軟禁起來了，弒父可不是好名聲，這事……只怕是做不得。

他們不敢直說，只好以沉默來表達他們的態度。

蔣洛最煩他們一言不發的窩囊模樣，罵了幾句後便讓他們退下了。

他在殿內想了很久，回想起雲慶帝偏心太子的那些行為，終於下定了決心。他招來雲慶帝身邊的太監王德，把一包藥交到王德手裡。

「父皇最近睡眠不好，頻頻心悸對不對？」蔣洛神情陰沉地看著王德。

王德跪在地上不說話。

蔣洛頓時火起，起身就想踹他一腳，這個時候，一個太監連滾帶爬跑了進來。

「陛下，不好了！」

「容瑕打到京城裡來了！」

兵臨城下，國將不國，奸佞們惶惶不可終日，後宮女子悲戚連連，為看不見的未來哭泣。

亂世中的後宮女子，生死不由自己，皇帝寵愛她們，她們便得幾日風光，待皇帝厭棄她們，她們又無子嗣時，唯有任人踐踏。

謝宛諭看著宮人們驚惶不定的模樣，柳眉倒豎，「都在慌什麼，慌又有什麼用，若是容瑕打進來，妳們老老實實待在屋子裡，不要亂跑，別起其他的心思，以容瑕的性格，必不會要妳們的性命。」

「賤人！」蔣洛忽然從門外大步走了進來，他一巴掌打在謝宛諭的臉上，表情猙獰，「妳就這麼盼著朕輸？」

蔣洛這一巴掌打得極狠，謝宛諭整個人被打翻在地，瞬間臉便紅腫起來。

「娘娘！」謝宛諭的貼身宮女撲到謝宛諭身邊，轉身朝蔣洛連連磕頭，「陛下開恩！」

「當年若不是父皇逼著朕娶妳，朕又怎麼會看上妳這樣的女人？」蔣洛又上前踢了謝宛諭兩腳，轉身怒氣衝衝地離開。

宮人們噤若寒蟬地目送蔣洛離開以後，才七手八腳把謝宛諭從地上扶起來。

謝宛諭撫著紅腫的臉頰，低沉地笑出聲來，彷彿這是一件十分暢快的事情般。

「娘娘，」貼身宮女聽著這個笑聲，有些害怕，「您怎麼了？」

「沒怎麼，我心情好得很。」謝宛諭笑道：「伺候我洗漱，我要去陪一陪太后。」

她雖沒有正式的封號，但是在太后面前，後宮所有嬪妃都不如她有臉面，所以儘管蔣洛對她萬分不滿，可是只要太后在的一天，他就拿她沒有辦法。

謝宛諭心裡清楚，這是太后有意在保她的命，不然何必讓整個後宮都知道這些。實際上太后不喜歡她，或者說太后不喜歡她，也不喜歡太子妃，只因為太后是一個好人，不忍心她們這些後宮女人受罪，才不得不這般做戲。

謝宛諭不明白，為什麼太后會養出蔣洛這樣的兒子。

或許是隨太上皇更多一些？

京城的城門外，東南西北四道大門各有將領帶兵攻打，東邊容瑕，南邊班嫿，西邊杜九與趙仲，北邊是石晉與容瑕的幾位幕僚。

「石晉，你竟然真的反了。」站在北門城牆上的將軍不敢置信地看著騎在馬背上的石晉，「你為什麼要這麼做？」

石晉見到此人驚駭的表情，覺得眼前這一幕可笑極了，這些人明明知道他沒有叛變之意，卻在蔣洛迫害石家滿門時裝死不吭聲，現在見他帶兵攻打過來了，才故作驚詫。

擺出這副樣子給誰看呢？

他石晉如今根本不稀罕。

「陳將軍不必如此驚訝，暴君斬殺我父親，迫害我家族，不是早已經認定我已經叛變了？」石晉抽出身上佩戴的武器，「君要臣反，臣不得不反。」

陳將軍心中一顫，石家現在的下場不可謂不慘，石晉有如此反應，也不能怪他，怪只怪陛下聽信讒言，寒了將士的心。

若不是陛下失去了民心，容瑕帶的反叛大軍，又怎麼會在短短一年不到的時間裡，從中州打到京城？

民心沒了，蔣家王朝的江山，也將沒了。

陳將軍回頭看著身後的將士們，心中泛苦，他如何忍心讓自己的將士死在自己人的手裡，可他的家人全在暴君手裡，若降則他全家人的人頭落地，可若是拚命苦戰，惹怒了容瑕，待城破之時，他亦無葬身之地。

這讓他如何做選擇？

「陳將軍，我家主公清君側，反亂政已是大勢所趨，你為何要螳臂當車，做無謂的掙扎？」石晉並不急著攻城，「難道你想跟昏君一條路走到黑，再無回頭之路？」

「陳將軍一腔忠君熱血，石某心中明白，但石某只想問將軍一句，你對得起天下百姓，對得起自己的良心嗎？」

如果杜九在場，一定會覺得這段話有些熟悉，因為容瑕當初問石晉時，也說了類似的話。

陳將軍的手扶著城牆，竟下不了射箭的命令。

石晉這邊是相互膠著，容瑕那邊面對的是名老將，這位老將髮鬚銀白，站在城牆上不說話，不發命令，彷彿城門外的容瑕根本不存在一般。

「主公，這是什麼意思？」容瑕的副手不解。

「沒什麼意思，沒我的命令，誰也不要動手。」容瑕知道這位老將，曾是班家的舊部，後來班元帥受傷以後，這位老將在軍中的威望便越來越高。據說班元帥在軍中的時候，他並不太受重用，所以這麼多年，這位老將與班家一直沒什麼來往。

班家這些年與武將們沒怎麼來往，在外人看來，就是人走茶涼，並沒有什麼難以理解的，但是在容瑕看來，這杯茶涼得太快了，快得讓容瑕懷疑，這都是做出來讓雲慶帝看的。

南門，班嫿騎在馬背上，陽光照到她身上，銀色鎧甲反射出耀眼的光芒。守在城門上的人不是別人，正是之前被他們打得丟盔棄甲的長青王，另一個人倒是讓班嫿意外。謝家與蔣洛之間有著不可調和的矛盾，蔣洛還讓謝啟臨來守城門，可見京城裡確實已經無人可用了。

「我的乖侄女，身為姑娘家為何不躲在屋子裡賞賞花，聽聽曲兒，偏偏要來這屬於男人的戰場，我怕血腥味太重嚇著妳。」長青王身著親王袍，臉上還帶著輕佻之色，「可見容瑕待妳並不好，不然他怎麼捨得妳來這種地方？不如快快投降，讓表叔來疼妳。」

站在一邊的謝啟臨聽到這話皺了皺眉，長青王這話也太過了。

長青王卻絲毫不覺得自己這話有什麼不對，他居高臨下地看著馬背上銀甲女人，「若妳不聽表叔的話，表叔也只能教訓教訓妳了。」

「表叔幾個月前才被我們打得倉皇逃竄，這才過多久表叔就忘了？」班嫿冷笑，「表叔記性這麼不好，讓晚輩很是為難，今日只有讓表叔再見識一下幾個月前的事，您才能想得起來。」

長青王的臉色頓時陰沉下來，這件事對他而言就是恥辱，班嫿舊事重提，無疑是火上澆油，顏面掃地。

「既然妳敬酒不吃吃罰酒，那就別怪本王不客氣了。」

「看見沒有，一般話本裡面的反派都愛說這句。」班嫿對左副將道：「記住，以後上戰場千萬不要說這句話。」

「為什麼？」憨厚的左副將老老實實地問：「這句話有什麼不對？」

「因為一般說這句話的人，最後都輸了。」班嫿拿過右副將舉著的銀槍，「說過這句話的人，都會受到戰場之神的詛咒，不會獲得勝利。」

「還有戰場之神？」可憐的左副將信仰在搖搖欲墜。

「當然。」班嫿抬了抬下巴，「不然你等著瞧。」

「你廢話什麼，將軍說有，肯定就有！」無條件信任班嫿的右副將狠狠拍了左副將一下，堅決不讓他質疑將軍的話。

班嫿笑了一聲，抬頭打了一個手勢，「兄弟們，隨我上。」

「是！」這聲吼氣勢猶如猛虎下山，直沖雲霄。

「二位將軍，南門那邊打起來了。」

一位小兵跑到杜九與趙仲身邊，彙報著另外三方的動向。

「竟然是班將軍最先動手？」趙仲驚訝了一番，「我還以為會是石先生那邊。」

以石晉與朝廷的血海深仇，應該最先忍不住動手的。

「南門守城的是誰？」杜九問報訊的小兵。

「是長青王與謝啟臨。」

「謝啟臨……」杜九摸了摸下巴，以郡主的性子，動手也不奇怪。他看了眼城門上有些畏縮的守將，開口道：「既然如此，我們也開始動手。」

兩邊戰火喧囂，兩邊互相僵持，城內的貴人們忐忑不安，恨不得抱金銀珠寶躲進密室。

宮外氣氛緊張，宮裡也好不到哪去，宮女太監行色匆匆，有些膽子比較大的，甚至搶奪主子們的金銀珠寶，想要冒險逃出皇宮，可是蔣洛哪會容忍他們這種行為，這些太監剛到宮門，就被弓箭手射死了。

「來人，」長青王站在城門之上，看著班嫿越戰越勇，竟是把他派出去的將士打殺得落花流水，沉著臉道：「把本王養著的那個弓箭手請來。」

「什麼弓箭手？」謝啟臨心頭一跳，忍不住問出口，「王爺還養了神箭手？」

「本王養的這個神箭手可不普通。」長青王盯著城門下的班嫿，「就連太上皇都親口稱讚過他有班元帥遺風，世間少有兒郎難及。」

他記得在一次箭術比賽上，班嫿還用銀子押了此人能贏。讓她死在自己稱讚過的人手裡，不知班嫿會不會甘心？

不一會兒，一個長得有些矮的男人上了城門，他相貌很普通，低著頭不發一言，只是緊緊捏著手裡的弓箭。

「你就是那個有班元帥遺風的神箭手，叫什麼名字？」

矮瘦男人點頭，「回王爺，末將名叫高旺盛。」

「旺盛……」長青王笑了一聲，點頭道：「這個名字不錯，你隨本王來。」

高旺盛跟著長青王來到城牆邊上，他長得比較矮，所以只能看到離城門遠一點的地方。

「給他拿個墊腳墩來。」

「本王要你射殺拿個穿著銀甲，頭盔上還有紅纓的女人，你能不能做到？」

「王爺，末將不傷女人。」高旺盛沉默片刻，擠出了這麼幾個字。

「你可以不殺她，本王拿你家女眷來換她的命。」

高旺盛唇角輕顫，他無妻無女，但是有一個眼睛不好的老母親。

「來人，把高旺盛家的……」

「王爺！」高旺盛一字一頓道：「末將、末將領命。」

長青王嗤笑一聲，後退一步，「動手吧。」

高旺盛舔了舔有些乾的唇角，初秋的太陽又乾又烈，他捏著弓箭的手冒著汗。拿起箭搭在弦上，他眨了眨眼，汗水滴進他的眼睛裡，忍不住瞇了瞇眼。

「王爺，」謝啟臨忽然開口，「陛下沒有下命令要福樂郡主的命，您這樣是不是不妥？」

「不妥？」長青王挑眉，「刀劍無眼，福樂郡主既然上了戰場，就有可能死在戰場上，謝公子這是憐香惜玉了？」

謝啟臨垂下眼瞼道：「王爺言重，在下對福樂郡主並無私情。」

「本王對你有沒有私情並不感興趣，只要你識趣，不要來打擾我的決策就行。」他轉頭喝斥高旺盛，「你還愣著做什麼，還不快動手？」

班嫿挑翻一個偷襲她的騎兵，忽然右眼皮跳了跳，轉頭一看，城牆上一枝箭正對著自己。她欲躲開，可是旁邊衝上來三個騎兵把她夾擊在中間，幾乎是避無可避。在心中暗叫一聲不好，班嫿冒著手臂被砍傷的危險，勉強往旁邊側了側。

就在箭射出去的瞬間，高旺盛感覺有人朝自己撲來，他手一抖，箭頭歪了一點點弧度。

「謝啟臨，你做什麼？」

謝啟臨奪走高旺盛手裡的弓箭，把弓箭扔下城門，轉身面對長青王憤怒的雙眼，他抬手行了一個禮，「福樂郡主乃是太上皇最喜歡的後輩之一，在下不能由王爺擅自做主。」

「好，很好！」長青王竟是被氣笑了，「來人，把謝啟臨綁起來，交由陛下發落！」

嗖！

箭頭擦著班嫿的手臂飛過，穿透了她旁邊騎兵的胸膛，這個騎兵是朝廷軍，他睜大著眼睛倒在地上，年輕的面龐上還帶著迷茫之色。

好強勁的力道，這枝箭若是穿透她的胸膛，她一定活不了。

班嫿忽然想起了做的那個夢，箭從她後背穿胸而過，她連躲避的時間都沒有，就葬身在一枝箭下。這枝箭的感覺，跟她夢裡的那枝箭很像，彷彿是同一個人射出來的。

「將軍，您沒事吧？」副手嚇得臉都白了，拚了命廝殺到班嫿身邊。

「我沒事。」班嫿搖頭，看了眼自己還在流血的手臂，「戰場上不要分心，這枝箭上沒毒，不用擔心。」

因為真正的神箭手，不用在箭上做手腳，就能要人的性命。

朝廷軍的將士越來越少，容家軍殺紅了眼，一個人倒下，兩個人衝了上來，攻城車撞擊著城門，不過京城的城門高大結實，不像其他州縣的城門那般好攻破。但是，再堅固的門，只要守城的人敗了，終有被撞開的那一刻。

南門……最終還是破了。

「將軍，」東門的城門上，小兵驚惶地看著老將軍，「南門破了！」

「破城門的人是誰？」

「福樂郡主。」

老將聞言哈哈大笑起來，「不愧是元帥的後人，即便是女郎，也是霸氣不改。」他走到城牆邊，看了眼城下整齊劃一的容家軍，對身後的副將們道：「當年元帥帶領我們的時候，我們的軍紀也是如這般嚴肅。」

忐忑不安的副將們不明白老將軍為何會說這句話，一時間都有些迷茫。

「幾十年了，幾十年了。」老將竟是笑出了聲，「我這個老傢伙，終於等到了這一天。」

「來人，去開城門，迎容家軍進城。」

「將軍！」

老將軍搖頭，他花白的頭髮在微風中輕輕晃動，「你們跟隨我多年，我又怎麼忍心你們去送死？容家軍來勢洶洶，我們不是他的對手。」

一將功成萬骨枯，他這個將軍捨不得這些士兵死在自己人的刀下。

當年元帥受皇室暗算，他們這些兄弟們心頭氣不過，甚至起了反叛的心思，最後還是躺在床上奄奄一息的元帥攔住了他們。

「你們都是有家有室的人，我如何捨得你們為了我做這種逆天大事？」

「待我回京以後，你們好好守衛邊疆，不可因為皇室的作為就態度懈怠，咱們不是為了皇室守在這裡，而是為了天下百姓守在這裡。」

再後來，元帥回到京城，就不讓他們這些人再與他有來往了，只因為皇帝猜疑心重，他不忍連累他們這些兄弟。

這一忍就忍了幾十年，直到元帥中毒而亡，他們這些人也不敢吭聲，只因為元帥說了，他的子孫後代還需要他們照顧。

實際上，哪是子孫後代需要他們照顧，只是元帥不讓他們涉險而已。

班家後代在京城擔了幾十年無用的惡名，他們這些舊部卻什麼都不能做，他們心裡有愧，心裡難受啊。

到了今日，容瑕拿了元帥手裡的三軍虎符，出現在了城門之下，打開城門是他唯一能為元帥做的了。但求容瑕不像蔣家王朝的人，生性多疑，對不起福樂郡主，那麼他們這些舊部就算到了地下，也有臉去見元帥，再跟著他一起征戰四方了。

東門大開，沒有廝殺聲，沒有馬鳴聲，兩列穿戴整齊的士兵走出來站至城門兩邊。髮鬚皆白的老將走了出來，他每一步都走得很慢，也走得極穩。

容瑕從馬背上跳了下來，他往前迎去。

「主公，小心有詐。」一位謀士擔心的攔在容瑕面前。

「不必擔心。」容瑕推開他的手，遠遠朝老將軍行了一個禮，便大步迎了上去。

兩邊的將士都很安靜，他們眼睜睜看著主將漸漸走近，直到站在一起。

「成安侯，」老將聲音有些沙啞，他取下頭盔，「老將願迎侯爺進城，但求侯爺不要為難本將手裡這些將士，他們也是聽命行事。」

「請將軍放心，君珀絕不會有半點為難。」容瑕退後一步，朝老將行了一個大禮，「將軍高義，請受君珀一拜。」

「侯爺不必如此多禮。」老將伸手扶起容瑕，笑著道：「侯爺是我們元帥家的姑爺，老將可受不得你這個禮。」

容瑕心中一動，老將口中的元帥，應該是嫿嫿的祖父。

沒有想到班元帥過世這麼多年，這些將士還掛念著他，這樣一位絕世名將，竟是死在自家人手上，真是可氣可嘆。蔣家皇室，欠班家太多。

「將軍請。」

「侯爺請。」

東門連一滴血都沒有流，就這麼攻破了。

得道者多助，失道者寡助，老祖宗這話，真是到了什麼時候都適用。

「將軍，長青王逃了。」右副將有些洩氣，「這人真是屬泥鰍的，每次都溜得快。不過屬下帶人抓住了另外一名主將，還有偷襲你的弓箭手。」

班嫿抹了一把臉上濺上的血，轉頭就看到了謝啟臨以及他身後矮瘦的男人。

謝啟臨穿著一身金甲，甲冑上還沾著血，整個人平靜極了。他抬起頭看了班嫿一眼，便飛快地移開了視線。今天他沒有戴眼罩，那隻摔瞎的眼睛閉合在一起，看起來有些可怕。

「這個箭手偷襲我的時候，我彷彿看到有人推了他一把。」班嬗拍了拍馬兒，離得謝啟臨又近了些，「是你推他的？」

謝啟臨低著頭沒有說話。

班嬗沒再繼續追問，她看了眼高旺盛，「把這兩人嚴加看管起來，其他人隨我打進去。」

「是！」一呼百應，這些將士早已經習慣了聽班嬗的命令，絲毫不覺得身為男兒聽命於一個女人有什麼不對。

謝啟臨看著那個耀眼的女子騎在馬背上，帶領一眾殺氣騰騰的將士越行越遠，竟看著失了神智。直到再也看不見人影以後，他才低下頭看著沾滿血跡的戰靴苦笑。

因為他有可能救了班嬗一命，所以看守他的士兵也沒有為難他。他見看守自己的這些士兵都受了傷，便道：「城門上有幾個木箱，裡面裝著全是傷藥，你們去取來用吧。」

「別以為我們會上當，班將軍說了，這種擺在眼皮子底下的糧食與藥品不能隨便動，誰知道有沒有被下毒。」

謝啟臨……

這個班將軍，指的應該就是班嬗吧？

這些士兵把她的話奉為聖旨，可見她在軍中是十分有威望的。想到這，他忍不住有些慶幸，當年沒有迎娶她是好事，若是嫁給他，或許便埋沒了她一身的能力。

「小姐，小姐！」一個丫鬟跑進李小如的屋子，「叛軍進城了！」

李小如猛地站起身，「城門都破了？」

「奴婢不太清楚，只聽說東門與南門都破了。」小丫鬟眼神忽然變得有些奇怪，「奴婢還聽說，南門帶兵的人是福樂郡主。」

「竟然是她？」李小如怎麼也無法想像，那位衣食住行無一不精的郡主，究竟怎麼熬得下軍營裡的苦，還能帶兵打仗的。

「妳別出去打聽消息了，外面那麼危險，萬一傷到妳怎麼辦？」

李小如心裡有些慌亂，忍不住便多囑咐了幾句。

「小姐，您放心吧，那些叛軍都很講規矩，進城以後並沒有擾民。」小丫鬟喘著氣道：「不過外面的鋪子都沒一開門，您讓奴婢買的東西，奴婢找不到。」

「找不到便罷了，早知道容家軍今日就會攻城，我無論如何都不會讓妳出去的。」李小如恍惚地搖頭，「多叫幾個人陪著少爺，別讓外面的動靜嚇到她。」

待小丫鬟退出去後，李小如面上露出幾分激動。

終於……終於有人來推翻暴君了。

想起躺在床上不能走動的父親，李小如擦了擦眼睛，暗暗祈禱成安侯能早點推翻暴政，讓蔣洛得到報應。

「陛下。」蔣洛的近身太監跪在了蔣洛面前，他神情灰敗，眼神痛苦，就像是隨時可以跟隨主赴湯蹈火的忠僕，就算天下人都背棄了蔣洛，他也仍舊不會離開。

蔣洛坐在地上，大殿上空蕩蕩的，那些整日裡在他面前表忠心的朝臣，全都沒有出現。這個曾經讓無數人跪拜行禮的地方，除了他，就只剩下這個太監。

他記得這個小太監叫小寇子，因為名字跟他以前養的狗一模一樣，才多注意了他兩眼，甚至讓他來了身邊伺候。

「你跟在我身邊多少年了？」

「陛下，奴婢已經在您身邊伺候了四年。」

蔣洛意味不明地輕笑了一聲，他什麼時候會注意一個太監如何？到了現在，留在他身邊的，竟然也只有一個太監，可笑又可悲。

腳步聲傳來，那是女子宮靴踩在玉石地板上的聲音，聲音由遠及近，最後停在殿門前。

謝宛諭穿著一件血紅宮裝，頭戴飛鳳釵，豔麗得猶如出嫁那日。她站在殿門口，金色的陽光灑在她的身上，長長的影子倒映在殿內，安靜得猶如一尊雕像。

「謝宛諭？」蔣洛從地上站起來，「妳來這裡做什麼，這裡不是妳一個女人該來的地方。」

「如今這個地方，除了我這個女人願意來看一眼，還有誰來？」謝宛諭嗤笑一聲，轉身看著天際的夕陽，「你看這太陽，像不像你們蔣家王朝的大業，日薄西山，黑暗降臨？」

「妳給我閉嘴！」

謝宛諭冷笑，「你以為你還是一言九鼎的皇帝，這個天下，這個後宮都要聽你命令？別妄想了，在你囚禁太上皇與太子的時候，就該想到有今日。」

「古往今來多少皇子推倒太子，自己做了皇帝，他們能萬古流芳，為何我就不行？」

「因為他們是仁君，心繫萬民，所以儘管他們不孝不悌，仍有百姓感激他們，歌頌他們。」謝宛諭伸手指著蔣洛，眼中滿是嘲諷，「可是，你除了不孝不悌，還有什麼？」

「你若是有本事，為何不出去聽一聽天下人罵你的聲音？」

「住口！住口！」

「哈！」謝宛諭撫了撫自己抹了胭脂的臉頰，看著蔣洛的眼神裡滿是仇恨，「蔣洛，像你這樣的人，應該活著，受盡他人凌辱，長命百歲地活著。」

「砰！」大業皇宮的大門被容家軍撞開，士兵們從四面八方湧了進來。謝宛諭站在高臺上，半眯著眼看到容家軍由遠及近，最後包圍了這座後宮中最尊貴，最奢華的宮殿。

她扶著漢白玉雕柱，血紅的宮裝在夕陽下猶如盛開的烈火。

「班嫿……」謝宛諭看著與容瑕並肩前行的女人，她身著華服美飾，對方穿著銀甲，銀甲上還殘留著血汙。她站在高高的殿臺上，對方騎著馬在殿門下，她卻沒有超過對方的感覺，甚至在對方一身氣勢下，她宛如濃妝豔抹的跳樑小丑。

「謝小姐，」班嫿朝她拱手行了一個平輩禮，「多日不見，妳可還好？」

謝宛諭輕笑一聲，「無所謂好不好，你們總算是來了。」

班嫿看著這樣的謝宛諭，神情中帶著憐憫，再也說不出話。

「滾開！」蔣洛從殿裡跑出來，他推開謝宛諭，看著下方的眾多叛軍，怒罵道：「容瑕，你這個賊寇，帶著叛軍打到皇宮，蔣家列祖列宗，還有上蒼正看著你！」

容瑕任由蔣洛叫囂，沒有說話。

但是，容瑕的沉默激怒了蔣洛，他趴在圍欄上，罵得越來越狠，也越來越難聽，整個後宮裡，都回蕩著他的罵聲。

咚咚咚！

一聲聲緊急的敲鑼打鼓聲響起。

「太上皇病危！」

「皇上派人毒殺太上皇，快傳太醫！」

班嫿聽到太上皇三個字，神情有了微妙的變化。容瑕注意到她的表情，轉頭對手下道：「來人，把暴君抓起來，我去面見太上皇。」

「是！」

容家軍的人衝上殿，毫不費力就把蔣洛給捆住了。

「老實點！」蔣洛還想掙扎，被一個大漢狠狠地拍了一巴掌，他頭上的金冠都被拍掉了，順著玉階叮叮咚咚掉了下去，滾了老遠以後，才停了下來。

在夕陽下，這頂金冠只模模糊糊瞧得見一點點金光，其餘的便什麼也瞧不見了。

蔣洛搬入大月宮以後，雲慶帝就被遷往壽寧宮，倒是太后仍舊住在以前的宮裡沒有挪動。

班嫿騎馬來到壽寧宮門外，翻身下了馬，她這才發現壽寧宮的名字被改為了壽康宮，沒有心思管這種小事，她直接衝了進去。

進門以後，班嫿發現這座宮殿十分冷清，殿外的花圃中滿是沒有打理的雜草，黃黃乾乾的，與幾株叫不出名字的花擠在一起，看起來亂極了。

她往四周看了一眼，見到有幾個宮女太監在角落裡跪著，便問道：「陛下在哪？」

一個穿著藍衣的太監用顫抖的手指了指右邊的角落，班嫿朝他所指的地方走去，剛一進門便被裡面的酸臭味加黴味熏得頭有些發暈。

屋子裡有兩個宮女與太監正跪在床前哭，班嫿進來她們也沒有發現，反倒是躺在床上的雲慶帝發現了他。

班嫿走到床邊，看著床上這個衰老瘦弱的老人，竟有些恍惚，曾經高高在上的雲慶帝，竟然變成了這般模樣？

雲慶帝嘴唇青烏，眼眶發黑，耳鼻處有血滲出，明顯是中毒過重的狀態。

「陛下。」班嫿向雲慶帝行了一個禮。

雲慶帝從被子裡伸出一隻顫抖的手，這隻手乾枯泛黑，就像是失去生機的枯木，讓人看見以後，很容易想到幼時聽過的那些神鬼故事。

班嫿在心底輕嘆一聲，握住了他的手。

這隻手粗糙極了，任誰也想不到，這本該是一個養尊處優的人。

「妳回來啦！」雲慶帝喘了半天的氣，終於說出了一句完整的話，「嫿丫頭，待我死以後，不要讓其他女人與我合葬，我有皇后便足矣。」

「陛下……」班嫿喉嚨裡有些難受，「太醫很快就來了，您不會有事的。」

雲慶帝搖了搖頭，口中吐出一大團血，「嫿嫿，這是朕的報應。」

班嬙唇角動了動，沒有說話。

「朕、朕對不起妳。」雲慶帝突然睜大眼，「朕對不起……」他放大的雙眼忽然失去光澤，變得黯淡起來。

啪嗒。一滴淚落在雲慶帝的手背上，班嬙把他的手放回床上，後退三步對著床跪了下來，然後行了三個磕頭大禮。

「郡主。」王德從帳後走出，彎腰把她從地上扶起來。班嬙擦乾淨眼角的水霧，深吸一口氣後對王德道：「鳴喪鐘。」

王德往後退了一步，畢恭畢敬道：「是。」

班嬙低頭，看到了王德缺了三根手指的手。

咚咚咚。喪鐘聲響起，跪在神像前的皇后倉皇地站起身，「從哪兒傳出來的喪鐘聲？」

「娘娘，是……壽寧宮。」

皇后眼前一黑，差點暈倒在地，她扶住身邊宮女的手，啞著聲音道：「壽寧宮？」

「娘娘……」皇后身邊很得臉面的嬤嬤連滾帶爬跑了進來，「陛下……派人毒殺了太上皇，太上皇駕崩了。」

皇后只覺得一股股寒氣直往頭頂冒，她張大嘴半天才緩過氣來，「寧王呢？」

「亂軍打了進來，陛下被亂軍抓走了。」

聽到這些話，皇后再也支撐不住，吐出一口血來。

一直被囚禁在東宮的蔣涵早已經被折磨得不成人形，他身上穿著破舊的袍子，頭髮用布繩隨意綁在身後，整個人猶如沒有靈魂的木偶坐在床沿邊，喪鐘響起的時候，他才愣愣地轉過頭，辨別著聲音從哪個方向來。

蔣洛登基以後，就把東宮整個圈了起來，太監宮女幾乎都撤走，每天送東宮的吃喝之物少得可憐，他不要太子的命，卻不把太子當作人。

連飲用水都不太足夠的時候，就不用再提沐浴洗衣，在這一年裡，東宮的人過著暗無天日的生活，太子的女兒餓得面黃肌瘦，後來還是皇后把她接了過去，保住了她的命。

坐在空蕩蕩的屋子裡，蔣涵忽然捂住臉，嗚嗚咽咽地哭了起來。

他知道父皇駕崩了，他這個無能懦弱的兒子沒能力護著他，也沒能力護住自己的妻女。

「嫿嫿……」容瑕站在壽康宮外一直沒有進去，見班嫿從裡面走了出來，上前牽住她的手，「妳的臉色不太好。」

「我沒事。」班嫿搖了搖頭，然後看著容瑕，「王德是你的人？」

「是。」

「難怪……」

難怪在她的夢裡，王德會與新帝一起在天牢中稱呼蔣洛為戾王，她一開始以為是蔣洛做了得罪王德的事情，現在看來，王德早就是容瑕的人。

王德在雲慶帝身邊伺候多少年了？

八年？十年或者是更久？

記得在她很小的時候，王德就在雲慶帝身邊伺候了，容瑕究竟用了什麼樣的手段，才讓一個大內太監總管為他所用？

「他曾受過家父的恩惠，」容瑕勉強一笑，「後來又受了我的恩惠。」

班嫿沒有問是什麼恩惠，她對這些並不是太感興趣。人生在世，恩怨情仇太多，有些比話本中的故事還要精彩，她若是要追求一個答案，那也太累了。

「主公，各宮的人都已經被控制起來，我們現在應該做什麼？」容瑕的幕僚們找到容瑕，這些人眼中飽含興奮，似乎看到容瑕登基成為帝王，他們擁有從龍之功，風光顯赫的那一日。

「爾等隨我去東宮，請太子登基。」

幕僚們驚訝地看著容瑕，他們好不容易打來的江山，怎麼能拱手讓人？他們內心滿是不甘，卻不敢質疑容瑕的決定，只能不甘願地跟在容瑕身後，來到了東宮門前。

此時的東宮門外，不僅有容家軍看守，還有容瑕特意讓人請來的朝中命官。當然不是蔣洛統治下的朝廷，而是雲慶帝在位時，他任命的官員。

這些官員看到容瑕出現，紛紛後退向他行了一個禮。偶有幾個怒目相對的人，容瑕也不管他們，徑直開口道：「暴君已經被在下控制住，諸位大人與我一同進去，請太子殿下登基。」

朝臣們也不管容瑕究竟是什麼心思，反正容瑕怎麼說他們就怎麼做，能不廢話的時候，絕對不多說一個字。

眾人走進東宮，才發現裡面非常不對勁，花草呢？伺候的下人呢？

外面曬著的那團黑黃之物是什麼，被子嗎？

院子裡枯葉遍地，窗櫺門上滿是灰塵，這是多久沒打掃過了？來過東宮的人心裡有些發酸，當年的東宮纖塵不染，精緻講究，哪像現在……

東宮主殿正門大開，太子與太子妃坐在殿內，屋子裡非常昏暗，門外的眾人甚至瞧不清兩人的神情。

「微臣恭迎太子殿下登基。」

暮色降臨，容瑕站在臺階下，姿態恭敬得挑不出半點錯處。

太子妃神情有些激動，雖然殿內沒有燭火，別人看不清她臉上的表情，她仍舊忍不住期待地看著太子。只要殿下登基，那她就是皇后，是世間最尊貴的女人。

然而，她激動也好，期待也罷，蔣涵沒有任何反應，他面無表情地看著殿外的眾人，忽然開口道：「我才能有限，擔不得天下大任，成安侯請回吧。」

「太子乃是陛下嫡長子，順利天命乃理所應當，怎能妄自菲薄？」容瑕再次行了一個大禮，「微臣恭迎殿下登基。」

「順應天命……」蔣涵忽然笑了，「天命註定我蔣家皇朝已亡，我又何必強求？」

「殿下！」石氏驚詫地看著太子，不敢相信他竟然拒絕登基為帝。

容瑕瞇眼看著昏暗的屋子，忽然道：「為何不掌燈？」

「回、回侯爺，我們東宮沒有蠟燭，到了夜裡無法掌燈。」一個面黃肌瘦的太監跪在容瑕面前，肩膀還忍不住在瑟瑟發抖。

「竟然連蠟燭都不給你們，蔣洛還有沒有人性？」班嫿罵了一聲，讓人給東宮掌燈。

很快東宮各個廊下的燈籠都掛上了，正殿內更是亮如白晝。

大家看清太子與太子妃現在的樣子後，都忍不住倒吸了一口涼氣，怎麼瘦成了這樣？還有他們身上的衣服，蔣洛究竟有多殘忍，才會毒害生父，虐待兄嫂？

即便在場有很多大臣是既不支持太子，也不支持寧王的中立派，看到太子這個樣子，也忍不住感到心顫。

蔣涵站起身走出屋子，不過走出門口以後便停下了，他已經大半年沒有沐浴過，他不想讓這些朝臣們知道他其實比看到的更加狼狽。

「我自認沒有治理天下的能力，父皇在世時，就常常稱讚成安侯的才能。」蔣涵的目光落到容瑕身上，「成安侯心性仁厚，能力卓越，有治世之才。孤昨日夢到一仙人踏雲而來，他自稱青鸞使，說成安侯乃是挽救天下百姓的命定之人。神使有命，孤又怎敢違背？」

「所以，請成安侯為了天下的百姓，登基吧。」

蔣涵以前不懂人心權勢，他現在明白過來，可是這個天下就要準備易主了。

「請成安侯登基！」

守在東宮的眾位將士齊齊高聲呼喊，並且單膝朝容瑕所在的方向跪了下去。

「既然神使有詔令，那麼就請成安侯不要違背上蒼的指令，順應天命登基吧。」一個三品官員站了出來。

班嫿朝這人看過去，此人是大理寺少卿劉半山。

「請成安侯登基。」這次站出來的是姚培吉與周秉安。

「請成安侯登基。」站出來的人更多，有些是班嫿認識的，有些是班嫿不認識的。

「這天下姓蔣，微臣又怎能做出如此大逆不道的事情，不可不可……」容瑕連連拒絕，似乎對皇位沒有絲毫的窺伺之情。

然而，就算他不願意做皇帝，其他人也不會容他拒絕，不知是誰捧來了一件華貴的龍袍，他們扒掉容瑕身上的盔甲，把龍袍披在了容瑕身上。

「臣等拜見陛下，陛下萬歲萬歲萬萬歲！」

「陛下萬歲，萬歲，萬萬歲！」

朝臣一個個跪了下去，這些人裡面有心甘情願者，也有不敢反抗者，更多的是牆頭草，隨波逐流，誰有權利，他們就依從誰。

「臣……」蔣涵撩起破舊的衣襬，一點一點緩緩跪了下去，「臣拜見陛下，陛下……萬歲，萬歲，萬……萬歲。」

他如何願意把大業的江山交到容瑕手裡，可是如今天下百姓早已經不再相信蔣家王朝，就連朝臣也大多歸順了容瑕，若他當真順著容瑕的話登基為帝，或許不出多久，他就會暴病而亡，他身邊的人全都要跟著他陪葬。

因為蔣洛近一年的折騰，本就優柔寡斷的他，早就失去了血性與膽識，他現在只求容瑕能看在表妹的面上，讓他安安穩穩地度過餘生。

太子妃看著跪在門外的太子，狀若癲狂地搖頭，她的男人是太子，就連在陛下面前也不用行跪禮的太子，他怎麼能跪在一個朝臣面前，怎麼能？

最終容瑕被朝臣們逼著穿上了龍袍，又被他們抬著去了勤政殿。

班嫿沒跟著去，她站在東宮大門前，看著仍舊跪在地上的太子，上前幾步蹲在了太子面前，「太子表哥，你起來吧。」

「嫿嫿？」剛才人太多，蔣涵根本沒有注意到班嫿，現在他見班嫿身著銀甲，戰靴上還有乾涸的血跡，於是苦笑道：「妳怎麼在這？」

「我等你站起來以後再走。」

蔣涵愣愣地看著她，半晌道：「父皇真的……是二弟毒死的嗎？」

班嫿想到王德，想到容瑕，再想到雲慶帝臨死前的寥寥幾句，緩緩點頭，「蔣洛讓宮人準備的毒藥。」

「都怪我，都怪我。」蔣涵搖搖晃晃地從地上爬起來，笑聲像是在哭，「若不是我的婦人之仁，優柔寡斷，又怎麼會走到今天這一步？若是……若是……」

他忽然不再抱怨，只是仰頭哈哈大笑起來，笑得流出了眼淚。

班嫿對太子福了福身，「太子表哥，請您多保重身體，我先告退。」

走出東宮，她望著勤政殿的方向，慢悠悠朝前走著，夜風拂面，吹淡了皇宮的血腥味，她從未發現皇宮裡有這麼安靜的時刻。

# 伍之章 ✿ 改朝換代

勤政殿上，容瑕被人簇擁著跪拜，呼喚著萬歲，所有人都在興奮，所有人都在為勝利喝彩，他的視線在殿中掃過，卻沒有找到班嫿的身影。

嫿嫿在哪？

他忽然從龍椅上站起身，視線掃過一張張高興的臉，仍舊沒有找到他期待的人。

「陛下，您去哪裡？」趙仲注意到容瑕走下了玉階，伸手要攔住他。

容瑕沒有理會他，他推開趙仲的手，在眾臣驚詫的目光下，走出了大殿。

「陛下？」

朝臣們跟了出去，擠在殿門口。

勤政殿外的臺階下，有一個很大的空地，一般重要集會時，這裡會站滿了勳貴朝臣，尤其是新帝的登基大典時，整個殿內殿外都要跪滿人，讓人真正見識到皇權的榮耀。

此時的空地上，除了容瑕帶來的將士，便沒有其他官員但是朝臣們卻看到遠處有個人朝這邊走來，他走得並不快，彷彿這個讓無數人敬畏的地方，並不會讓他感到害怕或者不自在。

這個人越走越近，夜色下，朝臣們只能看到他穿著一件銀甲，面容卻怎麼也看不清。

就在他們猜測此人究竟是誰，竟然如此大膽地遊走在勤政殿外時，就看到站在玉階上的容瑕突然動了，他朝玉階下跑去，沒有絲毫猶豫，甚至沒有回頭看一眼他們這些朝臣。

「那是誰？」姚培吉轉頭看杜九。

杜九恭敬地垂首不語。

姚培吉見他這打死不開口的態度，忍不住嘖了一聲，不愧是容瑕養出來的手下，嘴還真緊。得不到答案，他也不惱，轉頭繼續打量能讓容瑕親自去迎接的人。

這是容瑕最信任的人？

又或是什麼治國的能人？

班嫿站在玉階下，抬頭看到容瑕朝自己跑了過來，她歪了歪頭，抬首往天空看去，天際一輪圓月懸掛著，美得讓人忍不住微笑。

她笑出了聲，抬腳踏上了玉階。

她走得很慢，容瑕走得很快，在她沒有走出幾步後，容瑕便已經來到了她的面前。

「你跑什麼？」班嫿笑咪咪地看著容瑕，見他喘著氣，忍不住笑得更加明顯，「回頭瞧瞧那些朝臣，他們還以為你瘋了。」

「他們以為我瘋了沒關係，我怕把妳弄丟了。」容瑕緊緊地抓住了班嫿的手。

他的手心有些涼，卻帶著汗。

他在害怕什麼，竟然會流冷汗？

班嫿彎了彎手，勾住他幾根手指頭，「走吧。」

容瑕笑，「我們一起上去。」

「好。」班嫿笑彎了雙眼。

「那是……」周秉安看到容瑕與銀甲將軍牽起了手，還往勤政殿的方向走的時候，他的表情有些微妙。直到兩人走近，他看清容瑕身邊人的面龐時，低聲驚道：「那是福樂郡主？」

容瑕剛才想要找的，是福樂郡主？

月色皎潔，班嫿與容瑕並肩踏上了勤政殿。

在一眾朝臣注目下，容瑕握緊班嫿的手，對眾人道：「這一年來，夫人助我良多，沒有夫人便沒有今日的我。諸位大人的禮，不能我一個人受。」

「陛下，這於禮……」一位大人想要說，女子怎麼能與男人一同受禮，卻被不知從哪冒出來的武將捂住了嘴。他瞪大眼睛，在心中暗罵，這些武將實在太粗俗無禮了。

「拜見陛下，陛下萬歲萬歲萬萬歲。拜見皇后娘娘，娘娘千歲千歲千千歲。」趙仲撩衣袍，對著二人跪了下來。

他跪下以後，無數武將跟著跪了下去，原本與容瑕就有交情的文臣，全都心甘情願地行了拜伏大禮。地面冰涼，石晉跪在地上，抬頭看著站在月色下的男女，緩緩垂下了頭。

從此以後，他為臣，她為君后，他連一絲妄想都不能有。

班嫿與容瑕沒有立刻搬進正宮，而是在大月宮的偏殿住下。班嫿來過大月宮很多次，但這是她第一次住進這裡，直到過了子時，她也沒有睡著。

「嫿嫿？」

「我吵到你了？」

「沒有。」容瑕把她摟進懷裡，「我也有些睡不著。」

「那你講個故事。」班嫿靠在容瑕懷裡，「講個開頭甜蜜，結尾歡喜的故事。」

「好。」

「據說蜀地有奇石，頭大身小，卻能立在山頭。有路人經過，見到此狀，大為驚訝……」

一個故事沒講完，班嫿已沉沉睡去，容瑕在她唇角吻了吻，閉上眼，聞著她的髮香入睡。

從小到大，容瑕甚少做夢，但是這天晚上他做了一個奇怪的夢。他站在結滿冰的湖面上，一個穿著毛絨絨衣服的小女孩站在他面前，睜著大大的眼睛看著他，「哥哥，你帶我去冰上玩好不好？」

他想說冰上很危險，這個小女孩的面貌漸漸變了，變成了班嫿的臉，她笑咪咪地看著他，看得他的心都軟了。然而，就在下一刻，嫿嫿不見了，他倉皇四顧，只看到散不開的濃霧以及空蕩蕩的四周。

「嫿嫿！」容瑕睜開眼，轉頭看向身邊，一個人都沒有。

「來人！」

「陛下，您有何吩咐？」

「皇后呢？」

「陛下，娘娘去見前朝太后了。」王德見容瑕臉色不對勁，便道：「娘娘說，您這些日子一直沒睡過安穩覺，所以不讓我們進來打擾您。」

「知道了，都進來伺候洗漱。」容瑕揉了揉額頭，「皇后去了多久？」

「約莫兩盞茶的時間。」王德猶豫了一下，「陛下，您若是有事要找皇后娘娘，奴婢這就去請娘娘。」

「不必。」容瑕猶豫了一下，「這宮裡都是皇后說了算，由她去吧。」

「是。」王德聽到這話，在心中確定了班嫿無上的地位。

班嫿坐在太后的下首，太后神情憔悴，但是禮節上沒有任何瑕疵，可班嫿能夠感受到，太后待她終究不如以往親近。

「嫿丫頭，」太后臉上的笑客套多於親近，「一年不見，妳比以往更有威儀了。」

「娘娘是在開侄女的玩笑嗎？」班嫿抿了一口茶，「我從小到大，什麼時候有過威儀？」

「這些年，我待妳如何？」太后也不在意她的託辭，直接問道：「我可曾虧待過妳？」

「娘娘待我親如子女，並無半點虧待。」班嫿搖頭。

「那妳告訴我，為什麼要與容瑕一起逼宮？」太后對班嫿與容瑕，不是沒有怨，「這就是妳對我的報答嗎？」

班嫿沒有說話。

「事已至此，我再無所求。」太后苦笑，她紅著眼眶看著班嫿，「我知道妳在新帝面前很有臉面，所以能不能答應我的一個請求？」

「娘娘請講。」

「妳讓新帝放了洛兒可好？」太后拽緊手裡的帕子，「我知道他做過很多錯事，但更大的錯在我身上，是我沒教好他。我可以保證，只要你們留他一命，我一定不再讓他亂來……」

「憑什麼？」

謝宛諭突然推開門走了進來，她怨恨地看著太后，「憑什麼他做盡惡事，還要留他一命，就因為他身上流著你們蔣氏皇朝的血，所以其他人的命都不是命，就該任他蹂躪？」

「太后，您有兒子，天下人也有兒子，蔣洛在害死他們的時候，有沒有想過這些人的父母也會難過？」謝宛諭雙目赤紅，語氣有幾分快意，「蔣洛落得今日下場，全是他咎由自取！」

「謝氏，妳……」太后沒想到謝宛諭會突然出現，她愣是一句話也反駁不了。

「太后在蔣洛手中護住我的性命，我很感激。」謝宛諭跪在太后面前，朝她磕了三個響頭，「但是，在這一點上，我不會贊同您。」

她從地上爬起來，轉身對班嫿行了一個恭敬的禮，「昨夜多謝娘娘出手相助。」

本來她要與蔣洛一樣，被關押進天牢，後來因為班嫿說了幾句話，她們這些後宮女眷被統一帶進一座宮殿裡。裡面雖然擠了些，好歹乾淨，也有人送熱水飯食，比天牢好無數倍。

「蔣洛犯的錯事，本與妳們這些後宮女眷無關。」班嫿見謝宛諭滿身鬱氣，眼角已經染上了細紋，心中複雜，沒想到她竟然變成了現在這種模樣。

謝宛諭勉強笑了笑，自嘲道：「兩年前我還得意於自己即將嫁入皇室，妳終於也要低頭向我行禮，沒想到我把日子過得一團糟，倒是妳……」

千百年後，還會有人知道班嫿是誰，而她大概是史書中寥寥幾筆的可憐人，能不能留下一個姓氏都還不一定。

「再說這些已經沒有意思。」謝宛諭又朝班嫿徐徐一福，「告退。」

班嫿看著她離去的背影，神情有些動容。

「嫿嫿，我……」

「娘娘，」班嫿打斷太后的話，直接開口道：「容瑕是我的男人。」

皇后愣住，她這話是什麼意思。

「他願意聽我的話，是因為他待我好，但我不會濫用這份好，尤其是提出一些對他沒有好處的要求。」班嫿從椅子上站起身，對太后徐徐一福，「他對我好，我要護著他，又怎麼能因為外人來損害他的利益。」

「請娘娘恕罪，這個忙我不能幫您。」她轉身就準備走，卻被太后一把抓住手腕。

「嫿嫿，就當我求求妳，我求求妳！」太后拽著她的手臂，跪在了她的面前。這個風光了一輩子的女人，此刻拋卻了優雅與顏面，只想保住兒子的性命。

「娘娘……」班嫿看著滿身狼狽的太后，狠心推開了她的手，「於公，為了天下百姓，我不能答應您的要求。於私，我不會讓自己的夫君留下前朝皇帝，為他日後增加麻煩。今日您就是一直跪在這裡，我亦不會答應您。」

「妳當真如此狠心？」太后聲嘶力竭地抓住班嫿裙襬，「妳的心為什麼這麼狠，為什麼？」

班嫿沒有理會太后的責罵，只是語氣平靜道：「您放心，待登基大典過後，我會讓陛下尊封您為太后，讓您到別宮榮養，不會讓您吃半點苦。」

「還有太子。」班嫿停頓了一下，「陛下亦不會要他性命，只要他老老實實的，便會一輩子榮華富貴。」

太后無力地鬆開班嫿的裙襬，哭得渾身抽搐。

「娘娘，我若是您，就絕對不會在這個時候鬧，您若是再鬧下去，得罪了陛下，到時候恐怕連太子的性命也保不住了。」

太后驚訝地看著班嫿，她似乎沒想到向來只會吃喝玩樂的班嫿，竟然會說出這番話來。

「娘娘，我的祖父是如何過世的，您知道嗎？」班嫿低頭看太后，她的一雙眼睛明亮清澈，彷彿什麼都知道，又彷彿只是單純地在問太后一個她不知道的問題。

太后愣愣地坐在地上，直到班嫿出了門，她也沒有回過神來。

姑父是怎麼死的，她原本不清楚，可是在陛下染病以後，她已經漸漸猜到了真相。班嫿為什麼會這樣問，難道她……已經知道了？

她遍體生寒，班嫿……究竟是從什麼時候知道的？

班嫿回到大月宮偏殿時，身著玄衣的容瑕正坐在案前看一些公文，不過跟容瑕相處久了，班嫿一眼就看出他在裝模作樣，因為他真正看書的時候不是這個樣子。

「嫿嫿，妳回來了？」容瑕起身拉著班嫿在身邊坐下，然後攤開欽天監算出來的大吉日，「欽天監的人說，五日後就是好日子，適合舉辦登基大典。封后大典他們算出了三個日子，一個是十二日後，一個是下個月初八，還有一個在兩個月後。我覺得十二日後的這個日子就很不錯，妳覺得呢？」

班嫿見容瑕在這些日期上都做了批註，便點頭道：「這些東西我不太懂，你覺得合適就好。」

「我急著讓天下人都光明正大稱妳為皇后娘娘。」容瑕在她鼻尖親了一口，「下個月太久，我等不了。」

「全天下人叫我女王不是更好？」班嫿隨口說了一句，把欽天監寫的摺子放在手裡把玩。

容瑕輕笑一聲，把她抱在自己膝蓋上坐著，「我叫妳女王好不好？全天下稱呼我為皇帝，而妳是我的女王，我就是一人之下，萬萬人之上的皇帝。」

「不要臉！」班嫿搓了一把他的臉頰，跳下他膝蓋，「這些東西我看著就頭疼，你還是自己操心去吧！」

「妳去哪兒？」容瑕抓住她的手。

「我出宮瞧瞧家人。」提到家人，班嫿的雙眼都在發光，「快一年時間沒見，不知道他們現在過得怎麼樣？」

「放心吧，我派人好好保護著他們。」容瑕跟著起身，「我陪妳一起去。」

「別。」班嫿忙把他按了回去，「我知道你的心意，但你現在不適合出宮。蔣洛留下一堆爛攤子你要處理，更何況這事若是傳出去，說成我們班家外戚專權，我們班家上哪說理去？」

容瑕：……

這明明是他有意給班家榮耀，怎麼到了嫿嫿嘴裡就全然變了味？

「我們家想做的是顯赫懶散，別人不敢得罪的紈綺，卻不想做管東管西，累死累活的外戚，這種事太費腦子，就我父親與我弟那樣……」班嫿乾咳一聲，她覺得自己說話的時候，還是應該給家人留點臉面，「你懂的。」

容瑕聞言失笑，「妳別胡說八道，岳父與恆弟挺好的。」

「是啊，他們兩個是引領京城各種玩耍手段的頂尖紈綺。」班嫿嘖了一聲，「好啦，就這麼說定了，你多派幾個有臉面的近隨跟我出宮，也算是給我娘家面子了。」

容瑕考慮過後，叫來杜九、王德及兩個信任的心腹，讓他們陪班嫿去靜亭公府。現在班嫿雖然還沒有進行封后大典，但是由於容瑕處處看重班嫿的態度，殿中省急於討好新主子的宮人們，便以最快的速度準備好了車駕，隨行護衛與太監宮女數量，都按照正宮皇后品級來安排。

班嫿也不反對這種安排，這個時候她的地位越穩，世人不敢去得罪班家。

在踏上馬車前，班嫿道：「我的家人是什麼時候搬回靜亭公府的？」

「娘娘，昨天夜裡陛下就安排人把靜亭公府收拾乾淨，然後迎了國公爺與夫人回府。」王德躬身答道：「娘娘，陛下備下的禮也已經裝上了，您可以出發了。」

「禮？」班嫿愣住，原來容瑕還準備了禮物，她這個做女兒的只想著去見家人，反而把伴手禮給忘記了。

「嗯，走吧。」

「起駕！」

靜亭公府，班家三口坐在院子裡，三人神情凝重，沒有誰開口說話。府裡收拾得很乾淨，幾乎與沒有抄家前一模一樣。但現在的重點不是這座府邸，而是他們腦子有些懵。

他們千挑萬選，給女兒挑了一個有才有貌又貼心的男人，本以為怎麼也能過幾年安生日子，哪知道沒多久蔣洛就登基，還削了他們家爵位。

這也不是什麼大不了的，反正他們早就做好了心理準備，重點是……怎麼眨眼的時間，容瑕就跟叛軍勾結在一塊兒了？

再一眨眼，容瑕就成了叛軍了頭子，還帶兵打進了京城，成為了新皇帝。

昨晚迎接他們回府的那些人，一口一個陛下，一口一個娘娘，這讓他們第一次見識到，什麼叫現實比話本還要荒誕。

「父親，您說我是不是在做夢？」班恆愣愣地看著班淮，「我成皇帝的小舅子啦？」

班淮在他手臂上擰了一把，聽到他慘叫聲後，肯定地搖頭，「你沒有做夢。」

「鬧什麼！」陰氏拍了一下桌子，「你們以為做皇帝的岳丈是件容易的事嗎？」古往今來，多少作死的皇后娘家，最後不僅作死了皇后，連一家人都跟著作死了。

班淮與班恆齊齊垂首聽話。

「在嫿嫿與他成親之前，我們誰也沒有看出他有這個心思，此人心機有多深沉，是你我都想不到的……」

「若連我們都想到了，他造反能成功嗎？」班淮小聲反駁，「我們看不出來才是正常的。」

「你這個時候閉上嘴，我不會當你是啞巴。」

班淮：……

「一個心機深沉的帝王，嬸嬸有多少手段可以玩得過他？」陰氏忍不住嘲諷道：「憑她能揍得過他嗎？」

班恆覺得他母親也是挺彪悍的，都這個時候了，不想著讓他們家沾皇室的風光，只想著他姊怎麼壓新帝一頭，這思想覺悟與一般的後宅婦人就是不一樣。

「不是我吹，我姊揍兩個皇帝都不在話下。」班恆得意地揚起下巴，「我昨天跟那些人打聽過，姊還上過戰場，挺受將士推崇的。」

「你如果有你姊的一半能耐，我也不用這麼操心了！」陰氏訓斥班恆，「就你這模樣，好意思出去說你是嬸嬸的弟弟嗎？也不嫌給你姊丟臉？」

「這都丟了十幾年的臉了，你總不能讓我一下子都撿起來吧？」班恆委屈地看著陰氏，「母親，我可是您親生的兒子。」

「你若不是我親生的，我早就把你扔出門了。」陰氏深吸一口氣，「好了，你們父子倆不要再胡鬧，有兩件事我一定要囑咐你們。」

「第一，以後不管誰來求你們辦事，你們都不要輕易答應。」

「第二，恆兒娶妻的對象一定要慎重。我們班家不苛待兒媳，也不能任由兒媳連累全家。」陰氏看著班恆，「你也不要隨意被什麼花兒粉兒勾引，做出丟人的事情。」

「母親，您放心吧。」班恆誠實道：「看慣了我姊那張臉，天下所有的女人在我眼裡，都是庸脂俗粉。」

「胡言亂語！」陰氏眉梢一挑，「女子之美，不僅僅在於皮囊，你若是用這種態度來看待姑娘家，乾脆別成親，免得糟蹋好姑娘。」

班恆神情一肅，「母親，我剛才只是開玩笑，並沒有這個意思……」

「老爺、夫人，娘娘來看你們了。」管家滿臉喜色地跑了進來，「咱們府門周邊滿了車馬，娘娘可是乘坐鳳駕來的。」

班家三口愣了一下才反應過來，管家口中的娘娘不是別人，而是他們家被容瑕拐帶著造反的親親女兒。

陰氏激動地站起身，「這個時候她怎麼來了，朝上會不會有意見？」

她嘴裡念叨著，腳下卻沒有停，匆匆往外跑去。

班嫿乘坐鳳駕從京城主道經過，禁衛軍開道，太監宮女陪侍，陣仗浩大。就算是沒見過多少市面的普通百姓，看到馬車上雕刻著龍鳳祥紋，還用十八匹馬驅車，立刻就離得遠遠的。

一路風光地到了靜亭公府，班嫿扶著宮女的手走下馬車，看著大門口上熟悉的牌匾，眼眶微熱，拒絕了下人準備的轎子，直接提起裙襬走進了大門。

一草一木還是熟悉的模樣，彷彿她從未離開。

長長的宮裙在潔淨的青石板上劃過，班嫿走得很快，她身後的宮女太監紛紛快步跟上，唯恐有半點懈怠。

在臨近二門的時候，班嫿突然了停了下來。

二門處，班家三口站在那裡，他們伸長著脖子看來看去，直到班嫿現身的那一刻，班恆便匆匆迎了上來。

「姊！」班恆跑著迎上去，圍著班嫿問來問去，順手把宮女提著的裙襬搶到自己手裡，像個小狗腿般跟在班嫿身後。

看到他這樣，班嫿笑得眼眶發紅，伸手點了點他的額頭，「瞧著長高了些。」

「真的長高了？」班恆笑得一臉燦爛，「這一年裡我一直在練拳，飯量增大了不少。」

「男子漢多吃些才好。」她拍了拍班恆的肩膀，果然比以前更加結實了。姊弟倆說說笑笑來到了班淮與陰氏面前。

「父親，母親。」班嫿朝著兩人跪了下來，「女兒不孝，讓二老擔心了。」

「起來，快起來！」陰氏抹著眼淚把班嫿從地上扶了起來，「回來就好，回來就好！」

班嫿在陰氏身上蹭了蹭，小女兒姿態十足。

她看了眼跟在身後的宮女太監，對王德道：「你們都等在外面，裡面不必你們伺候。」

「是。」王德恭敬地往後退了一步。

陰氏認出此人是原先雲慶帝身邊伺候的太監，不過面上沒有露出情緒，直到一家四口進了內院以後，她才道：「王德是容瑕的人？」

班嫿點了點頭，「嗯。」

「難怪……」連皇帝身邊都有自己的人，而且這個人還是大內太監總管，如此一來，容瑕不做皇帝，誰來做？

三人圍著班嫿問了不少出京後的事情，班嫿也挑了一些有趣的事說，逗得三人哈哈大笑，不知不覺，天色便黯淡下來。

一家四口這才想起，他們從中午到現在，除了用了茶水與點心以外，連飯食都沒用。

陰氏看了眼天色，想要留班嫿下來用飯，但是理智告訴她，女兒該回宮了。

她顫抖地摸著女兒的手，勉強笑道：「夜路難行，妳……小心。」

班嫿笑看著陰氏，「母親不留我用飯嗎？」

「留，留！」陰氏轉頭擦了擦眼角的淚，才笑看著班嫿道：「我這就讓廚房開飯。」

二門的客房中，一個小太監湊到王德身邊道：「公公，天已經晚了，娘娘她……」

「閉嘴！」王德沉下臉道：「皇后娘娘做事自有章法，不必爾等多言！」

半個時辰後，王德聽到外面傳訊，皇后娘娘準備回宮了。他忙起身整了整衣服，還用茶水漱了漱口，才一路小跑著出了客房。

夜色下，班家人一步一步送娘娘到了大門外，就連娘娘的裙襬，也是班家世子提著。王德知道班家人感情有多麼深厚，看到眼前這一幕，竟有種心生嘆息的衝動。

或許班家人從未想過，班郡主會成為皇后娘娘。

「娘娘起駕回宮。」王德甩了甩手裡的拂塵，揚聲報了一嗓子。

馬車緩緩前行，騎在馬背上的王德回頭，靜亭公府門外的紅燭高照，班家三口站在臺階下，一動未動。

他回頭看沒有動靜的馬車，搖頭感慨，這就是天命啊。

鳳駕在大月宮前停下，班嫿扶著宮女的手下車時，看到大月宮前有個人提著燈籠站在夜風中。宮女太監齊齊跪了一地，班嫿站在原地，忍不住笑了。

「笑什麼？」容瑕提著燈籠走到她身邊，抓住她的手，順手把燈籠遞給王德，問道：「回去玩得開心嗎？」

班嫿點了點頭，看著王德手裡的燈籠道：「怎麼你提著燈籠，身邊伺候的人這麼不盡心？」

「他們倒是盡心，但只有我提著燈籠，妳才能第一眼就看到我。」容瑕牽著她的手往裡走，「我讓人做了妳喜歡吃的菜，妳陪我一起嘗嘗。」

「都這麼晚了，你還沒用飯？」

容瑕在她耳邊用兩人才聽得到的音量道：「嫿嫿女王不在，我寢食不安，怎麼吃得下？」

班嫿瞪了他一眼，到底沒說她已在靜亭公府用過了，陪著容瑕用了飯以後，才洗漱睡下。

如今整個國家百廢待興，前朝後宮都是一團亂。容瑕雖是文人，行事卻又多了幾分武將的殺伐果決，該圈的圈，該流放的流放，一道道政令頒發下去，短短幾天內，京城就恢復了以往的秩序，雖然仍舊有些人心惶惶，但至少街頭巷尾又勉強恢復了往日的熱鬧。

長青王穿著一身粗布麻衣，蓬頭垢面地排在出城的隊伍中。

他早就觀察過了，除了剛開始那三天出城徹查極嚴以外，這幾日只會盤查進城的人，出城要求倒不太嚴格。

果然，輪到他的時候，守衛根本沒有細查，他報了一個名字，家住在哪兒以後，便被放行。

出了城門，他心中的大石放下一半，忍不住加快了腳步。

只要離開京城地界，就會有人在玉京州接他，不愁沒有東山再起的一日。

「前面那個抱東西的人給我站住！」班嫿騎在馬背上，手裡還把玩著一根馬鞭。這根馬鞭是容瑕讓人給她特製的，華麗又狠厲，一鞭子下去，不會讓人破皮，卻會疼得鑽心刺骨。

長青王全身一僵，他沒有想到會在這裡遇到班嫿。這個女人不好好待在宮裡，跑到京郊來做什麼？他不敢躲，因為只要躲開，就絕對會讓人察覺到不對勁。

「貴、貴人叫的是草民？」他縮著肩膀，就像是一個膽子極小沒有見過世面的底層百姓，在見到貴人時，會忍不住露出膽怯的模樣。

「就是你。」班嫿用鞭子指著他，「抬起頭來。」

長青王出門前，特意化過妝，他有自信班嫿認不出他。

這是一張極其難看的臉，臉上還有燒傷的疤痕，旁邊看熱鬧的路人，有人忍不住驚呼。也有人不太忍心，覺得班嫿是在仗勢欺人，故意羞辱他人。

不過，他們見這個小娘子衣衫華麗，身後還帶著不少護衛，沒有誰敢站出來為這個可憐人說一句話。

「這張臉……」班嫿輕笑一聲，「我瞧著怎麼不對勁呢？」

「草民有罪，草民有罪，嚇到了貴人！」長青王心中暗罵，面上卻半點都不猶豫，在班嫿面前跪了下來，「求貴人饒了我！」

圍觀的人越發看不下去，這貴人也太過了，有錢有勢玩什麼不好，偏要為難一個可憐人？

「貴人，」一個穿著裙衫的女子從人群中擠出來，眼中還帶著幾分膽怯，卻沒因此而退縮，「這種上不得檯面的人，您何必與他一般見識，不如讓他早早離去，免得汙了貴人的眼。」

班嫿讓親衛把跪在地上的男人攔住，轉頭對這個女子笑道：「姑娘這話真有意思，妳是哪家的，我以前怎麼沒在京城見過妳？」

「小女子身分低微，貴人不曾見過我，並不奇怪。」女子不卑不亢地向班嫿行了一個禮，她雖不知道班嫿的身分，但對方身上穿著的騎裝用金線繡著花紋，在這種特殊時期還敢帶這麼多親衛招搖過市，可見她的家人在新帝面前也很有臉面。

班嫿身後的女護衛驅馬上前，在班嫿身邊耳語了幾句，班嫿點了點頭。

「妳的父親是國子監祭酒裴東升？」

女子面上露出幾分驚訝，這位貴人明顯對她毫無印象，但是她身邊的護衛卻彷彿對整個京城的情況耳熟能詳。這是什麼樣的顯赫家族，才能養出這等護衛？

「回貴人，家父只是前任國子監祭酒，」裴姑娘行了一禮，「讓貴人見笑了。」

班嫿搖頭，「妳父親是個飽讀詩書之輩，國子監祭酒這個位置交由他，再合適不過。」

裴姑娘心中一熱，豐寧帝登基以後，她父親因為不贊同豐寧帝的政令，向他上書後，就被豐寧帝罷免了官職，還當著滿朝文武的面說，她父親無祭酒之才。

她父親兢兢業業一輩子，臨老卻得了這麼一句評語，他老人家鬱氣不散，已纏綿病榻多日。她今日出城，本是為了去京郊採一種草藥，沒有料到竟然看到這一場鬧劇。

更沒有想到的是，看似有些咄咄逼人的貴女，竟然為她父親說了一句公道話。

父親一生公正廉明，也不拉幫結派，這個時候京城貴人們互相忙著攀扯上新帝的關係，誰還能注意到她的父親？現在忽然聽到這麼一句，她鼻子有些泛酸。

「多謝貴人讚譽。」

「我沒稱讚過他，只是實話實說。」班嫿翻身下馬，一腳把跪在地上的長青王踹翻，「不過你們家的人實在太正直了，不知道這個世界上有些人，本就最擅長裝可憐。」

「來人，扒下他臉上的東西！」

裴姑娘驚訝地發現，這個看起來十分可憐的人，臉上那層燙傷痕跡竟不是真的，面上那層灰黑灰黑的偽裝撕下來以後，竟露出了一張白皙的臉。

「長青王好偽裝！」班嫿笑咪咪地看著被護衛們押住的長青王，「你這急急忙忙的，是準備要去哪裡啊？」

長青王吐出嘴裡的塵土，竟是笑了出來，「乖侄女眼神真好，表叔我弄成這樣，乖侄女也能把我認出來，可見表叔在妳心中，還是很有地位的。」

「砰！」押著他的護衛一拳打在他臉上，他的臉頓時腫了一邊。

「表叔，你這樣可不行，我的這些護衛脾氣不太好，若是傷了你哪個地方，侄女我心裡也過意不去。」班嫿嗤笑一聲，「老實一點，少受些罪，不好嗎？」

「成者王，敗者寇，要殺要剮隨你們的便，何必這麼假惺惺？」

「既然表叔說得這般有氣勢，又何必逃跑呢？」班嫿視線掃過長青王因為恐懼而微微顫抖的指甲，「嘴上說著不怕死，身體還是挺誠實的嘛！」

「原來他就是長青王？」

「跟暴君同流合汙的那個？」

「就是他，打死他！」

原本還很同情「可憐人」的圍觀路人，發現可憐人一點都不可憐，還是作惡的長青王，怒火蹭地一下點燃，雖然不敢越過護衛上前揍人，可還是忍不住把手裡的東西扔向了長青王。雞蛋蔬菜瓜果等太貴捨不得扔，乾脆就摳地上的泥土往人身上砸，有準頭不好的，還誤傷到了護衛。

班嫿不在意長青王如何，卻不想一直跟在身邊的護衛被連累，便高聲道：「請諸位鄉親父老放心，這等惡賊，朝廷絕對不會輕饒！」

說完，當著百姓的面又踹了兩腳，以示她跟百姓是站在同一立場的。踹完以後，她讓護衛把長青王用繩子一捆，像扔麻袋一樣，把他扔到了馬背上。

「班嫿，士可殺不可辱！」長青王沒想到班嫿竟然會這樣對待他，「妳不要欺人太甚！」

「表叔，你不是說過，成者為王敗者為寇嗎？」班嫿用馬鞭拍了拍長青王，「我這個勝利者想要對你做什麼，你就乖乖受著吧！」

這副小人得志的模樣，被她表現得淋漓盡致。

從頭到尾滿面震驚的裴姑娘，好半天回不過神來。這究竟是誰家的姑娘，行事竟然如此張狂無忌？這些行為，她平日是萬萬不敢做的，但是不知道為什麼，她偷偷瞧著，竟有些羨慕。

「打擾諸位，告辭。」班嫿爬回馬背上，對百姓抱拳，拉了拉韁繩，消失在眾人眼前。

路人們愣了片刻，隨後激動地拍起手掌來。

「像這樣的壞東西，抓住一個算一個！」

「這貴人時哪家的，眼神兒可真好，若不是她，這壞東西差點就要逃走了。」

「瞧這通身氣派，該不是公主娘娘，郡主娘娘吧？」

「新帝才成親沒兩年，哪來這麼大的公主？」

班嫿直接把長青王帶到了天牢裡，把人關進去以後，她站在圍欄外道：「表叔，你好好在牢裡待著，希望你夜夜能夠安眠，天下百姓的冤魂不會來找你。」

「我從不相信鬼神，妳不用說這些話來恐嚇我。」長青王冷笑，「妳以為妳的丈夫手上又有多乾淨？」

「別人的手不乾淨，我自然是嫌棄的，至於我家男人，手再髒也是自家的。」班嫿理直氣壯地道：「表叔不知道，我做人向來是護短不講理嗎？」

站在一旁的劉半山神情複雜地瞥了班嫿一眼，第一次見人把雙重標準說得如此不要臉皮。

被班嫿噎住的長青王同樣傻眼，他以為班嫿會追著他問容瑕做了什麼，萬萬沒想到，她根本不按常態來。班淮那個蠢貨，究竟是怎麼教的女兒？

腦子沒問題吧？

「既然妳護短不講道理，又有什麼資格來評價我的行為？」長青王冷笑，「想要奚落我便直說，何必找什麼冠冕堂皇的理由？」

「我的男人他手染鮮血，是為了天下百姓，而你……」班嫿臉上露出幾分不屑，「你不過是為了權勢，玩弄他人性命。論手，誰都不乾淨，但是論手為什麼會髒，你比不過我家男人。」

班嫿一句一個我家男人，用眼神表達了對長青王的不屑。

「閉嘴，妳懂什麼？」長青王撲到門框前，「當年若不是雲慶帝，我……」

「劉大人，你派人看管好他，不能讓任何人接近。」班嫿轉頭對劉半山道：「待陛下登基大典後，會好好處置他的。」

「是。」劉半山抬頭看了眼神情扭曲的長青王，嘴角忍不住露出幾分笑意。

長青王滿腹抱怨還沒有來得及開口，就見班嫿毫不感興趣地轉身就走，他整個人的怒火猶如被潑了油，轟一聲就炸了。這種你說什麼我都懶得聽，你有委屈關我什麼事的態度，比人指著他鼻子大聲叫罵還讓他難受。

他狠狠地踹了兩腳圍欄，大聲咒罵起來。

劉半山看了眼氣得幾欲癲狂的長青王，安排重兵把守此處，然後學著班嫿的樣子，不跟他多說一句話，轉身就出了天牢。

像長青王這樣的人，最不能忍受的便是別人不把他當一回事，當別人不在意他時，他就會覺得自己受到了挑釁，整個人就像是戳到了痛楚的蛤蟆，迫不及待跳起來。

走出天牢，班嫿直接回大月宮，剛好遇到幾個與容瑕談完事的朝臣出來，她朝這幾人點頭，率先離開。幾位朝臣見她進大月宮猶如入無人之境，互相交換了一個眼神，垂首退了出去。

「你猜的沒錯，長青王今天果然想要偷偷出城。」班嫿走到容瑕身邊坐下，「還扮成容貌被燒毀的人，跟你預料地一模一樣。」

早上出門前，容瑕就跟她說過，長青王極有可能混在百姓裡面逃出城，為了不讓巡邏軍認出來，他還會裝扮一番，裝成滿臉痲子或是毀了容貌的人。班嫿還覺得容瑕這只是猜測，沒有想到事實真的如容瑕預料的一般。

「他一直對自己的容貌很滿意，所以逃走的時候，他首先想要修飾的就是那張臉。」容瑕放下筆，對班嫿笑道：「極度自負的人，總是覺得別人也一樣在乎他那張臉。」

班嫿：……

「別說這種掃興的人了，」容瑕牽住她的手，「來用飯。」

兩人在宮女的伺候下洗乾淨手，班嫿忽然問道：「登基大典就在後天，你會不會緊張？」

「妳在下面看著我，我就不會太緊張。」

班嫿忍不住笑道：「我有那麼厲害？」

「對我來說，嫿嫿最厲害。」

「好，記得一直保持。」

用過飯，有太監來報，前太子想要求見容瑕。

班嫿站起身道：「你們談，我去屏風後面休息一會兒。」有她在場，以太子的性格，必定會放不開，她還是避開為好。

蔣涵踏進大月宮偏殿，殿內除了幾個伺候的太監，就只有容瑕一個人在，他想上前行禮，卻被容瑕親手攔住了。

「殿下不必如此多禮。」

蔣涵搖頭，「禮不可廢。」

在他再三堅持以後，還是向容瑕行了一個禮，容瑕又回了半禮，兩人之間的氣氛，倒真沒有前朝太子與當今皇帝之間的劍拔弩張。

「我今日來，是有一樣東西想獻給陛下。」蔣涵把手裡的木盒捧到容瑕面前，「我如今也沒什麼貴重的東西，只有以此物相贈，恭賀陛下登基。」

容瑕親手接過這個盒子打開盒子一看，竟是傳國玉璽。玉璽下面放著一道聖旨，聖旨由太子親筆書寫，一大半在稱讚容瑕的品性與能力，剩下一小半在寫太子是心甘情願放棄皇位，由容瑕來統領天下。

「多謝殿下大義。」

蔣涵笑著搖頭，與容瑕說了幾句話以後，便起身告辭。

他不是對皇位沒有半分幻想，只是現實就是現實，不是他想就能一切成真。他現在還暫時住在東宮裡面，但是以他現在的身分，住在這裡有些不尷不尬的味道。

有太監上前來扶他，被他揮手拒絕，走進東宮大門，他遇到神情冷淡的太子妃，腳下微頓，相顧無言。

兩人現在已經是無話可說的地步，蔣涵知道石氏不滿他把皇位拱手讓人，可是他卻不能不為整個東宮還有母后考慮。

石氏向蔣涵福了福身，剛想開口說話，就見蔣涵打算轉身去偏殿。

她忍不住開口道：「太子想去哪兒？」

「我去書房看看書。」

「太子現在就這般不想與我說話嗎？」石氏不甘心地看著他，「嫁給你多年，我就算沒有功勞也有苦勞，太子為何待我如此薄情？」

「石氏，」蔣涵疲倦地揉了揉額，被豐寧帝軟禁以後，他就一日一日地消瘦，現在穿著錦袍也空蕩蕩的。他嘆了口氣，「妳不要再叫我太子，我已經不是太子了。」

石氏忍不住道：「我不明白，你為什麼要拒絕容瑕請你登基的要求？」

「石氏，我不能登基，也登不了基，妳明不明白？」蔣涵神情間帶著幾分厭煩，「妳現在也不是太子妃了，妳明不明白？」

「你是說，若是你登基就活不了？」石氏低聲吼道：「就算只能做一日皇后，做半日皇后又怎麼樣？至少歷史上記載我時，是一個皇后，而不是一個妃太子妃！」

「妳簡直鬼迷心竅，不可理喻！」蔣涵氣得白了臉色，「妳想做皇后，就去找能讓妳做皇后的男人，我給不了妳想要的！」

蔣涵對石氏從未說過太難聽的話，今天這話，已是他言辭最犀利的。

看著蔣涵拂袖而去，石氏愣愣地站在原地，太子對她已經如此不滿了嗎？

「太子妃，您沒事……」

「啪！」石氏反手一巴掌打到這個宮女的臉上，「胡說八道什麼？沒聽太子說嗎，我已經不是太子妃了！」

被打的宮女眼中含淚跪在地上請罪，不敢有半分抱怨。

東宮此時就像是一座墳墓，待在裡面的人毫無生氣，待在外面的人也不想進來。

容瑕登基的那日，風和日麗，藍色的天空上點綴著幾朵白雲，讓人無端覺得喜氣洋洋。登基大典規矩十分複雜，東跪西拜，不僅大臣們被折騰，就連皇帝自己也不輕鬆。

「傳玉璽。」

禮部官員一聲傳報，就見殿外走進一個紅裙宮裝繡金牡丹的女子高舉金絲楠木盒子，一步步朝殿上走來。

捧傳國玉璽的竟然是一個女人？

有些朝臣驚駭不已，也有人面色平靜毫無反應，但不管這些朝臣心中如何作想，這個穿著宮裝，頭戴金冠的女人，帶領著三十二名精壯侍衛在殿中央跪了下來。

班嫿高舉金絲楠木盒，高聲道：「恭祝吾皇千秋萬代，百姓安居樂業，天下歌舞昇平。」

她站起身，三十二名侍衛仍舊跪在地上，紋絲不動。

殿上的臺階用純金製成，班嫿右腳邁上臺階，一級一級朝容瑕走去。

臺階分五段，每段有九級，她高舉木盒，每一步都走得極穩，直到踏上最後一級。

「陛下。」班嫿想要跪下將玉璽呈給容瑕，但是容瑕卻一把扶住她的雙臂，從她手裡把玉璽拿了過來。

容瑕左手捧著玉璽，右手牽住班嫿，轉頭對班嫿微微一笑。

朝臣們齊齊跪拜，高呼萬歲。

贏朝元年，年僅二十六歲的開國皇帝容瑕登基，定年號為成安，所以這一年又稱成安元年。

容瑕正式登基以後，下的第一道聖旨就是封前太子為和親王，並賜親王府邸。

世人聞之，紛紛稱讚容瑕仁厚，對前朝太子如此禮遇。

也有官員站出來說，新帝登基，理當大赦天下，萬民同賀，但是被容瑕當朝拒絕。

「被關押在勞中的犯人，本就是各有錯處，赦免了他們的罪行，並不是萬民同賀，而是對普通百姓的不公平。」容瑕坐在龍椅上，表情平靜道：「若要萬民同樂，不如免去幾個重災地區一年的賦稅，這才是真正的萬民同樂。」

「陛下英明。」周秉安起身道：「此舉甚好。」

隨後容瑕又封賞了一些有功的將士，原本被蔣洛厭棄的文臣，也被他重新召回。整個朝廷百廢待興，但不見絲毫雜亂。

尤其是當容瑕不願意大赦天下，卻願意免去重災之地賦稅的旨意頒發以後，百姓們無不拍手稱好，順便再罵一通上一個皇帝的昏聵荒唐。

很多文臣官復原職，沒有走門道的裴東升也是其中之一，他收到宮裡頒發的旨意後，頓時喜極而泣，沒過兩日病就好了一半。

裴姑娘忽然想起十日前見過的貴人，她說父親最適合國子監祭酒不過，這才過了沒多久，父親當真便復了職，那個貴人究竟是誰？

能稱長青王為表叔的，有哪些人？

有樂於為容瑕效力的，也有一些坐在家裡，故作高姿態，擺出一副對前朝忠心的姿態，來表現他們有正直不阿，甚至還有人特意為此寫詩，來表達自己不屑與名利場眾人同流合汙的高潔精神。但是他們的高姿態沒有維持多久，就被班家人在「無意間」打臉了。

班家被抄家以後，與班恆關係還不錯的幾個紈絝，還試圖偷偷塞些金銀細軟給班恆，得知容瑕沒有因為班家倒臺就翻臉不認人，反而把班家人全都接走後，才歇了那份心思。

後來豐寧帝把班家三口軟禁起來，這些紈絝上竄下跳想了一陣子的辦法，不過他們也沒來得及蹦躂多久，自家也跟著被抄了。他們這些世襲的貴族，在朝中並無實職，豐寧帝看他們不順眼，非要把他們的家給抄了，那麼也沒辦法。

容家軍打進京城以後，這些紈絝紛紛樂得看熱鬧，這些勳貴雖然沒能恢復爵位，卻被朝廷歸還了抄沒的家產，這對他們而言，已經是意外之喜。

尤其是幾位曾在朝上幫過容瑕的紈絝，現在都被封了幾個不大不小的爵位。這些紈絝自己也識趣，不好意思湊到宮裡去謝恩，所以當著宣旨太監的面，朝著皇宮方向結結實實磕了幾個頭，說了一堆拍馬屁的話，第二日就拎著厚禮去靜亭公府了。

新帝剛立，家中長輩不敢在這個時候拉幫結派，所以攜禮拜訪的都是年輕小輩，找了一個聚會的藉口，才踏進班家大門。

幾個年輕輩的紈絝因為這次政變，性子比以往有所收斂，說著說著，便聊到了那些自命清高擁立前朝的老酸儒。

「什麼拒絕朝廷招安？」班恆毫不客氣道：「陛下要的是有能力，有才幹，心繫百姓之輩，你們說的這些人，陛下怎麼看得上？一口一個瞧不上朝廷，不與富貴同流合汙，說得好像他有機會同流合汙似的，多大的臉啊！」

幾人沒有想到還有這麼一齣，好奇地追問：「真沒這回事？」

「真沒有。」班恆肯定地搖頭，「陛下很看重德才兼備的高人，聽我姊說，若真有治世之能臣不願意被朝廷招安，陛下會親自去請。你們說的這幾個人，鬧得這麼歡騰，朝廷什麼時候搭理過他們？」

「所以，他們是心裡犯酸，面上還要故作清高囉？」某紈絝嗤笑一聲，「我就最看不慣這種人，晚上睡覺的時候，指不定做夢都盼著朝廷召用，早上起床還要裝作不屑，寫詩作詞為自己標榜，做人誠實一點不好嗎？」

「想要收拾這種人很容易。」另一紈絝道：「他們不是要臉嗎？那我們就不給他們臉。」

「我有個好主意！」班恆拍了一下桌子，「咱們請戲子在鬧市演上一齣戲，弄得好笑一些，羞死他們！」

「就這麼辦，他們臭不要臉，我們也不要給他們留臉！」

就在這些自命清高的文人被吹捧得輕飄飄暈陶陶，連他自己都要以為自己是真的拒絕了帝王召見時，忽然有些閒得沒事的紈絝開始請人免費聽書看戲了。

戲裡書裡說了什麼？

大概就是一些沒什麼才能，偏偏還自以為高人一等，看不起普通百姓的讀書人，羨慕一些同窗入朝為官，躲在床上偷偷哭泣，第二天繼續一臉清高地出門。

有部分讀書人確實自以為高人一等，看普通百姓的眼神都是斜著的，所以這一齣齣詼諧逗趣的戲，惹得看熱鬧的百姓哄堂大笑，尤其是那幾個演讀書人的丑角，得了不少百姓的賞賜。

讀書人與紈絝是沒法講理的，你說他們在侮辱人，他們偏說自己只是閒著無聊，隨便請京城百姓看幾齣戲。

你這個讀書人如此激動幹什麼？你既然為人正直，又不故作清高，何必為這種可惡的讀書人說話，豈不是汙了你的清名？

這幾個讀書人還能說什麼？

說自己被戳中了痛處，還是故作大方把氣撒回去？

被班恆這些紈絝一番折騰，這些老才子們頓時消停下來，不僅不再寫詩作詞，還躲在屋子裡好長一段時間沒有出門，生怕別人就說他是這樣的人。

但是他們這些行為早就得罪入朝為官的文人，不做官便是品行高潔，他們這些在朝中的又是什麼？一些人隱忍不發，是不想壞了自己的名聲，現在勢頭正好，他們當然要趁機踩一腳。

一是為自己出氣，二是討好當朝皇帝。

班恆他們這幾個紈絝做的事情傳到容瑕耳中，容瑕對班嫿道：「還是恆弟這方法好。」

「他的腦子也只有在這個時候才能用一用，你可千萬別誇讚他。」班嫿沒好氣地道：「這點手段算什麼，他們那群人的損點子可不少，當年謝啟臨在京城也算是風流才子，後來不是照樣名聲掃地。」

「他算什麼風流才子？」容瑕毫不猶豫道：「有我好看，比我有才？」

「一個在天，一個在地，比什麼比？」班嫿在他臉上捏了捏，剝了顆龍眼塞進他嘴裡，「我可沒跟什麼石姑娘、林姑娘，還有什麼公主郡主比過。」

容瑕把核吐到手裡，先笑道：「妳說的這些人，我連她們究竟長什麼樣子也記不住。妳若是問我她們誰好看一些，我可回答不出來。」

「你們男人的這張嘴，把天上的麻雀都能哄下來。」

「麻雀有什麼好哄，我把妳這隻鳳凰哄下來，心滿意足矣。」

夫妻二人秉燭夜話，又是一晚溫情夜，班嫿從床上醒來的時候，容瑕已經去上朝了。

殿中省的太監來報，說是福平太后今日要出宮到京郊外的別宮居住，問她有無旨意頒發。

福平太后就是蔣涵與蔣洛的生母，雖然前朝已亡，但是容瑕承過她的恩惠，所以仍舊保留了她太后的封號，她娘家人的爵位也都維持不變，給足了太后顏面。

「今日就走？」班嫿微微一愣，起身道：「我去看看。」

「娘娘。」如意有些擔心地看了班嫿幾眼，上次福平太后求娘娘幫著暴君求情，娘娘拒絕以後，太后與娘娘便再也沒有見過面，現在過去，她擔心太后會給娘娘臉色看。

班嫿神情平靜道：「走吧。」

福平太后面無表情地站在一邊，看著太監宮女把整理好的箱子匣子搬了出來，對身邊東張西望的嬤嬤道：「妳在看什麼？」

被太后發現自己的小動作，她面上有些尷尬，不知道該怎麼回答。她以為皇后娘娘會派個人來送行，至少這樣太后去了別宮以後，日子能好過一點。

亡國太后，雖然名為太后，但誰會當回事呢？可若是有皇后給臉面，別宮的下人定不敢對太后不好。她是做宮人的，哪會不知道下面那些人的心思，可這些話她如何能跟太后直說？

實際上，福平太后知道她在想什麼，只是這個時候她只能裝作不知罷了。她曾想過一死了之，可若是她死了，她的大兒子、女兒又該怎麼辦？二兒子她沒有教好，難道還要用自殺這種手段惹得新帝不快，最後連累大兒子嗎？

更何況，她對容瑕還有幾分恩情在，若是她還活著，容瑕待她大兒子與女兒也能好上幾分。

所以，她只能活著，安安分分老老實實地活著。

就在她即將踏上馬車的時候，她忽然聽到了嬤嬤有些驚喜的聲音。

「太后，是皇后娘娘！」

福平太后回頭望去，竟然真的是班嫿過來了。她腳下一頓，轉身面對班嫿。

「娘娘，」班嫿把一個木匣子遞給太后身邊的嬤嬤，「去了別宮多多保重，若是有什麼不習慣的，就派人來宮裡說一聲。若是得閒，我也會去探望您的。」

福平太后嘴唇微顫，半晌才道：「妳不該來的。」

她是前朝太后，班嫿亦是前朝欽封的公主，還流著部分蔣氏家族的血液，她與他們這些前朝人走得太近，對她不是什麼好事。

「娘娘不必憂心，我心中明白。」班嫿親手扶著福平太后上了馬車，她站在馬車外小聲道：「到了別宮後，娘娘不要憂慮，陛下是大度之人，定會善待和親王與安樂公主。」

福平太后眼中有淚光閃過，對她鞠了一躬，放下了馬車簾子。

「如意，」班嫿轉頭看向如意，「妳送太后出宮。」

「是。」

班嫿回到大月宮，容瑕還沒有下朝，隨她一起進宮的常嬤嬤走到她面前，把親手熬的養顏滋補湯呈給班嫿，「娘娘這是怎麼了，宮人惹得您不高興了？」

「沒有。」班嫿沉默地喝完湯，漱口擦嘴以後道：「我剛才去送了送太后。」

常嬤嬤笑著十分慈和，「娘娘去送她是對的。」

「一是全了妳們的私交，二是彰顯妳國母的氣度。」常嬤嬤跟在德寧大長公主身邊多年，又是大長公主的心腹，所以聽過不少見不得人的陰私。

太后此人除了剛嫁給雲慶帝時吃了些苦，之後的日子一直風光無憂。男人敬重她，庶子庶女根本進不了她的眼，這比大業歷代皇后可省心多了。越是省心的日子，就越讓人性格天真爛漫，看到的黑暗面有限，太后便如是。

「什麼氣度不氣度？」班嫿垂下眼瞼，笑著道：「嬤嬤，妳不用把我說得這麼好。」

常嬤嬤笑著搖頭，「娘娘很好，就像大長公主殿下一樣好。」

「我不如祖母。」

常嬤嬤慈祥地拍了拍她的手，「娘娘不必再想這些，不如看看封后大典上的衣服首飾，若是有不滿意的地方，還能讓繡娘改一改。」

班嫿點頭，「好，讓她們呈上來看看。」

……

「陛下，這樣不妥！」禮部官員跪在容瑕面前，「純明皇后的登基大典規制，是八百年前的舊規矩，此後歷代封后大典便再沒這般隆重過，怎麼能在我朝開這個先例？」

「古已有之的規矩，又怎麼算是先例？」容瑕不看跪在地上的吏部官員，「皇后替朕打天下付出良多，按照這個規制來舉辦封后大典才不算辱沒她。」

禮部官員沒想到容瑕竟然會說出這席話，皇后的軍功確實功不可沒，可她終究是個女人，把一個女人抬得這麼高不是好事，萬一牝雞司晨……

「爾等顧慮朕心中有數，但皇后不是這樣的人，朕……」容瑕放下手裡的筆，定定地看著屋內的幾位大臣，「信她。」

見容瑕把話說到了這個地步，幾位朝臣知道再說下去，就會引得陛下不快，只得應下來。

「諸位大人若無意見，就照章辦事。」容瑕緩緩地點頭，面上終於露出了幾分滿意之情。

「周大人，姚大人。」禮部官員叫住剛才從頭到尾都沒有說過反對話的兩人，「兩位大人不覺得這個封后大典有什麼不妥嗎？」

「哪裡不妥？」周秉安一臉單純的茫然，「陛下不是挺滿意？」

「陛下雖滿意了，但是這大典也太隆重了……」

「王大人，」姚培吉拍拍禮部官員的肩膀，「規矩這種東西，只要有據可考就不是逾矩。依我看，皇后娘娘驍勇善戰，與陛下同甘共苦，付出良多，按照這個規矩並不過分。」

禮部官員見姚培吉也這麼說，恍恍惚惚地任由他拍著自己肩膀，忽然覺得，大概真的是他大驚小怪了。

朝中重臣對這個封后大典規制沒有半點意見，其他人也不敢有意見。當今陛下不僅有治國手段，朝中的兵權也都掌握在他的手裡，所以朝中的官員都格外聽話。

反正陛下要厚待的是原配髮妻，又不是什麼小妾嬪妃，加上史上又有先例，封后大典願意隆重就隆重吧。

禮部官員緊鑼密鼓地為封后大典操心，各地經過戰亂的州縣也漸漸恢復正常秩序，關於容瑕登基的邸報這個時候才發到各州縣以及周邊各國。

各州縣百姓聽說新帝是那個很好的皇帝，都高興地鼓起掌來。

至於周邊小國，在大業內戰的時候尚不敢亂動，更別提現在新帝已經登基，他們唯一想到的只有馬不停蹄地派使臣向新帝上貢慶賀，藉此打探新帝對周邊各國究竟有什麼想法。

萬一上臺的這位，閒著沒事就愛到周邊各國打一打，他們日子就沒法過了。

「陛下，您小心腳下。」

關在天牢裡的蔣洛聽到外面傳來說話聲，激動地撲到牢門邊。這些日子以來，沒有人與他說話，他差點被逼瘋，現在終於聽到人聲，他才覺得自己還活著。

就算進來的是容瑕，都沒有影響他的興奮。

「容瑕，你放我出去，放我出去！」

「戾王接旨。」

這道旨意細數蔣洛數條罪狀，最後賜他戾王的封號，囚禁他終身。

「你不能這麼對我，我是皇帝！」蔣洛瘋狂地拉拽牢門，「你不能這麼對我！」

容瑕神情平靜地欣賞著蔣洛瘋狂的模樣，在椅子上坐下，直到蔣洛聲嘶力竭，他才開口道：「戾王，你喪盡天良，朕能留你的性命，已經是看在福平太后的分上，不然朕早就摘了你的項上人頭，以慰生靈。」

蔣洛靠在牢門上，絕望地看著容瑕，「容瑕，你這個偽君子！」

王德拉開牢門，上前幾巴掌打在蔣洛臉上，隨後用手帕擦著手，笑咪咪道：「戾王殿下可不能對陛下不敬，奴婢這雙手雖然缺了三根指頭，但是打人的力氣還是有的。」

「你又是個什麼狗東西，也配在我面前叫喚，呸！」蔣洛吐出一口血沫，「世人都說我毒殺了父皇，可是當日你根本沒有接下那瓶毒藥！可笑天下人都讚容瑕仁德，卻不知道我父皇的命，喪在了你的手裡！」

容瑕聽著他的叫罵，沒有出聲。

王德又是兩巴掌搧了上去，打完以後他恭敬地向趴在地上的蔣洛作揖道：「戾王殿下，奴婢早就說過了，不可對陛下不敬。那瓶毒藥奴婢雖然沒接，但是其他太監可是接了，您犯下的罪孽，可不能讓陛下來背。」

「呵呵！」蔣洛狼狽地趴在地上，乾脆不起來了，「你跟容瑕狼狽為奸，蒙蔽世人，在我面前，何必在裝模作樣？」

「戾王殿下，您又錯了。」王德皮笑肉不笑道：「是陛下懷念先帝爺，又感念奴婢對先帝爺忠心，所以才特留奴婢在身邊伺候。」

「哈哈哈哈！」蔣洛捶地大笑起來，「可笑可笑，你們謀殺皇帝，謀利造反，竟說得如此冠冕堂皇！天下人的眼睛都瞎了，耳朵都聾了，才會誇讚你這個狼子野心之輩仁厚！」

王德又不解恨地踹了蔣洛幾腳。

「好了。」容瑕打斷王德，淡淡地對蔣洛道：「若你沒有做下一些讓朕不快的事，今日你還能得個痛快。」

「呸！」蔣洛對著容瑕方向啐了一口。

「杜九，打斷他一條手臂。」容瑕輕飄飄地開口，彷彿說的是倒杯茶。

一直站在容瑕身後的杜九站出來抱拳道：「陛下，哪隻手臂？」

容瑕沉默片刻，道：「左邊。」

杜九走進牢房，一腳踩在蔣洛左臂上，只聽喀嚓一聲，蔣洛手臂應聲而斷。

「啊！」蔣洛痛得一臉煞白，就像是鼓著肚子的青蛙，模樣可笑又可怖。

容瑕欣賞了一會兒他痛苦的神情，起身道：「別讓他死了，走吧。」

「瘋子，瘋子！」不知何時被人帶進來的長青王白著臉，「容瑕，你說蔣洛暴虐，你又比他好到哪兒去？」

同樣被人押著的謝啟臨面色也有些白，但是他看著在牢中哭嚎的蔣洛，沒有說話。

容瑕瞥了他一眼，眼底滿是淡漠。

長青王注意到這個眼神，看得他心底有些發涼，強撐著膽子道：「你這麼愛折磨人，何不給一個痛快？」

「朕讓人把你帶來，不是為了讓你看戲的。」容瑕忽然笑了一聲，「若你不出聲，朕倒是把你給忘了。」他笑容一斂，「把他綁起來。」

很快長青王被呈大字形綁在了牆上，容瑕走到牆邊，取下一把掛在上面的弓。彈彈弓弦，他忽然抽出一枝箭，搭在弦上就朝長青王射了過去。

箭頭擦著長青王的手臂飛過，剛好傷了一道不深不淺的口子。

接著，又是一箭飛出，這枝箭擦著另外一條手臂，長青王身上又多了一道傷口。

剛才還有膽量與容瑕叫罵的長青王，此刻臉青面黑抖如篩糠。

「把高旺盛帶過來。」容瑕把手裡的弓箭扔到地上。

高旺盛很快被親衛帶了過來，容瑕指著被綁在牆上的長青王，「我給你兩個選擇，一是在天牢裡待一輩子，二是在他身上射十箭不死。」

見長青王被人堵住嘴捆在牆上，高旺盛嚇得跪在了容瑕面前。

他只是一個擅長箭術的射手，僥倖被人誇為有班元帥遺風，但他自己很清楚，他連給班元帥提鞋都不配，更別提什麼遺風。

大業朝雖然已經不存在，他卻沒有膽量去傷害皇室子弟。他在地上跪了很久，容瑕沒有任何動容，他明白了過來，他實際上根本沒有選擇。

顫抖著手射出了第一箭，箭頭有些歪，射在了對方的大腿上。當第一枝箭射出去以後，他心裡反而沒有那麼緊張了，很快剩下的九枝射完。

他看了眼已經變成血人的長青王，才發現自己滿身都是冷汗。

容瑕轉頭看了謝啟臨很久，忽然對親衛道：「讓這兩人走。」

謝啟臨不敢置信地看著容瑕，容瑕竟然會放他離開？

待容瑕離開以後，親衛拿來鑰匙打開他的手銬腳銬，「謝公子，請吧。」

謝啟臨回頭看了眼奄奄一息的長青王，以及低聲哀嚎的蔣洛，轉身匆匆離開了這個昏暗又充滿血腥氣的地方。

懸掛在牆上的長青王看著謝啟臨匆忙的背影，笑出聲來，「瘋了，容瑕是個瘋子！」

謝啟臨聽到這句話以後，腳下的步子更快，直到跑出大門，跑入了人群中。溫暖的陽光灑在他身上，他才敢大口喘起氣來。

「母親，那個人是做什麼的，身上好髒啊！」

「快走，別指手畫腳的！」

聽到四周的竊竊私語，他這才想起自己現在是一身狼狽，身上這件外袍還是容瑕進城那日穿的，上面還沾染上了血跡。

他往忠平伯府走去，來到大門口，看到上面貼了封條，這已經不是他住的地方了。

「啟臨？」一個手拿拐杖的老人在不遠處叫住他，「是啟臨嗎？」

他回頭看著這個蒼老的老人，「父親？」

為什麼父親會滄桑至此？

「回來就好，回來就好！」謝金科顫巍巍地走過來，抹著眼淚道：「走，跟父親回去。」

謝啟臨扶著謝金科，沉默地點頭。

……

「王妃？」

石氏放下簾子，面無表情道：「謝家如今住在哪兒？」

「好像住在八角巷的一個宅子裡。」

石氏忽然冷笑，「謝啟臨當年若是娶了班嫿，便沒有今日這麼多事了。」沒有班嫿，容瑕手裡就不會有三軍虎符，更不會得到武將們的支持，這一切的錯誤，都從謝啟臨與班嫿解除婚約開始。

可是，當年破壞班嫿與謝啟臨婚約的，正是他們石家。

早知會有今日之果，她當年就該攔著妹妹。

早知今日……早知今日……

她看著熱鬧的京城，這才過去幾日，這些百姓就忘了大業朝，繼續過著他們熱鬧的日子？

✿ ✿ ✿

容瑕登基以後，手腕強硬，但是該講人情的地方，又不會讓人覺得他咄咄逼人，不到半個月，朝廷官員也就漸漸習慣了他的處事手段。

得知皇上十分看重封后大典，所以前朝後宮無一人敢懈怠，尤其是近身伺候皇后的宮人，所有人的生辰八字全都算了一遍，生辰年月不祥的全都被篩了下去，相貌不夠端正的不要，以前沾過晦氣事件的宮人也不要。

「陛下的登基大典也沒這麼嚴格。」擦著地板的太監對同伴道：「皇后娘娘真得帝心。」

「嘖！」同伴朝四周看了一眼，確定沒人注意到他們，才得意洋洋地小聲道：「你想得太簡單了，這可不僅僅是陛下看重皇后，你忘了皇后祖上姓什麼了？」

太監愣愣地搖頭，「陛下都對娘娘這麼好了，還不叫看重？」

「皇后在軍中相當得人心，陛下剛剛得天下，可不是得表現出對皇后看重的態度嗎？」同伴高深莫測道：「別忘了，皇后娘娘身上還有皇室血脈，陛下現在的帝位，是前朝太子禪讓而來的，懂不懂？」

太監神情更加茫然，若陛下只是為了這些原因，也不用做到這個地步才對，難道他不怕皇后把持朝政？

班嫿站在殿外聽著兩人的交談，回頭看到身後的宮女太監們面色慘白，瑟瑟發抖，便笑道：「走吧。」

不過是兩個粗使太監無知之言，她還不必放在心上。

帶班嫿離開以後，大殿上的管事太監走出來，對著兩個還不知道發生什麼事的太監就踹了過去，「你們兩個不要命，你爺爺我還要呢！真是狗膽包天，連皇上與娘娘的事情也敢編排？來人，把他們兩個的嘴堵住，拖出去……」

管事太監正在憤怒中，一個穿著講究，綰著元寶髮髻的年輕女子走了過來，「你是這兒的管事公公？」

管事太監打眼一看，這名女子的五官姣好，身著不俗，身上還掛著大月宮的腰牌，忙點頭哈腰道：「這位姑娘，請問您有什麼吩咐？」

「吩咐不敢當，就是我們家娘娘說了，這兩個小東西也是無心之失，娘娘並不把這些話放在心上。」女官面色嚴肅道：「只是宮中內地，不可妄言，切不可有下次，不然按規矩處置。」

「是是是！」管事踢了兩腳跪在地上的太監，「你們兩個，還不過來謝恩？」

「行了。」玉竹皺了皺眉，「爾等身為管事，本該管理好自己身邊的人，下面的人犯了錯，爾當同罪。」

管事膝蓋打了一個哆嗦，直到玉竹離開，也不敢站直身體。

「乾爺爺……」有小太監想上前討好，卻被管事推開。

這位新皇后恩威並施，行事風格與福平太后完全不一樣，他們這些做下人的，必須更加謹慎才行。想起這位還是郡主時期的一些作風，他只覺得後背發涼，差點一屁股坐到地上去。

「娘娘，」如意跟在班嫿身後，小心翼翼地道：「那些都是沒什麼見識的小太監，他們說的話做不得準，您千萬別放在心上。」

「傻如意，從小到大，我什麼樣的話沒聽過？」班嫿滿不在乎地笑了，「我是郡主的時候，別人也愛說這些，現在我是皇后了，背後說我的人只會多不會少。」

「那……」如意擔心皇后娘娘與陛下起了嫌隙，到了那時候，吃虧的只會是她們家娘娘。

「那就沒什麼可說的，左右我不放在心上。」班嫿早就猜到這些人會說什麼話，比如她德行不堪為后啊，擔心她奢靡享受啊，又擔心外戚專權啊。

這些人恨不得為皇帝把心給操碎，可若是皇帝拿這份心思來對待他們，他們自然又會變換一種說法。

「皇帝嘛，自然是人人都想爭他的寵，誰是皇帝的心頭好，誰就是他們的仇人。」班嫿摸了摸嘴，「反正我當慣別人的眼中釘，肉中刺，這種勞心費力的事情，還是交給我來做吧。我不如地獄，誰入地獄？」

如意……

總覺得自己剛才全是白擔心了。

這件事很快傳到了容瑕耳裡，他聽著杜九的彙報，面色相當難看，沉默良久後問：「娘娘有何反應？」

「娘娘她……」杜九表情變得有些微妙，「娘娘說，她不入地獄，誰入地獄。」

容瑕聽到這話，愣了片刻，低聲笑了出來。

「陛下？」杜九覺得陛下的心情似乎在頃刻間就變好了。

容瑕放下手裡的筆，起身道：「等會兒周大人來了，就說朕有事離開，讓他先行回去。」

眼看陛下去了後殿，杜九摸了摸鼻子，一臉的無奈。

他現在領著大內禁衛軍統領一職，私下裡還接手了陛下以前管轄的密探組，所以宮裡的很多事情，他都知道一些。比如皇后娘娘沒事就愛出宮，再比如福平太后曾向娘娘求情，讓娘娘到陛下跟前為戾王說好話。

福平太后說了什麼，皇后娘娘說了什麼，他都一五一十稟告給了陛下。自從這次事件後，陛下忽然下令，不讓他們接近皇后，也不能監視皇后。

這次的事情，若不是密探盯著封后大典，不讓人在裡面做手腳，他們還不會知道這件事。

容瑕剛到後殿，就見班嫿身穿騎裝，一副準備出門的樣子。

「嫿嫿，妳要出宮？」

「嗯。」班嫿點頭，「上次說回京城要去收拾某個殺手組織，我不能言而無信。」

愣了半晌，容瑕才想起她說的是什麼，不由失笑道：「這些人早就逃了，怎麼能找到人？」

「想逃可沒那麼容易，我早就安排人手把他們看管起來了。」她把容瑕推進殿內，「快換身衣服，我帶你去砸場子。」

容瑕換好衣服，見班嫿一臉的躍躍欲試，「想要怎麼做？」

「首先，要人多。」班嫿一副過來人的語氣，「三年前有家賭坊想騙恆弟去賭博，我帶著人把這家賭坊砸得乾乾淨淨。」

當時賭坊的打手不少，可哪裡比得過她帶過去的那些親衛，那些人一個個被揍得哭爹喊娘，就連賭坊背後的人也不敢來找她麻煩。

出了宮，看著熙熙攘攘的人群，容瑕有些恍然，自從搬進皇宮以後，他就沒有機會好好看看京城的樣貌。

這些百姓的臉上掛滿喜怒哀樂，他們來去匆匆，彷彿已經忘記了不久前的那場戰爭。

「你說過的話，已經做到了。」班嫿騎在馬背上，看著身邊這個容貌英俊的男人，笑著道：「京城裡的這片繁華，你留住了。」

容瑕聞言愣住，他喉嚨變得難受起來，「嫿嫿……」

「怎麼啦？」班嫿笑咪咪地回頭看他，「難道你忘記了當初的諾言？」

容瑕搖頭，「沒有忘，也不會忘。」

那時候的他，尚對蔣氏王朝留有一絲舊情，直到嫿嫿中毒遇刺，差一點就芳魂消逝，結果雲慶帝還一味包庇，他才再也忍無可忍。

蔣家已經無人能做一個合格的皇帝，他不必再忍。

原本他以為自己至少要花三四年的時間才能打進京城，但德寧大長公主給他三軍虎符，還有嫿嫿調兵遣將的能力，讓他如虎添翼，原本三四年才能完成或許最後會失敗的事情，在一年之內就完成了。

兩三年的時間看似不重要，可對天下百姓而言，戰爭的時間多一刻，他們就多受一刻的罪，也會死更多的人。

班嫿見他一臉深思的模樣，不知他又想到了哪去，於是無奈地嘆息，聰明的男人什麼都好，就是想的太多，也不知道會不會容易老？

「到了。」

班嫿的話叫回了容瑕的神智，他見這裡人煙稀少，亭臺樓閣修得卻很精緻，很多門前還掛著漂亮的大紅燈籠。他們正對的木樓前掛著一個牌匾，上書「浣花閣」三個字，名字倒是清雅，只是字體帶著幾分輕浮。

他皺了皺眉，「這裡是何處？」

「就是那個殺手樓的總部，他們大概還不知道自己暴露了。」班嫿跳下馬背，單手插腰，對親衛道：「給我砸，砸得越狠越好。」

「是！」

只見班嫿的親衛們從布袋裡取出斧頭狼牙棒等物，朝著浣花閣的大門就是一通砸，眨眼間這雕花大門就碎成了渣，一個看起來很矮小的親衛飛起一腳，剩下的半扇木門應聲飛了出去，砸在影壁上裂成了碎片。

杜九等帝王親衛目瞪口呆看著這一幕，第一次真正見識到紈絝砸場子的風範。

「這招就叫先發制人。」班嫿抬了抬下巴，「當年我們家砸忠平伯府，也是這麼幹的。」

杜九張開的嘴巴又合了上去，班家這手段還真是簡單粗暴，但是……格外的解氣。

班嫿鬧出的動靜太大，驚動了浣花閣的人。幾個手持棍棒的壯年男子衝了出來，訓斥的話還沒來得及開口，就被班嫿的親衛兜頭一頓亂打。班嫿帶來的親衛多，這幾個壯漢不管是普通的龜公，還是裝成龜公的殺手，在這一頓亂棍之下也毫無還手之力。

「哎喲，這位貴人，奴家這廂有禮！」一個穿著紫色裙袍的婦人走了出來，她雖然是徐娘半老，但是從眉眼間可以看出，她年輕的時候應該是個極美的女人，「不知奴家這小院如何開罪了貴人，讓您如此生氣。」

「我瞧你們這家樓子不順眼，必須要人砸一砸才能解氣。」班嫿抬手，「繼續，不要停。」

紫衣婦人面上的笑差點繃不住，「貴人，您這是何意？」

「就是字面上的意思。」班嫿推開婦人，「妳別擋著我，離我遠些。」

紫衣婦人被班嫿這傲慢的態度氣得銀牙半咬，「貴人身分貴重，但也不該如此仗勢欺人，若是您再鬧下去，奴家就只能報官了。」

「妳儘管報，我看誰敢管我。」班嫿一臉的猖狂得意，「知道我爹是誰嗎？知道我夫君是誰嗎？便是京兆尹來了，也得乖乖給我下跪。」

婦人在風月場上什麼人沒見過，像這種滿口我爹我兄弟我舅舅是誰誰的人，大多不受家裡重視。真正有身分的人，大多低調，哪會像這個女人，生怕別人不知道似的。

想明白這一點，紫衣婦人臉色更加難看，「貴人身為女子，在我們這種風月場子上鬧事，您的相公是體面人，若是知道您來找我們這些風塵可憐人的麻煩，只怕臉上也不太好看。」

「那可真對不住，我的夫君對我千依百順，別說我砸了你們的樓，便是一把火燒了，他也會幫我兜著。」班嫿過足了不講理的癮，跟老鴇吵了一番後，讓手下砸得更厲害了。

站在門外的容瑕轉頭看杜九，「這裡是……」

煙花柳巷？

杜九尷尬著點頭。

樓子裡不時有乒乒乓乓的聲音傳出，還有女子的尖叫聲四起。

附近的幾家妓院聽到動靜，伸出頭看了一眼，見浣花閣外面圍著不少人，又把頭縮回去。

這肯定是哪個男人沒守住下半身，結果被性格彪悍的娘子逮住了，現在帶著護衛來妓院找麻煩了。砸，砸得好，砸得再狠一些，少一家樓子，也少一個競爭對手。

紫衣婦人見班嫿在他們樓裡如入無人之境，實在忍無可忍，怒道：「貴人，妳欺人太甚，別怪奴家不客氣了！」

她話音一落，就從樓裡衝出十幾個持刀壯漢，這些人身帶殺氣，一看就不是普通人。

「一個小小的妓院，竟然敢非法佩刀，」班嫿冷笑，「你們的狐狸尾巴總算是露出來了！來人，把這棟樓圍起來，一個人都不許放過！」

「是。」

紫衣婦人發現，樓裡掃地的大爺、廚房裡做飯的婆子、種花的粗僕，全都站了出來。這些人一掃之前的膽小老實，變得氣勢逼人。

見到這個情況，她心中暗叫不好，對方明顯有備而來，這些婆子大爺都是半年前招進來的，半年前這個女人就在他們樓裡安插人手，她究竟是什麼身分？

事情到了這個地步，紫衣婦人知道她們已經沒有別的退路，唯有放手一搏。

聽到裡面傳來兵器碰撞的聲音，容瑕面色一沉，翻身下馬道：「全都進去保護娘娘。」

「是。」

杜九覺得，這個時候，完全不用擔心娘娘的安危，娘娘那些親衛，身手絕對算得上一流，就憑這個樓裡的這幾個殺手，根本連娘娘的身都近不得。

杜九想的沒錯，他們衝進去，看到的就是娘娘的親衛壓著殺手打，而且憑藉著人多勢眾，這些一流高手兩三個打一個，打得殺手毫無還手之力。

他回頭看了眼陛下的表情，揚手示意手下們全都撲上去，只留一半的人在陛下身邊保護。

不到兩刻鐘，殺手全被抓了起來，就連樓裡那些風塵女子也被帶出來，按高矮胖瘦排好。

「京城有名的殺手組織，竟然藏身在這煙花柳巷中。」班嫿繞著這些被捆得嚴嚴實實的殺手走了一圈，一邊走一邊拿拍子拍他們的頭，「什麼生意都敢接，什麼人都敢殺，你們的後臺都倒了，還想留在京城裡蒙混，你們以為其他人都是傻子嗎？」

可憐這些殺手們各個自詡冷血無情，這個時候像狗一樣，被班嫿打來拍去，連反抗都不能，內心有多憋屈，幾乎不能用語言來形容。

班嫿往椅子上一坐，「說吧，當年戾王與長青王勾結，誰安排人去刺殺成安侯？」

聽到成安侯三個字，紫衣婦人眼神閃了閃，沒有說話。

「妳來說。」班嫿指著紫衣婦人，「我知道妳不是普通的老鴇，而是殺手樓的樓主，妳跟長青王是什麼關係？」

紫衣婦人咬牙道：「貴人說的是什麼，奴家聽不懂。」

「聽不懂沒關係，反正長青王就被關在天牢裡，我閒著無聊就去折騰他，妳覺得如何？」紫衣婦人眼瞼微顫，面上神情仍舊沒有變化，「這個人奴家不認識，貴人想要做什麼，不必告訴奴家。」

「有沒有人跟妳說過，妳的眉眼與長青王有幾分相似。」

「奴婢不過是個卑賤之人，如何與長青王相比？」

「當然能夠比，他現在也只是個卑賤之人。」班嫿撥弄著自己修剪得很漂亮的手指甲，「他暗殺當今聖上，死罪也不為過。不過，我與這位長青王有幾分交情，說不定我心情好了，就讓陛下饒他一命，只讓他落入賤籍，留在後宮裡當差。」

留在後宮當差的賤籍男子，只有一種，那就是太監。

紫衣女子終於控制不住自己的情緒，她瞪著班嫿，「妳究竟是誰？」

「我？」班嫿挑眉，微笑道：「妳的兒子叫我……」

「誰在鬧事？」趙東安帶著下屬衝進浣花閣，見裡面的大堂裡一群人或跪或站，四周還圍著一堆看不出身分的人，到了嘴邊的訓斥又吞了下去。

作為京城裡一個八品縣尉，他懂得一個道理，滿京城都是爺，他得罪不起。

「你是？」杜九看了眼趙東安身上的官服，「縣尉？」

「下官京城縣尉趙東安，請問諸位是何人，為何在此處鬧事？」趙東安對杜九抱拳，「有什麼問題可以報官，我等一定為會盡力為大家調解，請不要私自動刀劍。按照京城條例，百姓不可私自佩刀，情節輕罰銀一兩，重則關押進牢中，還請諸位把刀收起來。」

杜九見這個縣尉說話時肩膀都還在發抖，但仍舊把這些話說了出來，便道：「趙大人放心，我們是奉命辦事，絕對不違反京城管理條例。」

不違反京城條例，說明他們的身分不普通，而且是允許帶刀的。趙東升偷偷看了眼坐著的男女，男人相貌俊美，女子身穿華麗騎裝，容貌更是美得讓人不敢看第二眼，他心中暗自驚疑，這個女子瞧著似乎有幾分眼熟？

好像在哪兒見過似的。

趙東升見過班恆，甚至在兩年前，班恆因為有人暈倒在他馬前，最後暈倒的人被身分不明的人帶走，還特意找到趙東升這個縣尉報案。

「你就是京城的縣尉？」班嫿轉頭看向趙東升，對他點了點頭，「兩年前舍弟向你報案，回來後說你十分盡職盡責，看來他所言非虛。」

趙東升不敢看班嫿，「不知令弟是？」

「靜亭公府的世子。」

哦，原來是靜亭公府那位世子啊！

不對，靜亭公只有一子一女，這位女子說她的弟弟是班世子，那她豈不是……

噗通一聲，趙東升向班嫿跪下了。

「看到沒有。」班嫿笑咪咪地看著紫衣婦人，嬌憨至極，「我就說過，我的父親與丈夫很厲害，這下妳信了？」

容瑕……

杜九……

趙東升……

「是妳，竟然是妳！」紫衣婦人忽然想起了什麼，臉上的表情變得驚恐。她害怕班嫿說出那些祕密，也不敢讓長青王知道那些陳年舊事。

班嫿見她這樣，覺得這個女人可憐又可恨，她搖了搖頭，「妳放心，只要妳把前因後果說清楚，不該說的話，我不會說出來。」

紫衣婦人沉默了片刻，把她如何建的殺手樓，如何培養殺手，幫著哪些人殺過人，解決過恩怨都說了出來。

為了能讓班嫿保守祕密，她甚至把名冊都拿了出來。

班嫿讓親衛把這些殺手全都押入大牢，至於那些不知情的風塵女子，願意從良的就讓他們從良，願意重操舊業也沒有管他。

不少風塵女子覺得，不管她們以後怎麼過活，但是自己以前待的樓子竟然是殺手樓，並且還見過皇后娘娘這件事，已經足夠她們跟其他人吹噓一輩子了。

出了浣花閣，容瑕與班嫿上了馬背，班嫿看了一眼亦步亦趨跟在後面的趙東升，便道：「你自去吧。」

趙東升見班嫿與身邊那個俊美的男人舉止親密，已猜到了男人的身分，可是這裡人來人往，他不敢洩露陛下的身分，只能把這份激動壓在心底。

「嫿嫿，」回到宮裡後，容瑕對班嫿道：「那個殺手頭子，是不是長青王的生母？」

班嫿點頭，半晌道：「長青王府一堆爛攤子，只是他們捂得好，外面人都不知道罷了。」

本來連她也應該不知道的。

直到那日，祖母過世，她最後一次去大長公主府，在她與祖父平時喜歡藏東西的樹洞裡，發現了一個盒子，裡面全是皇族祕聞。

這些東西是祖母特意留給她的。在她很小的時候，祖母就跟她說過，每個人都有弱點，若是遇到沒有弱點的人，一定要離這種人遠遠的，因為這種人太危險。

祖母想要她自在地過日子，卻不想她無知，這份寫滿皇室貴族們祕密的冊子，到了最緊要關頭，或許會成為她的救命寶典。

她不知道祖母以何種心情備下這個冊子，也不想去考慮祖母是真的是救駕而亡，還是有意救駕而亡。她只清楚，祖母臨死都還在關心她。

祖母知道，她一定會回去看看大長公主，看一看那座給她帶來歡樂的府邸。

也只有她，才能發現這本小冊子。

這也是祖母留給她的最後一份禮物。

容瑕沒想到宮中還有這些祕聞，這是連他都不知道的。

德寧大長公主是一位令人驚嘆的奇女子，難怪當年京城中無數兒郎為她傾倒，並且稱其為大業第一美人。容瑕以為，德寧大長公主擔得起此譽。

「嬅嬅，」容瑕輕輕握住班嬅的手，「我想加贈祖母封號。」

班嬅愣了片刻，笑著點頭，「好。」

祖母不在乎這些死後的虛名，但是她在乎，她希望百年千年萬年後的百姓都知道，在大業朝末年，曾出現了一位極其了不起的公主。

史書也是偏愛功成名就之人的。

「謝謝。」她靠進容瑕的懷裡，聽著他的心跳聲，緩緩閉上眼。

容瑕輕拍班嬅的肩膀，動作溫柔得像是在對待舉世無雙的珍寶。班嬅在他的懷裡動了動，沒有說話。她心中有很多想說的，可是真要準備開口的時候，又覺得語言最是蒼白無力。

或許他是懂她的。

兩日後的封后大典，天還沒有亮，班嬅就起來了。

淨面，梳妝。

每一件首飾都是世間難尋的寶貝，身上每一縷絲線都是精挑細選而來，當正紅繡龍鳳長尾袍穿到班嬅身上那一刻，在場的宮人無不驚嘆。

他們都是宮裡有臉面的下人，也見過福平太后穿鳳袍的樣子，但是從未見過福平太后有過這般華貴美麗的鳳袍。這種張揚奢華又貴氣的美，若是在其他人身上，有可能變得輕浮張，可穿在皇后娘娘身上，這衣服就像是特意訂做的一般。

難怪皇上會特意下令，讓繡娘照著古籍上的描寫，做出這樣一件鳳袍來，看來還是只有陛下最了解娘娘的美。

鳳袍加身，卻沒有戴鳳冠。班嫿在八名命婦的陪伴下，乘坐鳳輦至昭陽殿。大殿之上，群臣命婦按品級排列，靜候鳳駕。

「皇后娘娘駕到！」

十二聲傳唱，一聲又一聲傳到殿內，在班嫿踏上殿內後，群臣命婦齊齊行跪拜大禮。

「皇后娘娘千歲千歲千千歲。」

八層紅錦鋪地，班嫿的腳踩在錦緞上，就像是踩在了雲端之上。

容瑕站在最高處，班嫿順著紅錦走過，在金階前停下，對容瑕福身，「妾見過陛下。」

容瑕走下臺階，伸手扶起班嫿，當著群臣眾命婦的面，開口道：「皇后於朕，是手，是足，是朕的一半，日後不可如此多禮。」

眾人內心震動，當著眾人的面，如此抬舉皇后娘娘，陛下這也太過了些。

容瑕可不管朝臣們怎麼想，他費盡心思坐上帝位，不是為了特意討好這些朝臣的。他轉身從禮官高舉的托盤中取出鳳冠，親手為班嫿戴在了頭頂。

鳳冠與帝王之冠一樣，是身分的象徵。一般而言，封后大典上，皇后的鳳冠由德高望重的命婦佩戴，鳳印寶冊同樣也是如此，若是皇后得太后親眼，由太后來加冠也是有可能的，但是由皇帝親自為皇后戴冠這種事，史書中還從未記載過。

故人曾云，男為天，女為地，天高於地，怎能讓皇帝親自為皇后戴冠，太不符合體統了。

準備封后大典流程的官員們偷偷抹汗，他們沒想到陛下會有這樣一齣。轉頭看了眼他們請來的周夫人，為首的官員尷尬地笑道：「周夫人，您看這……」

「挺好的。」周夫人笑道：「帝后和諧，龍鳳呈祥，乃是我們贏朝之幸。」

「周夫人說的對，龍鳳呈祥，乃是大吉之兆。」

都到這個時候了，不是吉兆那也必須是了。

鳳印、寶冊都由容瑕親自交到班嫿手中。

班嫿捧著金冊，抬頭看著眼前這個神情溫和的男人，緩緩笑開。

「來。」容瑕把手伸到班嫿面前。

班嫿眨了眨眼，把手放進他的掌心。

容瑕拉著她站到了殿內最高處，這裡設了龍鳳雙椅，夫妻二人牽著手雙雙坐下。

「跪！」

文武百官，命婦女眷，齊齊下跪，行三拜九叩之大禮。

大業朝的封后大典，皇后是分開受禮的，朝臣行一拜三叩禮，命婦行三拜九叩之禮。這種皇后受男女同拜的規矩，大業朝沒有，歷史上最近的一次記載，便是近一千年前的純明皇后。

純明皇后與開元帝同甘共苦，打下一代基業，受帝王愛重，朝臣敬重，乃是史書上少有的巾幗英雄。

不過，野史上還有另一種說法，純明皇后與開元帝感情不太好，開元帝猜忌純明皇后，甚至打算廢純明皇后所出的太子，還是朝臣勸阻，開元帝才放棄了這個打算。

純明皇后一共輔佐了三任帝王，她去世時，她的孫兒哀痛不已，罷朝二十八日，每每提到這位祖母，仍舊哀慟不已。

朝堂上的朝臣莫不熟讀歷史，所以見皇上堅持以純明皇后封后大典的規制，來給班皇后行封后大典，他們就明白了皇后在陛下心中的地位。

這位班皇后也算是一代傳奇了，出身勳貴，卻接連被退婚三次，就在大家以為她閨名受損，有可能找不到好的兒郎時，她卻與京城第一美男子的陛下訂了婚。

後來陛下受雲慶帝責罰，又被監國的二皇子厭棄，所有人都瞻前顧後時，這位班皇后卻帶著大夫去了成安侯府。

這是重情重義，也是十分衝動的舉止。當時雲慶帝身體不好，脾氣差，常常發作他人，班家此舉，稱得上是與雲慶帝作對。

班家在朝中沒有實職，若是惹得雲慶帝厭棄，班家的日子就不好過了，可是班家上下就是這麼死心眼，對當時還是侯爺的陛下態度一如既往。

錦上添花容易，雪中送炭難。他們有些理解陛下登基後，為什麼會對班家人這麼好。若是他們有這樣一個不管你顯赫還是落魄，都對你一如往常的岳家，他們也是感激這份恩情的。

說起來，這班家也真是運勢好得莫名其妙，被刺殺死不了，一家紈絝偏偏活得風光。

這就是命，上天註定，別人就算想也想不到。

周夫人靜悄悄地回到女眷隊伍中，與她排在一起的陰氏見她回來，對她點頭一笑。

陰氏作為皇帝的丈母娘，在女眷中極有地位，即便是周夫人也要禮讓其三分。見陰氏對自己微笑，周夫人回了對方一個笑，她在陰氏身邊小聲道：「恭喜夫人，覓得佳婿。」

猶記三年前她還為嚴家兒郎說親，當時在眾人看來，嚴家二郎昏了頭，班家更是眼高於頂，連丞相家有才有貌的二公子都看不上。沒想到命運就是如此有意思，嚴家早已經沒落，班家還是那個沒幾個人敢惹的班家。

若是班家當年稍微心狠些，不顧女兒的心意，讓班皇后嫁給嚴二郎，這朝堂之上怕是已經沒有班家立足之處。

乘龍快婿，班家這是真的找了一個乘龍的女婿，有女兒的人家，誰不羨慕他家的眼光。

「事不過三，走了三次楣運，不就是等著把好運攢著後面用？」陰氏知道周夫人有意示好，她笑了笑，抬頭看著殿上與皇帝並肩的女兒，臉上的笑容有些淡然，「我所求不多，唯盼她此生無憂，與陛下攜手同老。」

周夫人眉梢微動，她張了張嘴，沉默下來。

成為了帝王的女人，哪能此生無憂？

陛下能不忘舊情，待班皇后一直愛重，就算是最好的結局了。

這個她明白，想必靜亭公夫人也是清楚的，不過她不能說，而靜亭公夫人是不想去明白。

封后大典結束後，就是宴席開始，班嫿換下了頭上那頂厚重的鳳冠，穿著鳳翔九天宮裙，梳著飛雲髮髻重新出來。

帝后共坐一桌，與群臣同飲三杯，眾人便隨意起來。

班嫿偷偷揉了一下脖子，臉上帶著笑，卻小聲道：「我脖子是不是彎了？」

「還是直直的，很好看。」容瑕捏了捏她的後頸，癢得她縮頭躲開，「別鬧，癢！」

容瑕在她耳邊道：「等回去，我幫妳按摩。」

「只是按摩？」班嫿懷疑地看著他。

容瑕回她一個溫柔的笑。

「禽獸！」班嫿小聲罵道。

「只對妳禽獸。」容瑕義正辭嚴道：「妳必須對我負責。」

班嫿挑眉，「我平時對你還不夠好嗎？」

容瑕偷偷在桌子上輕輕捏班嫿的手，「還可以再好一點。」

端端正正站在帝后身後的王德，面上一本正經，內心已經在驚濤駭浪。誰能想到，帝后之間說話這麼……不要臉呢？

「父親，」坐在下面的班恆小聲對班淮道：「你聽說了沒？」

「什麼？」班淮放下筷子，低頭喝了一口酒，臉上帶著飲酒後的紅暈。

「最近已經有大臣準備計畫向陛下上奏，讓他廣納後宮，開枝散葉。」班恆覺得，這些朝臣挺多管閒事的，沒事就盯著別人的後院操心。有這心思，不如想想怎麼造福百姓。

「我看這些大臣就是居心不良，陛下剛登基，龍椅還沒坐穩，他們就急著請陛下納妃，這是讓天下百姓覺得陛下是個急色之人嗎？」班淮罵道：「誰說這種話，誰就是想亂我大贏朝的根基，說不定是前朝餘孽！」

班恆點頭，「父親說得有理！」

女眷們看著帝后兩人之間親密的動作，心裡對班嫿羨慕到了極點。嫁給京城第一美男子便罷了，哪知這美男子轉頭變成了皇帝，而她一下就變皇后了。

小時候她們比不過班嫿，沒想到改朝換代還是比不過，這真是讓人嫉妒都嫉妒不起來。

「不知道楊家的女人後不後悔？」有名女眷朝坐在末尾處的一個女眷看了眼，語氣怪異道：「那就是楊氏吧？沒想到她今天也能來這個場合，不怕陛下看到她心情不好嗎？」

「這種女人有什麼好說的？」另一位女眷嘲諷地笑道：「陛下的兄長當年屍骨未寒，她便迫不及待改嫁，當時不少人還說，楊氏早就跟再嫁的男人不清不楚，就等著容大郎嚥氣。」

「這……不能吧，不是說楊氏肚子裡當時有了孩子嗎？」

「當初容大郎病得那麼厲害，孩子是不是他的還兩說。」這位女眷笑聲更冷，「誰知道她那個孩子怎麼沒的，反正我若是陛下，絕對忘不了這個羞辱。」

其他女眷紛紛噤聲，畢竟這事牽扯到陛下的私事，她們怕說的太多，到時候傳到陛下耳中，對她沒有什麼好處。

楊氏並不知道其他女眷在談論她，她坐在大殿末尾處，連頭都不敢抬一下。她怎麼也沒有想到，容家當年那個十歲出頭的孩子，竟然會有膽子造反，還成為了新朝皇帝。

她現在夫君的雙親，以為她與陛下有幾分情誼，所以想盡辦法讓她出現在了大殿上，可是她只覺得手腳冰涼，連瞧帝后一眼的勇氣都沒有。

宴會結束，楊氏也沒有用幾口菜，渾渾噩噩地站起身，順著人流走出大殿，直到身後傳出尖利的笑聲，她才恍惚地回神。

「陛下對娘娘真好。」

「皇后穿著鳳袍的樣子真漂亮，又威嚴又華麗。」

「有皇后娘娘在，我們這些人跟灰團子似的。」

楊氏回頭看去，幾個女眷湊在一起，正在說各種皇后娘娘的好話。這幾個女人她認識，當初班家被戾王抄家的時候，她們還在幸災樂禍，現在卻又換了另外一副嘴臉。

這時候，一個女人從她面前經過，楊氏忍不住開口道：「趙夫人。」

她叫住的是趙仲的夫人，她聽聞趙仲的夫人與皇后娘娘的關係不錯，若是她能在趙夫人得引薦下，見皇后娘娘一面就好了。

當年的事情是她做的不對，可是容家三口當年死因詭異，她雖然不知道是誰下的手，但是他們絕對不是正常死亡。她貪生怕死，心硬冷血，陛下想要怎麼報復她都可以，她卻不敢連累她的家人和兩個孩子。

「妳是？」趙夫人在京城的時間不多，對楊氏也不熟悉，所以見一個神情有些怯怯的女人叫住自己，還有些意外。

「妾身楊氏，王子爵的孫媳。」

趙夫人細細一想，頓時恍然，「原來是王夫人。」

楊氏面上尷尬，再次對王夫人福身，鄭重行禮，「妾身見過趙夫人。」

「王夫人不必多禮。」趙夫人面色淡然，「不知王夫人叫住我有何事？」

「妾身有一事相求，求趙夫人答應。」

趙夫人猜到了她的用意，不等楊氏開口便直接道：「我大概知道妳的意思，這事我會跟皇后娘娘提，至於娘娘願不願意見妳，我也不敢保證。」

趙夫人願意幫忙，楊氏已經很感激了，便連連向趙夫人道謝。趙夫人沒有跟她多言，轉身與陰氏等貴婦人走在了一起。

楊氏見著她們被其他女眷恭維的模樣，忍不住想，當年若是她沒有急著改嫁，而是等容瑕度過最難過的時期再嫁給其他人，今日她會不會是她們當中的一員？

「趙姊姊，楊氏剛才找妳？」周夫人回頭看了眼站在原地的楊氏，小聲道：「她……妳還是遠著些。」

趙夫人笑著道：「多謝姊姊關心，我會的。」

陰氏道：「看妳的性子，也不是管這種閒事的人，莫不是皇后娘娘說了什麼？」

趙夫人沒有想到靜亭公夫人竟然猜得這麼準，她壓低聲音，「娘娘前幾日確實跟我提過，想要見識楊氏是什麼樣的人。」

陰氏失笑，半天才無奈地搖頭。

這孩子行事還是如此任性，這個楊氏不受陛下待見，一個不受陛下待見的人，何必去見？

# 陸之章 ✿ 餘波盪漾

班嬑躺在龍床上，軟弱無骨地趴在容瑕身上，不過手卻不老實，在他的身上點來點去。

「嬑嬑，」容瑕抓住她作亂的手，「妳身上還疼嗎？」

班嬑眨眼一笑，「你猜猜？」

「一試便知。」容瑕把人壓在身下，將她的耳垂含在口中，聲音含糊道：「我替妳揉揉，便不會疼了。」

這一按就是大半個時辰，班嬑把自己裹在被子裡，看著容瑕穿衣束髮，還要熬夜批閱奏摺，竟有種難以用言語形容的爽快感，不禁伸出光潔的手臂，對容瑕揮手道：「陛下，努力。」

「我看妳是在幸災樂禍。」容瑕整了整衣襟，走到床邊彎腰在班嬑唇上親了一口，「前幾日妳不是說要練書法，正好陪我去書房。」

「你不知道女人在床上的話不可信嗎？」班嬑將被子拉起，整個人藏進被子中，「你快走快走，別影響我睡覺。！」

容瑕隔著被子拍了拍她的屁股，「妳這個負心漢，說話不算話。」

從被子裡扔出一個玉佩，是容瑕方才落下的。

「喏，這是姑娘我賞你的，價值千兩黃金，拿去吧。」

容瑕拿過玉佩繫在腰上，「姑娘，那我晚上再來找妳。」說完，見被子裡的小山包動了動，便笑著出了門。

早已經習慣了帝后之間這種小互動的宮人們表示，他們的情緒很穩定，沒有絲毫不適應。

封后大典的第二日，又是一道聖旨頒發，大意就是為了恭賀朕的皇后正式上任，普天同慶，今年全國的賦稅減去三成。

因為戾王的折騰，百姓或多或少受了些影響，減去三成賦稅對他們而言，是一件大喜事。

一時間，京城所有百姓都在稱讚陛下與皇后，有祝福他們長命千歲的，也有祝福他們子孫滿堂又孝順的。沒過幾日，傳言就變成了皇后娘娘是天上下凡的金鳳，特意來輔助陛下登基，陛下與皇后在一起，大贏朝會越來越好。

這種極富神話色彩的傳言，在一些百姓中很有市場，朝臣們卻沒當回事。畢竟外面還有人說陛下是真龍下凡，真龍配金鳳，這都是神話故事裡的老一套。

老套得書坊裡的話本都不流行這種故事了。

所以，沒多久後，就有官員上奏，說陛下正值壯年，後宮空虛，應該廣納選女進宮，任宮中女官或是嬪妃。

現在後宮中的宮人確實不多，有些年紀比較大的被容瑕放了出去，又沒有選新的進宮，故而顯得後宮人員有些少。不過，現在後宮主人少，暫時看起來這些宮人還有富餘，若是陛下日後納嬪妃，皇子皇女出生，這點宮人就不夠用了。

朝臣們也拿不準皇上對皇后的感情到底到了哪一步，不敢把話說得太死，就把選宮人與選女列在了一塊，讓他們有後退一步的空間。

「天下大定，朕不忍勞民傷財，選女之事不必再提。」容瑕繃著臉道：「身為天子，又怎麼能沉迷女色，當以百姓為重。」

「陛下仁德。」

「陛下如此，乃是萬民之幸。」

眾臣感動不已，紛紛跪拜盛讚容瑕的仁德，一時間沒人好意思提納妃之事了。

至於沉迷女色……

皇上喜歡與皇后娘娘膩在一起，怎麼能叫沉迷女色呢？那明明是帝后感情和諧，皇帝愛重皇后，大贏朝走向鼎盛的象徵。

陛下現在不願意納妃，那就不納吧，他們等明年再問一遍。

班嫿得知朝臣上書讓容瑕納妃時，正在鳥房裡逗弄一隻鳥兒。聽完宮人的彙報，她沉默了片刻，才道：「我知道了。」

「娘娘，」如意道：「陛下定不會讓娘娘傷心的。」

班嫿輕輕摸著一隻鸚鵡的頭，鸚鵡乖巧地任她摸，她忍不住笑了，「陛下不是沒有同意嗎？妳們一個個的表情怎麼比我還難看？」

如意勉強笑道：「是奴婢太小題大作了。」

以娘娘的性子，如何受得了與其他女人共用一個丈夫。陛下現在不納妃，以後也能不納嗎？到時候娘娘與陛下之間，定會出現難以調解的矛盾。

「如意，妳在我身邊這麼多年，怎麼還不明白？」班嫿收回逗弄鸚鵡的手，接過宮女遞來的帕子擦乾淨手，「我從不杞人憂天，拿還沒發生的事情，給自己增添煩惱。」

容瑕待她一心一意時，她就安心享受，若他有變心的一日……

班嫿看向窗外，身穿玄衣的男人跨過門走了進來，氣勢逼人，與第一次見面時溫和的樣子截然相反。

男人抬起頭，她趴在窗欞邊對他招了招手。

原本還威儀不凡的男人突然笑了，笑得好看極了，比當年初見時更加溫柔，更加迷人。

若真有那一日，也不能否認這些年的感情。

他無情她便放手，天下美人兒還有很多。他養他的嬪妃，她養她的男寵，誰也不欠誰。

「在想什麼？」容瑕走到窗戶邊，在她額親了親。

「我在想，怎麼做事才能公平一些。」

「公平？」容瑕不知班嫿腦子裡又在想什麼，像毛頭小夥子一樣翻進了窗戶裡，「有我在，嫿嫿不用跟人講公平。」

他這個舉動，嚇得他身後的宮人們恨不得率先跳進窗戶裡，拿身體墊在容瑕的腳下。

嬿嬿看著容瑕翻進窗戶的模樣，朗聲笑了出來。

伸手扶住容瑕的手，班嬿捏了捏他的腰，「堂堂帝王，還學小夥子爬窗，丟不丟人？」

「為博得佳人一笑，別說讓我爬窗戶，讓我爬牆都行。」容瑕看殿裡掛著不少鳥籠，但是大多數鳥籠都空著，他記得雲慶帝有段時間很喜歡養鳥，所以下面的人進貢了不少好看又機靈的雀鳥進來。

後來雲慶帝病了，蔣洛掌權以後，對鳥不感興趣，宮人們也就懈怠起來，鳥房裡的鳥兒餓死病死了不少，等容瑕與班嬿進駐宮中後，就只剩下這幾隻了。

「妳若是喜歡，我讓人給妳尋幾隻有趣的進來。」容瑕看這些鳥兒即便打開鳥籠，也不知道飛，便知牠們是被宮人養傻了。

「不用了。」班嬿搖頭，逗弄著一隻看起來傻乎乎的綠毛鸚鵡，「上有所好，下必行之，我就不禍害牠們了。更何況，這些玩意兒沒事逗一下就好，當不得真。」

容瑕突然想起在中州吃過的番藷，對班嬿道：「嬿嬿，還記得我們在中州吃的烤番藷嗎？」

班嬿點頭，「怎麼了？」

「我準備讓人在御田裡種著試試，若是產量高，對我們大贏的百姓會有無數好處。」容瑕學著班嬿的樣子，逗旁邊一個籠子的小鳥，「等明年開春，我準備派大使去外面走走看看，若是真能尋得其他作物回來，也是有益於子孫萬代。」

「我雖然不懂這些，不過有句話先人說的好，這個世界很大，總有我們沒有見過的東西。」班嬿的眼神亮了一些，「陛下有這種想法很好。」

容瑕覺得，大概只有嬿嬿才會贊同他這種驚世駭俗的想法。朝中的官員以及天下的百姓，一直抱著大贏是最大最強盛的國家，對其他小國不屑一顧。或許是因為周邊小國太貧困落後，讓他們產生了這種自傲自大的情緒。

百姓的想法簡單，見過的人事物不夠多，有這種自得的情緒並不奇怪，但若是帝王朝臣也如此的自得自滿，便不是什麼好事。

為君者，切忌妄自尊大。

夫妻二人，一個想的是如何造福更多的百姓，一個是對未知的好奇，雖然目的不太一樣，但是卻聊在了一塊。兩人拿來勘輿圖，從全國各地的氣候，推斷國外四面八方其他地方的氣候，海的另一面有哪些奇怪的國家與人。

聊到最後，兩人發現，如果要出海，必須要有堅固的大船，以及防範海島的武器，這樣才能揚大贏的國威。

「哪兒都要花錢，」班嫿趴在桌上，「看來我們要一步一步來才行。」

「妳說的對。」容瑕看著勘輿圖以外看不見的地方，「不能急，不要一步一步來。」

「陛下，」王德走進御書房，見帝后二人圍著勘輿圖沉思，躬身道：「正殿已經全部重新裝修完畢了。」

容瑕挑眉，對王德道：「讓欽天監的人算個好日子，朕再搬進去。」

「是。」王德想了想，還是道：「陛下，奴婢有一事未稟。」

「說。」容瑕抬頭看王德，發現王德在偷偷看班嫿。他點了點桌面，道：「有什麼話，直接開口便是。」

「雲慶帝病重時，曾跟奴婢提過一件事。」王德聲音有些顫，「若是他駕崩以後，就讓奴婢把一道聖旨拿出來。」

「什麼聖旨？」

「封皇后娘娘為公主的聖旨。」

「你說什麼？」班嬙不敢置信地看著王德，「公主？」

「是。」王德嚥了嚥口水，「雲慶帝說，陛下才德兼備，容貌出眾，定會有不少女子對陛下情根深種。他擔心自己死後，娘娘無人庇護，陛下會……陛下會移了心意，所以想給您一個尊貴的身分。」

班嬙愣愣地看著王德，半晌後才回過神，「那道聖旨在哪裡？」

「請娘娘稍候，奴婢這就去取來。」

片刻，王德取了一個金色的盒子來。班嬙拿過盒子，取出裡面的聖旨，聖旨上的筆跡有些虛浮，畢竟是雲慶帝病重時親筆書寫。

裡面細細列出班嬙種種優點，並給了她新的封號，長樂。

她對雲慶帝的感情很複雜，年幼時把他當親近的表叔，後來長大了，隱隱猜到了一些真相，行事的時候就帶了幾分真情，幾分作戲。

看了這道聖旨很久，班嬙把聖旨放進金盒中，喀嚓一聲蓋上了盒蓋。

過往恩怨情仇，伴著人的消逝，終究淡化在歲月間。

她把盒子再度交給王德，「他還有多久下葬？」

雲慶帝雖然是大業的皇帝，但是在世人的眼裡，他待容瑕與班嬙都不薄，所以儘管蔣氏王朝已經不存在，但是容瑕仍舊下令，按照帝王規制給雲慶帝下葬。而陵墓在雲慶帝登基後便開始修建，早在幾年前就竣工，現在只挑適合的日子，安排給雲慶帝下葬。

「回娘娘，就在下個月初八。」

「嬙嬙？」容瑕見班嬙的神情有些晦暗，便擁著她，輕輕拍她後背，安撫著她的情緒。

「我沒事。」班嬙搖了搖頭，環住容瑕的腰，「我只是沒想到……」

沒想到雲慶帝對她的情分，比她想像中還要多一些。

成安元年十一月初八，大業朝的雲慶帝下葬。這位皇帝雖然養出一位廢帝、一位廢太子，但是大贏開國皇帝並沒有降低他喪葬規制，甚至還親自為他送葬，再次引起無數人的稱讚。

廢太子，也就是現在的和親王身著孝服，神情憔悴地走在送葬隊伍前方。

風光一世的雲慶帝，在陵墓大門關上的那一刻，就結束了他風光的一生。送葬隊伍隨著御駕離開，門外留下的只有孤零零的和親王。

他的庶子們怕得罪新帝，不敢多留一刻，而他的嫡次子還被關在天牢中，唯有嫡長子還敢在門前多陪陪他。

京城十一月的天氣很冷，和親王看著墓碑上的字，跪在地上朝陵墓中的人磕了三個頭。

「表哥。」班嫿看到和親王跪在地上很久沒起，猶豫片刻，上前查看才發現對方已經雙眼通紅，淚流滿面。

蔣涵擦乾臉上的眼淚，起身恭恭敬敬地向她行禮，「見過皇后娘娘。」

寒風起，班嫿把一件披風遞到和親王面前，「秋風涼，表哥多注意身體。」

蔣涵猶豫了一下，接過披風放在手上，卻沒有披。班嫿知道他在顧忌什麼，便移開視線，「新的府邸住得還習慣嗎？」

「回娘娘的話，一切都好。」

緩緩點了一下頭，班嫿嘆口氣，「好就好。」她拉了一下身上的披風帶子，轉頭四顧，除了不遠處等著她的那些親衛，便再無一人。

「風涼，娘娘早些回宮吧。」蔣涵想起現在朝中大權已被容瑕緊握掌中，他們這些前朝的親人，不能給班嫿帶來幫助，只會給她帶來容瑕的猜疑。

「你放心吧，留下之前，我跟陛下說過了。」班嫿知道和親王是在擔心自己，笑容裡帶著幾分釋然，「我以為表哥會怪我。」

蔣涵待她極好，她幫著容瑕造反，若她是太子，也是會怨恨她的。

「母親去別宮前，把所有的事都告訴我了。」蔣涵神情似愧疚似解脫，「班元帥他……」

風吹起班嫿白色的裙襬，她眼瞼輕顫，就像是受驚的蝴蝶，她道：「此事與表哥無關，你不必覺得愧疚。」

「所以，陛下做的決定，與娘娘又有什麼關係呢？」蔣涵溫和一笑，彷彿仍舊是當年那個溫潤的青年，「我本就不是做皇帝的料，這個天下的擔子太重，我是個優柔寡斷的人。若我稱帝，不能給百姓安寧的生活。陛下不一樣，他一直比我有能力，也比我看得清楚。沒有哪個朝代可以千年萬年，朝代更替，本就是天道規律，只是剛好輪到我這裡罷了。」

說到這裡，蔣涵的表情異常平靜，他對班嫿笑了笑，「娘娘不用這些放在心上，天下百姓需要的是陛下，不是我這樣的人。」

班嫿笑了笑，眼眶卻有些發熱，她撇開頭，「表哥，回去吧。」

「是該回去了。」蔣涵摸了摸冰涼的石碑，「娘娘先走，微臣還想在這待一會兒。」

「好。」班嫿點了點頭，「你沒有帶侍衛過來，我留幾個親衛送你回去，路上小心。」

蔣涵笑了笑，對班嫿躬身行禮道：「恭送娘娘。」

班嫿腳下一頓，轉頭看著和親王，「表哥，我們自家人，私下裡，你不用與我如此客氣。」

蔣涵臉上的笑容明亮了幾分，卻堅定地搖頭，「禮不可廢。娘娘，宮中人心複雜，請娘娘一切小心。後宮之中，忌心軟重情，我們這些前朝舊人，請您現在就忘了吧。」

班嫿眨了眨眼，壓下心頭的酸意，她驕傲一笑，「我就是我，前朝也好，後宮也罷，我絕不委屈小意地活著。若處處違心，吾寧死。表哥的好意嫿嫿心領，但是忘不忘，記與不記，都由我說了算！告辭。」

看著這個身穿白裙黑披風的美豔女子翻身下馬，肆意張揚地離開，蔣涵愣愣地站在原地，良久之後笑出了聲。

這就是嬞嬞，這才是嬞嬞。

他抖了抖手中的披風，披在了身上。

這條披風不算厚實，他卻覺得一股暖意護住了他冰涼的心臟。

雲慶帝下葬，百姓禁酒肉禁嫁娶二十七日。班嬞騎著馬走在大街上，看著百姓們仍舊說說笑笑的樣子，取下頭上的披風帽子，對身後的親衛道：「這些百姓是最容易滿足的人。」

親衛笑道：「主子，您可不要再耽擱了，陛下還等著您回去用膳呢！」

班嬞笑了笑，轉頭發現一個兩三歲的小屁孩摔倒在離馬兒不遠的地方，小屁孩長得圓滾滾肉呼呼的，她翻身跳下馬。

就在她跳下馬的那個瞬間，一枝箭擦著她的頭頂飛過，她沒有受傷，頭髮卻被削了一縷。若不是她忽然下馬，這枝箭絕對能從她胸口穿過，到時候就是神仙也救不了。

「有刺客！」

「傳令關閉城門！」

班嬞低頭看到地上的頭髮，臉色陰沉得猶如墨水一般。

這是她的頭髮，從小保養得猶如綢緞般的秀髮！

今天雲慶帝下葬，街上雖然已經被清道，但是在容瑕回宮以後，街上就被解禁了。被關了大半天的百姓，早已經按捺不住心中的好奇心，迫不及待跑出來與街坊鄰居交流自己獲得的第一手消息。這個時候，若是有個人混跡在酒樓茶肆之中，隨時準備對路邊某個經過的人下手，誰也不會注意到。

不過，這個刺客的手段並不高明，或者說他本就抱著一死了之的決心，所以親衛找到他的時候，他待在屋子裡躲也不躲。

親衛把刺客押到班嫿面前，班嫿見這刺客相貌出眾，年齡與和親王相仿，挑了挑眉，轉頭對親衛道：「你即刻去宮門口守著，若是看到陛下出現，一定要攔住他。」

「是！」親衛匆匆趕了過去。

班嫿往四周看了一眼，面無表情道：「查，此人定有同夥。」

這個刺客一擊不中，就乖乖地等著親衛發現，指不定就等著她在此處審問他。因為在憤怒與恐懼之下，往往會在第一時間發洩出來，不顧及場合。

以容瑕對她的重視程度，若是聽到她遇刺，肯定會匆忙從宮裡趕出來，埋伏在道路兩邊的殺手，就會趁著這個機會，對容瑕痛下殺手。

想明白這一點，班嫿看也不看跪在地上的男人，翻身上馬，一揚馬鞭，對親衛們道：「全都跟上來。」

這個時候，從小陪伴班嫿長大的親衛們的能力便顯露出來了，因為他們知道主子需要什麼，他們怎麼做才能跟上主子的腳步。與親衛相比，那些禁衛軍的反應就慢了半拍。

「陛下！」一位禁衛軍衝進大月宮，「陛下，有刺客行刺皇后娘娘！」

剛換下一身素服的容瑕聽到這話，忙問：「娘娘怎麼樣了？」

「娘娘並沒有大礙。」

「備馬。」

「陛下，請三思。」王德見容瑕竟然打算騎馬出宮，忙道：「您不可以身涉險。」

「讓開！」容瑕推開攔在他面前的王德，頭也不回地走出了宮殿。

守在門口的杜九見狀，立刻跟了上去。

容瑕雖是文人，但是騎射功夫很不錯。只是宮人有些害怕，這是發生了什麼事，陛下竟然在宮內騎馬衝出去。

他們也不敢問，只是更加小心地做手中的活計。

班嫿派來的親衛守在宮門口，聽到朱雀門內傳來馬蹄聲時，連忙大聲喊道：「陛下，末將有事啟奏！」

然而，幾十騎從他身邊飛馳而過，連停也未停。

親衛愣了一下，眼見著陛下帶著禁衛軍就要跑遠，趕緊爬上馬背，邊追便呼喊：「陛下，末將乃皇后娘娘的親衛，娘娘有話要說！」

相比心急如焚的容瑕，杜九更注意到身邊的狀況，他聽到後面後人在吼著皇后娘娘如何，便往後看了一眼。那個人……好像是皇后娘娘身邊的人？

「陛下，請您等等，我們身後有皇后娘娘的親衛。」

容瑕一勒韁繩，馬兒吃痛，前蹄上揚，發出高亢的嘶鳴聲。

親衛見皇帝終於停下，感動得熱淚盈眶。皇上乃是京城有名的才子，為什麼騎術也這麼好？他這個從小跟馬兒打交道的人，竟然差點追不上。

「陛下！」親衛喘著氣對容瑕行禮，「娘娘說，請您不要出宮，這是一個針對您的陷阱。」

容瑕面沉如冰，「娘娘怎麼樣？」

親衛老老實實答道：「娘娘沒受傷，但是心情不好。」

容瑕看了眼宮外的方向，又看了眼身後不遠處的宮門，握緊手中的韁繩，「心情不好？」

「因為娘娘……的頭髮被削了。」親衛神情有些敬畏，硬著頭皮道：「陛下，娘娘近兩日心情可能會不太好，請您一定要多多包涵。」

容瑕知道嫿嫿向來在意自己的容貌，頭髮也是細心呵護，若是頭髮真的被削了……

他乾咳一聲，「衙門與步兵司的人都去了嗎？」

「請陛下放心，現在整條街道上圍得猶如鐵桶一般，絕對不會放走任何一個可疑的人。」

「娘娘的頭髮……掉了多少？」

親衛……

班嫿披散著頭髮，騎在馬背上一路疾行，加上她臉上陰沉的神情，竟有種肅殺之氣。一路上，她一言不發，直到看見容瑕帶著護衛待站在宮門口，表情才稍微好看一點。

但是，容瑕與他的護衛看到班嫿疾馳而來的模樣，都忍不住往後退了一步。

「陛、陛下……」杜九用顫抖得不太明顯的聲音道：「娘娘的心情，好像真的非常不好。」

容瑕瞥了他一眼，「朕難道沒有你清楚？」

杜九：哦，你明白就好。

馬兒還沒有完全停下來，班嫿就從馬背上跳了下來，她披散在身後的頭髮，就像是瀑布般在風中飛舞。

噠噠噠。

班嫿幾步走到容瑕身邊，還沒福身就被容瑕握住了手，「嫿嫿，妳可還好？」

「不太好。」班嫿沉著臉道：「那個殺千刀的刺客，竟然弄壞了我的頭髮！」

「哪裡，我瞧瞧。」容瑕伸手摸了摸她的髮頂，然後圍著她轉了一圈，「很漂亮，一點都沒看出來哪裡不對勁。」

唔，就是後面有一撮頭髮看起來短了一截！

不過，這話他沒說出來。

「真的嗎？」班嫿心氣兒順了些，她懷疑地摸了摸後面的頭髮，「看不出來？」

「看不出來！」容瑕肯定地點頭，「更何況，嫿嫿這麼美，就算沒有頭髮，也比其他女人漂亮幾百倍。」

「胡說，沒有頭髮還怎麼戴漂亮的髮飾？」班嫿白了容瑕一眼，臉色好了很多，轉頭對杜九道：「杜將軍，這件事你親自去辦，帶上陛下與我的舊部。」

其他人她現在暫時信不過。

「末將領命。」

「先跟我回去。」班嫿對容瑕道：「現在不是說話的地方。」

「不氣了？」容瑕牽著她的手走進朱雀門，「跟我說說事情的經過。」

班嫿把事情始末說了一遍，還把自己的猜測都說了出來。爛船還有三斤釘，蔣洛雖然被關進了大牢，但若是有人想要刺殺容瑕，意圖重推蔣洛重新登基，也不是不可能。

容瑕點頭，「妳猜的有道理。」

但是，可疑的對象不應該只有蔣洛，還有廢太子。

回到大月宮以後，班嫿便在鏡子前照著自己的頭髮。容瑕走到她身邊，揉了揉她的頭，「怎麼，不相信我說的話？」

「就是因為你看我哪都好，我才不敢相信你的話。」班嫿咕噥一聲，見容瑕又轉身離開，便沒有理他。

「喀擦！」

她聽到身後傳來剪東西的聲音，轉頭一看，就見容瑕手裡拿著一把剪刀和一撮頭髮，伺候的宮人全都嚇得跪在了地上。

「你這是幹什麼？」班嫿搶走他手裡的剪刀，「好好的，剪你的頭髮做什麼？」

「我們不是約好了，要有難同當？」容瑕把頭髮放到班嫿手裡，笑看著她，「現在是不是覺得沒那麼難受了？」

班嫿捏緊手中的頭髮，伸手摸摸容瑕的頭，心疼道：「不，現在更難受了。」

美人的秀髮就這麼被剪下來，他不心疼，她捨不得呀！

容瑕把她摟進懷中，忍不住笑道：「傻嬸嬸。」

王德朝其他人使了一個眼色，帶著宮人全部退了出去。

「今天的事，」王德看了眼眾人，冷聲道：「誰也不能說出去，若是有一絲半點的消息傳出去，你們也不用活了。」

「是。」能在帝后跟前伺候的宮人，最重要的一點就是心細嘴緊。

班嬸靠在容瑕的胸口，看著掌心的頭髮，雖然心疼，嘴角還是露出了一個笑。

虧他還是造反成功的皇帝，哄女人的手段竟然這麼笨。

杜九把京城查了一遍，終於把潛伏在四周的刺客都找了出來。這些刺客身分出乎杜九的意料，一部分是在雲慶帝跟前露過臉的神射手，還有幾個曾是東宮的高手。

難道這些人是和親王派來的？

這些刺客雖然一口咬定他們是蔣洛的殘部，杜九卻一點都不相信。這種壞事沒成功，就迫不及待招供出幕後主使者，完全不符合刺客的行事風格。

如果全天下的刺客都這麼好說話，那麼世界上也就沒有「刑訊逼供」這個詞了。

杜九把這些人的供詞交到了容瑕手裡，容瑕看了幾眼便扔到了一邊，「宣和親王進宮。」

「陛下……」杜九猶豫地看著容瑕，「此事要不要讓皇后娘娘知道？」

御書房裡沉默下來。

半晌過後，容瑕嘆口氣道：「若是皇后娘娘問起，你一五一十回答便好，若是她沒問，就不用特意告訴她了。」

他知道嬸嬸對廢太子是有幾分親情的，若是嬸嬸知道廢太子派人刺殺她，還想藉她把他引入險境，她不知會難過多久。

「屬下明白了。」

得他了。

杜九退下。

容瑕看著滿桌的奏摺，長長嘆息一聲，他有心留廢太子一命，若對方如此不識趣，那便怪不得他了。

❀　❀　❀

「王妃，王爺來了。」

石氏捂著嘴咳嗽幾聲，「我知道了。」

蔣涵走進屋，見石氏面色蒼白，本來準備轉身離開的他，停下腳步，「請太醫看過了嗎？」

送父皇下葬的時候，石氏突然身體不適，他只好派人把她送回來。

現在天色將晚，他猶豫了一會兒，還是決定過來看看。雖然石氏現在的很多做法他不認同，但畢竟兩人同床共枕多年，他到底做不到視她為無物。

「妾身已經沒什麼大礙，讓太……王爺擔心了。」石氏看了眼他身上的披風，這件披風她從未見過他穿過。

「沒事便好。」屋子裡安靜下來，蔣涵與石氏早已經是無話可說的地步。蔣涵知道石氏想要嫁的不是他，而是太子，未來的帝王。他現在一個廢太子，在新朝管理下苟延殘喘的王爺，並不是她想要的男人。

石氏見蔣涵態度冷淡，心中突然覺得委屈。她嫁給他以後，誰不稱讚她端莊賢慧，如今他卻與她離了心，她再用盡心機算計，又圖個什麼？

一夜夫妻百日恩，他們成親這麼多年，難道這點情誼也沒有了？

不過，石氏心中儘管有萬千的不滿，也不會當著下人的面，把這些話說出口。

「王妃！」一個下人面色驚惶地跑了進來，連角落裡站著和親王都沒有注意到。

「王妃，您讓小的們買的東西，沒有買到。」

「你說什麼？」石氏站起身，走到這個下人面前，「你不是說萬無一失嗎？」

「店家太聰明，屬下等人也沒有料到，現在我們該怎麼辦？」下人跪在地上，神情比石氏還難看，這件事敗露，他們必死無疑。

石氏茫然地站直身體，半晌後，她想起站在角落裡的和親王，張開嘴想要說什麼，但是這件事實在牽連甚大，她不敢開口。

蔣涵從她臉色上看出，一定是發生了什麼他不知道，並且是十分嚴重的事。想到石氏可能背著他做了膽大包天的事情，蔣涵深吸一口氣，「發生了什麼事？」

「王爺，我……」石氏肩膀輕輕一顫，她垂下眼瞼，不敢直視和親王的雙眼。

「陛下有命，宣和親王進宮。」

聽到這聲傳報，石氏嚇得渾身癱軟，一屁股坐在了地上。

「妳告訴我，妳究竟做了什麼？」蔣涵抓住她的雙肩，眼神凌厲地盯著石氏，想從她身上得到一個答案。

石氏恐懼地搖頭，崩潰大哭起來。

「和親王，」王德踏進屋子裡，無視坐在地上痛哭的石氏，面無表情地道：「陛下有命，宣王爺立刻進宮覲見。」

蔣涵鬆開石氏，起身整了整衣袍，「臣領旨。」

大月宮中，班嫿讓宮女幫自己重新梳了一個髮髻，確定斷掉的頭髮全部被藏在了裡面，心情才由陰轉晴。

「娘娘，這飛仙髮髻，您梳起來真漂亮，」如意捧著鏡子讓班嫿看梳好的髮髻，「就像壁畫上的仙女兒似的。」

「妳的嘴還是這麼甜。」班嫿站起身，看了眼外面的被夕陽映紅一片的天色，走出內殿準備到御花園逛一逛。

剛走出殿門，她見王德帶著和親王去了御書房的方向，皺了皺眉，轉身對身後的宮人道：「妳們在這等著，我去看看。」

「娘娘，」如意開口道：「您不去逛御花園了？」

班嫿看了一眼，笑了笑，「我要在這宮裡住幾十年，什麼時候不能去看？更何況，這會兒天也晚了，去御花園也看不了什麼東西。」

如意見攔不住，只能福身行禮退下。

蔣涵跟著王德走進內殿，見容瑕端坐在御案前，上前恭恭敬敬行了一個禮。

若是以往，容瑕早已經開口免了他的禮，但是今天容瑕沒有說話，只是靜靜地看著他，彷彿是在打量他，又或者在衡量著什麼。

殿裡安靜很久後，容瑕終於開口：「賜座。」

御書房的格局沒有太大變化，但是裡面的每一個物件都是新換上去的，對於蔣涵而言，此處既熟悉又陌生。他朝容瑕拱手，「不知陛下宣召微臣，是為何事？」

容瑕放下手裡的書，面上帶了幾分感激，「王爺深明大義，願意禪位給朕，朕十分感激。自登基以來，不敢對王爺有半點慢待，若是有什麼不足之處，還請王爺指出。」

蔣涵覺得容瑕這話不對勁，他起身對容瑕行禮，「陛下對微臣甚好，微臣並無任何不滿。」

「既然王爺對朕並無不滿，那你為什麼要派人刺殺朕的皇后，還拿皇后作餌，誘朕上鉤？」容瑕把桌上的茶盞砸在地上，這是他第一次沒有顧忌形象，在外人面前發這麼大的脾氣，「即便朕奪了你的帝位，你對朕萬分不滿，你衝朕來便是，但你千不該萬不該向嫿嫿下手！」

蔣涵驚愕地看著容瑕，這是怎麼回事，嬸嬸遇刺？

「嬸……皇后遇刺？」蔣涵語氣裡有幾分焦急，「皇后現在怎麼樣了？」

容瑕看了他一眼，冷笑，「王爺這個時候，倒是記得嬸嬸與你的兄妹情誼了？這個天下，早已經被朕收在囊中，若不是看在嬸嬸的顏面上，朕又何必留你們一條命，還許你們爵位，而你們這些人，又把嬸嬸當作什麼？」

自從登基以後，很多前朝官員容瑕雖沒有重用，但也沒有要這些人的性命，可他沒想到他一時的仁德，竟讓這些人起了貪念，讓他們與廢太子再度勾結，意圖謀殺他奪回帝位。

「陛下，微臣絕無此意。」蔣涵站起身，「大業早就日薄西山，微臣也自知之明，又怎麼會有奪位之心？請陛下告訴微臣，嬸嬸究竟怎麼樣了？」

這一次他沒有再稱班嬸為皇后，而是叫了兒時的暱稱，嬸嬸。

情急之下，也不再顧忌禮節不禮節。蔣涵不明白，明明之前還好好的，怎麼才幾個時辰過去，就出了這麼大的事情？

「皇后無礙。」容瑕沒有錯過蔣涵臉上一絲一毫的情緒，「王爺說此事與你無關，但是抓住的刺客中，不少人是你的舊部，這些人對你忠心耿耿，直到現在都還一口咬定他們是戾王的人。王爺若是不忙，隨朕去天牢走一趟吧。」

「微臣願意前往。」

御書房門打開，容瑕面色微變，「嬸嬸？」

蔣涵見班嬸面色紅潤，並不像是受了傷的樣子，頓時放下心來。他向班嬸行了一禮，「微臣見過皇后娘娘。」

「王爺不必多禮。」班嬸對他笑了笑。

容瑕見她笑容如常，以為她沒有聽見書房裡的話，正準備鬆口氣，班嬸開口了。

「我也想去天牢看看，你們帶我一起去。」

容瑕……

他轉頭看了眼站在門口的杜九，杜九往後縮了縮腦袋。皇后娘娘不讓他出聲，他哪敢發出聲響？陛下，您都要費盡心思討好皇后娘娘，他們這些苦哈哈的護衛，還能幹什麼？

「我不能去？」班嫿挑眉看容瑕。

「好，一起去。」

蔣涵見到兩人之間的相處方式，繃緊的下巴鬆開了幾分。

天牢由大理寺與刑部的人共同看管，裡面關押的都是十分重要的犯人。這裡守衛森嚴，除非有皇帝的旨意，犯人的親友皆不能來探望。

班嫿發現這裡的守衛各個表情嚴肅，面上還帶著幾分凶煞之氣，滿臉寫著「閒人勿進」這四個大字。

即使帝后到來，他們也只是規規矩矩地行禮，而不是迫不及待上前討好。班嫿走進裡面，還回頭看了眼那些站得端端正正，肩寬腿長的守衛。

容瑕注意到她的小動作，捏了捏她的掌心，不讓她眼睛亂飄。

這些男人有他好看嗎？

班嫿對他無辜地眨眼，一副你捏我幹什麼的樣子。

容瑕被這個眼神看得心癢難耐，又捏了幾下她的手，才把心底的情緒勉強壓下來。

下臺階的時候，容瑕看了眼班嫿身後華麗的裙襬，彎腰順手提起她的裙襬，待過完臺階，才把裙襬放下來。他做得極其自然，卻讓天牢裡的守衛與和親王看傻了眼。

「微臣見過陛下，見過皇后娘娘，見過和親王。」劉半山從裡面迎了出來，也注意到了陛下幫皇后娘娘提裙襬的動作，不過他掩飾得極好，任誰也看不出他的情緒。

「不必多禮。」容瑕直接道：「那些刺客關押在何處？」

劉半山看了眼和親王，躬身道：「請陛下隨微臣來。」

陛下願意帶和親王來這裡，說明陛下還對和親王留有一絲餘地，若此事真與和親王無關，看在皇后的面上，陛下應該不會太過為難和親王。

此時被關押在天牢的刺客早已經沒有活著出去的打算，但是當他們看到和親王也被皇帝帶進來以後，幾人臉上的表情起了變化。劉半山注意到了他的表情，心裡一沉，看來這事真的與和親王有關。

「你們……」蔣涵看到這些刺客，臉上露出震驚之色，「我不是讓你們離開京城，好好過日子，不要再回來了？」

「王爺，您沒聽說過什麼叫人為財死？」一個刺客開口道：「您給兄弟們那點銀子，能夠幹什麼？戾王為人雖殘暴，出手卻大方，銀子、房子跟女人，兄弟們跟著他樣樣不缺，我們為什麼要聽您的話，去那些窮鄉僻壤之地過苦日子？」

「既然您已經成了新朝的王爺，就不要管我們這些兄弟了，我們也不想跟著您這種沒有骨氣的主子！」

蔣涵面色蒼白地看著這些刺客，這些人都是從小陪伴他的死士，說話的這個，因為他背上中了一箭，養了一年多才緩過神。還有一個，因為他斷了三根腳趾一隻手臂，其他幾人對他也是忠心耿耿，恨不得以命報之。這些人怎麼可能會為了蔣洛，做出這種事情？

蔣涵忽然想起進宮前石氏的反應，他愣愣地看著這些人，半晌才用沙啞的嗓音道：「是不是石氏讓你們去做的？」

幾位刺客齊齊變了臉色，倒是剛才說話的刺客再度開口：「和親王真有意思，您嫌王妃人老珠黃，休了她便是，怎麼把這種黑鍋也給她背？好歹是夫妻，您這樣未免太無情了些。」

這個刺客話裡話外都在埋汰和親王，但是每句話都把和親王摘得乾乾淨淨。

班嫿就算對陰謀算計半點不感興趣，這會兒也想明白了過來。這些刺客十有八九是石氏借用表哥的名義召集起來的，刺殺事件敗露後，這些對表哥忠心耿耿的刺客死也不願意連累他，所有一口咬定他們都是蔣洛的人。

反正，蔣洛缺德事做了那麼多，多背一口黑鍋也沒有關係。

班嫿能夠想明白的事情，容瑕更是猜得到，他不想看這種主僕情深的場面，直接道：「和親王，朕帶你去見一見戾王。」

刺客以為容瑕是想讓蔣家兩兄弟對質，都鬆了口氣。

看來成安帝真的有些懷疑戾王，這樣他們也就放心了。

去關押戾王的地方，要經過其他天牢。路過天字七號牢房時，班嫿看到關押在裡面的中年婦人，停下了腳步。

這個人是浣花閣的老鴇，也是殺手樓的樓主，除去華服金釵以後，她看起來老了不少。老鴇也看到了班嫿，她面無表情地移開視線，對生死已經置之度外。

班嫿輕笑一聲，抬腳便走。倒是老鴇在聽到她這聲輕笑以後，猛地轉頭看了過去，只能看到班嫿被眾人簇擁著離開的背影。

她想著關在更裡面的長青王，再也平靜不下來。

再好看的男人，長時間不洗漱不換乾淨衣服，也與街邊的髒人懶漢沒有差別。長青王曾有張俊秀的臉，但是班嫿現在看到的，只是一個頭髮打結，渾身髒汙的男人。

什麼風度，什麼貴氣，都化為了煙雲。

「長青王，」她站在牢門外，看著雙手烏黑的長青王，聲音平靜道：「我心裡有個疑惑，不知道你能不能幫我解答？」

容瑕與和親王停下了腳步，容瑕看了眼班嫿，沒有出聲。

大約是關在天牢的日子太久了，長青王整個人變得暮氣沉沉，再無往日的風流倜儻。他看了班嫿幾眼，聲音平靜道：「問吧。」

「當年那隻會說皇上萬歲的八哥，是有人故意陷害你，還是你演的一場戲？」

「沒想到乖侄女還記得這件小事，我都快忘記了。」長青王得意地笑出聲，「出生於皇室，真真假假又何必執著？表侄女尚有幾分赤子之心，倒是一件幸事。」

他的目光落到容瑕身上，「只盼後宮長長久久的生活，不會埋沒妳這份性情，讓妳變得與那些女人一樣，蒼白死寂。」

容瑕皺了皺眉，沒有說話。

「人啊，最稀罕的是一顆心，最不值錢的也是一顆心。」長青王低笑出聲，「但願好侄女這輩子永不後悔，一笑到老。」

「承你吉言。」班嫿微笑著點頭，「表叔可要好好活著，這個天牢寬敞透氣，多住幾年，你便習慣了。」

長青王臉上的笑意僵住，他瞪大眼看著班嫿，就像是在看可怕的怪物。

「這個問題的答案，我大概已經心裡有數，表叔不用為我解答了。」班嫿笑顏如花，眼角眉梢都是燦爛的顏色，「請表叔好好休息，到了這裡，你就不用操心朝堂爭鬥和陰謀詭計了，多麼的好呀！」

劉半山：不，他不會覺得好的。

和親王：表妹的這張嘴，還是一如既往的……有性格。

容瑕握住班嫿的手，他沒有說任何辯解或是承諾的話，卻不顧四周所有人的目光，牢牢地緊緊地把班嫿的手，握在了自己的掌心。

劉半山摸了摸鼻子，這裡是天牢，是關押重犯的地方，身為帝后的這兩人，就不能在重犯面前彰顯一下帝后的威嚴嗎？

這麼手牽手，黏黏糊糊的，就像出來遊玩似的。

陛下變了，再也不是當年沉穩大氣的陛下了。劉半山一時間也不知這是好事還是壞事。當年他跟隨陛下的時候，陛下還是弱冠之年，但是行事手段卻已無人能及，引得無數人折服。

他年幼時聽母親提過，這個世間沒有完美無缺人，若是有，這個人一定活得不會太開心。

小時候他不明白，直到投入陛下麾下，眼看著陛下冷靜地安排一件又一件的大事，才懂得了母親這句話的意思。陛下處處算計，步步謀劃，任何人任何事在他眼裡只分兩類，一類是有用的，一類是沒用的。

唯一的意外就是靜亭公府。

那時候皇后娘娘還只是一個鄉君，卻鞭笞雲慶帝欽點的探花，還鬧到了朝堂之上。文人的嘴何其犀利，皇后娘娘得罪了文人，哪還有什麼好話給她？

在這個時候，陛下竟然站了出來，他不是與文人們同仇敵愾，而是幫著皇后娘娘說話。

當時他只以為這是陛下有意交好班家，並且知道雲慶帝喜愛班皇后，才會幫著班皇后辯駁。現在回想起來，只怕陛下那時候對班皇后已有些許好感了。

再後來，杜九查到班家與武將們私下有來往，甚至連兵部尚書趙瑋申也常給班家傳遞消息，陛下當時是雲慶帝的密探隊長，卻沒有把這個消息交上去，而是壓了下來。

若陛下把這個消息遞上去，就算大長公主有辦法洗清雲慶帝對班家的猜忌，班家也不會從伯爵升為國公，班皇后也不可能從鄉君變為郡主。

他只當陛下有意拉攏班家，利用班家在武將中的地位，所以才會幫班家一把。事實證明，這真的是他想多了。陛下不僅沒有利用班家的人脈，甚至還幫班家把事情抹得乾乾淨淨，就算是多疑的雲慶帝，也看不出半點不妥。

無情的人，一旦動感情，那就是枯木逢春，老房著火。不摧枯拉朽，心甘情願奉獻一場，那便不叫動心。

什麼都要算計的陛下，這輩子唯一沒有算計的，大概就只有班皇后的感情。

看著前方雙手交握的男女，劉半山轉頭去看和親王，見他神情竟然比自己還要自在。不愧是做過太子的人，這適應能力就是比他好。

最裡面的天牢房間，用一扇沉重的鐵門鎖著，鐵門上只有不到巴掌大的通風口，從門外往裡看，只看到黑漆漆的一片。蔣涵心底一顫，二弟就是被關押在這裡面嗎？

厚重的鐵門打開，蔣涵眨了眨眼，才勉強看到這個昏暗的屋子裡有一個鐵牢籠，牢籠裡坐著一個人，這個人動也未動，不知是死是活。

劉半山點亮兩盞燭火，屋子裡的光線才亮上了一些。

「二弟。」蔣涵看清籠子裡的人，邁開步子往前跨了幾步，忽然他停住腳，回頭看了眼容瑕以後，退到了容瑕身後。

但是，他這細小的動靜，卻被關在牢籠中的蔣洛發現了，他抓住牢籠，滿臉狂喜地看著和親王，「哥，大哥，你帶我走，求求你帶我走！」

「這裡我真的是一刻也待不下去了，你帶我走！我再也不跟你鬧了，再也不跟你爭了，你救救我吧！」

蔣涵見他身上穿著乾淨的衣服，臉與手也是乾乾淨淨的，看起來比關在外面的長青王不知好了多少倍。他唇角顫了顫，終究沒有開口為蔣洛求情。

蔣洛見蔣涵沒有說話，拚命地朝籠子外伸手，二十多歲的男人，哭得滿臉狼狽，「哥，你不能不管我，你是要我死在這裡面嗎？」

「戾王殿下，微臣看管你的時候，可從未虐待過您，您這話若是讓和親王誤會，豈不是要讓微臣以死謝罪？」劉半山捧著一盞燈走了過來，似笑非笑地看著蔣洛，「還請戾王殿下莫要亂說的好。」

蔣洛看到劉半山，渾身嚇得一顫，就是這個狗東西，整日把他關在陰暗的屋子裡，不讓人跟他說話，也不讓人出現在這個屋子裡。每日除了一日三餐與換洗衣物送進來，便再無人出現，而且這些人就算出現，也當他不存在一般，一句話都不說。

這種不打人不罵人的手段，一兩日還好，時間久了才知道，這才是最痛苦的折磨。有時候蔣洛甚至懷疑，他是不是真的做過皇帝，他是不是真的還活著。外面究竟發生了什麼，不然為什麼這個世界這麼安靜，安靜得讓人想要發瘋。

劉半山曾經只是一個他不看在眼裡的小官，但是他沒有想到，這個看起來溫和的人，卻有這種詭異的折磨人手段。

所以，當他看到和親王以後，本就緊繃的情緒，終於崩潰了，這是他唯一的希望。他甚至看不到班嫿與容瑕，因為他知道，大哥一定會包容他，一定會忍讓他，即便是他做了錯事，只要他求一求，哭一哭，大哥就會心軟。

可是，他卻忘了，他的大哥已經不是太子，而這個天下也不姓蔣，就算和親王想要救他，也沒有辦法。

蔣涵看著樣子有些不太正常的二弟，雙唇顫抖了很久，也說不出一句求情的話。

那些死在二弟手中的人，已經沒有機會開口說話了。

蔣涵不忍地移開視線，他緩緩開口道：「二弟，這是你應受之罪。」

「連你也怕了容瑕嗎？」蔣洛趴在門前，聲嘶力竭地道：「若是連你都不管我，這個世間就沒人再管我了！」

「你可真夠不要臉的。」班嫿擋在和親王面前，「做下這麼多惡事，還好意思裝可憐。不過是見表哥心軟，你就恃寵而驕罷了。」

劉半山覺得，恃寵而驕這個詞語，似乎不太合適用在這裡。

「班嫿……」蔣洛愣愣地看著班嫿，忽然瘋狂地笑出來，「妳一個前朝郡主跟容瑕在一起，又會有什麼好下場？今日我落得如此淒慘的地步，妳又能得幾日好？」

班嫿冷笑，「不管我能有幾日好，至少現在的我是皇后，而你是階下囚。與其關心我，不如想想你以後的日子。」

「嫿嫿於朕，是親人是伴侶，亦是最在意的人。」容瑕走到班嫿身邊，眼神如冬日的寒冰，冷得讓人從骨子裡發寒，「看來，戾王你被關押到此處的時間還是太少，不然也不會如此胡言亂語了。」

蔣洛想起被關押在天牢裡的這些時日，眼中露出懼色。

班嫿神情平靜地看著蔣洛，微微垂下了眼瞼。

容瑕不再看他，轉頭看向蔣涵，「和親王，你覺得朕會相信刺殺嫿嫿的人是他安排的嗎？」

蔣涵看著牢中的蔣洛，半晌才艱難地開口，「不是他。」

「看來……殿下知道兇手是誰？」容瑕轉頭看向和親王，彷彿只是在問一句很輕鬆的話。

蔣涵沉默良久，「是，我知道。」

班嫿詫異地看著和親王，她一直以為此事與和親王無關，但是和親王忽然說，他知道兇手是誰，依他的性格，竟然自願供出有可能是真凶的石氏？

「誰？」容瑕問。

天牢中安靜了很久，班嫿看著和親王沒有開口。

「我的王妃，石素月。」

和親王府。

石氏換上自己最華麗的衣袍，頭戴九鳳釵，端坐在太妃椅上。禁衛軍衝進來的那一刻，她露出了一個微笑。

「和親王妃。」杜九踏進主院，看著上首端坐的女人，她雍容華貴，雖不是極美的女人，但是一身氣度，卻是普通女人難及的，「微臣奉陛下之命，緝拿妳進宮。」

「緝拿？」石氏緩緩站起身，「本宮早就料到有這一日，新帝又怎麼容得下我們這些前朝舊人？左右不過是一條命，他容瑕想要，便拿去吧。」

杜九淡笑，「王妃想岔了，微臣請王妃協助調查皇后娘娘被刺客襲擊一案。」

石氏面色微白，嘴上的氣勢卻半點不弱，「陛下想要做什麼，不過一個命令而已，何必找什麼藉口？本宮身為一個弱女子，唯有聽命而已。」

杜九聽她話裡話外的意思，就是陛下為難前朝舊人，這種後宅女人的小手段，他做密探的時候見過不少，所以根本不放在心上。

他看了眼四周大氣不敢發的和親王府下人，輕笑一聲，「王妃，非後宮高位女子，不可擅自稱本宮，請王妃慎言。」

「還請王妃即刻出發。」

石氏冷笑一聲，走出了門外。

走出和親王府大門時，她停下腳步看向杜九，「王爺呢？」

杜九躬身行禮，「請王妃不要擔心，和親王很好。」

石氏皺了皺眉，「我問的不是他好不好，我想知道他……」她話一頓，終究沒有再開口。

此時天色已經黑盡，除了懸掛在王府的兩盞燈籠，石氏在街道上看不到半點光亮。她看了眼停在面前的馬車，做工精緻，上面還雕刻著鳳凰。

扶著婢女的手踏上馬車，她回頭看這些圍在馬車四周的護衛，這些人的臉全都陷在陰影中，無端讓人覺得膽寒。

朱雀門外，石晉被守衛攔在了門外。

「石大人，您請回吧，天色已晚，陛下不會見您的。」護衛不敢得罪石晉，只能好言相勸，「您若是有要事，末將願意把摺子遞到大月宮，但這個時候您若是進宮，只怕是不妥。」

「請諸位代為通傳，微臣確有急事！」

兩位護衛互看一眼，猶豫了很久後，才無奈道：「您稍待片刻，末將這就託人去給你通報一聲，至於成與不成，末將也不敢保證。」

「多謝兩位將軍！」

「不敢不敢。」護衛不好意思笑道：「我們不過是看門小將，怎麼配稱為將軍，石大人折煞末將了。」

「等等，這裡不是朱雀門。」石氏掀開馬車簾子，往四周看了一眼，「這裡是宣武門。」

杜九沒有理她，直接帶著人進了宮。

大月宮正殿中，班嫿坐在容瑕右邊，和親王坐在下首，神情有些恍惚晦暗。見杜九進來的時候，他往杜九身後看了一眼。

「陛下、娘娘，和親王妃已經帶來了。」

「宣。」

容瑕看了眼和親王，語氣冷淡，「和親王，可有什麼事需要說的？」

蔣涵默默地搖頭，整個人頹廢極了。

石氏走進殿，沒有向容瑕與班嫿行禮，也沒有看和親王，她直直地站在殿中，毫不躲閃地看著容瑕與班嫿，臉上露出嘲諷的笑意，「你們現在坐在上面，不過是你們手段更高明而已。」

「妳這人好生奇怪，妳不去怪蔣洛魚肉百姓，不去怪蔣家把整個天下弄得一團糟，卻把所有的怨氣撒在我們身上。」班嫿反唇相譏，「朝代更替乃是自然，蔣家的帝位，不也是從司馬家奪來對的嗎？」

「班嫿，妳有今日地位，不過是因為妳有張漂亮的容貌而已。」石氏揚了揚下巴，「妳不必與我伶牙俐齒，顯擺妳皇后的身分。後宮中，最不缺的便是女人，尤其是漂亮的女人，妳早晚有失意的一天。」

「我有張好看的臉怎麼了，吃妳家米喝妳家水了？」班嫿從桌前站起身，笑著道：「其實我覺得妳們石家兩姊妹有很多共通之處，比如說，總是瞧不上我這張臉。」

「可是妳們憑什麼又瞧不起我，就因為我美？」班嫿笑出聲，「若美就讓妳們瞧不起，那我願意讓妳瞧不起一輩子。就是不知道有些人，究竟是瞧不起我，還是羨慕我呢？」

「妳住嘴，妳這種輕浮，只靠容貌吸引男人的女人，如何與我相比？」石氏伸手指著班嫿，「今日就算我死了，我的冤魂也要日日看著妳，看妳究竟能得意到幾時！」

班嫿發現，石氏非常恨自己，或者對她不滿到了極點。她踏下臺階，反手扭住石氏指著她的手，輕輕鬆鬆就把她推開了幾步遠，「和親王妃是知書達理的女子，怎麼會不知道用手指著人很不禮貌呢？」

石氏吃痛，捂著手往後退了退，她恨恨地看著班嫿，「班嫿，妳受盡蔣家恩惠，卻把三軍虎符給了容瑕，妳對得起蔣家的列祖列宗，有臉面德寧大長公主嗎？」

她給了容瑕三軍虎符？

班嫿挑眉，她大概有些明白石氏為什麼恨不得她去死了，因為在石氏心中，是她把三軍虎符交給容瑕，幫著容瑕籠絡武將的心，蔣氏王朝才會輸。

「和親王妃，有些事妳可能不明白。」班嫿憐憫地看著石氏，「害妳不能做皇后的人不是我，而是蔣家人。我能做皇后，是因為我的丈夫是皇帝。不過若是沒有我，他仍舊能做皇帝。」

「蔣家失去的……是民心。」班嫿搖頭，「妳連這一點都不明白，不做皇后倒是好事。」

「妳閉嘴，妳閉嘴，一切都是藉口！」

石氏忽然扒下髮間的金釵，朝班嫿衝了過去。班嫿輕鬆避開，伸手一敲石氏的手腕，金釵應聲而落，石氏也被班嫿一巴掌搧倒在地。

「如非必要，我不會打女人。」班嫿理了理衣袖上的褶皺，語氣沒有半點起伏。

「嫿嫿，」容瑕衝到班嫿身邊，「妳沒事？」

「我沒事。」班嫿搖了搖頭，見和親王也起身朝這邊走過來，便道：「這是我們女人之間的事情，你們男人不要插手，都回去好好坐著。」

容瑕看了眼趴在地上的石氏，轉身坐了回去。

蔣涵僵硬地站在原地，緩緩轉頭閉上了眼睛。他了解嫿嫿，嫿嫿向來對女子寬容，但是這一次，石氏是徹徹底底得罪了她。

「妳若是只想殺我，我會念在妳沒有得手並且是表哥結髮妻子的分上，饒了妳這一次。」班嫿蹲下身，掐住石氏的脖子，逼她看自己，「但妳想要算計我的男人，那我便留妳不得。」

石氏啞著嗓子道：「就算妳殺了我又如何，我還是大業朝最後一個太子妃，史上必有我的名諱。今日我喪命妳手，就算過了千年萬年，後世之人也會知道妳是個手染鮮血的皇后。」

「人死如燈滅，哪管後世他人如何言說？」班嫿看著石氏這張滿是得意的臉，忍不住狠狠地刮了一巴掌到她臉上，「妳想要後世名聲，那好，我成全妳。」

「表哥，」班嫿面無表情地回頭看和親王，鬆開掐著石氏脖子的手，「石氏私通外族，刺殺帝后，不配為王妃。今日我便替你做主休了她，讓她青史留名。」

「不，妳不能這麼做！」石氏不容許自己的身分變得不再高貴，她跪行到和親王面前，「王爺，我們乃是結髮夫妻，你不能這麼對我！」

蔣涵看著髮髻散亂的石氏，想起了天牢裡的二弟，二弟求他的時候，似乎也是這樣。他並不是真的敬愛他這個哥哥，只是覺得他應該為他求情，應該包容他。

石氏也一樣，因為他是太子而嫁給他，她看重的是太子妃這個身分，而非是他。

「王爺，王爺！」石氏拽住和親王的衣袍，「你說句話好不好？」

蔣涵彎下腰，掏出手帕擦去石氏臉上的淚，然後一點一點掰開石氏的手，「石氏，這些年我待妳如何？」

石氏不解地看著和親王，不知道該說什麼。

「當年我與妳成親，後來因為父皇賞下兩名妾室，我一直對妳心懷愧疚，甚至連妳給她們兩人服用避子藥，我一直當作不知道，甚至不去見她們。」蔣涵苦笑著，「我也不知道這是幫了妳，還是害了妳。妳一日比一日端莊，我甚至常常在想，是不是我害了妳，讓妳在東宮過得如此的不開心。」

「後來我才知道，妳根本不在意我怎麼想，妳想要一個安穩的太子妃之位，想要嫡子。」蔣涵指了指自己的胸口，「素月，就算我是皇室的男人，我也是有心的。」

石氏愣愣地看著和親王，半晌反問道：「既然你不在意那些妾室，為什麼會讓她們懷孕？」

「妳忘了嗎？」蔣涵站直身體，往後退了兩步，「是妳在我酒醉的時候，把她們安排進我的房中。如今我膝下只有一個女兒，她的生母在產子時，便血崩而亡。她的死是意外還是人為，我從未查過，也不敢查。」

「這一切都是我的錯，我對不起妳，也對不起她們。」蔣涵閉上眼，不與石氏的雙眼對視，

「素月，既然妳我無情，又何必強求？」

「說來說去，你還是要稱了班嫿的心，要休了我！」石氏恨恨地看著和親王，「她不是你的親生妹妹，只是你的表妹，你為什麼要對她這麼好？」

蔣涵搖頭，「素月，妳還是不明白，有些東西不是身分利益來衡量的。我雖然優柔寡斷，又無甚能耐，但若是有人真人待我，我是知道的。」

「為了你們石家，我已經讓嫿嫿受過一次委屈，我不會讓她委屈第二次。」蔣涵睜開眼，態度變得無比堅定，「微臣，並無異議。」

「蔣涵，我恨你！」石氏雙眼赤紅，狀若癲狂，「你把皇位拱手讓人，我為你算計這麼久，你卻要為了別人休棄我，你沒有良心！」

「妳是為了我，還是為了妳自己？」蔣涵失望地嘆息，轉身對上首的容瑕道：「陛下，微臣管家不力，導致皇后娘娘差點入了險境，微臣羞愧至極。如今舊事已了，微臣奏請陛下，允許微臣去看守大業皇室陵墓，再不插手朝中之事。」

「表哥……」班嫿面色微變，「你這又是何苦？」

「娘娘，我本不是擅長謀略之人，若是去看守皇陵，倒能得幾分寧靜。」蔣涵朝容瑕行了一個大禮，「求陛下與娘娘成全。」

「准奏。」

班嫿看著容瑕與和親王，沒有開口說話。

「王爺，王爺……」石氏想要去抓蔣涵的腿，蔣涵卻不再看她，逕自退出了大殿，消失在茫茫夜色之中。

「殿下！」石氏趴在門口，痛哭道：「妾身錯了，妾身真的知錯了，你不要這麼對我……」

當一個優柔寡斷的人都不再回頭的時候，說明他的心早已經傷透，莫過於心死。

就在這個時候，一個太監站在殿外道：「陛下、娘娘，石大人求見。」
「這麼晚了，他來幹什麼？」班嫿看了眼石氏，對容瑕小聲道：「他是來為石氏求情的？」
容瑕握住她的手，轉頭對太監道：「宣。」
班嫿乾咳一聲，「這會兒讓他來，不是更麻煩嗎？」
「不用擔心。」容瑕對她溫和一笑，「有些事，早些處理了才好。」
石晉一進大月宮，就看到趴在地上痛哭的石氏，心中一跳，快步上前向班嫿與容瑕恭敬地行禮，「微臣見過陛下，見過娘娘。」
「石大人不必多禮，賜座。」
「微臣有罪，不敢落座。」石晉一撩袍角，竟是對著容瑕行了跪拜大禮，「請陛下恕罪。」
「哦？」容瑕挑眉，順手給班嫿倒了一杯茶，看向石晉，「不知石大人何罪之有？」
「家姊膽大包天，竟敢冒犯皇后娘娘，微臣萬分惶恐，特來請罪。」石晉又是一拜，只是這一次拜的是班嫿，「求娘娘責罰。」
額頭觸及冰涼的地面，石晉無法看到班嫿的表情，也沒臉去看班嫿。
「石大人是來為石氏求情的？」班嫿看著跪在地上的石晉，轉頭看向石氏，「石氏，妳有沒有想過，若是事敗會連累家人？在妳心中，后位比家人還要重要嗎？」
石氏猛地搖頭，「這是我一人所為，與他無關，求……娘娘明鑑！」
剛才她沒有求班嫿，但是在這個時候，終於開口求起人來。
「早知道會有今日的結果，妳為何要鋌而走險？」班嫿擺了擺手，「石晉，你退下，此事與你無關。」
「娘娘……」
「你閉嘴！」石氏不要石晉再開口，她看著坐在上首，美豔得不似真人的班嫿，一點一點地抹去了臉上的淚痕，「我九歲與太子訂親，身邊所有人都告訴我，我是太子妃，是未來的皇后，我生來就是做皇后的命。我每天盼啊盼，等啊等，就想著穿上鳳袍，戴上鳳冠，接受百官命婦的朝拜。」

「我是為做皇后而生的。」石氏看著自己保養得極好的手臂，眼神中的光芒逐漸黯淡下來，「我不甘心。」

但是，在這個時候，看到自己的弟弟為了自己，寧可得罪容瑕，也要進宮求情，她心中不甘與怨氣，似乎不再那麼澎湃，「我認罪，但是此事與他人無關，求陛下與皇后饒了他人。」

容瑕沒有回答，他在看班嫿。

班嫿明白他是想把這件事的決定權交給她，她穩了穩心神，把守在外面的杜九叫進來，「杜九，派人嚴查整個京城，搜尋前朝餘孽，不可濫殺無辜，但也不可放過圖謀不軌者。」

「是！」杜九駭然，皇后娘娘這是要徹查前朝之人，若是不喜今朝，一心想要復前朝者，在這次徹查下，定是逃不掉。

皇后娘娘這次，可真是被惹怒了，不然不會如此不念舊情。

他領命退下，走出大月宮的時候，想到關在天牢中蔣洛說的那席話，忍不住停下了腳步。皇后娘娘如此動怒，僅僅是因為石氏派人刺殺她，還是氣石氏想要暗算陛下？

陛下雖然喜怒不形於色，但他至少能夠看得出，陛下眼裡心裡都是皇后娘娘。

倒是皇后娘娘……

看似嬌憨天真，心思單純，做事順心而為，但若是有心試探，才會發現她是個極其複雜的女人。從小錦衣玉食，眾星捧月，卻又練就一身武藝。

練過武的人都知道，吃不了苦的人，是練不出好身手的，就算再有武學天分也不行。

但是，娘娘文雖不能提筆寫詩，卻也不像傳聞那般毫無文采，一身武藝更是讓很多兒郎感到汗顏。她雖然懶散任性了些，可從未做過任何一件超過雲慶帝底線的事情。

越想越心驚，杜九頓時覺得班嫿高深莫測起來。

「石晉，你帶石氏走吧。」班嫿緩緩開口道：「我把她的命留給你。」

她垂下眼瞼，眼底皆是涼意。

容瑕的食指在茶杯上輕輕地摩挲了幾下，對班嫿微微一笑，以示他支持班嫿這個決定。

「謝……陛下，謝娘娘。」石晉朝兩人磕了一個頭，轉身去扶石氏，「走，跟我回去。」

石氏朝帝后二人行了一禮，跟著石晉出了大月宮。

相府早就沒有了，石晉現在住的院子，是朝廷賜給他的，雖然沒有相府奢華，但也算是五臟俱全。他讓下人伺候石氏換好衣服，梳好髮髻以，對石氏道：「妳好好休息，以後就在這裡安心住下吧。」

「阿晉，」石氏叫住石晉，「幾年前，母親曾跟我提過，你心儀一名女子，她是誰？」

「她早已嫁做人婦，我也把她忘了。」石晉平靜地看著石氏，「往事又何必再提。」

「我知道。」石氏坐在鏡前，把一支步搖插到髮間，「那時候，她與謝啟臨有婚約，所以你才去邊關，避開有關她的消息。」

「只可惜，萬事不由人心。」石氏摸了摸自己的鬢髮，聽到外面的打更聲，忽然笑了，「已經三更了。」

石晉看著她髮間華麗的朱釵，忍不住開口道：「早些卸了釵環，歇息吧。」

「我知道。」在唇間點好口脂，石氏問：「你為什麼會來？」

「為了家族，我沒能救飛仙，」石晉神情有些低落，「我不能讓這種事發生第二次。」

聽到這話，石氏笑了，眼含點點淚光，轉頭看石晉，「阿晉，我好看嗎？」

「好看。」

「我與班嫿，誰好看？」

石晉沒有回答。

「在你眼中，大抵她是最美的。」石氏仍舊只是笑，用眉黛給眉梢染上好看的顏色，「你出去吧，我該睡了。」

石晉看了眼豔麗的石氏，「好好休息，其他的不要多想。」

「我懂的。」石氏放下眉黛，溫和地看著石晉，「夜裡涼，注意身體。」

石晉對她作揖一禮，沉默地退了出去。

目送著石晉離開，直到他的腳步聲再也聽不見，石氏在眉宇間描了一朵盛開的桃花。

她畫得極認真，每一筆都小心翼翼，就像是在做人生中最重要的一件事。

她端莊了一輩子，在臨走前，也想給自己增添上幾分顏色。

或許在很久以前……

她也曾羨慕過班嫿的。

❀ ❀ ❀

「娘娘，石氏沒了。」

班嫿描眉的手一頓，她放下眉黛，嘆口氣道：「幾時沒的？」她對石氏極其厭惡，因為這個女人為了權勢，什麼都不顧及，甚至想要她男人的命。可她又覺得這個女人有些可憐，從小被養移了性子，也不知道是為了自己活著，還是為了父母培養出來的虛榮活著。

她知道石氏活不了，就算她讓石晉把石氏領回去，石氏也只有死路一條。

她不死，永遠都是皇室的一根心頭刺，而她就算活著，也只能冷冷清清地過一輩子，甚至還有可能影響到石晉的仕途。石家只剩下石晉了，她這種看重權勢地位的女子，是捨不得讓石晉被連累的。

「昨夜三更過後，服藥自盡。」如意拿過梳子，替班嫿挽好頭髮，「據說今天早上被發現的時候，已經氣息全無。」

「我知道了。」班嫿打開口脂盒，沾上一些口脂到指腹，然後點到了唇上，閉了閉眼，「讓他們備馬，我要出宮。」

皇帝給了石晉一個恩典，就算這個恩典自殺了，石晉也只有感激的份。

班嫿從銅鏡前站起身，在宮女的伺候下換好騎裝，看著這個華麗寬敞的屋子，深深吸了一口氣，「走。」

靜亭公府。

班恆剛練完一套拳腳功夫，正趴在桌邊哼哼唧唧地讓小廝幫他按肩膀，聽到下人來說尚書令家的公子周常簫來了，便道：「讓他直接進來便是。」

周常簫進門見班恆汗流浹背地趴在桌邊喝茶，走到他身邊坐下，「最近幾天你怎麼回事，也不出門跟我們玩了，該不會真是要讀書上進了？」他本來還想問問皇后娘娘有沒有受傷，但是見到班恆這麼輕鬆的樣子，就可以確定皇后應該沒受傷。

不然依班恆的性格，早就上竄下跳，拖著他們一起想辦法抓兇手了。

「上什麼進？」班恆愁著臉道：「你不會懂我的苦。」

「都做國舅爺了，還苦什麼？」周常簫翻個白眼，「這就是抱著金娃娃說自個兒窮，讓其他人聽見，非揍你不可。」

「你以為……」

「世子，皇后娘娘來了！」

聽到這話，班恆從凳子上蹦起來，轉頭拽著一個中年男人道：「蔣師傅，我這幾日真有好好練功，等下我姊來了，你可要如實相告，不然我姊會揍我的。」

「請世子放心，在下一定會如實相告。」

周常簫比班恆還要震驚，皇后娘娘……出宮了？

昨日整個京城都被陛下翻了個底朝天，全城都開始解嚴，皇上怎麼會讓皇后娘娘出來，難道是兇手已經被抓住了？

腦子裡想了一堆有的沒的，周常簫在見到班嫿進來的時候，還是規規矩矩行了個大禮。

「常簫這些日子好像胖了些？」班嫿看了他幾眼，往凳子上一坐，漂亮的鳳目掃過班恆，班恆陪著笑湊到她跟前，「姊，他整日裡吃吃喝喝，怎能不胖？」

班嫿伸手在班恆手臂上一摸，滿意地點頭，「看來你這幾日確實練了幾下拳腳。」她起身對中年男人抱拳，「蔣師傅，辛苦了。」

「娘娘折煞在下了。」蔣師傅笑著回了班嫿一個大禮，轉身退了出去。

周常簫與班嫿還算熟悉，不過以前班嫿只是出身高貴的貴族女子，算是他們紈綺團體中比較有威望的那一個。他們與她說話的時候，也沒有多大顧忌，現在對方成了皇后，他反而有些不太自在了。

他一時站也不是，坐也不是，班嫿調侃他胖了，他也就笑呵呵地應著，在心中暗暗後悔今天來班家湊熱鬧。

「常簫，還站著做什麼？」班嫿見周常簫不自在的樣子，忍不住笑出聲，「你也不用在我面前裝模作樣了，你是什麼樣子，我還不知道？」

「嘿嘿。」周常簫挨著班恆坐下，「昨日聽聞娘娘遇刺，我們也不敢隨意討論，進宮更是不方便，所以今日我來，就想來問問阿恆，您有沒有受傷。」

好歹是一起坑過人，一起聽過小曲兒的朋友，雖然對方現在發達了，他們這些紈絝還是有些擔心的。

「放心吧，我若是有事，這會兒哪還能出宮？」班嫿喝了一口茶，「我就是在宮裡待著有些悶，出來走走。」

周常簫頓時露出了燦爛的笑容，「娘娘，您是鳳凰命格，受上天庇佑，定是遇難成祥，好事不斷的。」

「一段日子不見，你還會相面了。」班嫿放下茶杯，「父親與母親怎麼沒在府裡？」

「今日一早他們就去觀裡祈福去了。」班恆想了想，「恐怕要傍晚才會回來。」

昨日她出了事，今天父親與母親就去道觀祈福，這是為誰求福，不用說就知道。她有些愧疚地放下茶杯，「我讓二老擔心了。」

「這哪能怪妳，全都是刺客不好！」班恆一拍桌子，怒罵道：「妳的親衛夠不夠，不夠的話把我們府裡的親衛再調一些去。」

周常簫抽了抽嘴角，把自家培養的親衛帶進宮，這是嫌陛下對班家太好，自己給自己找麻煩嗎？實際上，他聽聞陛下竟主動召皇后的親衛入宮，保護皇后之時，就感到十分的意外。後宮是什麼地方，那是帝王寢宮，怎麼任由外人帶武將進去，難道就不怕引起宮變？

要知道，雲慶帝就是死在親兒子手上的，有了前車之鑑，陛下還如此厚待娘娘，娘娘這調教男人的手段，可真是一絕。難怪他家那些姊姊妹妹們，都愛跟他打聽皇后娘娘的興趣愛好，想要學一學娘娘的馭夫手段。

當初多少人說陛下求娶娘娘是出於無奈啊？

結果，現實卻給了人重重一巴掌。兩人成親以後，不時傳出成安侯又給福樂郡主買什麼了，成安侯又陪福樂郡主到娘家小住了。尤其是班家被抄家，成安侯不怕受連累，榮養班家人不說，還對福樂郡主越發細心這件事，讓京城無數女子豔羨。

他自己就是個男人，要他這樣對一個女人，他恐怕做不到，也不願意這麼做。

「既然父母都不在家，你們兩個騎上馬陪我到外面走走。」班嫿拿帕子擦去班恆額頭上的細汗，「去換身衣服。」

「好。」

班恆樂顛顛地往屋裡跑。

班恆離開以後，周常簫老老實實低著頭，不敢看班嫿的臉。

「文碧還好嗎？」班嫿所問的，是周常簫的胞妹周文碧，她與周文碧的交情還不錯，所以便想要多問幾句。

「舍妹一切都好，前些日子跟人訂了親，婚期定在明年三月，到時候請……」周常簫想說請班嫿來喝喜酒，想起以班嫿的身分，來參加他妹妹的喜宴已經不合適了，便把後面的話嚥了下去，「到時候還請娘娘賞賜幾樣好東西，給舍妹添添妝，讓她在夫家也能多幾分顏面。」

「你放心，好東西少不了你妹妹的。」班嫿笑了笑，看來這次的動盪，真讓這些紈絝改了不少。若是以往，以周常簫的性格，想說什麼就一口說出來了，哪像現在，還知道把不適宜的話給吞回去。

人總是要長大的，就算是紈絝，也要從一個輕狂的紈絝長成稍微沉穩些的紈絝。

不多時，班恆跑了出來，「姊，我換好了。」

班嫿替他壓了壓衣襟上的一處褶皺，笑著點頭。

出來。

茶坊酒肆中，說書人講著英雄佳人的恩怨情仇，愛恨離別。班嫿坐在桌邊，聽著說書人用慷慨激昂的語氣來形容她的美貌，又說她是如何厲害的，一刀斬敵十人，便再也忍不住捧著茶杯笑出來。

班恆小聲問她：「姊，一刀斬敵十人，這把刀要多長？」

「三四十尺？」班嫿忍俊不禁，「我可扛不起這麼長的大刀。」

「這些說書人最愛誇張了。」周常簫切了一聲，「唯一真實的地方，就是形容您美貌與在軍中威望那裡了。」

班恆不屑地瞥了周常簫一眼，這拍馬屁的本事還不如他的一半，也好意思在他面前顯擺。

「你這老頭兒說得好生沒道理，皇后與陛下乃結髮夫妻，陪伴他上戰場本是應該。」一個看起來有些寒酸的男人道：「什麼巾幗英雄，什麼英明神武，她若是真有那麼厲害，當初還會被那麼多男人拋棄？」

這個男人喝了幾口酒，膽子便大了起來，他見自己出口以後，其他人都不敢再說話，於是顯得更加得意，「要我說，這全是因為咱們陛下心好人厚道，讓她一個女人有上戰場的機會，還讓她做了正宮皇后。若我娶了一個被退婚幾次的女人，絕不會讓她做皇后。」

「所以你這種人只能在我們這裡賒酒喝。」堂倌陰陽怪氣地嘲諷道：「連個媳婦都娶不到，也好意思對咱們皇后娘娘說三道四，不如用你那兩寸釘撒點尿照照你是個什麼東西。」

堂倌這話一出，大堂上的人都笑了出來，有人嘲笑他窮，有人嘲笑他一個媳婦都娶不到，倒是沒人說皇后娘娘被退婚幾次有什麼不對。

「咱們娘娘退婚幾次又怎麼了，說明這些男人都配不上她。」一個婦人瞥了男人一眼，「你這種人也配談論娘娘，呸！」

京城中不知何時吹起一股模仿皇后娘娘的風氣，女兒家以會騎馬射箭為榮，就算不擅長詩詞歌賦，也能挺直腰桿說一句她們的皇后娘娘就算不善詩畫，同樣能號令群雄，驚豔四海。

怒火剛升到一半的班恆，見大堂裡那個口出妄言的男人已經被群眾的憤怒包圍，剛生出的怒意又默默消了下去，一時間竟有些哭笑不得。

他轉頭對班嫿小聲道：「姊，沒想到妳現在這麼有號召力。」

事實上，京城中這麼多女兒家，不是所有人都會琴棋書畫，只是時下推崇這些，不會的人也要硬著頭皮硬撐，現在終於出了一個不那麼主流的皇后，她們就藉著機會來發洩自己情緒了。她們擁簇的不是她，而是她們自己。

班嫿笑了笑，「走吧，再聽下去也沒什麼意思了。」

她剛站起身，一個身穿藍袍的男人就走了進來，班嫿看到他，又坐了回去。

「皇后娘娘被退婚，不是她不好，而是她太好，讓男人自慚形穢，不敢跟她在一起。」謝啟臨在外面聽到別人在說班嫿的閒話，便走了進來，「陛下與皇后天生一對，龍鳳呈祥，世間其他男人與娘娘在一起，都是對她的折辱。」

男人被一群人嘲諷，正是心氣不順，現在見一個小白臉也來說話，反口嘲諷道：「你又是什麼人，還說什麼那些未婚夫配不上皇后才退婚。你又不是他們，你怎麼知道？」

「在下不才，確實是皇后娘娘曾經的未婚夫。」謝啟臨淡淡地道：「皇后娘娘貌若仙人，出身高貴，在下因為自卑，才會故意退婚。你這樣的汙穢小人，本沒有資格談論皇后娘娘，但我今日若不說清楚，往後還會有你這樣的人來討論娘娘，沒得汙了娘娘的美名。」

「由始至終，配不上娘娘的都是我。」謝啟臨垂下眼瞼，神情疏淡，「爾等日後不必再談論此事，若引來禍端，那便是爾等咎由自取。」

眾人也沒有想到，在背後說個閒話，還被當事人給聽見了。他們聽說過，皇后娘娘確實有個未婚夫姓謝，但不知道後來是因為什麼給退婚了。有人說是謝公子嫌棄福樂郡主不夠文雅，所以跟別人私奔了。還有人說是班家瞧不上謝家不夠顯赫，所以處處嫌棄。

現在看來，明明是皇后太好，讓未婚夫自覺配不上她，才找理由退婚，保全他們的顏面。

在場的眾人自動腦補了一番皇后有多好多美的畫面，最後蓋章定論皇后娘娘的命格太好，一般男人都配不上，唯有英明神武、仁愛厚德的陛下，才與皇后娘娘天生八字相配，成為天下無雙的夫妻。

班嫿聽著下面人的討論，面無表情。

「他竟然會站出來承認這種丟人的事。」班恆忍不住嗤笑道：「我還以為他的良心已經壞到了根子裡。」

周常簫乾咳一聲，「阿恆，最近新開了一家酒樓，我們去嘗嘗。」

他可不敢聽皇后娘娘過往的恩怨情仇，總覺得聽太多不安全。

班嫿笑看他一眼，點了點頭，「走吧。」

她一起身，樓上包間裡的男男女女都跟著站起身來，他們不是客人，而是班嫿的護衛。

用完午膳，班嫿就準備回宮了。

班恆一路相送，一直送到朱雀門外，才止步不前。

「姊，」班恆把一個包袱塞給班嫿，「這是我特意為妳尋來的，妳別讓陛下發現了。」

班嫿見他一臉神祕的模樣，笑著接過，「這裡面沒有宮中的違禁品吧？」

「妳可是我親姊，我會坑妳嗎？」班恆嘆口氣，「妳性子直，又不愛動腦子，妳身邊那些丫鬟都是母親精挑細選的，我還勉強放得下心。現在我們家的日子過得挺好，妳可別為家裡討好處，反正我也不是做官的料，現在這樣就很好。戲文話本裡那些為娘家要好處的后妃，可沒幾個有好下場，玩玩不要學他們。」

「你整日在家看些什麼東西？」班嫿伸手點了點班恆的額頭，「腦子笨就不要操心這些，姊姊我心裡有數。」

「妳若真心裡有數，我就放心了。」班恆嘆氣，「我還是那幾句話，別委屈自己，也別操心我們，能讓咱家吃虧的，還沒幾個呢！」

班嫿見班恆一副得意的模樣，不由笑出了聲，「好，我知道了。」

「知道就好。」班恆轉頭，「行啦，妳進去吧，我也該回了。」

班嫿點了點頭，她調轉馬頭，騎著馬慢慢進宮，回頭見班恆還在朱雀門外，伸長脖子看她。她輕笑一聲，朝班恆揮了揮手，班恆才磨磨蹭蹭地騎著馬離開。

回到大月宮，容瑕在前殿與大臣商議政事，她也沒去打擾，而是打開了班恆給她的包裹。包裹裡放著一個書匣子，還挺沉的。

難道是新出的話本？宮裡現在有專門為她編纂話本的人，這些人各個是編纂故事的高手，哪還用到宮外買書？

盒蓋打開，班嫿把裡面厚厚一疊書捧了出來。

《純明皇后起居注》？

《司馬家族的女人們》？

《君子之度》這本書名字取得正經，翻進去一看，寫的卻是有關男人口是心非時的行為。

《後宮的戰爭》這本書寫的是後宮女人如何勾引皇帝，那些心狠手辣的女人又是如何算計正房皇后的。

翻完所有的書，班嫿撫摸著書籍封面，忍不住笑了。

「娘娘，」常嬤嬤小聲道：「這裡面有些書記載的可能是事實，雖然世子操心得過了些，不過這些書也不是全部無用。」

班嫿把書裝回匣子中，笑著搖頭，沒有多說什麼，只是讓如意把書收撿起來。

石氏的自殺，在京城中沒有引起轟動。她的玉牌被拆了下來，就連下葬時的規制，也只用了鄉君的品級，這還是班嫿下了一道恩旨的結果，不然她只能按照普通女子的規格下葬。

雖然宮中無人宣揚，但是伴隨著前朝一些人被清算，石氏又被和親王休棄，最後還自殺，稍微有腦子的人都能猜到，石氏可能與刺殺皇后一案有關係。

石氏下葬後不久，和親王就帶著家眷，去看守大業歷代皇帝的陵墓。

前朝終於乾乾淨淨落幕了。

京城別宮中，安樂公主聽著下人的彙報，良久後才苦笑道：「容瑕到底是把我們這些前朝的人清走了。石氏的事情不要跟母后提，我擔心她老人家受不了。」

「發生了什麼事？」福平太后走了進來，見安樂公主面色蒼白，穩了穩心神，「妳說吧，我受得住。」

「母后……」安樂公主沒有想到福平太后會聽到她說的話，她面色微變，一時間竟不知道該不該開口。」

「有什麼話就直說，我連改朝換代都受得住，還有什麼受不了的？」福平太后走到桌邊坐了下來，神情堅毅又平靜。

「母后，石氏沒了。」

福平太后眉梢動了動，「她太看重權勢了，若是邁不過這個坎兒，早晚也是一個死字。」她嘆口氣，「妳大哥派人來說，他去給蔣家列祖列宗看守陵墓了。其實這樣也好，至少不會再引起新帝猜忌，能夠保住一條命。」

「母親，容瑕……究竟是不是父皇的血脈？」安樂公主想起班嫿曾經說過容瑕不是父皇的私生子，可是班嬙連三軍虎符都能給容瑕，她哪還敢相信班嬙？她待班嬙這麼多年的姊妹情誼，最後班嬙卻跟著容瑕造反，毀了蔣家幾百年基業，她現在對班嬙，也不知道恨多一些，還是喜愛多一些。

「妳在哪裡聽了這些胡言亂語。」福平太后面色大變，「安樂，我與妳父皇寵妳這麼多年，難道把妳的腦子寵壞了嗎？」

安樂公主沒有想到福平太后發了這麼大的怒火，她咬著唇角，蒼白著臉道：「母后，您就告訴我吧，至少讓我心裡有個明白。」

「明白又如何，不明白又如何？」福平太后扯著嘴角笑了一下，但是這個笑容卻毫無笑意，「妳問我，我又去問誰？」

「連您也不知道嗎？」安樂公主懷疑地看著福平太后，母后是不知道，還是不想告訴她？回到自己的院子裡，安樂公主想了很久，喚來一名宮女，把自己的腰牌遞給她。

「妳派人去宮裡，就說我想求見陛下。」

「陛下？」宮女以為自己聽錯了，又問了一句，「是陛下嗎？」

「對，陛下。」安樂公主垂下眼瞼，看著只有八成新的梳妝檯，目光一點一點淡了下來。

❀ ❀ ❀

班嬙趴在床上，笑咪咪地看容瑕換好龍袍，坐上御輦，又在床上躺了半個時辰後，才起床用早膳。用完膳食後，她忽然想起趙夫人曾跟她提過的楊氏，便對如意道：「前些日子不是說那個楊氏想要見我，我看今日就很合適，宣她進宮。」

「是那個改嫁的楊氏？」如意小聲問。

「不是她還有誰？」班嫿嗤笑一聲，「我倒是想知道她求見我想幹什麼。」

「無非是套交情，或是來請罪求陛下與娘娘不追究過往那些事。」如意笑了笑，「難不成還有別的緣故不成？」

「妳說的沒錯。」班嫿笑了笑，「左右不過這些手段。」

容瑕下朝以後，正準備去寢殿，王德在他耳邊道：「陛下，前朝的安樂公主求見。」

「安樂公主？」容瑕想了一會兒，「那個與嫿嫿有些交情的公主。」

「正是。」

「既然與嫿嫿有幾分交情，來見朕做什麼？」

「奴婢也不知，安樂公主說，她有要事稟告陛下。」

容瑕沉思片刻，「宣。」

「另外，去請皇后娘娘到屏風後稍坐片刻，朕看在嫿嫿面上，可以見她一面，但是她要說什麼，嫿嫿卻不能不聽。」

王德眼瞼微動，躬身道：「奴婢明白了。」

班嫿被王德請到前殿，她見前殿站了好幾個宮女，略挑了挑眉，容瑕平時在前殿不喜宮女伺候，怎麼今日會有這麼多宮女在？

「娘娘，請坐這邊。」王德做了一個請的姿勢，示意讓班嫿坐到屏風後面。

「你們家陛下又讓我聽牆角？」班嫿提起裙襬，邁上臺階，繞過屏風坐下，「說吧，是不是有人想跟你家陛下告密？」

王德陪笑道：「娘娘真是料事如神，確實有人特意求見陛下。此人與娘娘有些來往，陛下思來想去，不好駁了此人顏面，便讓奴婢把娘娘請來。」

「看來還是舊人。」班嫿輕笑一聲，笑聲中無喜無怒。

王德偷偷打量皇后的神情，發現對方臉上並沒有多少情緒，彷彿這位舊人並不能牽動她的情緒。他垂下頭退到一邊，皇后娘娘的心思，有時候確實讓人難以捉摸。

正想著，外面傳來腳步聲，王德向班嫿行了一個禮，躬身退到了屏風外面。

等王德離開以後，班嫿臉上的笑意慢慢消失，忽然又釋然一笑，換了一個更加舒適的姿勢坐在了椅子上。

「公主殿下。」王德上前向安樂公主行了一個禮，「您請稍坐，陛下待會兒便來。」

安樂公主冷笑一聲，「你倒是一條好狗。」

王德笑著行了一禮，禮儀上挑不出半分錯處。

安樂公主面色稍微一變，顧忌到這裡是容瑕的地盤，不敢說太多過分的言語，但是身為前朝公主，她對王德是有恨意的。明明是父皇身邊的太監總管，現在卻搖著尾巴在新朝皇帝面前伺候，什麼忠心主僕情意全都不顧了。

她眼瞼微垂，看到王德交握在腹前的一隻手掌缺了三根手指，心中的怒氣又消去不少。這三根手指，據說是他護住父皇時被二弟傷的。想到二弟做的那些事，安樂臉上的怒氣全消，揉了揉額際，「我不該怪你。」

王德臉上的笑容不變，「多謝公主殿下寬宏大量。」

「王公公客氣了。」安樂苦笑，「我如今……」

她不過是個前朝公主，對方卻是大內太監總管，若是想要刁難她，她也只能受著。這個公主的名號看似風光，實際也只是面上好看罷了。

王德拱手道：「殿下能夠想通便好，您與娘娘交好，只要有娘娘在，誰又敢開罪於妳？」

這話是王德看在以往的主僕情分上，有意提醒安樂公主一句，若是對方領會不了，他也無話可說了。安樂公主從小受盡寵愛，從未遇到不順心的事情，唯一給她添堵的駙馬最後落了一個家破人亡的下場，再後來她便過著奢侈風流的日子。順風順水日子過久了的人，有時候會看不清現實，希望這位與娘娘有幾分交情的公主不會犯這種傻。

安樂公主苦笑一聲，正準備說上幾句話，殿門口的宮女們紛紛跪了下來。她的心頭一跳，是容瑕來了？

不自在地從椅子上站起身，她望著門口，等了幾息的時間，容瑕終於走了進來。對方穿著一身玄色錦袍，袍子上繡著淺色雲紋，看起來既儒雅又貴氣。

然而，這個看似溫和的男人，卻在一日之內殺了幾百個人。這些人全是曾與二弟同流合汙，手染百姓鮮血的人。武將推崇他，說他殺伐果決，有明君之風範。讀書人崇敬他，說他心懷仁德，善待有才之人，是位難得的仁君。

彷彿所有人都忘記，他原本只是蔣氏皇朝的一個侯爺，甚至在蔣氏皇朝還有太子的情況下，龍袍加身，建立了一個新的朝代，而且還把這個朝代名為贏。

贏，勝利也。

明明是一個充滿野心與算計的人，為什麼這些人都像瘋了一般推崇他？

安樂心中有很多不甘，但是面對容瑕，她面上不敢露出半點情緒出來。

她規規矩矩地行了一個禮，「見過陛下。」

「公主不必如此多禮，請坐。」容瑕走到上首坐下，「不知殿下今日來，所為何事？」

「罪婦想問陛下幾個問題。」安樂猶豫片刻，「只要您願意坦誠相告，罪婦願意告訴您關於皇后娘娘的祕密。」

「哦？」容瑕臉上露出十分複雜的笑意，「公主請問。」

「二……戾王真的讓人給父皇下毒了？」

「是。」容瑕點頭，「戾王確實讓人給雲慶帝下藥了。」

安樂面色瞬間慘白，眼淚順著面頰流下，她用手背抹去淚痕，「多謝陛下告知。」

「公主還有什麼想問？」容瑕側身看著後面的屏風，彷彿在欣賞屏風上的貓戲牡丹圖。

「陛下身上可有蔣家的血脈？」

「公主，妳忘了？朕的外祖母雖然被逐出皇室，但也是蔣氏的血脈，這樣算起來，自然是有的。」容瑕挑眉看向安樂，「公主怎麼會問這種問題？」

「我想問的是……」安樂定定地看著容瑕，「你是否有父皇的血脈？」

殿內死寂一片。

「嗤！」容瑕嗤笑一聲，「公主，外面那些無知之輩的謠言，妳可萬萬不要當真。朕身上雖有幾分蔣氏血脈，但確確實實乃是容家子孫。這種惹人誤會的話，公主日後還是不要再說，免得愚昧之人當了真。」

安樂臉上最後的幾分血色散去，她整個人瞬間失去了生機，好半晌才回過神來，「我……知道了。」

原來容瑕真的不是蔣氏子嗣，她連自己騙自己都做不到了，她們蔣氏皇朝真的盡了。她用手絹擦了擦眼角，把最後的淚痕擦淨，「陛下有什麼問題，儘管問吧。」

「朕沒有什麼想問的。」容瑕笑了，「朕的皇后就是世間最有趣的一本書，朕日日看，時時看，都不會覺得厭倦。若她真有什麼祕密，也是朕來慢慢挖掘，這也算是夫妻間的小情趣。既然公主心中疑惑已解，就請回吧。」

「幾年前我還跟她取笑，說她那般喜歡美男子，只有嫁給你，因為整個京城再沒有比你更好的男人了。」安樂神情有些愣愣的，不知道是在懷念往日與班嫿交好的時光，還是在懷念當初被眾星拱月的自己，「那時候，嫿嫿還說，你喜歡的定是神仙妃子般的人物，她不會去湊這個熱鬧。」

誰能想到，她當年一句戲言竟然會成了真。

京城第一美男誰也沒有看上，偏偏求娶了名聲不太好的班嫿。

「約莫這就是緣分。」容瑕臉上的笑意更重，「上天註定要朕娶到嫿嫿，朕很感激。」他抬了抬手，「王德，送安樂公主回去。」

「是。」王德鬆了口氣，幸好這位公主殿下沒有說不該說的話，不然被屏風後的娘娘聽到，定是會傷心難過的。

「你這麼愛她。」安樂公主站起身，語氣忽然變得有些怪異，「是不是能夠忍受她心中曾有別的男人？」

容瑕眼瞼微顫，「朕與皇后夫妻情深，公主如此編排，有何用意？」

「夫妻情深？」安樂公主的語氣頗為嘲諷，「不過是你自以為是的情深罷了，你見過她第三個未婚夫嗎？難道不覺得他長得像誰？」

對容瑕，安樂公主還是恨的，她恨不得他日日過得不痛快，一輩子都求而不得，才能壓下心頭的那股恨意。

「嫿嫿根本不愛你，當年她願意與謝啟臨訂婚，是因為她看上了他，不然以謝家的地位，又怎麼可能與班家嫡女訂婚？」安樂嘲諷地看著容瑕，「就算你是京城第一美男，驚才絕豔又如何，讓嫿嫿動心的人不是你！」

「胡言亂語！」王德喝斥住安樂公主，「娘娘與陛下的情誼豈容妳編排，還不快退下！」

「當初嫿嫿得知謝啟臨喜歡詩詞，不知用了什麼手段，找來千金難尋的孤本送給謝啟臨。」安樂公主抬高下巴，「本宮當初是她最好的閨中密友，怎會不知她對哪個男人動了心？」

「容瑕，縱然你得到了我蔣家的天下又如何，嫿嫿看上你的，也只有你這張臉罷了。待你不再年輕時，她自然能夠欣賞其他男人，終其一生，你也無法得到她的真心！」

「你以為朕會相信妳的挑唆？」容瑕神情平靜地看著安樂公主，「妳若是嬸嬸的好友，又怎麼會當著朕的面說這些話？妳有沒有想過，這些話會給嬸嬸帶來什麼樣的後果？」

「妳這樣的人不配做嬸嬸的朋友，也不配叫她的名字。」容瑕站起身，聲音冷厲，「若日後朕聽到妳再叫皇后娘娘的名諱，定治妳對皇室不敬之罪。」

安樂被容瑕的眼神盯得畏懼，大腦一片空白，待她出了宮殿，才發現手心後背一片冰涼。

「公主，」王德停下腳步，作揖道：「您請慢走。」

安樂公主看著他道：「我可以去見一見嬸……皇后嗎？」

「您想見皇后？」

安樂發現王德的表情有些怪異。

「是。」

「公主，真是有些不巧，今日娘娘召見了楊氏，只怕沒時間見您了。」王德做了一個請的姿勢，「公主，下次再來吧。」

「楊氏？」安樂公主看到遠處有一個婦人朝這邊走過來，此人畏畏縮縮，眼神飄忽，看起來十分小家子氣，「就是她？」

「正是。」

「本宮知道了。」安樂公主沒再說其他的，走出了大月宮的地界。

王德看著她的背影，直到她再也看不見，才轉身回去。

有些情分是禁不起消磨的。

殿內相當安靜，容瑕坐在御案前沒有動。

班嬸從屏風後走出，看到他手裡拿著一本奏摺，便道：「有什麼想問的嗎？」

容瑕放下奏摺，抬頭看向班嬸。她臉上神情十分自然，無驚無怒，甚至沒有被朋友編排後的傷心，仍是那自在灑脫的嫿嫿。他起身把她攬進懷中，「妳……真的只是看中我的容貌嗎？」

「你怎麼會這麼想？」班嫿安撫地拍拍他的頭，「我看中了你很多，不然怎麼會嫁給你？」

「真的？」

「當然。」班嫿把頭靠在他胸口，眨眼道：「我從不騙人。」

容瑕笑出聲，鬆開班嫿，凝視著她的雙眼，「嫿嫿，妳別騙我。我這輩子在意的人很少，放在心上的人，唯有妳一人。妳若是騙我，與剜心無異。」

班嫿把手放在他的胸口，感受著心臟跳動的聲音，「我會讓它好好待在裡面的。」

她低著頭，容瑕看不到她的眼睛。

「娘娘，楊氏到了。」殿外，如意的聲音小心翼翼地開口。

「我知道了。」班嫿捏住容瑕的下巴，踮起腳在他唇上輕輕一吻，「別多想，我以前沒有愛上過別的男人。」

容瑕攬過她，在她唇上重重親了下去。

「我信妳。」

班嫿離開以後，容瑕坐在御案前很久沒動。

嫿嫿說，她以前沒有愛上別的男人，他相信。

那麼，現在……她愛他嗎？

「砰！」

王德看到御案上的茶盞掉在了地上，他躬身道：「陛下，您沒事吧？」

「朕無礙。」容瑕面無表情道：「讓人進來收拾乾淨。」

「是。」

# 終之章 情有獨鍾

楊氏還是容家兒媳時，常有進宮的機會，就連大月宮也是來過的，但那時候的大月宮雖然華麗，卻處處是男人的物件兒。然而，她這次來，發現大月宮除了仍舊如往日華麗外，還增添了許多女人才喜歡的東西。

這座宮殿中，女人的痕跡處處可見。

「皇后娘娘駕到。」

她忙跪地行大禮，連頭也不敢抬。一襲華麗的長裙從她身邊經過，她順著裙襬的方向，改變了跪拜的姿勢。

「起吧。」

皇后的聲音很好聽，也很年輕。當初在容家的時候，她記得容兒郎是個極其冷淡的孩子，不知班皇后是何等奇女子，才能讓他如此癡迷。上次她雖有機會進宮參加封后大典，但是離皇后極遠，她只能隱隱約約看到對方的輪廓。

她小心翼翼站起身，看清班皇后的相貌後，忍不住倒吸一口涼氣，好個美豔的人物，活像說書先生嘴裡勾魂攝魄的女妖精，若是男人落在了她的手裡，便再也無處可逃。

容二郎……喜歡的竟然是這樣的女人？

當初她跟容家大郎剛成親時，婆婆林氏還沒過世，猶記得對方是個十分清新雅致的才女，便是後來才名在外的石家小姐，怕也是要遜色幾分。如若不然，也不會讓公公對她如此癡迷，頂住一切壓力都要娶她進門。

班皇后與婆婆林氏，全身上下沒有任何相似之處，實難想像品貌非凡的容兒郎會迷戀這種與林氏完全相反的女人。她不敢多看，在班嫿叫起以後，就規規矩矩局地躬身站著，局促得一雙手不知放在何處好。

「聽趙夫人說，妳想見本宮？」班嫿見楊氏膽子並不大，實難想像這樣一個女人會在丈夫熱孝時，做出打掉孩子嫁給他人的舉動。

「罪婦楊氏，是來向娘娘請罪的。」楊氏又跪了下去，「罪婦自知罪孽深重，不敢求得陛下與娘娘原諒，罪婦願以死謝罪，但求陛下與娘娘不要追究他人。」

「起來說話。」班嫿敲了敲桌面，「本宮要妳的命做什麼，以往的事情陛下早已經不打算追究，本宮與妳又無半分恩怨，更是不會特意刁難妳。」

「娘娘……」楊氏感激地看著班嫿，「多謝娘娘！」

心思這麼簡單的女人，怎麼狠下心打掉孩子的？

「本宮見妳是個老實本分的人，當初怎麼會打掉孩子的？」

「娘娘，那個孩子……並不是罪婦流掉的。」楊氏紅著眼眶道：「罪婦嫁給容大郎以後，他並不喜歡罪婦，就連婆婆也不太喜歡我。後來婆婆過世，大郎傷心萬分，我們也沒能要上孩子。公公病逝兩年以後，罪婦腹中終於有了一個孩子，又怎麼會不歡喜？」

楊氏說到了孩子如何沒的，又說自己被人逼迫著嫁了人。說到被逼迫嫁人時，她語氣麻木又平靜，沒有半點憤慨，亦沒有半點歡喜。

班嫿多多少少腦補出了一下東西，比如林氏不滿兒媳，容大郎嫌棄髮妻不夠有風情。容大郎病逝後楊氏流產，加上她匆匆改嫁，在別人眼裡就是自己流掉了孩子。

從楊氏的言語中可以聽出，她那不曾見過面的婆婆林氏是個不好相處的人。她忽然想到，容瑕登基了這麼久，除了按照規矩追封林氏為超一品定國夫人以外，便再也沒有加封任何榮譽封號，他與林氏之間的母子之情，似乎並不是太濃烈。

與林氏相比，容瑕追封亡父時用心許多，不僅疊加了好幾個封號，還晉封其為超品國公加太子太傅，若不是於理不合，容瑕指不定會追封其為皇帝。

「林氏……本宮的婆婆，待陛下好嗎？」班嫿見楊氏吞吞吐吐的樣子，又道：「妳要如實告訴本宮，若是本宮發現妳撒謊，本宮定會責罰妳。」

「罪婦不敢。」楊氏忙道：「婆婆是個憐花惜月的女子，她與公公感情很好，在照顧陛下的時候，難免就……難免就有些忽略。陛下平日裡的功課，大多是公公在管，其他的都由丫鬟小廝打理。婆婆性子清冷，並不管這些俗務，但她對陛下與亡夫的要求極高，一直按書籍上的君子風度來要求他們。」

楊氏是個性格軟和、逆來順受的女人，她心裡就算覺得婆婆林氏為人有些奇怪，也不敢在嘴裡說出來，甚至不敢太過接觸小叔子，怕婆婆因此怪罪她。

後來林氏病逝，她竟不覺得難過，而是歡喜。

她知道自己有這樣的想法不對，卻怎麼都控制不住。

「本宮知道了，」班嫿擺了擺手，「妳退下吧。」

「多謝娘娘，罪婦告退。」

班嫿讓說書人、舞姬等來給她解悶，但是怎麼也提不起興致，便又揮手讓他們退下，然後說道：「來人，去把杜統領叫來。」

杜九一直跟在容瑕身邊，容瑕小時候過著什麼樣的日子，最清楚的人應該是杜九。

杜九聽到皇后娘娘找他，以為皇后娘娘無聊想要出宮，到了殿內，發現娘娘神情有些不太好看，上前行禮道：「娘娘，可是宮裡誰惹您不高興了？」

「我心裡是有些不太愉快。」班嫿給他賜了座，「你跟我說說你們家主子小時候的事情，給我解解悶。」

「末將擔心說了主子小時候的事情，您會更悶。」杜九老老實實地道：「主子小時候的生活十分乏味，不如娘娘您那般……多姿多彩。」

班家這位嫡小姐，從小就是沒幾個人敢招惹的姑娘，什麼沒玩過，什麼沒見識過。哪像他家主子，小小年紀就要開始背書習字，再大一點就要騎馬射箭，學君子遺風。若是有半點做得不好，夫人就會一臉失望的看著主子，不哭上幾場都不算完。

「有多乏味，跟我說說。」班嫿單手托腮，「我跟你們家主子在一起，很少聽他提起過小時候的事，我怎能不好奇？」

「主子三歲以後，便在卯時上刻起床，讀書習字一個時辰後，便去向夫人請安……」

「卯時上刻？」班嫿很驚訝「三歲的孩子在卯時上刻起床，這不是折磨小孩子嗎？」

杜九乾笑道：「這是夫人定下的規矩。」

「她讓三歲的孩子卯時起床，自己卻在一個時辰後再受孩子的禮，這不是寬以待己，嚴以待人嗎？」班嫿翻個白眼，「可憐你家主子，小小年紀過這種日子。我三歲那會兒，不睡到天亮是不會起床的。」

杜九臉上的笑容快掛不下去了，這話要他怎麼接？

一個是主子的親娘，一個是主子最心愛的女人，他說什麼都是作死。

「那你再跟我說說你們家主子小時候發生過什麼趣事，他有什麼想做卻沒做，長大以後就不好意思再做的事？」

杜九搖頭，「主子從小就很自律，並沒有什麼特別的愛好。」

「趣事倒是有，主子十一二歲那年，在宮裡遇到一個小姑娘，被小姑娘拉去冰上玩……」杜九語氣一頓，「不過，這事被夫人知道後，主子受了罰。」

「誰罰的？」

「夫人。」

「罰了什麼？」

「鞭二十，抄寫家規十遍。」杜九現在還記得主子當年被打得後背滲血的模樣。那件事過後不到一年，夫人便病故了。從那之後，他就再沒見過主子做過任何一件像小孩的事。冬天那麼冷，主子趴在床上，太醫幫他上藥的時候也不哭不鬧，倒是侯爺因為這事與夫人鬧過了一場。

班嫿聽到這些事，心裡就像是被醋泡過，被針扎過，又酸又疼。她沉默良久，轉頭看著窗外道：「今年的大雪就快要到了吧。」

杜九不解地看著班嫿，傻愣愣地點頭，「應該是的。」

當天晚上，京城就下起了雪來。

班嫿披著狐裘，站在臺階上，看著白雪皚皚的世界，對一名親衛道：「你去告訴世子，說本宮想去嬉冰，讓他找個好去處，我明日就去找他。」

「是。」

班嫿笑了笑，轉頭往正殿走去。

正殿上，容瑕聽著幾個近臣討論京城有才能的年輕人。

「原忠平伯嫡次子謝啟臨，也有幾分才學，只可惜傷了眼……」

「朕不用德行不正的人。」

周秉安微愣，隨即道：「陛下所言甚是，微臣失察。」

「周老是國之肱骨，對年輕一輩不太了解也是正常的。」容瑕在名單上勾了幾個名字，「朕既已登基，天下百廢待興，明年開恩科，廣納天下賢才。」

「陛下聖明。」幾位朝臣齊齊行禮，這幾年因為蔣家人瞎折騰，不少讀書人受到迫害。如今陛下開恩科，最高興的定是天下文人。唯一的問題就是，現在把告示張貼到全國各地，有些偏遠之地的讀書人，只怕是來不及趕到京城。

周秉安把這個問題提了出來，容瑕道：「既然不是按照規矩舉行的科舉考試，時間也不用拘泥以往，把時間定到四月底，倒也方便。」

「陛下仁德，為天下文人著想，微臣替學子們謝過陛下恩典。」

「依朕看，這次科舉就由你、姚培吉、劉半山三人負責。」容瑕早已經習慣這些老狐狸沒事就愛捧一捧他的行為，他從不當真，「劉愛卿歲數尚輕，大事上還是要由二位做主。」

新帝登基後舉行第一次科舉，就讓他們來負責，這是莫大的臉面，同時也表明了新帝對他們的信任。周秉安與姚培吉都是聰明人，知道陛下有意培養劉半山，當下便滿口答應下來，順便又誇了劉半山一番。

劉半山如今不過而立之年，已經領了大理寺卿的職位，日後可提拔的空間可大著，就算為了子孫後代著想，他們也不想得罪這個人。

待這些朝臣離開，容瑕才再次低頭去看周秉安等人呈給他的這份名單，朱筆在謝啟臨的名字上停了很久，最終還是再次劃掉了他的名字。

「陛下，皇后娘娘來了。」

「快請。」容瑕站起身就想到門口迎接，可是低頭一看這份名單，忍不住隨手拿了另一份奏摺蓋在了上面。

「容瑕。」班嫿走了進來，手裡端著一盤點心，有些像是容瑕曾在班家吃過的那個。太久沒有吃，味道他已經記不大清楚了，只知道這麼一盤點心，比這麼一盤銀子還要值錢。

「這廚子是我從娘家帶過來的，你嘗嘗。」班嫿把盤子放到桌上，拈起一塊放到容瑕嘴裡，「好吃嗎？」

容瑕點頭。

「你整日待在殿裡處理事務，別把身子累壞了。」班嫿把他按回椅子上，替他按著肩膀。

容瑕抓住她的手，伸手把她撈進自己懷裡，「說吧，是不是出去惹什麼事了？」

「啊？」班嫿莫名其妙地看著容瑕，「我為什麼要出去惹事？」

見她一臉茫然無辜的樣子，容瑕把一塊點心餵到她嘴邊，一邊餵一邊道：「前幾日出宮，妳玩得很晚才回來，對我也是這麼熱情。」

「這話說得，好像我平日對你不好似的。」班嫿吃下點心，在容瑕指尖重重一咬，哪知道容瑕不閃不避，只笑著任由她咬。

「你傻了嗎？」班嫿見他指尖留下了自己的牙印，有些心疼又有些心虛，「外面不是下雪了麼，我想你陪我出宮看看雪景。」

「明日？」容瑕想了想，「好，待下了朝我就陪妳去。」

「說好了就不能改口啊！」班嫿在他臉上用力親了一口，「乖，繼續批你的奏摺吧，我就不打擾了。」

「等一下。」容瑕把她拉了回來，在她唇角重重親了兩口，「妳個小沒良心的，達到目的就走。坐在這兒，陪我一會兒。」

「那你批奏摺，我看話本陪你。」班嫿攬著他的脖子，笑咪咪地道：「若是讓我給你洗筆研磨也是可以的。」

「罷了。」容瑕把她抱起來，放到鋪著軟墊的椅子上，「妳坐在這裡陪我就好。」他招來王德，讓他取來兩本班嫿喜歡的話本，又給她備好瓜果點心，才坐回御案邊做自己的事。兩人的愛好性格雖然不太一樣，但是坐在一起就莫名的和諧。

沒過一會兒，容瑕見班嫿趴在桌邊睡著了，不禁搖頭輕笑一聲，把大氅蓋在了班嫿身上，攔腰把人抱起，走出了御書房。候在外面的太監宮女見狀，忙撐傘捧壺，替帝后遮住從外面吹過來的寒風。

「陛下……」女官剛開口，就被容瑕冷淡的眼神嚇了回去，他看了眼外面的風雪，加快步子把班嫿抱回了後殿。

「妳們都退下吧。」容瑕坐在床沿邊，看著安睡的班嫿，讓內殿其他人都退了出去。

四周安靜下來，容瑕愣愣地看著班嫿，這張臉自己幾乎日日看著，卻怎麼都看不膩。世人都說，父母看自己的孩子，總是越看越覺得自家孩子無人能及。可他是嫿嫿的夫君，為何每每看著她，也會覺得世上沒有哪個女子比得過他？

越看越覺得，自己的娘子比誰都好，眼睛比他人更有神，嘴巴比別人更加潤澤，眉毛比別人漂亮，就連生氣的樣子，也好看得讓他心中酥軟成一片。

總不能說他把嫿嫿當作自己的女兒吧？

他自嘲一笑，走出內殿的時候，見到幾個宮女靜立在外面，他停下腳步，看向其中一人，「妳可是叫如意？」

「奴婢如意見過陛下。」

「妳一直在娘娘身邊伺候？」

「回陛下，奴婢十歲的時候就在娘娘身邊伺候，已經在娘娘身邊十年了。」如意頗意外，陛下從不與娘娘身邊的丫鬟多說一句話，也不關心她們叫什麼。有娘娘在的時候，陛下眼裡幾乎看不見其他女人，今日……這是怎麼了？

如意心裡有些不安，卻不敢顯露出來，只能老老實實地等著陛下開口。

容瑕想問她有關嫿嫿與謝啟臨的事情，話到嘴邊卻又問不出來，他眉梢微微一動，「朕知道了，好好伺候。」

「是。」如意見陛下並沒有繼續問下去的意思，躬身退到了一邊。

等容瑕離開以後，玉竹好奇地問：「如意姊姊，陛下這是怎麼了？」

「陛下的心思，也是妳能揣測的？」如意狠狠瞪她一眼，「妳這好奇的性子若是不壓下去，還是早早打發了妳回國公府，以免闖下禍事給娘娘增添麻煩。」

玉竹面色一變，「如意姊姊，是我錯了。」

如意見她受教，語氣好了幾分，「非我對妳嚴厲，只是姑爺現在已經是陛下，我們作為娘娘身邊的人，言行當更加謹慎才是。」

玉竹點頭，她日後不敢了。

「陛下，」王德撐著傘躬身走著，「老奴瞧著您臉色不太好，要不要去請一名御醫來給您把一把脈？」

「不必了。」容瑕搖頭，對王德道：「朕很好。」

王德猶豫了片刻，又道：「陛下，您是……聽了安樂公主的話，心裡不太暢快？」

容瑕停下腳步，偏頭看了王德一眼。

王德被這個眼神盯著渾身發寒，把傘遞給身後的太監，就跪在雪地裡請罪。

「起吧，朕並未怪罪於你。」容瑕把手背在身後，看著廊外的風雪，「你在宮裡伺候了這麼多年，安樂公主的話是真還是假？」

「娘娘當年與謝二郎訂婚的時候，她才多大呢？」王德小心翼翼看了眼容瑕的臉色，硬著頭皮繼續說，「奴婢在宮中伺候，雖然稱不上了解娘娘，但是娘娘的性子奴婢還是知道的。」

容瑕挑眉看他。

「愛恨分明，從不會在感情上委屈自己。」王德躬身行了一個禮，「要說送謝二郎的詩集是千辛萬苦尋來的，奴婢是一百個不信，最多是恰好得了一本，而四周親朋又沒人喜歡這些，便順手送給了謝二郎。」

「與娘娘交好的那些公子小姐，可沒人喜歡這些東西。」

容瑕表情相當微妙，他挑眉看王德，「是嗎？」

「奴婢一個閹人，哪裡知道兒女感情這些事？」王德乾笑道：「就是憑藉自己的所見所聞來推斷而已。」

「你說的對，送一本詩集算不得什麼。」容瑕抬了抬下巴，眼底露出幾分笑意。

當初嬸嬸送了他那麼多千金難得的孤本畫冊，可從未捨不得。更何況，那時候他們還不是未婚妻，嬸嬸對他便這麼大方。謝啟臨做了嬸嬸兩年的未婚夫，也不過得了一本嬸嬸最嫌棄不過的詩詞集，實在稱不上喜歡二字。

回到御書房，容瑕在謝啟臨名字旁邊做了一個批註。

將其發至西州任知州。

既然有些才能，而他又不想見到他，不如這樣最好。

當天晚上，謝啟臨接到了朝廷下發的委命書，看著上面蓋上的大印，他很是意外，又有些說不出的滋味。

容瑕竟然願意給他一個官職，這實在大大出乎他的意料。

看著滿臉激動的雙親，謝啟臨把所有的猜測都壓在了心底。他走出屋子，看著從天際飄搖而下的雪花，心中五味陳雜，說不上高興還是難過。

或許還有一些說不清道不明的空落落，這種失落感，連他自己也不明白究竟是為了什麼。

不到午時，一輛馬車從朱雀門駛出，車轅在積雪上壓出一道深深的痕跡。

馬車一路從鬧市經過，直到京郊的冰場才停了下來。這座冰場是京城某個公子哥兒修建的，到了冬日的時候，邀上幾個好友與美人在冰上玩鬧，或是請一些冰嬉高手來玩些花樣，供他們欣賞，也算是趣事。

這個公子哥兒姓錢，在京城中的地位不高，平日像周秉安、班恆這種高等紈絝，很少帶他一起玩，所以聽說班恆這位國舅爺要借用他的冰場，錢公子高興得一整晚都沒睡覺，讓家裡的下人連夜把冰場打理了好幾遍，確認就算扔幾匹馬到冰上都穩穩當當的以後，才放下心來。

錢公子一大早就等在冰場外，等班恆、周常簫等人出現，忙熱情地迎了上去。不過他很快發現，這幾位高高在上的公子爺並沒有馬上入場玩耍，而是讓一堆親衛把冰場圍得嚴嚴實實。

這些親衛各個人高馬大，腰帶佩刀，眼神不怒而威，嚇得錢公子說話的聲音都打飄。

「你莫緊張。」周常簫拍了拍他的肩膀，「我們要等一位貴人來，所以難免護衛嚴格了些，還請錢公子不要介意。」

「不介意，不介意！」錢公子忙擺手道：「應該的，應該的！」他偷偷看了眼四周，照這個架勢，就算有隻蚊子也飛不進去。究竟是哪位貴人，來頭這麼大，連堂堂的國舅爺也要如此小心翼翼。

大約半個時辰以後，一輛馬車停在了冰場外，錢公子正想上前說這是私人領地，外人不可逗留。就見班國舅一路小跑迎了上了，從馬車裡接出一個身披紅色大氅的女子。他不小心瞧見這名女子的臉，整個人都呆在了原地。

等他回過神後，才發現這個絕色女子身邊還有個同樣出色的男人，他感慨地嘆息，絕色美人果然都有了如玉公子陪伴。

班嫿牽著容瑕的手，微笑著看向容瑕，「陪我玩一會兒好不好？」

容瑕看著光滑的冰面，又看著身邊笑顏如花的女子，一時有些失神。十餘年前，他也想偷偷到冰上去玩耍，剛好有個小姑娘要他陪著玩，他便順水推舟下去了。

只是，他剛到冰面上走了沒幾步，就被宮人發現，回家受了一次罰，從那以後，他就再也沒有去冰上玩過。現在嫿嫿忽然帶他到這裡來，又喚起了他兒時的記憶。

「我不會。」容瑕對班嫿溫柔一笑，「我就在這邊看著妳好不好？」

「沒關係，還有我在呢！」班嫿脫下身上的大氅，換上冰嬉鞋，指了指杜九，「杜九，給你家主子換鞋！」

「屬下……這……」杜八在容瑕與班嫿身上看來看去，糾結萬分。

「罷了，」容瑕無奈一笑，「我自己來就是。」

班恆見狀遞上一雙鞋，又給容瑕戴上護頭護膝護腕。這些東西戴上去雖然有些笨重，不過對於從未玩過冰嬉的而言，卻是很好的保護。

「看我滑一圈給你看看。」

容瑕抬頭，目光落在班嫿身上，整個人幾乎凝住了。

冰上紅梅，雪中妖姬。

容瑕愣愣地看著班嫿，直到班嫿滑了一圈回來，又停在他面前，他都還沒回過神來。

「怎麼，被我的美貌驚呆了？」班嫿把一隻白皙細嫩的手遞到他面前，「來，跟我來。」

杜九等護衛緊張地看著容瑕，就怕皇后娘娘一不小心就把陛下給摔了。這要是被其他朝臣知道，不知要惹出多少麻煩事出來。

容瑕把手遞給班嫿，預想中的瀟灑並沒有看見，因為他在邁出第一步時就踉蹌了一下。

「小心。」班嫿扶住他的腰，「不要慌，一步一步來。」

「好。」

容瑕笑了，他跟著班嫿踉踉蹌蹌地在冰面上磨蹭著，有時候兩人摔在一塊，嚇得杜九等人冷汗直冒，結果兩人卻躺在冰上哈哈大笑起來。

杜九愣愣地看著陛下有些狼狽的模樣，他幾乎從未見過陛下如此笨拙的一面，平日裡的陛下總是無所不能又冷靜的。

像今日這樣，靠著娘娘才能往前走幾步，摔得四腳朝天的模樣，幾乎從未見過。

「起來。」班嫿把容瑕硬拖了起來，「你可真笨，我不到幾歲就學會嬉冰了。」

「嗯，我們家嬅嬅是最聰明的。」

「這話我愛聽。」班嬅臉頰紅撲撲的，眼角眉梢淨是笑意，「不過，就算你笨，我也不會嫌棄你。夫君再笨，那也是自家的好。」

「嬅嬅……」容瑕握住班嬅的手，忽然把她摟進了自己的懷中。

雪花飄落，幽涼壓下了班嬅身上的熱意。

「天若不老，情意不絕。」容瑕把班嬅抱得更加嚴實，不讓風雪落到她的身上，「嬅嬅，不要負我。」

班嬅心頭一顫，她伸手輕輕擁住容瑕的腰，沉默良久，久得容瑕以為她不會開口時，她輕輕點頭，「好。」

冰場旁邊，周常簫蹲在地上，抱著下巴，對班恆道：「陛下與你姊，一直……都這樣？」

班恆換好冰嬉鞋，對周常簫道：「怎麼了？」

「沒。」周常簫搖頭道：「就是覺得……挺好。」

班恆輕嗤一聲，站在冰上道：「有心思瞧別人，不如玩您自己的。」說完，他轉頭看向他姊的地方，兩人已經鬆開了，陛下仍舊走得東扭西拐，而他姊卻鬆開陛下的手，像朵花兒一樣漂亮地滑遠了。

班恆收回視線，陛下看上他姊這樣的女人，還癡情成那樣，圖個啥呢？

整整一個下午，容瑕也就勉強學會了不在冰面上摔倒，其他的一竅不通。

班嬅與他坐進馬車，躺進他的懷裡戳他胸口，「堂堂陛下，在冰嬉的時候竟然這麼笨。」

容瑕把她摟得更緊了些，笑著道：「不過今日我卻很開心。」

他終於體會到了在冰上暢快的感覺，沒人再罵他不思進取，沉迷玩樂，毫無儀態。他身邊這個女人嘴上說著他笨，但是每次他摔倒的時候，她就匆匆趕了過來，就像他是什麼還不懂的小孩子，被她疼著保護著。

「開心就好。」班嫿環住他的脖頸，「以後的每一年，每一個季節，我會偷偷帶你出去玩。不過不能因此懈怠政務，我可不想日後史書上記載我的時候，說我是什麼禍水。」

「那妳想做什麼？」容瑕點了點她的鼻尖。

「後世的人肯定會誇你是明君，我怎麼也要做個有名的皇后，比如說最受皇帝愛重的皇后，最賢德的皇后，或者……被皇帝愛了一輩子，皇帝從未納妃的皇后。」班嫿似笑非笑地看著容瑕，「我要讓後世人提到你，就會想到我。」

「好。」容瑕握住她的手，「妳是朕唯一的皇后，唯一愛過的女人，唯一的女人。此生我若做不到，便不得好死，江山毀於我手。」

班嫿閉上眼笑，「我可不想江山毀於你手，到時候苦的還是百姓。你若是違誓……」她緩緩睜眼，與容瑕的眼睛凝視，「就讓你長命千歲，終生孤苦，好不好？」

「好。」

馬車外，杜九拉了拉身上的大氅，裝作自己沒有聽見馬車裡的對話。

終生孤苦，有時候比不得好死更痛苦。

身為帝王，要遵守這樣的誓言，比普通男人更難做到。陛下竟然敢立下這樣的誓，是對他自己有信心，還是對皇后娘娘當真情癡到了這個地步？

成安元年冬天，朝臣發現陛下的臉色一日比一日好，連看人的眼神也多了幾分鮮活氣兒。待冬去春來，成年二年來臨時，有大臣忽然上奏，說皇后娘娘與陛下成親近三年還無子嗣，陛下為了大贏天下著想，應該廣納後宮，開枝散葉。

這位大臣沒有想到，這話出口以後，陛下發了很大的脾氣，不僅當著滿朝文武百官的面說他沉迷女色，還說他連家都管理不好，又怎麼能在朝為官，直接下令摘去了他的烏紗帽。

此事過後，朝臣們再不敢跟陛下提納妃一事，就連那些有心把女兒送進後宮中的大臣，也不敢明目張膽提出來了。若是一般的女人，他們還能含沙射影說皇后是禍水之類的話，但是班后不同，她與陛下共同打天下，很受陛下身邊的近臣敬重，他們誰敢多說幾句。

但是，身為朝臣，他們又不想陛下最看重的人是皇后，而不是他們這些臣子。

朝臣見不得皇帝寵愛后妃，也見不得皇帝看重太監，他們最想看到的是皇帝最抬舉他們，最看重他們，若是博得一個名臣忠將的名頭，便更加完美了。

只可惜陛下行事有度，天下在他的治理下井井有條，他們想要找個藉口說陛下昏庸，都會有造反的嫌疑。

所以說，做皇帝的人腦子太清楚，能力太好，朝臣們也不是那麼滿意的。

自從開恩科的詔令頒發以後，容瑕在文人中的地位越發高漲，剛一開春，全國各地就有不少考生趕到了京城。有些考生是第一次進京，對京城十分好奇，所以常常聽京城百姓講一些有趣的八卦。比如某個大臣想要把女兒送進宮，誰知道陛下萬分嫌棄。又比如說誰家想要討好國丈爺，結果國丈爺直接連人帶禮送出了門，還說自己只是個紈絝，從不插手朝廷大事。

再比如皇后娘娘是個很漂亮很厲害的女子，武能上馬殺敵，文……雖不太能文，但是口才卻很好。據說有位外國使臣嘲諷大贏男子太過文弱，結果被皇后娘娘從頭奚落到腳。

「皇后娘娘對那使臣說，你連我一個女人的武藝都比不過，還好意思嘲諷我大贏的兒郎？我大贏的兒郎能文善武，豈是你這等蠻夷之人能懂的？山間的熊瞎子、老虎力氣不僅大，還能食人，難道我能說牠們比天下所有男人都厲害？」

幾位舉子聽得津津有味，又催促著這個百姓繼續說下去。

「幾位公子都是來參加恩科的？」這個百姓抿了一口茶，打量了一眼幾位舉子，慢悠悠道：「我們陛下最是看重有才之人，諸位公子儀表堂堂，在下先祝各位金榜題名，高中榜首。」

舉子們忍不住感慨，不愧是京城，連普通百姓都這麼會說話。

茶樓下，一輛馬車徐徐停下，一隻如玉的手掀起了簾子。

「每次科舉時，這座茶樓的人最會攬生意拍馬屁，什麼八卦都有，最適合瞧熱鬧。」班嫿對馬車裡的人道：「以前只要有科舉，我跟恆弟就愛來這裡。」

容瑕走出馬車，看了眼茶樓，不算特別特別高檔的地方，但是裡面人來人往，非常熱鬧。

「來，」班嫿拉著他的手走進門，「這裡能聽到你在朝堂不能聽到的話。」

走進茶樓，容瑕就發現裡面有很多書生打扮的人，不少人的口音不像京城本地，三三兩兩湊在一起，說著各地的風土人情，或是聽本地人說些京城的趣事。

堂倌見到班嫿，笑咪咪地迎了上去，「陰小姐，您可終於到了。您一早讓小的給您留著的座兒，小的碰也沒讓人碰，快請坐。」

「做得好。」班嫿扔給堂倌一粒銀花生，見堂倌喜笑顏開領他們到了兩張空桌旁。

「還是老規矩嗎？」堂倌得了賞，神采飛揚，看班嫿的眼神就像是移動的荷包。

班嫿道：「我還是老規矩，這位公子的茶葉自帶，其他幾位護衛也是以往的規矩。」

「小的明白。」堂倌注意到班嫿身邊的俊美公子，真心實意地感慨道：「這位公子生得好生不俗，前些日子陰公子說您已經成了親，莫非就是這位郎君？」

「正是他。」班嫿笑了笑。

「小姐與這位郎君真是配極了，小的不會說漂亮話，就覺得二位站在一起，再好看不過，世上其他人都是比不上的。」堂倌的嘴極甜，好聽的話像不要錢似的，張嘴就來。

「這話說得好。」容瑕唇角微揚，示意杜九給賞。

堂倌沒有想到自己不過說了幾句好聽話，就得了兩粒金豆子，忙不迭道謝後，就到後面去準備茶水瓜果了。

容瑕與班嫿這次出來，雖然有意穿得普通些，但由於兩人相貌出眾，所以他們一進門就被一些人注意到了。現在見兩人隨便拿金銀賞賜堂倌，就知道這兩人定是出生富貴人家，跑來這裡也只是湊湊熱鬧。

多數人不敢惹事，又見堂倌對夫妻二人有些熟悉的模樣，便不敢再看，怕惹得對方不快。

讀書人在一起，多商討的還是詩詞經綸，班嫿對這些不太懂，便在容瑕耳邊小聲問：「可有不錯的大作？」

容瑕含笑搖頭，對班嫿道：「我倒是更喜歡聽旁邊那桌講鬧鬼的故事。」

「不過是人裝鬼罷了。」班嫿在他耳邊小聲道：「這種民間傳說中，妖怪必定是美的，書生必是善良的，鬼一半好一半壞，都沒什麼新意。」

「看來嫿嫿聽了不少。」容瑕抿了一口茶，卻不想喝第二口。茶葉與茶具雖是自帶，但是水卻是茶館裡準備的。這水想來是普通的井水，泡出來的茶差了幾分韻味。

「要說我們西州的知州，也是一位了不起的人物，雖然眼中有疾，但是把西州管理得井井有條，剛到我們那兒沒幾日，便得了不少百姓的擁戴。」一位穿著青衫的學生語帶感激地道：「我們西州有兩名舉子家境貧寒，知州見兩人為人孝順，又頗有才能，竟是自費送他們來京城趕考，能有這樣的父母官，是我們西州百姓之幸啊！」

西州是有名的苦寒之地，來趕考的舉子並不多，現在見有考生從西州來，大家都很好奇。

「有眼疾還能在朝中為官，定是陛下看重他的才華，他才有此特例。」一位京城本地考生問道：「不知貴地的知州是何人？」

「說來也巧，我們知州也是京城人士，姓謝，名臨，字啟臨。」

茶樓裡霎時安靜下來，這位西州考生莫名看著眾人，「不知……小生有哪裡說的不對？」

「沒、沒事。」京城考生乾笑一聲，卻不敢再問下去。

京城誰人不知謝啟臨與當朝皇后往日那點恩怨，他們沒有想到陛下竟然如此寬宏大量，還願意讓謝啟臨入朝為官，這等氣度，不愧是陛下。

推崇容瑕的文人本就不少，平日他們吹噓容瑕的時候，向來是能吹多好就吹多好。現在謝啟臨這件事，又能讓他們吹捧一番了。

班嫿用手帕擦了擦嘴角，乾咳一聲道：「你真讓謝啟臨去西州上任了？」

容瑕轉頭對上班嫿的雙眼，「有什麼不妥？」

「你們前朝的事情，我哪知道妥不妥？」班嫿吹了吹茶沫，抿了一口茶，「我帶你出來，是為了讓你散心，可不是讓你腦子裡想著另一個男人。」

容瑕失笑，他腦子裡想著另一個男人？

這話是個什麼理？

兩人又在茶坊裡坐了半個時辰，班嫿看了眼天色，「旁邊有個狀元樓，文人學子最愛在那作詩接聯，你有沒有興趣去看看？」

容瑕搖了搖頭，「罷了，不如陪妳去岳父岳母家坐一坐。」

「那也好。」班嫿當下便答應下來，「走。」

靜亭公府，班淮與班恆頭疼地看著滿滿一筐的詩詞字畫，也不知這些考生是怎麼想的，單知他們家顯赫，卻不知他們家不通文墨，這些詩詞字畫投到他們家，他們也看不出好歹呀。

「這些學子都不傻，他們把這些送過來，本就不是給你們看的。」陰氏隨手拆開一封信，裡面寫著一首詞，文字華而不實，滿篇都在吹捧容瑕，「他們是盼著萬一陛下來我們家，能看到他們的作品。」

「陛下……」班恆道：「就算陛下來我們家，也沒時間看這些東西。」

他招來小廝，讓他們把這些東西抬下去。

「老爺、夫人，小姐與姑爺來了。」管家面上帶著難以掩飾的激動，說話的時候雙唇還在顫抖，「你們準備一下，他們已經進二門了。」

「嫿嫿回來了？」班淮一搓手，「快快準備好午膳！」

容瑕與班嫿見到班家人，受到熱情的接待，用完午膳，班淮提到了學子們送詩詞一事。

「不必在意這些。」容瑕道：「我以往也常常收到詩詞字畫，不過真正有才華的並不多，以後若還有人送這些來，岳父只管拒絕就是。」

「好。」班淮一口答應下來，「我最不耐煩看到這些東西。」

「以往也沒見考生送詩詞到我們家。」班嫿翻個白眼，「難不成他們以為我嫁給一個有才能的皇帝，我們班家就能變得有能詩善畫了？」

容瑕聞言失笑，伸手輕敲她的眉間，「妳呀，妳呀！」

「老爺、夫人，西州有人送東西過來，說是物歸原主。」管家捧著一個盒子進來，他對容瑕與班嫿行了禮，把盒子雙手呈上，「請老爺過目。」

「西州？」班淮皺起眉，轉頭看陰氏，「夫人，我們家有熟識的人在西州嗎？」

陰氏沉吟半晌，徐徐搖頭道：「並沒有。」

班恆接過木盒，揭開蓋子一看，裡面除了一本有些泛黃的詩集外，什麼都沒有。

「這什麼玩意兒？」班恆一看到詩集就頭疼，「今天這些人都是約好的？」

「盒子裡裝著什麼東西？」陰氏見兒子表情痛苦，笑問道：「讓你露出這般表情？」

「一本詩集。」班恆把詩集從盒子中取出，雙手遞到陰氏面前，「母親請過目。」

陰氏接過詩集，翻看了兩頁，眉梢輕挑，「這本詩集確實是我們家的東西，不過早先幾年便不見了，我以為是你們姊弟倆弄壞了，便一直沒有問，原來竟是被人借走了？」

坐在旁邊的容瑕忽然開口道：「岳母，不知可否給我一觀？」

陰氏微微一愣，把詩集遞給容瑕，「陛下，請隨意。」

容瑕翻開詩集，這本詩集上還作了批註，從字跡上來看，應該是近幾年留下來的字。他把詩集合上時，裡面掉出一張題籤。

他彎腰撿起掉在地上的題籤，上面只寫著幾句後世人早就用得俗透了的詩。

自是尋春去校遲，不須惆悵怨芳時。狂風落盡深紅色，綠葉成陰子滿枝。

「上面寫著什麼？」班嫿把頭湊近，「綠葉……成陰子滿枝，這首詩有什麼特別的嗎？」

容瑕低頭看著靠著自己的女子，她眼神懵懂又清澈，根本沒明白這首詩的含義。

「沒什麼，大概是讀詩的人覺得這首詩好，便抄寫了一遍。」容瑕把題籤夾回詩集裡，順手放到了桌上，「嫿嫿，時辰不早，我們該回去了。」

「好吧。」班嫿點了點頭，起身跟娘家人告別，出門的時候，看也沒看桌上的詩集一眼，顯然對這種文縐縐的玩意兒不感興趣。

班家三口把夫妻兩人送到班家大門外，等兩人離去後，才再度回到了內院。

陰氏拿起這本被遺忘在桌上的詩集，取出那張夾在書中的題籤，放在了燈籠上點燃。

「母親？」班恆不解地看著陰氏，「您燒它幹什麼？」

「沒意思的東西，留著做什麼？」陰氏鬆開手，任由燃燒著的題籤掉在地上。她撫了撫鬢邊的頭髮，把詩集遞給他，「放回書庫去吧。」

「是。」班恆拿著書進了書庫，在角落裡隨手找了一個空位，把它塞了進去。

夜深人靜時刻。

「嫿嫿，」容瑕擁著班嫿，輕輕撫著她柔嫩光潔的後背，「妳就是當年那個纏著我嬉冰的小姑娘吧？」

「嗯？」睡得迷迷糊糊的班嫿往他懷裡拱了拱，隨口道：「我不記得了。」

容瑕笑了笑，在她額際吻了吻，「沒關係，我記得就好。」

原本有些模糊的記憶，在嬞嬞帶他去嬉冰的那一日，又變得清晰起來。那個梳著雙髻的小姑娘，眼睛大大的，眉毛彎彎的，笑起來的樣子與嬞嬞一模一樣。

現在回想起來，能在宮中那般肆意，年齡又相仿的小姑娘，除了嬞嬞還有誰？

只可惜，若是那時候他早早就注意到嬞嬞，該有多好？

懷中的人已沉沉睡去，容瑕卻毫無睡意。他想問嬞嬞，那本從西州完璧歸趙的詩集，是不是嬞嬞送給謝啟臨的那一本，可是他問不出口。這種小女兒般的心思，他不想讓嬞嬞知道。

他想讓嬞嬞以為他那個無所不能、強大，可以包容他的溫柔男人，不會是為了一件小事便斤斤計較，毫無度量的小氣男。

「嬞嬞，妳愛我嗎？」他在她的耳邊輕聲問。

然而，沉睡中的人無法回答他。

「妳不說話，我就當妳默認了。」

容瑕環住懷中的人，沉沉睡了過去。

✿ ✿ ✿

三月芳菲盡，四月迎來了整個贏朝文人期待的春闈。

春闈過後就是殿試，殿試這一日，容瑕早早便起來了，這是他登基後的第一場科舉，在考生答題的時候，他肯定要一直在場。

班嬞擔心他一個人待在殿上無聊，就讓宮人準備了一個提神的荷包給他戴上。

朝陽升起的時候，尚在後宮中的班嬞聽到了鐘聲響起，這是科舉開場的聲音。她靠在床頭，看著從窗外照射進來的陽光，忽然開口道：「來人，伺候本宮梳妝。」
辰時下刻，鳳駕從朱雀門出，一路直行出宮，來到了京城西郊的別宮。
這座別宮名金雪宮，據傳是蔣氏皇朝某個皇帝為其母后修建，現在是福平太后與安樂公主住在這裡面。
福平太后聽到下人說皇后來了，十分的意外，「她怎麼會來？」
「太后，奴婢不知。」宮女老實搖頭道：「皇后娘娘說，她並無意打擾您，只是想來與公主殿下說說話。」
福平太后聽到這話，並沒有感到安心，反而更加不安。嬺嬺雖然常派人送東西過來，但是從未親自來過。現在她突然駕臨，還只見安樂一人，這讓她如何放心？
「我知道了。」既然嬺嬺不想見她，那麼她也就只當作不知此事。
如今寄人籬下，識趣的人總是要討喜些。
金雪宮正殿，安樂踏進大門，朝坐在上首的班嬺行了大禮。
班嬺靜靜地看著她，沒有免了她的禮。安樂有些詫異地抬頭看向班嬺，對上了班嬺一雙黑白分明的大眼。不知怎麼地，她莫名覺得心虛，轉頭避開了班嬺的雙眼。
「姊姊起身吧。」班嬺嘆口氣，待安樂起身後，垂下眼瞼道：「姊姊可有話對我說？」
安樂沉默片刻，「嬺嬺，妳怎麼了？」
班嬺站起身，「我助容瑕奪得蔣家江山，妳恨我是應該的，我不怪妳。」
安樂神情微動，她看著角落裡的花瓶，道：「我不明白妳的意思。」
「明白也好，不明白也好。」班嬺站起身，「既然姊姊無話可說，日後我也不會再來叨擾。請公主放心，只要我在的一日，就不會有人來為難妳們。」
安樂神情更加難看，她看到班嬺往門外走，忍不住開口叫住班嬺，「嬺嬺！」

班嫿回頭看她，她張著嘴卻說不出話來。

「姊姊大概不知道，我與謝啟臨雖然有兩年的婚約，但我也只送過他一次詩集，而且那本詩集後來根本不在他手上。」班嫿笑了笑，語氣有些涼意，「他心慕石飛仙，所以早就把詩集送給了她。」

一本早已送出去的詩集，又怎麼可能從西州那麼偏遠的地方送回來？不管謝啟臨與她過往有何糾葛，到了今時今日，又怎麼會再有來往？除非謝啟臨不要一家人的性命，發了瘋。

安樂眼瞼輕顫，她別開頭，「妳跟我說這些什麼。」

「公主就當是我閒得發慌，跟妳說幾句閒話。」班嫿輕笑一聲，笑聲中帶著嘲諷，「我不過這麼一說，妳就這麼一聽吧，反正過了今日，我再也不會過來打擾公主了。」

安樂公主面色一白，眼中隱隱有淚水浮現，卻硬生生忍了回去。

班嫿走到門口時，頭也不回地道：「那日妳跟容瑕說那些話時，我就在屏風後。」

安樂公主猛地回頭，看著班嫿已經走出了門，追到門口哭喊道：「嫿嫿！」

班嫿頓住腳步，沒有回頭。

「我、我並不是想害妳，我只是想讓容瑕不痛快，才……才……」

「妳不過是覺得我怎麼都會原諒妳，所以毫無愧意罷了。」班嫿抬頭看了眼天空，陽光刺得她眼睛一陣陣酸疼，「我們十多年的交情，情同姊妹，今日走到這個地步，怨不得妳。」

安樂公主聽到這裡，臉上露出幾分喜色，「嫿嫿，妳是不怪我嗎？」

班嫿緩緩搖頭，轉身看著安樂公主，「公主，對不住。在妳今日使計讓人送詩集的時候，我們的交情就到此為止了。」

安樂公主臉上的喜色頓時煙消雲散，半晌才道：「為了一個男人，妳就要與我鬧到這一步嗎？天下男人有什麼好東西，值得妳如此掏心掏肺，連我們的情誼都不顧？」

「公主，我之所以幫著容瑕造反，並不是為了他，而是為了我自己。」班嫿表情淡漠，「我知道妳不相信感情，更瞧不起男人的一片真心，可是，天下男人那麼多，難道每一個人都是負心人嗎？」

安樂公主睜大眼睛，她不敢相信班嫿竟然會這麼跟她說話。

「公主的心思我明白，但人心是肉長的，我怎麼捨得一個全心全意為我好的男人傷神？」

「所以，妳今天來，就是想讓我不要算計容瑕嗎？」安樂公主擦乾眼淚，嘲諷一笑，「妳以為容瑕對妳真是情深一片？妳有沒有想過，他或許是為了妳手中的三軍虎符，為了獲得軍中的支持，這些妳都沒想過嗎？」

安樂公主受過一次情傷，便再也不相信天下所有男人，就算養了一堆美貌面首，也不過是想玩弄他們。

班嫿神情平靜地搖頭，看安樂公主的眼神有些憐憫，「三軍虎符從沒在我手上過。」

「妳說什麼？」安樂公主面色慘白，「這不可能！」

如果三軍虎符由始至終都不在班嫿手裡，那容瑕又是從何處得到的虎符？沒有三軍虎符，容瑕又怎麼會讓班嫿帶這麼多兵，甚至帶親衛進宮？

這不可能！

「如果非要找個理由，或許他對我這麼好，並不是因為三軍虎符，而是因為我的美貌吧。」班嫿摸了摸自己的臉頰，「待我人老珠黃以後，他會待我冷淡些也說不定。」

安樂公主愣愣地搖頭，隨後又哭又笑，竟是受了刺激之兆。

「公主。」班嫿臉上的笑意消失，「這是我最後一次警告妳，別再算計我的男人。我脾氣不太好，又護短，會有什麼樣的後果，妳明白的，對不對？」

安樂公主沒有說話。

班嫿扶著如意的手，轉身就走。

「娘娘起駕回宮。」

安樂公主看著遠去的鳳駕，晃了晃身體，坐在了地上。

這份姊妹情誼，終究被她毀了。

可是，嫿嫿，既然妳說容瑕對妳情深一片，那妳對他亦是如此嗎？

殿試結束以後，容瑕回到後殿，發現班嫿不在，「娘娘呢？」

「回陛下，娘娘出宮了。」一個宮女答道：「娘娘說，請陛下先用晚膳，她隨後便回來。」

容瑕看了眼這個宮女，「是嗎？」

「自然。」宮女躬身站著，「不過，陛下大概等不到娘娘了。」

她手中銀光一閃，袖中竟是藏了一把匕首，她的動作極快，離容瑕最近的王德甚至沒有反應過來。

容瑕閃身躲過，宮女的匕首只傷到他的手臂，見自己一擊不中，宮女又一個俐落的反手，照著容瑕的喉嚨扎去，不過被反應過來的王德撞上去，匕首只朝容瑕的肩頭扎下去。

兩擊不中，宮女就再也沒機會動手了，因為暗衛趕到，一腳便把她踹到了角落。

「快傳太醫！」看到容瑕身上的血流了一地，王德臉都嚇白了，他用乾淨的手帕捂住容瑕的傷口，「陛下，您還好嗎？」

「慌什麼？」容瑕吃痛，面無表情地看了眼躺在地上的宮女，「把她看守起來，查清是誰派來的人。」

「奴婢是皇后娘娘身邊的女官，自然是皇后娘娘派來的。」宮女嗤笑道：「你坐上皇位又有什麼用，就連你枕邊的女人也恨不得你立時去死。」

說完這些，女官忽然噴出一口血，青著臉，軟軟地倒在了地上。

站在殿上的禁衛軍聽到這話，一個個臉色蒼白如紙，皇后想要刺殺陛下？這宮中祕聞，被他們聽見了，他們今日只怕唯有一死。

容瑕此時失血過多，已經頭昏眼花，他看了眼站在殿內的禁衛軍，強自鎮定道：「杜九，把這些人都看管起來，這個宮女的話，一個字都不能傳出去。」

「是。」杜九打個手勢，很快就有人上來把這些禁衛軍押了下去。

「在朕醒來之前，前朝後宮皆聽皇后之命。」容瑕眼神冷漠地掃過眾人，「若有人對皇后不敬，杜九，你儘管砍下他的頭。」

「是。」杜九點住容瑕身上幾個大穴，「陛下，您放心，有臣等在，誰也動不了皇后娘娘。」

容瑕輕聲道：「你辦事，朕放心。」

隨後，漫天黑暗包圍了他。

「杜大人，這可怎麼辦？」王德看容瑕滿身都是血，腦子裡亂成一團。

「陛下有命，前朝後宮皆由皇后娘娘做主，現在自然是先請皇后娘娘回來。」杜九沉著臉，「來人，速速請皇后娘娘回宮。」

鳳駕中，班嫿喝著如意給她泡的茶，心中忽然莫名一涼，她整個人坐直了身。

「娘娘，您怎麼了？」如意擔憂地問。

「沒事……」

「娘娘，陛下遇刺，杜大人請您速速回宮！」

砰！

班嫿手中的茶杯應聲而落，她扶著車壁，竟是半天呼不出一口氣來。

大月宮燈火通明，王德時不時朝外張望，腦門上滲出不少汗來。

皇后娘娘怎麼還沒回來？

他正著急，突然聽到外面傳來匆忙的腳步聲，忙轉頭迎了上去。

「王德，」班嫿大步往殿內走，「陛下怎麼樣了？」

因為趕得太急，她的髮髻有些散亂，說話時猶帶喘息。王德一路小跑跟在她身後，「御醫還在殿內為陛下診治，刺客傷到的兩個地方並不致命，所以暫無生命危險。」

穿過外殿，班嫿一眼便看到躺在床上的容瑕，心裡一急，撩起裙襬跑到床沿邊，伸手輕撫容瑕的臉頰，確定他呼吸順暢，溫度正常以後，才沉著臉看御醫，「傷口可有大礙？」

「請娘娘放心，刺客的冰刃上並未淬毒，所以陛下醒來以後，只需好好養傷便是。」御醫們恭敬地回答，不敢有半點隱瞞。

「王德，你跟我把事情經過說一遍。」班嫿看著容瑕面色慘白的模樣，臉色越發難看，「刺客抓住了沒有？」

「娘娘，刺客已經自殺了，是您身邊的宮女，名喚玉竹。」

「玉竹……」班嫿聲音帶了幾分沙啞，「繼續說。」

王德把事情始末仔仔細細說了，班嫿嘲諷地笑道：「她說我是主謀？」

內殿寂靜一片。

「是。」

「陛下好好活著，我就是皇后，陛下沒了，本宮又算什麼？」班嫿笑容更冷了，「我殺陛下做什麼？」

以她與容瑕之間的相處方式，她若是想要殺容瑕，多的是機會，又怎麼會讓一個宮女動手，甚至連殺人兵器上都不淬半點毒？她雖然不愛動腦子，但不代表她蠢。

「娘娘！」杜九匆匆走了進來，神情凝重，「宮外二十餘名大臣喊冤，說娘娘刺殺陛下，把持後宮，想要牝雞司晨！」事情過去半個時辰不到，所有當事人都被關押在宮裡，消息是怎麼傳遞出去的？

「二十餘名朝臣算什麼，把文武百官都請來，」班嫿冷笑，「要熱鬧便好好熱鬧一場。」

「娘娘！」杜九不敢置信地看著班嫿，她這是要做什麼？

「本宮看前朝這些男人，一個個陰謀手段層出不窮。」班嫿言語中淨是諷刺之意，「既然他們說我把持後宮，那我便要讓他們看看什麼叫做把持後宮。」

「一甲！」

「屬下在。」

「傳本宮命令，召騎兵司、步兵司、神箭營宮外候命。」班嫿回頭看了眼躺在床上的男人，「既然陛下沒有將朝上那些不聽話的朝臣清理乾淨，那麼就由我來。」

「娘娘，萬萬不可！」杜九見班嫿這番模樣，攔住她道：「您若是真這麼做了，天下人該如何說您？」

「他們如何說沒關係，只要你家主子不會真以為我牝雞司晨便好。」班嫿沉下臉，「如意，給本宮更衣梳妝。」

旁邊的御醫嚇得手都在抖，皇后竟然能號令京城所有的軍隊，難怪朝堂上那些大臣會對皇后心生忌憚。

勤政殿上，二十餘名朝臣站在一起，神情既嚴肅又憤怒，他們來勢洶洶，挺直的脊樑宣揚著他們的正義與苦心。

「為了天下百姓，老臣萬死不辭，只求罪后伏誅！」

「妖后野心勃勃，派人暗殺陛下，把持後宮，我等現如今當如何？」一個看起來不過二十餘歲的年輕官員站出來道：「難道任由妖后禍國殃民嗎？」

「諸位大人這是怎麼了？」一位穿著紫袍的大人走了進來，他視線在這些看似義憤填膺的朝臣身上掃過，「夜已深，諸位大人到這勤政殿上來做什麼？」

「劉半山！」年輕官員指著他道：「你夥同妖后暗算陛下，還有臉到這裡來？」

「本官對陛下的忠心，蒼天可鑑，大人胡亂扣帽子，在下可不敢受。」劉半山冷笑一聲，這些人裡，不知有多少蠢貨是被真正的幕後之人煽動的？自以為正義，實際上不過是某些人想要把手伸到後宮，看不得帝后情深罷了。

但凡皇后是個稍微普通的女人，又或者陛下對皇后有半點猜忌，他們這一招就要奏效了。所以，這些人還是很了解帝王之心的。

只可惜，班后不是普通的女人，陛下對班后的信任，也是這些人猜想不到的。班后還只是一個鄉君的時候，就敢當街鞭笞探花郎，如今她是皇后，難道還不敢動這些心思不純的朝臣？

這些蠢貨，班后不過是安安穩穩在後宮中待了不到一年的時間，他們就忘了班后的脾性，真是會找死。

劉半山懶得跟他們扯大義，只是道：「陛下有命，前朝後宮皆由皇后做主，諸位大人若是再鬧下去，本官只能以謀逆罪處置諸位了。」

「劉大人好利的一張嘴，如今妖后把持後宮，陛下的詔令也不過是你們一張嘴罷了。」一位大人反唇諷道：「除非見到陛下親口下令，不然我等絕不妥協。」

劉半山冷笑一聲，甩袖走到一邊，「隨你們。」

正準備慷慨激昂的朝臣沒料到劉半山是這個反應，他站在這裡是什麼意思？

沒過一會兒，不少官員來到了勤政殿，有文官也有武官，想要討伐妖后的官員們見狀心中大喜，開始大肆宣揚班后的陰謀，倒是說動了不少人。

只是比較怪異的是，被說動的人都不曾隨同容瑕打天下，那些隨容瑕一起打天下的官員，竟無一人出聲，有幾個脾氣暴躁的武官，甚至想捏著拳頭揍那些一口一個妖后的官員。

幸好被身邊的人眼疾手快攔住了，不然殿上肯定更加熱鬧。

「皇后娘娘駕到！」

「妖后竟然還敢現身！」一位官員憤怒地看向殿門口，「妖后，還不速速交出陛下！」

眾臣回首，只見皇后身穿鳳袍，頭戴九鳳冠走了進來。更可怕的是，她身後還跟著許多的士兵，這些士兵把勤政殿圍得密不透風，就算一隻貓狗都別想跑出去。

「陛下正在養傷，哪幾個反臣在這裡鬧事？」班嫿踩著玉階走到龍椅旁站定，她微微垂首看著站在腳下的眾人，「陛下剛遇刺不到半個時辰，就有居心叵測之人吵著鬧著是本宮謀害陛下，看來諸位大人對後宮十分了解。不如請這些耳通目明的大人站出來給本宮看看，好讓本宮也見識見識你們這些神探的真面目。」

滿殿寂靜，竟無一人敢說話。

「怎麼，這會兒不鬧了？」班嫿冷笑，指著其中一位大人，「你，本宮記得你是御史臺的官員，對不對？」

這個御史見班嫿指著自己，心裡一橫，站出來道：「下官正是御史臺的官員，皇后娘娘有什麼指教，下官領著。」

「你是什麼東西，也配本宮指教？」班嫿冷笑，轉頭又指向另外一位官員，「你，宗正寺卿，容氏遠支，不過是仗著陛下的臉面，才得了一個風光體面的職位，這會兒夥同他人在這裡上躥下跳，其心可誅！」

「皇后！」宗正寺卿上了年紀，是容家的族親，他拱手道：「皇后不必如此惱羞成怒，微臣只是擔心陛下，卻無法進宮，才不得不行此下策。皇后沒有做出謀逆之事，無須如此憤怒，只要好好待在後宮，等陛下醒來，真相自然大白。」

「放屁！」班淮從隊伍中衝出來，照著宗正寺卿就一拳打了下去，「你一個遠支的老頭子，還真當自己是皇親國戚，居然對著皇后指手畫腳！」

宗正寺卿嘴上的話不好聽，卻是不敢動手的，或者說他沒料到會有人對他動手。他一個上了年紀的人，論輩分還是容瑕的叔祖，誰敢對他不敬？

然而，萬事都有意外，他遇上了混不吝的班淮。

班淮聽到這些人一口一個妖后的時候就已經忍不住了，現在這個死老頭當著他閨女的面，也敢擺皇室長輩的譜，他哪裡還忍得住？

倚老賣老了不起？

皇帝受傷無法主持朝政，皇后還要頂著一個謀殺帝王的罪名關押在後宮中？這些人想得這麼美，別當他不知道他們打著什麼主意。

「靜亭公，你想做什麼，我可是陛下的長輩！」

「我還是陛下的岳父！」班淮冷笑，把這個多嘴多舌的老傢伙扔到一邊，指著那幾個罵他女兒是妖后的官員，「陛下剛遇刺，你們就想逼死我女兒，我看真正的幕後兇手就是你們！」

「父親！」宗正寺卿的兒子又哭又鬧，「陛下，您來看看，妖后要逼死我們這些族人啦！」

班嫿看著他唱作俱佳的模樣，走下玉階，照著這個哭鬧不止男人的臉就踹了過去。班嫿是上過戰場的人，腿勁兒不小，眨眼這個男人便像葫蘆般滾了出去。

文臣們紛紛傻眼，皇后娘娘這是……

「相貌醜陋的男人，哭嚎的樣子，本宮瞧著噁心。」班嫿表情徹底冷了下來，「來人，把這些鬧事的官員全部關押進大牢，待陛下醒來以後再行審問。」

班嫿懷疑，這些官員並不是那麼無辜。

「陛下啊陛下，您睜開眼看看吧，妖后心思歹毒，不得好死啊！」一個年邁的官員忽然站起身，朝著龍柱重重撞了上去。

砰！

頓時血花四濺，撞龍柱的官員晃了晃，便倒了下去。

一位士兵上前探了探他的鼻息，「娘娘，還活著。」

「拖下去，讓太醫給瞧瞧。」班嫿冷笑，這又不是寫話本，朝柱子上一撞就死。

「還有誰要撞？」班嫿冷笑，「本宮不攔著，你們隨意撞。」這些人若不是容瑕的族親，以班嫿的脾氣，早就全部拖出去打幾十板子再說。

「撞，快撞！」某位紈絝侯爺一撩袍子，盤腿就地坐了下來，冷笑道：「不撞不是忠臣，我們還瞧著呢！」

「對對對，撞的越多，才能展示出你們憤怒！」某個武將跟著吆喝，「放心，這麼多人瞧著呢，等你們死了殘了，我們會稟告陛下你們有多忠心的！」

被這麼一打岔，原本鬧得起勁兒的朝臣，竟不知道該怎麼辦了？

罵？要挨打。

撞柱子？人家說隨意你撞，可是殿上這麼多官員，居然大部分人都在瞧熱鬧，無人阻攔，妖后竟是蠱惑了這麼多人心？

「怎麼不跳了？」盤腿坐在地上的紈絝侯爺不滿意了，「我看你們根本就不是忠臣，分明是想趁著陛下受傷，故意欺負皇后一個弱女子。」

「你們也算是男人嗎？」

世上有一腳把人踹飛出去的弱女子嗎？

遇到蠻橫不講理的紈絝，鬧事的朝臣很有秀才遇上兵的挫敗感，他們無奈之下，只能喊著容瑕的名號，每一句都在為自己叫屈。

「陛下駕到！」

這句話就像是魔咒一般，壓下了朝堂上所有的吵鬧聲，就連坐在地上看熱鬧的紈絝們，也都規規矩矩從地上爬了起來。

班嫿詫異地看著殿外，容瑕身上受了兩處傷，她出來的時候他還在昏迷，怎麼會過來？她不自覺朝外走了幾步，就見容瑕坐在步輦上，面色蒼白如紙，就連嘴唇也是粉白色。

她三步併兩步跑到容瑕身邊，沉著臉道：「你不要命了，受了這麼重的傷，跑出來幹什麼？」

「乖，我沒事。」容瑕讓太監把步輦放下，他輕輕握住班嫿的手，「讓妳受委屈了。」

「就這麼幾個蠢貨，能讓我受什麼委屈？」班嫿離他很近，所以能夠聞到他身上的血腥味。按理說，傷口經過處理，是聞不到血腥味的，但容瑕從大月宮趕過來，肯定會拉扯到傷口，讓血滲出來。

想到這，班嫿沉下臉，難道連他也覺得她會趁此機會奪得宮中大權，所以才會在受了重傷的情況下，匆匆趕過來？

容瑕握著班嫿的手沒有鬆開，不過他坐著，班嫿站著，他並沒有看到班嫿的臉色。

「杜九。」容瑕的聲音有些虛弱，他剛醒來就聽說有大臣鬧事，嫿嫿性子直，他擔心嫿嫿會在這些老狐狸手中吃虧，便趕了過來。

「微臣在。」杜九同情地看了眼那些鬧事的官員，這些人裡面，有好幾個人都是容氏一族的遠支。原本陛下給他們一些閒職是看在老爺的分上，現在他們在朝上罵皇后娘娘是妖后，甚至還詛咒她不得好死，陛下如何還忍得了他們？

「把這些對皇后不敬的人全部打入大牢。」容瑕聲音更加小，他緊緊捏了班嫿的手，才勉強讓自己神智清醒一些，「出言詛咒皇后的人，視為對皇室不敬，先杖五十，再打入大牢。」

杖五十還有命在？

眾臣心中一驚，見陛下這樣，都明白了過來。這些人是吃了熊心豹子膽，才會趁著陛下受傷的機會，來抹黑皇后的名譽。

一個有汙名的皇后，又怎麼配得陛下一心相待？到時候某些有野心的官員，便有理由奏請陛下納妃，把前朝與後宮牽扯到一起。

聰明的朝臣想明白這一點，在心中倒吸了一口寒氣，只怕這次刺殺案牽扯到的人不少。

「朕的傷並無大礙，但也需要休養幾日，朝中大事幾位大人若不能做主，可以問詢皇后。」容瑕看著周秉安等人，「皇后之命，便等同於朕。」

「臣等領命。」

「嬅嬅，」容瑕勾了勾班嬅的手指，「陪朕回宮。」

班嬅愣愣地回握住容瑕的手，直到出了勤政殿的大門，都沒有回過神來。

他身受重傷，匆匆趕過來，居然只是為了替她撐腰？

他知道她不好處理容氏一族的遠族，所以才會親自開口？從今日過後，朝上還有誰懷疑他對她的感情，甚至會因為今日之事，她在朝上都會有發言權。

容瑕，你處心積慮奪得這個天下，為什麼又對她如此不設防？

強撐著到了大月宮地界，容瑕慘白著臉對班嬅笑道：「嬅嬅，朕有些睏，想睡一會兒。」

「容瑕？」

班嬅看著容瑕緩緩閉上眼，忽然想起祖母過世那一日，她也是這麼笑著對她說話，但是閉上的眼睛就再也沒有睜開過。

「容瑕？」她面色煞白，捂著胸大口喘氣，「太醫，太醫，快傳太醫！」

容瑕被抬到了龍床上，御醫們說他沒有生命之憂，只是剛才挪動傷口裂開，失了不少血。

班嫿彎腰撿起地上的袍子，觸手全是冰涼的血。她愣愣地看著床上昏死過去的男人，胸口忽然一陣發疼，半晌才緩過神來。

「娘娘……」杜九看到班嫿的模樣，呆了下才道：「陛下不會有大礙，請您保重鳳體。」

「我知道，」班嫿垂下眼瞼，「本宮好得很。」

她卻不知道，此時她的臉上滿是眼淚，面色煞白，又怎麼會是沒事的樣子？

杜九不敢再勸，他怕自己再勸，皇后娘娘便會哭出聲來。身為主子的近侍，他很少看到皇后娘娘哭，更沒見過皇后娘娘這個樣子。

他不知道該用什麼詞語來形容班嫿現在的樣子，但是他能感覺到，皇后娘娘對陛下的情意定不會太淺。

「玉竹與哪些人有過來往，你查出來了嗎？」班嫿走到床邊坐下，輕輕握住容瑕的手。見杜九沒有說話，她轉頭看著他，「怎麼，又什麼無法啟齒嗎？」

「娘娘，是……安樂公主。」杜九道：「玉竹姑娘與安樂公主養的一個面首有私情，屬下猜想，安樂公主大約是拿這個面首來威脅她，她才應了下來。」

「安樂一個失勢的公主，怎麼把消息傳遞到宮裡？」班嫿語氣平靜得讓杜九意外，「是容家旁支的官員？他們看不慣陛下獨寵我這個皇后，便選擇了與安樂合作。只是安樂想要容瑕的命，而他們更想把刺殺的名頭按在我的頭上，所以安樂傳遞給玉竹的消息被他們改了。」

「比如說……讓陛下受傷，卻不致命，然後把刺殺的罪名按在我的頭上。」班嫿冷笑，「真是一場好戲。」

「娘娘，一切都是只是猜測，或許……」杜九說不出話來，「或許真相並不是如此。」

「是我連累了他。」班嫿撫摸著容瑕蒼白的嘴唇，若是以往她這麼摸他，他早就趁機摟住她討要好處了，今日他卻只能躺在這裡，紋絲不動。

「娘娘，這與您有什麼關係？」杜九單膝跪下，「這與您並無干係。」

「陛下若要得一個仁德賢名，只需要留下廢太子與前朝太后的性命，給個虛名，然後把他們圈禁起來就好。」班嫿苦笑，「至於那些公主庶子的性命，留不留著也無干係。若不是因為我，陛下何須對蔣家如此仁慈？」

「娘娘，這並不怪您，陛下也是因為前朝太后娘家人照顧他的情分，才會寬待前朝太后的子女。」杜九說的也沒錯，安樂公主與福平太后能在別宮好好生活，而不是被送到道觀，本就有前朝太后娘家當年照顧陛下的情分在。

「不管陛下與她們有何種交情，今日便讓我做這個惡人。」班嫿摸摸自己的臉頰，才發現上面全是冰涼的眼淚，「把福平太后送往和親王處，讓她與和親王一起為蔣家守皇陵。」

「那……安樂公主？」

「因其勾結後宮，謀殺當朝皇帝，但念在和親王的情分上，免她一死，只撤去公主封號，送往苦行觀為尼，若無本宮命令，其至死不能出觀。」班嫿語氣冷淡，「現在就讓人去頒旨，不可延誤。」

「是。」杜九領命退下。

待杜九離開後，班嫿轉頭看著床上的容瑕，很久很久以後，她嘆息一聲，「我們兩個之間，究竟是誰更傻？」

床上的男人沒有反應，回答她的，只有他起伏的胸膛。

「娘娘，」王德端著托盤進來，「藥煎好了。」

班嫿端過藥碗，想要餵容瑕的時候，忽然想起以前只要她用藥，容瑕都會嘗一嘗，然後哄騙她半點都不苦，等她喝下去，又拿零嘴哄她，彷彿她是個小孩子似的。

她低頭喝了一口藥，苦、澀，比她那時候喝的藥還要難喝。

把枕頭墊高，班嫿喝了一口藥到嘴裡，然後渡進了容瑕的嘴裡。一碗藥餵完，班嫿的舌頭被苦得失去了知覺，她接過茶水漱了口，擦乾淨嘴角，道：「王德，把後宮的人再清理一遍，包括本宮身邊的人。」

王德小聲應下，「是。」

「退下吧。」

王德躬身退下，退到殿門口時，他不小心抬頭，只看到皇后娘娘輕輕替陛下蓋著被子。

他走出大殿，看著天空上的彎月，明日或許是個大晴天。

✿　✿　✿

口中有淡淡的苦澀味道，彷彿整個身體都滲進了一股苦味。

容瑕睜開眼，看到的是從窗外照進來的陽光，整座宮殿像是被光籠罩著，他閉了閉眼，視線才清晰起來。

「陛下，您終於醒了。」王德見到容瑕醒來，喜不自勝，「快傳御醫，陛下醒了！」

殿外傳來腳步聲，容瑕看了眼跪滿整個大殿的宮女太監，小聲道：「朕要漱口。」

用清茶漱完口，嘴裡總算沒有那麼難受，容瑕的目光在四周掃過，「娘娘呢？」

「娘娘昨晚守著您一夜沒睡，今日一大早，因為周大人與劉大人有事稟報，娘娘才用了一杯濃茶便趕了過去。」王德知道陛下對娘娘的看重，忙解釋道：「娘娘走之前還再三交代，您若是醒了，一定要派人去稟報她。」

「娘娘既然在處理事情，暫時不要派人去打擾。」容瑕靠太監扶著坐起身，等御醫幫他換了傷藥，又對王德道：「去把趙仲叫進來。」

王德躬身退下。
不多時趙仲就趕了過來，容瑕讓不相干的人退了下去。
「陛下，您怎麼會傷成這樣？」趙仲見容瑕臉色慘白，就知道這不是在作戲，「微臣之前調查過，此女並不會武，並不是從小在皇后娘娘身邊伺候的。」
安樂公主與朝堂上某些官員有牽扯，陛下早已經察覺，但由於前太子蔣涵把皇位「禪讓」給陛下，所以在天下人面前，陛下必須要厚待前朝的皇族。
安樂公主的不安分，等於自己把繩子繫在了自己的脖子上，趙仲明白，陛下也明白。趙仲唯一沒有想到的是，陛下明明早有防範，為什麼還被傷得這麼重？
一刀在手臂上，一刀在肩膀上，好在都不致命，但流了這麼多血，不知要養多久，才能養得回元氣？
「朕知道。」容瑕面無表情地捂著受傷的手臂，「此事你日後不必再提，尤其不要在皇后跟前提，朕心裡有數。」
「是微臣想得不夠周到。」趙仲忙道：「這些話若是皇后娘娘聽見，她只會更加難過。」皇后娘娘身邊的宮女傷了陛下，這事就算與皇后娘娘沒關係，皇后娘娘心裡也不會好受，他若是再提，只會讓皇后娘娘更難受而已。
「前朝的舊人，該清理的就清理，不必再顧忌。」容瑕聲音冷淡，「朕待他們仁至義盡。」
「陛下……」趙仲猶豫道：「娘娘昨夜已經下令，嚴查前朝舊人，但凡形跡可疑者，全都打入大牢，就連安樂公主身邊下人也都殺的殺，囚的囚，安樂公主則被發往苦行觀修道，終生不能出觀。」
苦行觀是什麼地方，外人不知道，他們卻是清楚的。前朝有些罪妃便被發往此處，聽說裡面比冷宮還苦，進去了便是生不如死。

把安樂公主發往苦行觀，也不知道這是皇后娘娘對安樂公主的仁慈還是殘忍。

聽到這話，容瑕臉上露出笑意，方才的肅殺與冷意消失得無影無蹤，「既然皇后娘娘已經下了鳳令，一切便照皇后娘娘的意思辦吧。」

「陛下，那您……」

「朕要養傷，不宜太過勞神。」

「是。」趙仲退出大月宮後想，陛下召他來，究竟是想說什麼呢？

御書房裡，班嫿看著高高一堆奏摺，再也繃不住臉上端莊的笑意，乾笑著看向周秉安，「周大人，這些全都要看？」

「娘娘請放心，一些請安奏摺，微臣幾人已篩選出來了。」周秉安把一份單子呈上去，「這是微臣等篩選出來的奏摺名單。」

班嫿接過單子看了一眼，又隨手翻了幾本奏摺，「周大人，前幾年受災的地方，近來可緩過勁兒來了？」

「請娘娘放心，陛下免了這幾個重災地兩年的賦稅，雖說日子仍舊有些艱難，但好歹不用餓肚子了。」周秉安面色敬重又溫和，「當地不少百姓為陛下與您立長生牌位，祈求您與陛下萬萬年年年，健康無憂。」

「與其求我們萬萬年年，不如祈求大贏風調雨順，百姓再也不遭受大災。」班嫿笑笑，她並不信這些，「幾位大人辛苦了，這些奏摺裡若有重要的內容，本宮會念給陛下聽的。」

「陛下的傷勢可好了些？」

班嫿看著門外的陽光，神情有些愣然，「應是無礙的。」

周秉安等人見皇后無意再說下去，很有眼色地起身告退。

待他們離開以後，班嫿就讓親衛抱著奏摺後殿走，半路上遇到了趙仲，她略微驚訝地挑眉，

「趙大人？」

「臣見過皇后娘娘。」趙仲現如今對班嫿已經無限折服，看到班嫿第一眼，便迫不及待地行了一個大禮。

「你怎麼來了，難道是陛下醒了？」

趙仲正想說是，就見眼前一陣風拂過，再抬頭時，跟前哪還有一個皇后娘娘？轉頭一看，只看到皇后娘娘匆匆離去的背影。

「容瑕？」班嫿小跑進殿內，見容瑕坐在床上喝粥，腳下一頓，半晌才道：「你醒了？」

容瑕笑著放下碗，「嫿嫿，讓妳擔心了。」

班嫿走到他身邊坐下，伸手戳戳他的臉，「下次你若是再這麼逞能，我就要狠狠教訓你。」

「嫿嫿想要怎麼教訓我？」容瑕在故意露出驚恐的神情。

「哼！」班嫿見他這麼配合，竟是說不出狠話了。她指了指侍衛放在桌上的奏摺，「這些東西我看著頭疼，不重要的我都幫你批了，其他的我念給你聽。」

「好。」容瑕知道班嫿不耐煩看這些，於是笑著點了點頭。

「你先用膳食。」班嫿走到案前，回頭看了容瑕一眼，「流了這麼多血，不知道什麼時候才能補回來。」

容瑕不敢回嘴，只能乖乖地任由班嫿抱怨。

不過，很快班嫿沒有再說話，她低頭在案前不停地寫寫畫畫，面上雖有幾分不耐煩，但仍舊耐著性子處理了。

他看著她的背影，把一碗粥用完尚不自知。

處理完大部分的奏摺，班嫿陪著容瑕用膳，只是容瑕用著有益傷口的藥膳，而班嫿吃著精緻的菜餚。偏偏班嫿還故意逗弄容瑕，讓他想吃又不能吃。

王德看向容瑕，充滿了無限的同情。

用完午膳，班嫿陪容瑕說了一會兒話，見他睡著以後，這才看向神情略有些不自在的如意，「發生了什麼事？」

「娘娘，福平太后求見。」

班嫿替容瑕壓好被角，掩著嘴打個哈欠，「不見。」

「福平太后說，只見娘娘這一次，從此以後，再也不會來打擾娘娘。」如意低下頭，在班嫿耳邊小聲道：「福平太后跪在宣武門外。」

比起人來人往的朱雀門與白斗門，宣武門進出的人員並不多，福平太后選擇在那裡跪著，倒還算聰明。

班嫿回頭看了眼床上的容瑕，閉上眼道：「妳去請她回去，就說我不想見她。」

「奴婢明白了。」

宣武門外，除了守在門口的護衛，並無其他官員路過。福平太后跪在太陽下，沒有移動過半分，也沒有引起任何人圍觀。

她知道，若是跪在朱雀門，或許能讓更多人注意到她，但班嫿的性子向來吃軟不吃硬，她若真要那麼做，不僅不能讓班嫿軟化，而是讓她更加不滿。

「太后，」如意走出宣武門，看著太后面色潮紅，不知道在太陽下曬了多久，朝她屈屈膝，站在她側面道：「娘娘有命，請您早些回去，和親王殿下還等著您。」

福平太后聽到「和親王」三字，肩膀微微一顫，她看著如意，「你們家娘娘，竟是半點情分也不念嗎？」

「太后，」如意搖頭嘆息，「公主勾結朝臣後宮，刺殺陛下，若不是陛下洪福齊天，今日您哪還有機會跪在這裡？以娘娘愛恨分明的性子，只怕您與和親王也是要給陛下陪葬的。」

福平太后面色慘白一片，「可是陛下他……」

他不是沒事嗎？

這話太后說不出來，她比任何人都明白，安樂犯下了多大的罪。她沒有想到，最接受不了蔣氏皇朝覆滅的不是長子蔣涵，而是長女安樂。

「可是，為什麼偏偏是苦行觀？」福平絕望地看著如意，「為什麼會是苦行觀？」

皇后是皇親國戚，不會不明白苦行觀是什麼地方，那裡哪是修道的清靜之地，分明是折磨人的地獄。

如意想說，陛下是娘娘的男人，安樂公主想殺娘娘的男人，娘娘又怎麼會無動於衷？但是面對福平太后崩潰的情緒，她覺得說再多都是徒勞。

福平太后恍惚地搖頭，「我不走，我不走……」

她若是走了，就再也沒有誰能為安樂求情了。

「如意姊姊，」一個穿著碧衣的女官走了出來，對如意福了福身，「娘娘說，讓您帶福平太后去偏殿。」

如意看了眼掛在天際的烈陽，緩緩點頭。

大月宮正殿中，班嫿抿了一口微涼的茶，伸手摸摸容瑕的唇，勾唇輕笑，轉身走了出去。

王德躬身站在旁邊，直到班嫿的身影徹底消失在殿門後，才徐徐站直身體。

躺在床上的人睜開眼，聽著滿室的寂靜，再度閉上了眼。

班嫿看著跟在如意身後走進來的福平太后，抬手做了一個請坐的姿勢。福平太后沉默地坐了下來，殿內許久都沒有人說話。

福平太后抬頭看班嫿，對方的臉上已經看不到喜怒。

「娘娘，」班嫿忽然開口，「您知道陛下為何賜您福平二字？」

福平太后緩緩搖頭。

「因為我想您晚年有福氣又平靜，所以特意向陛下求了這兩個字。」

班嫿知道這些陰謀鬥爭中，福平太后是最無辜的受害者。她嫁的男人，謀殺忠臣，她並不知道這些，反而真心對待忠臣的後代，比如他們班家，比如容瑕。她的兒子優柔寡斷也罷，性情暴虐也好，都不是她能控制的，因為她那個做皇帝的丈夫，只需要一個繼承人，所以有意疏忽了次子的教育。

她出身高貴，性格鮮活，儘管被後宮磨去了稜角，但班嫿不得不承認，她是這朝代變故中的受害者。她並不想傷害她，可每個人心中都有一個親疏遠近，她也不例外。

在得知真相時，班嫿甚至想要了安樂的性命。

「娘娘，您還要來為安樂求情嗎？」班嫿神情冷淡，眉眼間滿是疏離。

福平太后垂淚道：「娘娘，您撤去安樂的公主封號，讓她去道觀清修，我並無意見，可……為何是苦行觀？安樂從小被嬌慣著長大，到了那裡，如何活得下去？」

「娘娘，容瑕是我的夫君。」班嫿喉嚨裡堵得有些難受，「安樂有您與表哥替她委屈，我有家人為我委屈，從小我與她不管受了什麼氣，都會有人為我們出頭，讓我們從小到大都可以囂張任性。」

「可是，陛下身邊……只有我。」班嫿拿著杯子的指尖微微顫抖著，「若是連我都為安樂著想，那麼還有誰真心為他打算？就算他是帝王，就算他胸有溝壑，他也還是一個人。」

「容家旁支夥同安樂算計他，朝臣們也因為他受傷昏迷，忙著算計自己的利益。」班嫿說這話的時候，覺得自己心裡針扎般的難受，「我自己的男人，我自己心疼。」

福平太后張開嘴，大滴大滴的眼淚從眼眶中流出。

班嫿把話說到這個地步，她哪還不明白她的意思。

「娘娘當真如此無情？」

「娘娘若是恨我，那便恨，但我頒出的鳳令絕不更改。」班嫿站起身，「今日之事，非陛下不念當年娘娘雙親養育之恩，而是我不念舊情。娘娘，請回吧。」

福平太后看著班嫿，竟不知道自己究竟是恨還是怨，又或是什麼情緒都沒有，只是心裡空蕩蕩的，抓不到實處。她這一輩子風光半生，落得今日這個境地，又該去怪誰？

怪自己當年不該心軟，讓父母照顧容瑕？

怪陛下對容瑕太過優容，養成了他的野心？

不，不對！

怪只怪蔣家的男人昏聵無能，不念舊情，做下殘害忠良這等事，最終落得了報應。時也命也，她又能怪得了誰？

「娘娘的意思，我明白了。」福平太后站起身，朝班嫿略點了點頭，「告退。」

班嫿端茶的手一頓，茶水濺到了杯子外面，她站起身向福平太后行了一個禮，這個禮，與她當年還是郡主時行的一模一樣，「班嫿恭送娘娘。」

福平太后受了她這個禮，退後兩步道：「娘娘多保重，告辭。」

班嫿站著沒動，直到福平太后離開，才緩緩回神，把杯子放回桌上，擦乾淨自己的手，她聲音有些沙啞地道：「來人。」

「屬下在。」守在門外的杜九走了進來。

「傳我命令，派兵護送福平太后去和親王處，明日即刻出發。又，和親王孝心可嘉，賞三百護衛，到蔣氏皇族的陵墓守衛和親王與福平太后的安全，若無本宮或陛下的命令，不可讓人輕易進出。」班嫿閉上眼，「你派一些可靠的人去，不要慢待了他們。」

杜九心如擂鼓，娘娘這是要圈禁前朝廢太子與前朝太后？

三百護衛……這麼多人守在陵墓前，和親王這一輩子只怕都無緣再出來了。

他不知道娘娘以何種心情頒發這道命令，他躬身行禮的手，甚至在忍不住地顫抖。

「還愣著做什麼？」班爐看著他，「難道本宮的話對你沒有用嗎？」

「屬下……領命。」

杜九站起身時，發現皇后娘娘面色難看到極點，他以為皇后娘娘會收回命令，但是直到他出宮，直到他騎馬來到和親王的住處頒旨，都沒有人來告訴他皇后娘娘收回了命令。

「臣領旨。」蔣涵聽完這道旨意，神情蒼白如紙，「多謝陛下與皇后娘娘。」

杜九見他這樣，起了幾分憐憫之心，「令妹與前朝勾結，刺殺陛下，陛下傷重，今日才醒轉過來，娘娘因此才會動怒。待娘娘息怒，或許會收回命令也不一定。」

「多謝杜大人寬慰。」蔣涵頹然一笑，「舍妹犯下大錯，娘娘與陛下尚能饒我等性命，微臣感激不盡，又怎敢有怨？」

杜九覺得和親王也挺倒楣的，老老實實地禪讓了皇位，本該被陛下榮養著，誰知道總是有一堆人跳出來扯他後腿，先是他的原配夫人，後是他的親妹妹，這命格……

再說已是無益，杜九抱拳道：「王爺能想明白就好，下官告辭。」

「杜大人慢走。」蔣涵苦笑，親自把杜九送到正門外後，才扶著門框吐出一口血來。

「王爺！」他唯一的妾室驚惶地扶住他，「您怎麼樣了？」

蔣涵搖頭，擦去嘴角的血跡，「我沒事。」

✿　✿　✿

夕陽透過窗戶照射進來，班爐從椅子上站起身，她扭了扭有些僵硬的腰肢，走出了殿門。如意見到她出來，臉上忍不住露出了幾分喜意，「娘娘。」

她擔心娘娘單獨待在裡面出什麼事，現在見人終於現身，才敢放下心來。

金色的夕陽灑在班嫿身上，如意愣愣地道：「娘娘，您現在瞧著真好看。」

「哪裡好看？」班嫿笑了笑，蒼白的臉上露出幾分血色，「難道我以前就不好看了？」

「娘娘日日都是好看的。」如意忙解釋道：「奴婢最笨，娘娘，您別嫌棄奴婢。」

「好了，我知道妳的心意。」班嫿敲了敲她的頭，「走吧，回宮。」

「王德，」容瑕靠坐在床頭，看著窗外的夕陽，「現在快酉時了？」

「回陛下，現在是酉時上刻。」

「皇后娘娘出去多久了？」容瑕轉頭瞧他，「一個時辰還是兩個時辰？」

「陛下……娘娘出去兩個時辰了。」王德覺得陛下的眼神有些奇怪，不敢直視他的雙眼。

「朕知道了。」

正說著，外面就傳來腳步聲，班嫿臉上略帶著笑意走了進來，見容瑕坐在床上，便道：「你怎麼又坐起來了？御醫不是說過，你現在傷勢嚴重，不可久坐。」

「沒事，我就是躺太久。」容瑕乖乖躺了回去，「妳方才去哪兒了？」

「出去見了一個人，並不太重要。」班嫿伸手摸了摸他的額頭，沒有發熱，很好。

「你中午只用了粥，這會兒應該餓了。」她朝一個女官招招手，「把陛下的藥膳呈上來。」

「是。」

容瑕從錦被下伸出手，把班嫿的手輕輕握住，「我還不餓。」

「我知道藥膳味道不太好，不過多少吃一點。」班嫿彎腰在他臉頰上輕輕一吻，「乖。」

容瑕失笑，這是把他當初哄她的那一套用到他身上了？

很快熱騰騰的藥膳便端了上來，班嫿笑咪咪地看著容瑕，「要不要我餵你？」

「好，」容瑕微笑著看她，「朕等著朕的皇后的貼心照顧。」

班嫿：……

她的男人臉皮越來越厚了。

舀粥，吹涼，然後餵到容瑕口中。

藥膳的味道並不好聞，但是容瑕吃得很認真，每一口都沒有浪費。

等到一碗粥見底，班嫿放下碗道：「好了，過兩個時辰再用。你現在不宜挪動，我怕用得太多會積食。」

「好。」容瑕見班嫿神情不自在，知道她有話想對自己說，便壓下席捲而來的倦意，靠著床頭問：「嫿嫿，妳怎麼了？」

班嫿用溫熱的帕子擦擦容瑕的臉與手，把帕子遞給王德，才道：「剛才福平太后來過了。」

容瑕垂下頭看著自己被班嫿握住的手指，「嗯。」

「她來為安樂求情。」班嫿低頭把玩著容瑕的左手食指，彷彿這是什麼有意思的東西。

「安樂公主與妳情同姊妹，又是福平太后的嫡親女，若是她來求情，便給她幾分臉面吧。」

容瑕垂下眼瞼，反手握住班嫿的手，把她的手緊緊拽住，不留絲毫縫隙，「左右我也沒什麼大礙，養上幾日就好。只是這個旨意不能妳來發，我來更為妥當。王德，去宣……」

「我沒有答應她。」班嫿搖頭道：「什麼沒有大礙，肩膀上那麼大個洞，不疼嗎？」

容瑕抬頭，好看的桃花眼中滿是柔情，「有嫿嫿在身邊，沒覺得疼。」

「又胡說！」班嫿掐了他的手心一下，「你不疼我疼，也不瞧瞧自個兒的臉白成什麼樣！」

容瑕笑著沒有說話。

「我今天做了一件事，不知道會不會給你帶來麻煩。」班嫿見容瑕仍舊只是笑，才道：「我派了三百護衛，把和親王與福平太后圈禁在一起了。」

殿內安靜下來。

「為什麼？」容瑕聲音有些沙啞。

「因為我護短。」班嫿伸手點著容瑕的唇，在他的唇角輕吻，「誰也不能傷害我看重的、我愛的人。」

容瑕眼瞼顫抖，好半晌才露出笑容來。

「嫿嫿。」

「嗯？」

「妳是我的女王。」

班嫿輕笑出聲，她把手輕輕放在容瑕的胸膛上，眼神如絲如縷，細密纏綿。

「你還記得當初那一句戲言？」

「自然是記得的。」

一縷夕陽餘暉偷偷摸摸爬進了窗臺，在宮殿裡留下了金色的燦爛色彩。

（全文完）

# 番外篇

西州是苦寒之地，風沙大，陽光烈，早晚能冷得人的骨子裡都是寒氣，到了中午卻又熱得讓人想要剝了身上的衣服。

幾年前，西州的百姓還食不果腹，衣不勝寒，自從新朝建立，成安帝登基以後，他們的日子好過起來，至少能吃得飽。當地的官員也老實許多，不老實的據說都被抓進京城裡砍頭了。

在老百姓心中，即使有人說皇帝是三頭六臂，他們也會懵懂地相信。

成安四年，據說京城要選一些女子進宮為女官，名額有限，要求嚴格，消息傳到西州，已經晚了好多日，即便如此，也有不少人動了心思。

那可是皇宮，若是能被選進去，便是光宗耀祖的事情。

身分普通的百姓，就連得知消息的機會都沒有，他們只看到某些員外或是秀才家的姑娘，頻頻往縣令家跑。

西州的知州府，謝啟臨圈上幾個知根知底，家世清白的女子，接著對身邊的下人道：「照著這個名單張貼下去吧。」

「大人，張家小姐知書達理，又是機敏，為何不選她呢？」下人收了張員外家的好處，難免要幫著問上兩句。

「後宮中……不需要知書達理又機敏的宮女。」謝啟臨淡淡地道：「你下去吧。」

「是。」下人見他臉色不太好，不敢再問，捧著名單老實退出去。

名單張貼出來以後，中選的幾個姑娘既忐忑又高興，高興的是她們終於有機會進京，甚至能到宮中當差，憂的是京城山高路遠，不知未來會如何。

張貼榜四周圍滿了瞧熱鬧的百姓，有人說這家姑娘長相普通，為何能夠入選？那個又說，那位姑娘性格木訥，怎麼配去伺候陛下與娘娘？

石飛仙站在角落，聽著百姓們對後宮的猜想與嚮往，臉上露出略帶諷刺的笑意。這些人以為進宮做個宮女便能飛黃騰達，全族榮耀了嗎？

無聲無息死在後宮中的宮女，難道還少嗎？

「妳在看什麼呢？」一個與她穿著同樣布裙的婦人走了出來，在她耳邊小聲道：「妳可千萬別起偷跑的心思，以前也有像妳這樣被發配而來的女子逃跑，最後被人在外面找到，全身上下沒一塊好肉，全部野狼吃掉了。」

石飛仙苦笑，「妳放心吧，我不會有這種心思的。」

「看妳也是個聰明人，萬萬不可犯傻。」婦人點了點頭，「唉，只可惜新帝登基沒有大赦天下，不然像妳這樣的，就可以免除罪責了。」

聽到這話，石飛仙臉上的笑容更加苦澀，她移開視線，轉頭卻看到遠處有個穿著官袍，騎馬而來的男人。

「走，我們該回去了。」婦人拉著她，準備把她拖到一輛又髒又破的驢車上，趕車的是兩個穿著邋遢的老兵，手上長著厚厚的老繭，半眯著的眼睛，彷彿從來沒有完全睜開過。

石飛仙掙脫婦人的手，不敢置信地看著前方的男人，他怎麼會在這裡？

謝啟臨……怎麼會在這？

「石小娘子，妳可別去衝撞了貴人，快跟我走。」婦人見石飛仙盯著謝啟臨不放，以為她仗著有幾分姿色，想要勾引知州大人，忙勸道：「咱們都是有罪之人，這些高高在上的大人物，可不是我們攀扯得上的。」

「大姊，妳放開我！」石飛仙焦急地推開婦人，往前奔跑了幾步，「謝啟臨，謝啟臨！」

五年，她在西州整整苦熬了五年，原本細嫩柔滑的肌膚，被風沙磨礪得粗糙起來，膚色也像當地人一樣，黝黑乾癟，明明她才二十出頭的年紀，如今卻像是三十歲的婦人。

容瑕登基的消息傳來時，她曾高興過，因為這樣就能有特赦令下來的。

然而她的期待很快落空，容瑕根本沒有赦免任何人，他只是減免了災民的賦稅，西州作為苦寒之地，在封后大典以後，也被免了一年的稅。

消息傳來以後，整個西州的百姓歡喜不已，每個人都念著皇后娘娘的好，恨不得為她立一塊長生碑。

石飛仙以為自己一天都會熬不下去，沒有想到自己求生的欲望這麼強，被人欺負，被人嘲笑，被人排擠，也在這不毛之地熬了五年，她以為自己還要繼續熬下去時，謝啟臨的出現，就像是她溺水後的一根稻草。

他是贏朝的官員，一定能夠消除她的罪籍，一定能夠救她。

眾人驚詫的眼神，護衛們警惕的姿態，都阻攔不了石飛仙的激動，她覺得自己從未跑得這麼快過，也從未像現在緊張過。

可就在她即將靠近時，兩個帶刀的衙役攔住了她。

「這位嬸子，請問妳有什麼冤屈，可以先告訴我們，我們替妳轉達。」

「嬸子？」石飛仙如遭雷擊般看著說話的衙役，這個衙役長著圓臉，看起來不過十七八歲的模樣，她摸著自己的臉，她竟是到了被人叫嬸子的年齡嗎？

她抬頭再看，發現謝啟臨竟然越行越遠，只好匆匆道：「我是你們大人的舊識，請兩位差爺讓我與謝大人見上一面。」

「舊識？」小衙役懷疑地看著石飛仙，這個女人穿著粗布衣服，像是服苦役的罪婦，這樣的人怎麼可能與他們家大人是舊識？

見衙役不相信她的話，石飛仙焦急道：「我真的是你們家大人舊識，不信你們去問他是不是認識石飛仙？」

貴族女子的名字，一般不會告訴身分低賤的男人，但現在她已經落得如此下場，哪還會在意名字不名字的？

見石飛仙如此信誓旦旦的模樣，衙役勉強點頭道：「妳先在這裡等著，待我去問問。」

「謝謝，謝謝！」石飛仙連連道謝，她擦了擦臉上的淚，粗糙的手掌磨疼了她的眼眶。

謝啟臨打算去郊外看一看今年農作物的長勢，聽衙差叫住自己，他讓馬兒停下，低頭看著拱手站在自己面前的衙役，「怎麼了？」

「大人，有位婦人自稱是您的舊識，希望見您一面。」

「舊識？」謝啟臨皺起眉頭，回頭忘了眼身後，遠遠瞧見被衙役攔著的灰衣婦人，他不記得自己認識這樣一個人，便搖頭道：「我在西州並沒有認識的故人。」

衙役聞言準備退下，可是想到那個婦人哀求的眼神，忍不住又多說了一句，「她說自己叫石飛仙，您一定認識她。」

石飛仙？

這個深埋在記憶中，很久不曾出現過的名字，在這個時候被一個十七八歲的衙役說出來，讓謝啟臨有種荒誕之感。他回頭看了眼那個婦人，沉默片刻，「帶她過來。」

灰衣婦人漸漸走近，謝啟臨看著她滄桑的模樣，好一會兒才喚道：「石姑娘。」

石飛仙看著端坐在馬背上的謝啟臨，有些局促地捏了捏灰布裙襬，她身上的衣服是統一配發的，站在身著官袍的謝啟臨面前，忽然覺得尷尬萬分。

「見過謝大人。」她福了福身，雖然多年沒有講究這些禮儀，但是刻印進骨子裡的優雅卻不是那麼容易就能抹滅的。

傳話的衙役驚訝地看著兩人，原來真的是舊識，這個婦人不知是什麼身分，行禮的樣子與別家的女子就是不同。

「石姑娘這些年可好？」謝啟臨沒有想到，當年那個大門不出的貴族小姐，竟然變成了這般模樣。他看了眼四周的百姓，「這裡不是說話的地方，請石姑娘到茶樓一敘。」

石飛仙沉默地點頭。

兩人進了茶樓，謝啟臨選了一個靠窗的位置。

石飛仙突然想到，當年她也喜歡挑靠窗的位置坐，每次謝啟臨與她論詩，也會挑景色好，窗戶寬敞的包廂，等著她的到來。

很快茶點上桌，謝啟臨為石飛仙倒了一杯茶，「西州並沒有好茶，希望石姑娘不要在意。」

「我如今能喝上一口乾淨的水便感激不已，又怎麼會挑剔茶葉好壞？」石飛仙伸手去端茶，一雙粗糙的手暴露在謝啟臨眼前。

他移開視線，轉頭看著窗外，遠處是綿延的黃土牆，還有漫天的風沙。

「我沒有想到……你會在這裡。」石飛仙察覺到謝啟臨有些冷淡的態度，局促一笑，「我哥還有姊姊好嗎？」她聽說前朝太子禪位給了容瑕，這種情況下，容瑕絕對不能殺了廢太子，她姊是廢太子的髮妻，就算失去了自由，日子也會比她現在好過。

謝啟臨轉頭看她，半晌後道：「石大人很好，現在領了太常寺卿一職，雖然算不上顯赫，但也頗受人敬畏。」

「那……他成親了沒有？」

謝啟臨搖頭，「抱歉，我並沒有聽到石大人成親的消息。」

「是、是嗎？」石飛仙有些迷茫，她捧著茶喝了一口，抿了抿有些乾的唇，「那我姊呢？」

謝啟臨沉默片刻，不去看石飛仙的神情，「令姊派人刺殺皇后，陛下與和親王震怒，被和親王休棄。後因石大人求情，皇后饒了她一命，但是令姊跟令兄回去後，便自殺而亡了。」

「自殺……」石飛仙愣忡良久，抹去臉上的淚，「她倒是比我有勇氣。」

她忽然不想再開口求謝啟臨救她了，如今就算她消去罪籍又能如何，難道當年她與京城那些人的舊怨，也能一筆勾銷嗎？

難道京城那些人能忘記她與當朝皇后有過嫌隙嗎？即便班嫿不會在意這些，那些急於討好班嫿的人，也會迫不及待跳出來，拿欺辱她作樂。平白牽連哥哥，給他的仕途增添麻煩。

她在京城中待了那麼多年，又怎麼會不明白京城裡那些人的心思？因為就連她自己，也是這樣的人，也做過這樣的事。

「當年的事，是我對不起你。」她緊緊捏著茶杯，這樣讓她更有底氣一些，「當年不想讓你娶班嫿的人太多，我跟著推波助瀾，害了你們家，對不起。」

謝啟臨閉了閉眼，掩飾住心底的情緒，「怪只怪我，虛榮又得意，若……」

若他像容瑕那般堅定，不管別人說什麼，都能保持堅定不移的態度，他與班嫿的婚約，也不會以那樣尷尬的方式收場。

他自以為的清高，自以為的瞧不起班嫿，不過是因為心底的不安與自卑，他怕自己抓不住班嫿，怕自己配不上她，所以迫不及待展示出自己的自尊，恨不得讓天下人都知道，不是他謝啟臨抓不住班鄉君，而是他瞧不上她，不想娶她。

他喜歡才華橫溢，溫柔似水的女子，這一切都是班嫿沒有的。

時間久了，連他自己都差點相信他只喜歡才華橫溢的女子，拒絕去想班嫿的好，也拒絕接受自己與班嫿在一起時，那無處安放的心，以及總是不知道怎麼擺放的雙手。

那時候的他太年輕，不知道這就叫春心萌動，不知道這就是面對喜歡之人的羞澀。

待他終於明白過來時，一切都晚了。

「我來西州的時候，身上沒有換洗的衣物，也沒有討好衙役的銀兩，甚至沒有一粒乾糧。」石飛仙把苦澀的茶水一飲而盡，「所有人避我如蛇蠍，只有一個人派手下送來了一個包裹，並說過往恩怨，一筆勾銷。」

「她雖然沒說自己是誰，但是那個護衛的言行打扮，仍舊讓我想到了一個人。」石飛仙嗤笑一聲，「是班嫿。」

謝啟臨不自覺看向石飛仙，想要從她口中聽到更多關於班嫿的事情。

注意到他這眼神，石飛仙苦笑，「你不用這麼看著我，我與她自小就看不順眼。十幾年前，我甚至安排小宮女引她去了結冰的荷花池，想要她死在冰下。」

謝啟臨面色微變，那時候的石飛仙才多大，十歲？十一歲？

「怎麼，沒有想到我是這樣的女人？」石飛仙輕笑一聲，她再也不用維持自己溫柔的假象，竟覺得十分暢快。若是那個時候班嫿便死了，後面還會不會有這麼多事情惹出來？

「明明一切都已經計畫好，卻忽然冒出了容瑕。」石飛仙自嘲，「讓我安排好的人無法再下手，你說這是不是緣分，向來規規矩矩的容瑕，竟會在宮宴上離席，還剛好與班嫿遇見？」

「為什麼？」謝啟臨看著石飛仙，「那時候她還不到十歲，妳為何這麼恨她？」

「你竟然真的信了？」石飛仙嗤笑，「看來我在你的心中，就是這樣的女人吧。」

謝啟臨沒有言語。

「我實話告訴你，想要殺班嫿的不是我，而是容瑕的生母林氏。」石飛仙冷笑，「林氏對德寧大長公主恨得銘心刻骨，連帶著班嫿也一併恨上，我只是無意間發現這個真相而已。」

林氏恨著班家人，她的兒子卻娶了德寧大長公主的孫女，並且視若珍寶，不知林氏九泉之下會不會氣得活過來。

謝啟臨沒有想到當年還會有這麼一場生死危機，若那個時候容瑕沒有出現，班嫿……會不會已經死在了冷冰冰的水中？

「石姑娘……」他喉嚨微乾，「下個月我要回京中述職，妳有沒有信件需要我帶回去？」

「信件……」石飛仙沉默半晌，徐徐搖頭，「石家早已經覆滅，我哥在京中並不容易，就讓他以為我死了，這樣對他對我就好。」

桌上安靜下來，良久後，謝啟臨點頭，「我知道了。」

「多謝謝大人招待，我也該回去了。」石飛仙站起身，朝謝啟臨福了福，「告辭。」

「石姑娘，」謝啟臨叫住石飛仙，「芸娘是不是妳安排過來接近我的？」

石飛仙腳步微頓，「她不是我的人，但我安排過人引導你，讓你以為只有跟芸娘私奔，才能彰顯出你的氣節。」

過往那段談詩論詞的風雅時光，撕開外面的文雅，內裡滿是算計，難堪得讓謝啟臨再一次意識到自己有多愚蠢。

「謝大人還有問題嗎？」

謝啟臨搖頭，「慢走。」

當天夜裡，石飛仙就接到了一紙調令，說她這兩年表現得很好，上面給她換了一個輕鬆的活計。頂著四周眾人羨慕的眼神，石飛仙收拾好包袱，去了城內當差。

她沒有告訴謝啟臨，當年得知林氏的陰謀以後，她還幫著林氏引開過幾個宮女，因為她也恨不得班嫿去死。然而，這一切再也不重要了，因為現如今活得艱難的是她，而被她嫉恨過的女人已高高在上，成為了萬民之母。

過往的恩怨情仇，全都是一場笑話，而她就是這場笑話中最拙劣的戲子，自以為能贏得滿堂彩，結果看客的目光早已不在她身上。

✿　✿　✿

從西州到京城，一半旱路，一半水路，整整耗時近兩個月，謝啟臨才重新回到這個離開了三年的地方。

城門還是那扇城門，看守城門的護衛卻不知換了幾撥，謝啟臨把文書與腰牌遞給護衛時，發現不少人都喜氣洋洋，便問道：「不知京城裡發生了什麼事？」

「大人從外地回京述職，不知道京城裡發生的喜事也不奇怪。」護衛把文書與腰牌還給謝啟臨，對他拱手道：「前幾日皇后娘娘誕下麟兒，陛下大喜，在大月宮正牆上掛了一把弓。說來也奇怪，咱們京城有大半個月沒有下過雨，皇子殿下誕生那一日，竟是下了一場不大不小的雨，您說這是不是上天對咱們的恩賜？」

謝啟臨拿文書的手微微一顫，「原來……竟是龍子出生了嗎？」

「正是正是！」護衛笑道：「大人，您也是好運氣，剛回京就遇到這種大喜事，指不定從此以後便官運亨通，紅紅火火了。」

「是啊，」謝啟臨點頭，「借兄弟你的吉言。」

護衛連說不敢。

謝啟臨放下馬車簾子，對趕車的馬夫道：「走吧。」

馬車進京，這個他住了二十年的地方，似乎比以往更加熱鬧，也比以往陌生。這裡的百姓穿的比西州百姓乾淨，吃的比西州百姓講究，甚至連皮膚都比飽受風霜的西州百姓白皙。或許是他在西州做了三年父母官，覺得西州百姓即使沒有京城百姓更講究，但也一樣的可愛。

他在京城接待外地任職官員的住處沐浴更衣後，便進宮求見陛下。

按照大嬴規矩，知州每三年回京述職一次，然後等待陛下的詔令，決定他繼續回原地任職，或是升降職位。

從朱雀門進宮，他在御書房外等了半個時辰，終於有個穿著深藍袍子的太監領他進去。

垂首走進門，謝啟臨不敢看坐在上首的玄衣男人，掀起袍子規規矩矩行了一個大禮，「微臣謝啟臨見過陛下，陛下萬歲萬歲萬萬歲。」

「起來吧。」

這個聲音仍舊熟悉，只是比三年前多了幾分威嚴。

他站起身，看了眼容瑕，還是那般俊美貴氣，唯有周身的氣勢比以往強悍，更像一個帝王，而不是優雅的貴族公子。

「幾年不見，你比往日沉穩了不少。」容瑕放下手裡的筆，對謝啟臨道：「從西州傳來的摺子，朕全都看過，你做得很好。」

「謝陛下誇獎，微臣愧不敢當。」謝啟臨沒有想到容瑕態度會這麼平靜。

「做得好便是好。」容瑕把手背在身後，「無須自謙。你再跟朕說說西州的情況，好的壞的都要說。」

「是。」謝啟臨拱手，開始細細講起他在西州的所見所聞。

半個時辰後，他看到一個太監匆匆走了進來，在陛下耳邊說了什麼。對方說話的聲音很小，他隱隱只聽到娘娘、湯之類的。然後，他便見到陛下露出了心疼的表情，下意識覺得這種時候他不該再看，不由低下了頭。

「謝大人，你先回去休息，朕過幾日再召見你，」容瑕抬了抬手，「退下吧。」

「是。」謝啟臨領命退下，剛走出沒多遠，回頭就看到陛下從御書房走了出來，朝後宮的方向走了過去。

難道是後宮出了什麼事？他皺起了眉。

「謝大人。」

謝啟臨抬頭，與石晉四目相對。

「下官見過石大人。」

「謝大人客氣。」石晉停下腳步，「謝大人剛回京？」

「是啊，過幾日便走。」謝啟臨見石晉欲言又止，「不知石大人有何事？」

「……謝大人可曾在西州見過舍妹？」

「沒有，不曾見過。」謝啟臨聲音平靜。

「若是謝大人見到舍妹，請謝大人修書一封，告知在下，在下感激不盡。」石晉對謝啟臨深深一揖。

謝啟臨退開半步，避開了這個禮，「石大人不必客氣，若是遇見，我一定會告訴你。」

「那便有勞了。」石晉看了謝啟臨一眼，謝啟臨微笑著回看他。

「告辭。」謝啟臨如是說。

「告辭。」

石晉與謝啟臨擦肩而過，背對著離開的他，沒有看見謝啟臨眼中有些陰暗的涼意。

只要想到當年那個小姑娘有可能葬身在冰水之中，謝啟臨便不想再開口。

他免了石飛仙受苦役，卻從未想過讓她再回到京城做舒適的大小姐。

既然他是個負心人，不如再做幾件負心事。

這樣，便足矣。

✿ ✿ ✿

御膳房，大廚們看著從大月宮撤下來的飯菜，都露出了焦慮之色。

「今日的湯又沒怎麼動？」

「可不是？娘娘吃啥吐啥，據說陛下為了娘娘，愁得頭髮都掉了一大把。」

幸好陛下不是戾王，不然他們這些廚子早就人頭落地，去地下見祖宗了。他們這些大廚都是全國各地有名的高手，煎炸炒煮烹樣樣精通，唯獨在娘娘懷孕這事情上給難住了。

前幾日有個廚子做了盤點心，娘娘用了半盤，喜得陛下賞賜了幾十兩銀子。哪知道到了第二日，娘娘又不喜歡了。為了能讓娘娘多用些東西，不僅陛下絞盡了腦汁，就連他們這些廚子也恨不得跪在娘娘面前問，您老究竟想吃什麼？

陛下與娘娘成親了四五年，一直沒有子嗣，朝上的那些大臣早就急得跳腳，想要勸著陛下納妃。委婉一點陛下裝聽不懂，直接一點陛下又不理會，還有人想要跑去勸皇后娘娘，讓她賢慧大度，結果娘娘什麼話都不說，直接把人帶到陛下面前，自然又是惹得陛下大怒。

他們這些做御廚的，很多家裡也有一兩房小妾，像陛下這種有錢有才有權勢的男人，反而守著一個女人過日子，連鎮上那些員外都不如，御廚們很是不解。

男人嘛，好不容易做了帝王，不就是要享受美人在懷的好日子嗎？

不解歸不解，整個後宮沒人敢去招惹皇后娘娘。據傳前一年有個宮女想引誘陛下，皇后娘娘還沒來得及說句話，這個宮女就被太監總管處理得乾乾淨淨，都不用娘娘操半點心。

「王公公，您怎麼來了？您小心地上，可別摔著了。」

「沒事，雜家就是來替皇后娘娘跑個腿兒。」王德穿著紫色大內太監總管袍，手持拂塵，整個人看起來溫和極了，但是整個御膳房裡的人，誰也不敢得罪他半分。

從前朝的太監總管，做到當朝的太監總管，王德也算是獨一份了。

「公公，您儘管吩咐，奴婢一定照辦。」御膳房總管點頭哈腰地跟在王德身邊，見前面有一灘水，忙撲過去用袖子擦乾淨，「您且小心著。」

王德點了點頭，「娘娘說，想吃酸辣一些的東西，你們看著做。」

御膳房總管點頭稱是，示意眾人都把王德的話記下來。

御膳房總管把王德送到門外，才略為難地道：「公公，皇后娘娘與她腹中的龍子，咱們御膳房上下都十分的關心，只是這飯食……」他把一個荷包塞進王德手裡，「也不知道娘娘以往喜歡吃什麼？」

「你們的用心，雜家看在眼裡，陛下也是清楚的。」王德隨意地接過荷包，臉上笑意不變，「不過還需要更加盡心才行。娘娘喜歡吃什麼，你們就想著法做，只是有一點必須要注意，那就是對娘娘身體不好的吃食，就算有也是不能做的。」

御膳房總管眼睛一亮，拱手道：「小的明白。」

「嗯。」王德點了點頭，轉身離開。

陛下在娘娘跟前，向來是沒立場可言的。他不敢在娘娘面前說個不字，只好來為難他們這些下人，今兒跑這一趟，就是陛下擔心娘娘吃了某些東西壞肚子，可又不想惹娘娘生氣，才讓他特意來點醒御膳房的人。

他回到大月宮，果然見到陛下正在細聲細氣哄娘娘吃東西，娘娘倒也配合，只是東西吃了沒兩口，就吐得一乾二淨。瞧陛下臉白得那樣，彷彿比娘娘還要痛苦似的。

見陛下沒有心情搭理他，他老老實實地站在角落裡，等待著陛下的召喚。

以他的身分，夜裡已經不用他在外殿守夜了。不過做奴婢的，又怎麼能離陛下太遠，若是被其他小崽子取而代之，那他王德這些年在宮裡就是白混了。

龍子在娘娘腹中七八個月大的時候，娘娘夜裡總是睡不安穩，那段時間他常聽到陛下在內殿陪娘娘說話的聲音，有時候是給娘娘講民間故事，有時候是給娘娘講某些大臣家的八卦。

可憐陛下堂堂一國之君，君子風流，為了哄得娘娘高興，竟也學著那些長舌婦人般，拿別人的私事說嘴了。

龍子在娘娘肚子裡滿九個月後，陛下就不愛在朝上聽大臣扯皮鬥嘴了，下朝第一件事就是往後殿跑，拉著娘娘的手嘮叨個沒完。

什麼若是感到不舒服，一定要派人告訴他，不管他在哪裡。

自從皇后懷孕到現在，陛下已經找了不少的醫女與接生嬤嬤準備著，八字不好的、命格不太好的、接生時遇到過難產的，全都被踢出名單。這緊張的狀態，真不知究竟是陛下生孩子，還是娘娘生孩子。

成安四年五月，京城已經將近一個月沒有下雨，好在京城裡有寬闊的河道，沒有發生旱災，只是農作物因為缺水，長勢不太好。

就在陛下與朝臣們商討引渠灌溉的事情時，大月宮突然派人來報，娘娘要生了。

話說了一半的陛下扔下朝臣，整個人背上就像是生出了翅膀一樣，從龍椅上竄了出去，待他抬頭時，就只看到一道在殿門口晃過的殘影。

王德拿自己的性命發誓，他這輩子就沒見過有誰跑得這麼快。

「諸位大人，皇后娘娘孕育龍子，乃是一國之喜，諸位大人請回吧。」他躬身向這些朝臣們行禮道。

然而，這些滿臉正經的大臣沒有誰離開，以「擔心皇后」的理由光明正大留了下來。都是些瞧熱鬧的！

王德在人群中看到了急得團團轉的靜亭公與靜亭公世子，把他們帶到了內宮。

然後他就看到三個男人聚在一起，像是腦袋上套了胡蘿蔔的驢，在偏殿裡轉圈圈。他再看了眼什麼動靜都沒有的產房，默默地低下頭。

做太監的，總是要養成不該看的不看這個習慣。

「父親，姊姊怎麼沒有叫疼？」

「我又沒生過，我怎麼知道？」班淮搓著被汗水弄濕的手心，「當年你母親生你的時候，熬了整整一天一夜才把你生出來，應該沒這麼快的。」

「岳父……」容瑕慘白著臉看班淮，「岳母當年也是這麼安靜嗎？」

「那倒不是。」班淮摸了摸鼻子，「當年她慰問了一下我們班家十八輩的祖宗。」他記得班恆出生以後，生完孩子沒什麼力氣的陰氏，還順手給了他一巴掌。

那一巴掌並不重，但是看著床上憔悴的女人，他就下定決心不再要孩子。

看著緊閉的房門，想到自己疼愛多年的女兒又要遭這樣的罪，他就看容瑕有些不順眼。但是想到這可是皇帝，他覺得自己應該把這種情緒控制一下。

「十八輩祖宗……」班恆看了眼容瑕，他姊如果慰問容家十八輩祖宗，陛下不會生氣吧？

容瑕這個時候也顧及不到岳父與舅兄弟的心情了，他在原地打轉，時不時去門口偷偷望上兩眼。中途班爐喝了半碗雞湯，看著端出來的空碗，三個男人都鬆了一口氣。

「陛下，」王德見陛下臉白得快要暈倒，忍不住開口勸慰道：「您不要太擔心，國公夫人在裡面呢，娘娘有她陪著，定不會有事的。」

宮裡沒有其他女眷，陛下的母親又早逝，所以靜亭公夫人經常進宮照顧娘娘，這樣陛下也能放心一些。

「你說的對，有岳母在裡面，朕也放心多了。」容瑕點頭，但臉色仍舊沒有好多少。

見到陛下這樣，王德也不再勸，說什麼都沒用，因為他實在看不出來陛下有哪裡放心了。

半個時辰後，班恆再次忍不住問：「父親，怎麼還沒出來呢？」

「你急什麼，早著……」

嬰兒哭聲從內殿傳出，聲音又響又亮，連房頂都跟著震了震。

「恭喜陛下，賀喜陛下，皇后娘娘喜得一子！」

生、生了？班恆傻愣愣地衝到門口，被守在門口的宮女攔下，「世子，您不能進去。」

班恆忙止住腳步，他高興得傻了，這個時候他確實不太適合進去。

「娘娘怎麼樣了？」

「娘娘一切都好。」

班恆見容瑕從門口擠了進去，什麼人來勸說都沒用，臉上露出了一個笑來。回頭看父親，哪知道父親竟然蹲在門口抹眼淚，「父親，您怎麼了？」

「我這是高興的。」班淮抹了抹眼，指著外面，「下雨了。」

班恆順著班淮的手望過去，竟然真的下雨了。

這場雨下得紛紛揚揚，整個京城都籠罩在一片甘霖之中。

俗話說，龍行有雨。小皇子伴隨著一場甘霖出生，在很多人看來，這就是龍子的象徵，朝上滿是慶賀聲。

所有人都看得出陛下對小皇子有多看重，不僅親手掛弓，還親自照顧皇子，日日去探望坐月子的皇后，這是很多男人都做不到的。

未滿月的孩子，除了哭就是睡，很多男人平日裡就是去瞧上幾眼，其他事情一概不管，像陛下這樣親力親為，雖然不太常見，也能誇一句慈父心腸。

月子裡很多吃食需要忌口，班嫿胃口不太好，一看到湯湯水水就頭疼，偏偏容瑕總是想著法讓她喝，這日她實在煩得不行，竟是把手裡的碗打翻在地。

實際上，就連她自己都不知道為什麼生了孩子以後，脾氣反而有些不好。

「嫿嫿，」容瑕抓住她的手，「燙到沒有？」

看著他滿臉的關切之色，班嫿揉了揉額頭，「我沒事。」

「不愛吃我們就不吃，別氣壞了身體。」容瑕輕輕拍著她的後背，「是我做的不對，妳不喜歡吃，不該逼著妳吃。」

「對不起，我……」

「傻！」容瑕笑著伸手點了點她的鼻子，「妳只是太累了，孩子有我照看著，妳別擔心。一切都以妳的身體為重，妳若是把身體弄壞了，才是對不起我。」

班嫿摸了摸自己的臉，「別人都說，女人生完孩子會變難看，我是不是難看了？」

「好看，妳一直都好看。」容瑕捏了捏她水嫩嫩的臉頰，「若是妳出去，不認識的人還會以為妳是二八少女，哪像生過孩子的。」

班嫿笑著擰他的腰，「又說好聽的話！」

「我何時騙過你？」容瑕一臉委屈地看著班嫿，「我的娘子，就是比天下所有女人都好看，我說的有錯嗎？」

班嫿眨了眨眼，「他們說的沒錯，因為我的夫君也比天下所有男人都好看。」

容瑕心頭一暖，在班嫿臉頰輕輕一吻，待她睡過去以後，才起身出了後殿。

「陛下，石大人方才求見。」

容瑕點了點頭，換了一套衣服去御書房。

等在御書房外的石晉見到容瑕出現，忙向他行了一個禮。

「石卿不必多禮。」容瑕接過他手裡的信件，大致看過以後，微笑著點頭，「不錯，石卿做得很好。」

「微臣愧不敢當。」

見石晉似乎還有所求，容瑕挑眉，「不知石大人還有何事？」

「微臣想向陛下求一個恩典，請陛下赦免舍妹的罪責，容微臣接她回京。」石晉私下裡找過發配到西州的卷宗，可由於朝代更替，前朝很多犯人的資料，京城裡已經沒有記載，若想要找到妹妹，必須西州當地官員出力才行。但這樣一來，只要他與西州的官員有牽扯，陛下一定會發現，他擔心陛下會誤會他與地方官員勾結，只好開口向容瑕求個恩典。

「石卿的妹妹？」容瑕沉吟片刻，「就是派人刺殺朕岳父的石飛仙？」

「是……」石晉拱手道：「臣這兩年查過，刺殺靜亭公的幕後真凶，有可能另有其人，請陛下明鑑。」

「石卿可能忘了一件事，」容瑕面上的表情有些疏淡，「當年這件案子，是由朕與其他幾位大人一起審查的，令妹也認了罪。只因你覺得不可能，便免了她的罪責，豈不是讓朕委屈皇后與岳父了？」

石晉這才想起，當年這個案子，容瑕也是負責人之一。

他面色蒼白地跪在容瑕面前，「請陛下明察。」

「當年的案子究竟有沒有疑點，只有雲慶帝才知道，因為朕搜集到的所有證據，都與令妹有關。」容瑕語氣溫和了些許，似乎變得心軟起來，「你若是心疼妹妹，可以託人多照顧她。」說到這裡，他眉梢微動，「朕記得謝啟臨與令妹有幾分交情，又剛好任西州的知州，你讓他多看顧些便是。」

「微臣進宮的時候，遇上謝大人了。」石晉心裡放鬆下來，只要陛下願意讓他私下託人照顧妹妹便好。

「嗯。」容瑕點了點頭，「你退下吧。」

「微臣告退。」

成安五年，皇長子周歲大禮，被叫了一年「團團」的他，終於有了一個正經的名字：容昇。

身為後宮中唯一的女主人，皇長子的生母，班嫿的一言一行都備受關注，哪家女眷多得了她一個笑，得了她一句誇獎，都是女眷們的談資。

皇長子的周歲禮辦得十分隆重，抓周儀式上的東西，也全是精挑細選，不會有半點不該出現的東西。

班嫿坐在椅子上，看著像顆肉丸子的兒子趴在毯子上東張西望的模樣，低聲對容瑕道：「陛下，你小時候抓到了什麼？」

「血玉佩、前朝名士的牡丹圖，還有一枝筆。」容瑕淡笑，「都是些沒趣的玩意兒。」

夫妻二人正說著，就見團團動了，他爬到地毯中間一屁股坐下，順手抓了一樣離他最近的東西，一把玉弓。

禮官一陣稱讚，好聽的話源源不斷從他嘴巴裡說了出來。有宮人上前去取容昇手裡的玉弓，哪知道他抓得緊緊的，壓根兒不鬆手。宮人不敢硬搶，只好無奈地看著帝后二人。

班嫿起身走到容昇面前，伸手道：「皇兒，把弓給母親，再去抓一樣。」

容昇見跟他說話的是母親，終於捨得鬆手，還伸開雙臂讓班嫿抱。

「挑完東西再抱。」剛滿一歲的孩子，還聽不懂太多的話，但是對母親表達的意思，卻勉強懂得了一些。容昇見班嫿指地上，翻身順手抓了兩樣東西，然後顫巍巍地從地上爬起來，繼續張開雙臂。

意思就是：東西我都拿到了，現在妳該抱我了。

他左手拿的是一枝玉筆，左手是枚玉龍擺件兒，東西很小，頗為可愛。班嫿記得這是班恆在班家庫房裡挑了很久，找到的一塊好玉，請工匠特意雕的。

筆為文，弓為武，龍為權勢。

寓意確實很好，大臣們誇得天花亂墜，而容昇卻已經歡樂地在父皇和母后懷裡拱來拱去，一會兒拉父皇的手，一會兒在母后的臉上親親，偶爾瞅瞅女眷們身上漂亮的首飾，其他人一概進不了他的眼。

「小殿下長得真好，日後也不知道多少女兒家會為他著迷。」一位女眷小聲對同伴道：「讓人瞧上一眼，都恨不得把他搶回家自己帶。」

「娘娘是大贏第一美人，陛下乃是第一美男子，他們的孩子……」同伴偷偷瞧了眼上首的一家三口，忍不住拍了拍自己心跳加速的胸口，「個個長得都像神仙似的。」

「可不是神仙嗎？」一位穿著霞色宮裝的女子愣愣地點頭，「若是能天天瞧著，真是讓人死也甘願了。」

「姚小姐，妳再過幾個月就要做娘娘的弟妹了，還愁不能常常見到皇后娘娘？」周常簫的夫人聽到這話，小聲笑道：「快醒醒神，都看傻了。」

「妳不懂。」姚菱緩緩搖頭，「有些女人成親過後，就會被生活磨滅得黯然失色。娘娘卻不一樣，若說她未成親前是美麗的夜明珠，那麼現在的她就是世間難得一見的珍珠，美得讓人移不開視線。這樣的人，我看一輩子畫一輩子都不會膩。」

周少奶奶忙捂住她的嘴，小聲道：「妳可別亂說，讓別人聽見了，還以為妳是為了皇后娘娘才嫁給靜亭公世子的。」

「怎麼會？班世子的身上有與娘娘一樣的靈氣。」姚菱笑了笑，「我覺得，跟這樣的人生活在一起，一定會很開心。」

周少奶奶未出嫁之前，與姚菱的交情不錯，周常簫與班恆又是勾肩搭背的好友，所以兩人之間的交情，一直都這麼親密著。外面都說周常簫是紈綺，但是周少奶奶卻覺得成親後的日子挺快活的，不用一板一眼處處講究規矩，房裡也沒有亂七八糟的小妾，夫君又是個風趣卻不下流的人，這日子比她想像中的好。

班世子與她夫君交好，又是班皇后的弟弟，想來也不是壞人。

「靈氣不靈氣我是不懂，」周少奶奶笑道：「我只知道，妳的好事將近了。」

姚菱臉頰微紅，「那妳還不早些把大禮準備著。」

班嫿與容瑕逗孩子玩了一會兒，見孩子睡著，便讓奶娘把孩子抱下去。照舊是沒什麼新意的宴席，宴席結束以後，班嫿特意把陰氏與班恆留了下來。

「母親，恆弟下個月就要成親了，我這裡備了些東西，讓恆弟拿去做聘禮，也算是給姚家長臉面。」班嫿看了眼有些臉紅的班恆，「怎麼，總算知道不好意思了？」

「姊，家裡東西多著呢，妳再準備這些幹什麼？」班恆摸了摸自己的臉，乾笑道：「妳身為皇后，私庫裡沒些好東西怎麼行？」

「陛下的私庫都歸我管，我還能缺了東西不成？」班嫿不由分說地把單子塞給班恆，「人嫁到咱們家，你就要好好待人，別人養了十多年的閨女嫁給你，是讓你疼，跟你過日子的，別學那些亂七八糟的東西，不然我親自打斷你的腿。」

「姊，我是那樣的人嗎？」班恆道：「我有妳這個姊姊，哪會不知道怎麼對自己的娘子？姚家姑娘容貌雖然不及妳，不過也挺有意思的，妳放心吧，我一定會好好對他。」

「你呀……」班嫿失笑，伸手理了理他的衣襟，語氣溫和道：「轉眼你都已經二十了。」似乎前一日弟弟還是那個粉嘟嘟的，跟在她身後的小屁孩，轉瞬間便大了。

「姊……」班恆已經長得比班嫿高出了半個頭，但他仍舊彎著腿，好讓姊姊幫他整理衣襟時更輕鬆一些。

「好了。」班嫿鬆開手，笑著道：「我的弟弟，終於是長大了。」

班恆摸著班嫿整理過的衣襟，傻乎乎地跟著笑。

陰氏看著自己這對兒女，笑著紅了眼眶。

成安九年春。

容瑕下了朝後，發現自己的娘子與太子都不在，他召來王德問：「皇后與太子呢？」

「回陛下，娘娘帶太子出宮了，說是要與班侯爺一起去挖寶藏。」王德仔細想了想，「娘娘還說，當年她未出閣前，埋了不少好東西在地裡，所以帶太子殿下去尋寶。」

「尋寶？」容瑕忽然想到了什麼，面色有些不自在地擺了擺手，「朕知道了。」

王德猶豫地看著容瑕，「陛下，是不是要召娘娘與太子回來？」

「不用了。」容瑕乾咳一聲，「讓御膳房的人精心備下皇后娘娘喜歡吃的飯菜，前幾日娘娘想要用蜀地的菜式，讓御膳房試著做幾道。」

「陛下，您不是……」

不是怕娘娘吃壞肚子，不讓她用蜀地的菜式嗎？看到陛下臉上略有些心虛的表情，王德默默地把這些話嚥了回去，大約是陛下又做了什麼讓娘娘不高興的事情了。

「母親。」容昇牽著班嫿的手，一步一挪往山上走，旁邊的班恆見他小小一團的，像個小大人似的，便道：「太子，舅舅背你上去。」

容昇看看班嫿，又看看笑咪咪的班恆，臉紅紅道：「父皇說了，身為兒郎，不可嬌氣。」

「你現在是我的外甥，我是你的舅舅，舅舅背外甥，那是喜歡你的意思，與嬌氣無關。」班恆蹲下身，「來，到舅舅背上來。」

容昇躍躍欲試，轉頭去看班嫿，班嫿笑嘻嘻地看著他，並沒有幫他做決定。

他猶豫了片刻，飛撲到了班恆背上。

「走囉！」班恆這幾年堅持鍛煉，雖然上不了戰場，體力卻好了不少，背個五歲的小孩，像拎個小雞仔似的。

「姊，我記得當年咱們就把東西埋在了這裡。」爬上山頭，班恆在四周轉了轉，放下容昇，順便遞了一把小鋤頭給他，「來，你跟舅舅一起挖。」

護衛擔心鋤頭會傷了太子殿下，可是見娘娘自個兒也撩起袖子，準備挖東西的樣子，他們便不敢多說話了。

「母親，這下面真有寶藏嗎？」容昇見舅舅挖了半天，也沒看到寶藏的影子，對自家母親與舅舅產生了深刻的懷疑。據說母親與舅舅當年是京城有名的紈絝，該不會是他們偷偷挖出來花了，卻又忘記了吧？

「這是我跟你舅舅當年親手埋下去的，怎麼可能有假？」班嫿見班恆挖不出東西，又拖著容昇換了另外一個地方挖，這次終於是挖出來了。

拍拍箱子外的土，班嫿打開箱子，裡面全是價值連城的金銀玉器。

「哇！」容昇從箱子裡拿出一匹金駿馬，「母親，您跟舅舅埋金子玩，外祖父與外祖母沒有懲罰你們嗎？」

「怎麼可能……」

「咳！」班嫿斜眼看班恆，班恆語氣一轉，「怎麼可能不罰？當年我們被罰得可慘了，所以你千萬不要學我們。」

「嗯。」容昇乖乖點頭。

班恆覺得外甥答應得這麼迅速，他有那麼一點點下不了臺。

姊弟兩人帶著一個小孩子，把所有寶箱都挖了出來，但是不管怎麼數都少了一箱。

「姊，該不會真的被有緣人挖走了吧？」班恆蹲在地上，傻愣愣地看著這些箱子，「要不就是我們記錯了？」

「別的我能記錯，這個絕對不可能。」班嫿用手帕擦去手掌上的泥土，「哪個有緣人這麼客氣，發現地底下有一箱金子，不會在四周也找找，偏偏只取一箱走？」

「娘娘，」杜九抱拳道：「天色漸晚，您跟殿下該回宮了。」

容昇仰頭看班嫿，紅撲撲的臉蛋上滿是笑意，「母親，挖寶真好玩。」

班嫿蹲在他面前，用一條乾淨的帕子擦去他臉上的薄汗，「你開心就好，那今天我們先回宮，下次再找舅舅玩，好不好？」

「嗯！」容昇乖乖地點頭，大大的眼睛澄澈如一汪碧湖。

看到兒子這副可愛的模樣，班嫿忍不住在他臉蛋上親了一口，容昇臉更紅了。

「母、母親，父皇說了，昇兒是男人，不可、不可這般的。」他害羞地捂著臉，從指縫中偷偷看班嫿。

「好好好，母親下次不親你了。」

「哦。」容昇垂下頭，看起來乖巧極了。

「不過，你父皇今天不在，你要聽我的。」班嫿牽起容昇的手，在他另外一邊的臉蛋上親了一口，「豆丁大的孩子，還男人呢！」

「母親……」容昇害羞地撲進班嫿懷裡。

身為大內禁衛軍統領的杜九默默望天，娘娘總愛這麼逗小殿下，偏偏小殿下滿心滿眼都圍著娘娘打轉，就算跟著娘娘胡鬧，被陛下留下背千字文，轉頭又母親母親的了。

按照宮裡的規矩，皇子應該稱皇后為母后，但是殿下私下裡總是稱娘娘為母親，娘娘也樂得殿下這麼稱呼他，陛下……陛下向來在娘娘面前是沒多少立場的。

想到這裡，他又看了眼地上的箱子，若是娘娘知道當年這堆寶藏有一箱是被陛下挖走的，不知道陛下該怎麼跟娘娘解釋。

一行人下了山，容昇規規矩矩與班恆告別，那懂禮規矩的小模樣，惹得班恆連連搖頭，這孩子的行事作風更隨他父親，不像他們班家人鬧騰。

不過一國的太子嘛，就是要知禮懂事些才行，若是像他們班家人這樣，那還不亂套了？

姊弟倆一合計，把寶藏給平分了，多出來的那一箱，被班恆以「辛苦錢」的名義，分給了小太子容昇。容昇連連推辭，不過才五歲的他，哪裡鬥得過京城一等紈絝，最後只能抱著一大箱珠寶坐進馬車。

回宮後，伺候太子的宮人，見太子拿了這麼大一箱東西回來，也沒有誰多問，只是好好地把珠寶放進了太子的私庫裡。

晚膳的時候，班嫿對容瑕道：「你腦子比我好使，你說那箱珠寶去哪兒了？」

容瑕苦笑，「這我就猜不出來了。」

「那倒也是。」班嫿慵慵地嘆口氣，「你又沒跟我們一起埋寶藏，怎麼會知道？」

容瑕乾咳一聲，沒敢看班嫿的眼睛。

夜深時分，容瑕摟著班嫿，輕輕拍著她的後背，「嫿嫿，妳跟恆弟埋那麼多寶藏在地裡做什麼？」當年因為班家姊弟是有名的紈絝，他們說埋寶藏玩，他也沒細想過。現在想起來，才覺得處處不對勁。就算兩人是紈絝，會把金銀珠寶埋著玩，也不可能埋這麼多。便是他們年輕不懂事，以岳母的性子，也不會隨他們如此行事。

這麼多金銀珠寶，從府中取出是有記錄的，岳母不可能不知道，但她為什麼會任由兩人這麼做？現在想來，也覺得自己當初有些奇怪，別人的舉止但凡有半點不對，他早就起了疑心，偏偏嫿嫿與妻弟在他眼皮下做下這麼多荒唐事，他也沒怎麼多想。

怪只怪……美色惑人，讓他做了一回眼瞎心也瞎的昏君。

想到這裡，容瑕忍不住笑了笑。日後誰若是再說嫿嫿不聰明，他第一個不贊成，她連自己都騙過了，怎麼會不聰明？

「當然是為了藏起來。」班嫿打了一個哈欠，「當時二皇子野心漸露，我們家又不受待見，萬一他真的登基，我們家的日子肯定不會太好過，埋點金銀也算是一條後路。」

「後路？」容瑕表情十分微妙，明知道二皇子對班家觀感不好，又擔心二皇子登基，班家想到的後路竟然就是……埋金子？

「除了埋金子外，還有其他安排嗎？」

「還要有其他安排？」班嫿睜大眼睛，「什麼安排？」

「沒什麼，」容瑕笑了笑，「這樣就很好了。」

至少……他們還有給自己留條後路這種想法，總算是有救的。

「那是自然，當年為了選埋金子的地方，我可是費了不少勁兒。」班嫿伸手戳他胸口，「若不是因為第一次被你發現，我們也不會換地方。哪知換一個地方，還是被你撞見了……」

忽然，她的話語一頓，懷疑地看著容瑕，「容瑕，我們埋在地下的那些金子，該不會被你挖走了一箱吧？」

「怎麼會，我怎麼會挖走妳跟妻弟的金子，我會是那樣的人嗎？」容瑕溫和一笑，愣是笑出了一股溫潤如玉的味道。

「那倒也是。」班嫿覺得，以容瑕當時的身分地位，不可能做這麼不要臉的事情，他又不缺那麼一箱金子。若是缺銀子，也不可能只挖一箱，「乖，是我錯怪你了。」

「那妳怎麼補償我？」容瑕額頭抵著班嫿的額頭，聲音裡帶著絲絲縷縷的曖昧與纏綿。

班嫿伸手擁住他，小聲問：「你說呢？」

「我說……」容瑕聲音暗啞，「春宵一刻值千金……」

春去夏來，班嫿帶著兒子去容瑕的私庫找東西。

容瑕的私庫很大，隨著他做皇帝越久，私庫的東西也越來越多，班嫿與他成親這麼多年，也沒看完私庫裡所有的東西。白從容昇滿了四歲以後，她就常常帶他一起來私庫。

歷史上有不少太子皇子，因為賣官賣爵，貪汙受賄背上汙名，她不想自己的兒子為了點銀錢做出這種對不起百姓的事情，所以乾脆讓他開開眼界，讓他明白金銀這種東西看得多了，也就那麼回事而已。

「母親，」容昇蹲在地上，指著藏在角落裡一口不起眼的箱子，「您看這箱子，好像您跟舅舅埋寶藏的箱子。」

班嫿順著兒子指的方向看過去，輕哼一聲。

這何止是像，簡直就是一模一樣。

果然男人的嘴信不得，當了皇帝的男人也一樣。

✿ ✿ ✿

「王總管。」尚衣局的管事姑姑叫住神色匆匆的王德，「皇后娘娘讓奴婢們做的夏裝已經做好了，不知奴婢何時把衣服拿去給娘娘看看。」

「衣服？」王德腳步一頓，頓時來了精神，「妳說的對，應該讓娘娘過過眼，若是有哪兒不喜歡，還能修改一番。」這會兒若是有什麼事來讓皇后娘娘分一分神也挺好的。

「妳讓下面的人把東西收拾好，半個時辰後，隨雜家去向皇后娘娘請安。」

「是。」

管事姑姑心中一喜，沒有想到王總管竟然這麼好說話。

朝堂之上，幾位心腹大臣知道陛下近來心情不太暢快，所以不會在瑣碎小事上讓陛下煩心。好在陛下不是因為私事無故遷怒朝臣的帝王，故而一些沒什麼眼力勁兒的朝臣，並沒有受到責罰，最多他們覺得陛下的表情有那麼點不好看而已。

下了朝，幾位官員湊到班恆跟前，想要在班恆這裡打聽些許消息。班家人雖然不太管朝堂上的事情，但是本身還是很受陛下看重，他們不知道的事情，班家指不定能知道。

不過，班恆是誰，做了皇帝這麼多年的妻弟，什麼事情不知道，什麼事情不清楚？所以不管這些人問什麼，他一概是裝瘋賣傻，半點口風不漏。

旁人只覺得班家人越來越狡猾，實際上是連班恆也不知道陛下最近幾日究竟是怎麼了。

「班侯爺，」一個太監笑咪咪地走到他面前，「陛下邀您到御書房一敘。」

班恆眉梢一挑，陛下心情不好，今天還特意叫上他，難道這事跟他姊有關係？他心裡有些奇怪，面上卻沒有顯露出什麼，只是點頭道：「我這就過去。」

「侯爺，請。」

御書房裡，容瑕批了幾道奏摺後，便把御筆放下，愁著臉嘆氣。

「陛下，明和侯到了。」

班恆舉行冠禮時，容瑕親自給他取了字，曰「永時」。後來他與姚菱成親，容瑕又給了班家一個恩典，那便是晉封班恆為一等侯，封號「明和」，這也代表著班恆日後就算繼承班淮的爵位，也仍舊是個國公。他若是有兩個兒子，這兩個兒子成年後，都會有一個爵位繼承。

陛下對班家的榮寵所有人都看在眼裡，就在以為班家終於能夠顯赫不凡，像當年的石家時，班家還是過著萬事不管的紈絝日子，讓人不得不再度為班元帥感慨，可惜班元帥一輩子威名，卻有這樣的後輩，簡直是扶不上牆的爛泥。

班家的爛泥表示，他們在牆角躺得好好的，何苦非要讓他們上牆呢？

「陛下，」班恆走進御書房，跟容瑕見過禮，「您叫臣來，總不能是跟臣商量政事吧？」

「你先坐。」容瑕苦笑，「朕前些日子做了件對不起嬙嬙的事，惹得她不開心……」

「陛下，」班恆表情有些變化，「您寵幸其他女子了？」

容瑕一愣，隨即失笑，「宮裡這些女子如何與嬙嬙相比，朕怎麼可能做出這種事，就是……惹得她不高興，近來都不愛搭理朕了。」

「哦。」班恆鬆了一口氣，擺擺手道：「您跟我姊成親都十年了，她那吃軟不吃硬的性子，您還不知道？」

「這事……本是朕的不是，因為一時興起，就逗弄了她一回，哪知道這麼多年過去，竟是被她發現了。」容瑕苦笑，「本來連我自個兒都忘記了。」

班恆同情地看了容瑕一眼，「那臣也沒法子，只能等她慢慢消氣了，反正以前我惹了我姊生氣，一般她打我一頓就好，您是皇上，她再怎麼也不能對您動手……」他聲音越說越小，最後遊移不定地看著容瑕，「陛下，我姊她……」

真對陛下動手了？

「那倒沒有，嬅嬅向來很有分寸。」容瑕忙道：「你跟朕說說，嬅嬅有沒有什麼喜歡的？」

「我姊從小到大喜歡的東西倒是不少，可是一般她喜歡什麼，家裡就給她尋來什麼。」班恆認真道：「我真不知道她有什麼求而不得的。」

「這樣才好。」容瑕把手背在身後，臉上的笑容猶如冬日的暖陽。

兩人在御書房商量了片刻，最後得出的結論只有伏低做小，直到把班嬅哄開心為止。

女人擁有的東西越少，就越容易被感動被哄騙。若是一個女人從小萬事不缺，父母寵愛，兄弟愛護，那她就不容易被小恩小惠所打動。

容瑕明白這個道理，但是他卻慶幸嬅嬅是這樣的女人。

愛一個人，就恨不得她從小到大都好好的，一點苦都不要受。

容瑕回到後宮，發現內殿十分熱鬧，衣服首飾擺滿了屋子，唯一沒有見到的便是嬅嬅。

「娘娘呢？」

「陛下，娘娘一個時辰前出宮了。」

「替朕更衣。」本來前段時間嬅嬅說好要帶他出宮去玩的，可惜這幾日他連內殿都沒機會進去，更別提讓嬅嬅帶他出宮玩。

「陛下，您要出宮？」王德小聲問。

「嗯。」容瑕理了理衣襟，「朕出去看看。」

茶館裡，班嫿悠閒自得地坐在桌邊，聽著下面的說書先生說書。這位說書先生對當今皇帝十分推崇，五次講書，有三次都在吹噓皇上有多厲害。

「在座諸位現在用的番諸、麵豆，都是陛下派人從海外找回來的。據說某日陛下正在夢中，忽然一神龍下凡……」

「古往今來，誰能像當今陛下這般，讓百姓衣食富足，就算遇上大災年也能有食物果腹？這樣的皇帝，千年也找不著一個，不是紫微星君下凡又是什麼？」

班嫿聽說書先生越吹越神奇，什麼八方來朝，什麼千古一帝，吹得她這個皇帝的枕邊人都覺得有些臉紅了。

「賞他十兩銀子。」

衝他拍皇帝馬屁不要臉的精神頭，班嫿也是要賞賜的。

「是。」

「客官，請往這邊走。」堂倌引著一個穿著青衫的男人往上走，這個男人在看到班嫿後，便停下了腳步。

察覺到有目光落在自己身上，班嫿還回頭看去，發現那個男人似是有些眼熟，思索片刻後才道：「嚴甄？」

十年前的嚴甄，還是一個面白無鬚的愣頭青，現在他留著鬍鬚，眼角也長出了細紋，她差點沒認出他是誰來。當年她似乎聽身邊人提過一句，說是嚴甄去了外地任職，從那以後，她便再沒聽說過此人的消息。

「下官見過……黃夫人。」嚴甄愣了片刻，上前恭恭敬敬地向班嫿行了一個禮。

十年未見，眼前的女人似乎格外受時間的厚待，仍舊如當年一般明豔照人，在看到她的那瞬間，嚴甄又想起了當年那個馬背上的紅衣女子，肆意張揚，美得讓他連呼吸重了些都覺得是對她的褻瀆。

莫名其妙多了個「黃夫人」的稱號，班嫿忍不住噗嗤一笑，指了指旁邊的桌子，「坐吧。」

「謝夫人。」樓下傳來笑聲、叫好聲，明明是十分熱鬧的氛圍，偏偏嚴甄卻覺得此刻安靜得不像話。他小心翼翼挨著椅子坐了半邊屁股，老老實實地低著頭，不敢看班嫿的臉。

「說到英明神武的陛下，就不得不提到咱們的皇后娘娘。陛下是紫微星君下凡，娘娘就是九天鳳凰投胎為人。有高人曾說，娘娘與陛下在天上便是一對……」

「噗哧！」班嫿再也忍不住笑，對身邊的下屬道：「這說書先生是個人才，紫微星君的夫人竟是九天鳳凰，這麼好的腦子，待在這裡埋沒他了。查清他身分，若是沒問題就把人帶回去，讓他跟陛下……」

她語氣一頓，撇了撇嘴，沒有再說下去。

「不用帶回去，我已經聽見了。」容瑕大步走過來，在班嫿身邊坐下，「嫿嫿可是想我了？」

班嫿翻個白眼，不願意搭理他。

「微臣見過黃公子。」嚴甄不敢在外面說漏容瑕的身分，在容瑕現身的那一刻，便忙不迭起身行禮。

「嚴仲甄？」容瑕看了眼嚴甄，轉頭看班嫿，「真是巧。」

班嫿低頭喝茶，沒有理他。

嚴甄拱手彎腰站著，與朝中那些木訥老實的官員無異。十年前的嚴甄有膽量跟喜歡的女子告白，也會衝動地用絕食來向父母抗議，甚至會毫無顧忌地跑到女子家門口傻站著，但是十年後的他，再也沒有這樣的勇氣與荒誕，已經而立之年的他，與官場上的其他人一樣，知道什麼該做，什麼不該做。

年輕的時候不分輕重，勇氣無限，到而立以後，再回想當初，也不知道該自嘲還是感慨。

他站在一邊，看著陛下輕聲細語地哄著皇后，最終皇后終於給了陛下一個眼神，陛下便喜得不行，抓著皇后的手，許了一堆的承諾，姿態低得猶如追求心愛女子的年輕小夥子。

陛下與娘娘成親十餘年，竟還能如此哄著娘娘嗎？

他靜靜地站在一邊，彷彿自己是茶樓中的一張桌子，一張椅子，直到帝后起身準備回宮，才躬身行禮，「恭送公子與夫人。」

班嫿想要回頭看他一眼，但是容瑕轉了一下身，剛好遮住了她的視線。

「我們回去了，可好？」

她戳著容瑕的腰，哼了一聲，不過容瑕牽她的手時，她沒有拒絕。

嚴甄躬身送二人到了樓下，直到帝后進了馬車，他才敢抬起頭細細看一眼。

然後，再次躬身垂首站著，對著馬車行了一禮。

「公子夫人，請慢走。」

往日舊事，過往雲煙。

✿ ✿ ✿

「太子殿下，今日課業已經結束，微臣告退。」

「先生慢走。」容昇起身向先生行了師生之禮，待先生離去以後，才轉身往外走。守在外面的侍衛太監忙跟上，但是他手上的書袋沒有人替他拿。

這是陛下的命令，說殿下身為學子，就該善待自己的書籍，讓別人拿書，非君子所為。好在太子雖然只有七八歲，卻是個懂事的孩子，陛下讓他自己拿書，他也不覺得委屈。

每日課業結束以後，容昇都會到御書房讓父皇檢查課業，檢查完，父子倆便會一同回後宮，與母親一起用膳，但是今日似乎有意外發生，他甚至聽到父皇斥責朝臣的聲音。

父皇向來是喜行不形於色，能讓他發這麼大的火，定是有人踩到他的底線了。

「太子殿下。」守在殿外的王德看到容昇，上前向他行禮，「陛下正在裡面與朝臣說話，您這會兒要進去嗎？」

容昇略思索片刻，「你在前方帶路。」

他想知道究竟是誰把父皇氣成這樣。

「陛下，您後宮空虛十餘年，如今我大贏風調雨順，五穀豐登，萬國來朝，若是讓各國使臣知道我國後宮僅皇后一人，您膝下也僅有一子，這讓使臣如何看我們？」

容昇聽到這話，腳下微頓，面色不變，走到殿中央，向容瑕行了個禮，「兒臣見過父皇。」

「昇兒。」容瑕看到兒子，面上的表情略緩和幾分，伸手招他到身邊坐下，轉頭對這個朝臣道：「朕第一次知道衡量一個帝王好與不好，是看他後宮女眷有多少，而不是他的政績。歷史上多少亡國之君毀於女色之上，你竟然還勸朕納妃，沉迷於女色，究竟有何居心？」

「陛下！」朝臣面色蒼白地跪下，「微臣絕無此意，只是想讓您多為太子增添幾個幫手。」

容昇眉梢動了動，他翻開手裡的課本，沒有插話。母親跟他說過，跟這些蠢貨廢話，不如多想想下一頓吃什麼，反正這些蠢貨的話，說了也沒什麼用，只會讓父皇更加討厭他們。

越聰明的人就越受不了蠢貨，父皇如此睿智，哪裡忍得了這種人。

容昇想的沒錯，沒多久這個官員就被父皇罵得灰頭土臉，甚至因為「誘導陛下迷戀女色」而被打入了奸臣的行列。圍觀全程的容昇表示，父皇在母親的心中地位不倒，憑藉的就是這份不要臉與堅持吧。

「這幾個字不錯，已初見幾分風骨了。」容瑕點評了容昇的字，伸手摸摸他的頭，「好了，把東西都收起來，我們回去陪你母親用膳。」

乖乖把課業收起來，容昇一手抱著書籍，一手被容瑕牽著，邊走邊聽父皇講一些小故事。

父皇待他，並不算真正意義上的嚴父，他聽幾個伴讀說，有些世家公子從小就要背書習字，若是有一點做得不好，就要受到父親的責罰。父皇倒沒如此嚴苛，不過他仍舊很崇拜父皇，因為其他先生都沒有父皇懂的多。

與父皇待在一起，會讓他眼界越來越寬；與母親待在一起，他每時每刻都很快樂，還會接觸到很多新奇的小玩意兒。每每聽說別人家的公子如何如何，他都覺得自己有這樣的父母，實在是太幸運了。

然而，越是如此，他就越不允許自己懈怠。父母用心如此良苦，他若不好好回報他們，與畜生又有何異？

父子倆走得不快，但御書房離後宮不遠，很快就到了大月宮內殿。

他們進門的時候，班嫿正在聽歌姬唱曲兒，見到他們進來，班嫿從貴妃椅上坐直身體，笑咪咪地朝容昇招手，「兒子，過來給母親瞧瞧，今日是不是又好看了些？」

容昇三步併作兩步跑到班嫿面前，白嫩的小臉被班嫿捏了捏，「今日果然又比昨日好看些，所以乖乖吃飯是有用的。」

「母親，我已經七歲了。」容昇捂著臉，這種騙小孩的話，母親都說了好幾年了，難道都不能換換嗎？

「你是七歲，又不是十七歲。」班嫿摸了摸他的手心，確定不熱也不冷後，對容瑕道：「我讓御膳房給你和昇兒做了兔包子，等一下記得嘗嘗。」

容瑕失笑，他一個三十餘歲的大男人，竟然要跟兒子吃一樣的東西。偏偏嬧嬧堅持認為，他小時候的日子過得很無趣，要把他的童年與昇兒一起補回來，所以常常給昇兒備下的東西，還偷偷給他準備一份，弄得他是哭笑不得。

他心裡雖然有些無奈，嘴上卻還是很配合，「好。」

終究是嬧嬧的一番心意，他半點也捨不得糟蹋。

小兔包做得憨態可掬，鬆軟可口，容瑕忍不住多吃了一個，轉頭見班嬧笑看著他，不由垂首在她耳邊小聲問：「嬧嬧笑什麼？」

班嬧笑著道：「我在想，你小時候一定像昇兒這般可愛。」

容瑕轉頭看容昇，他正夾著一個小兔包吃得十分認真，兩頰鼓鼓囊囊，打眼看去，倒像是單純無害的小白兔。

他搖了搖頭，「我小時候可沒有昇兒招人喜歡。」

「誰說的？」班嬧握住他的手，「你現在都已經是三十多歲的老男人，還這般招人喜歡，更別提小時候。」

容瑕：老男人？

他摸了摸自己的臉，明日便讓太醫找些養顏的方子來，萬一哪日嬧嬧嫌棄他年老色衰，該怎麼辦才好呢？

用完晚膳，一家三口聊了會兒閒話，容瑕便讓人送容昇去休息，他與班嬧也準備睡覺。

但是，不知道是不是晚上高興多用了些飯食，他覺得自己睡得迷迷糊糊間，身體有些難受，睜開眼時，嬧嬧已經不在身邊了。

「陛下，您可起了？」王德站在帳外問。

容瑕看了眼空蕩蕩的身邊，忍不住伸手摸了摸，觸手冰涼。他皺了皺眉，這會兒天色剛亮，以嬸嬸的性子，怎麼捨得早起？

他見王德神情如常，不像是有事的樣子，便沒有多問。

上朝的時候，他看了眼右下方某處，岳父與妻弟又偷懶沒有來上朝，還有那幾個老紈絝也沒有來，難道他們今日商量好不來上朝？以往他們不來上朝，好歹也是輪番偷懶，今日竟然如此光明正大？

容瑕心裡隱隱不安，好在今日朝上沒有什麼事，他偶爾走神，也沒有誰發現他不對勁。

下了朝以後，他在御書房翻著奏摺，上面寫著西州乾旱，百姓受災，食不果腹。他眉頭頓時皺得更緊。今年麵豆剛大豐收，怎麼會食不果腹？

他把奏摺扔到一邊，臉色像是即將下雨的陰天，「王德，皇后娘娘呢？」

「娘娘……」王德愣住，看向容瑕的臉色十分怪異，陛下從未立后，今日這是怎麼了，難不成被夢迷住了？

「陛下，您的意思是……準備立后了嗎？」說完這句話，他發現陛下的眼神變得很奇怪，彷彿是在打量他，又彷彿是在防備他。

「朕要立后？」容瑕臉色更加難看。

王德在心中暗自叫苦，前朝的官員日日催陛下立后，偏偏陛下對他們的苦口婆心毫不動容，整日關心朝政，於女色上半點不上心，他哪知道陛下會突然提起皇后這兩個字眼。他就算是大內太監總管，也沒料到陛下突然會對女色感興趣。

「陛下，奴婢……奴婢實在不知。」

容瑕眼瞼輕顫，御書房裡頓時安靜下來，他盯著王德看了半晌，道：「朕問你，靜亭公一家如何了？」

「靜亭公……」王德仔細想了想，「陛下，您說的可是前朝德寧大長公主的兒子班水清？他們一家早在十二年前便被戾王削去了爵位，後來還是您照應，他們一家才能到玉京州過上富裕安生的日子。不過，許是您記錯了，班水清並不是國公，只是侯爵。」

班家……也是倒楣，本來與太子一家關係挺好，哪知後來戾王夥同長青王逼宮奪得皇位，把班氏一族打入塵埃。

「砰！」容瑕端著茶盞的手一抖，茶盞掉在地上，摔得四分五裂。

「陛下，您怎麼了？」王德擔憂地看著容瑕，「奴婢這就傳御醫來。」

「不必了。」容瑕死死地盯著王德，「那他的女兒班鄉君呢？」

「班鄉君……班鄉君！」王德嚇得跪在了地上，「班鄉君早就遇刺身亡了啊！陛下，您忘了嗎？當年您領兵入關登基為帝，後來巧遇班鄉君，還曾邀她到茶樓一坐，班鄉君出去……便遇刺了。您憐惜她是性情中人，特意下令以郡主規制給她下葬，還……」

「遇刺身亡？」容瑕只覺得腦子裡嗡嗡作響，王德再說什麼他已經聽不見了。

整個世界天旋地轉，冷得刺骨。

噗！

一口鮮血從他嘴裡吐了出來，染紅了他的手背。

「陛下，快宣御醫，御醫！」王德嚇得面無血色，連滾帶爬撲到門口，「快傳御醫！」

容瑕沒管趴在地上的王德，他快步踏出御書房，來到了大月宮後殿。這個地方他既熟悉又陌生，熟悉的是，這裡的一磚一瓦並沒有什麼改變，陌生的是，這裡沒有絲毫嫿嫿的氣息，彷彿嫿嫿從未在此處出現過。

「陛下，您究竟怎麼了？」

「陛下！」

他回過頭，看著身後跪了一地的宮女太監，捂住胸口，連連吐出幾口豔紅的心頭血。

沒有嬧嬧，他要這天下有何用？

昨夜他才與嬧嬧一起用過飯，她就躺在自己身邊，說今天讓御書房給他做水果包，為何一早醒來，什麼都沒了。

嬧嬧死了？

十二年便死了，還死在他的面前？

他甚至……只以郡主之禮葬了她？

這不是真的，這不可能，他怎會如此待她？

王德驚駭地發現，陛下他哭了。

當著所有宮人的面，他哭得傷心欲絕，彷彿失去了最珍貴，賴以生存下去的東西。

陛下當年確實對班鄉君有幾分欣賞，不然也不會以郡主之禮厚葬她，甚至在其死後，特意下令照顧班家人，讓他們搬去了玉京州，免得他們在京城受人欺負。

但也僅僅如此了，這十餘年陛下很少提及班鄉君，最多只是在冬天最冷的時候，來到御花園結冰的湖面走一走，看著結冰的湖面出神。

十年不曾提及的人，為何忽然在今日提起，還傷心至此？

兩日後，被關押在天牢中的長青王，被陛下處以極刑。

那天，王德守在大月宮殿外，聽到了陛下的哭聲，一聲又一聲，猶如孤雁哀鳴。

「嬧嬧……」

他隱隱約約聽到了這個名字。

那是……班鄉君的閨名吧？

有女如嬧，嫻靜美好。

「陛下，您怎麼了？」

容瑕睜開眼，看著身邊的女子，伸手把她緊緊擁進懷中，緊得不留一絲縫隙。

「做惡夢了？」班嫿像哄容昇小時候一樣，輕輕拍著他的後背，「不怕不怕，有我在呢！」

她跟容瑕在一起十幾年了，第一次見他在夢裡流眼淚，這是夢到什麼傷心事了？

「嫿嫿，」容瑕哽咽地道：「別離開我！」

「你說什麼傻話？」班嫿摸了摸他的臉，摸到了一手的淚水，她的指尖輕顫，「你和昇兒都在，我能去哪兒？」

抱著懷中的人，容瑕才覺得全身上下逐漸暖和過來。

那只是夢，一切都是假的，嫿嫿好好的，在他的懷裡做著他的皇后！

他沒有讓她沒名沒分，孤零零地躺在地下，僅僅在下葬之時，給了她一個郡主的體面。

沒有嫿嫿的江山，竟是如此孤寂可怕。

「嫿嫿。」

「嗯？」

「有妳在，是我此生最大的幸運。」

「噗！」班嫿笑著吻了吻他帶著濕意的眼眶，「我亦如此。」

人生有很多意外，最美好的意外，便是他們遇上了，愛上了，在一起了。

世間有你，才是活著。

漾小說 183

# 天生嬌媚

國家圖書館出版品預行編目資料

天生嬌媚 / 月下蝶影著. -- 初版. -- 臺北市：
晴空, 城邦文化出版：家庭傳媒城邦分公司發行,
2017.09
冊； 公分. --（漾小說；183）
ISBN 978-986-94467-7-8（下冊：平裝）

857.7 106009150



原著書名：《我就是这般女子》，由北京晉江原創網絡科技有限公司授權出版。

城邦讀書花園
www.cite.com.tw

| | |
|---|---|
| 作者 | 月下蝶影 |
| 封面繪圖 | 畫措 |
| 責任編輯 | 施雅棠 |
| 國際版權 | 吳玲瑋　蔡傳宜 |
| 行銷 | 艾青荷　蘇莞婷　黃家瑜 |
| 業務 | 李再星　杻幸君　陳美燕 |
| 編輯總監 | 劉麗真 |
| 總經理 | 陳逸瑛 |
| 發行人 | 涂玉雲 |
| 出版 | 晴空<br>城邦文化事業股份有限公司<br>104台北市中山區民生東路二段141號5樓<br>電話：（886）2-2500-7696　傳真：（886）2-2500-1967 |
| 發行 | 英屬蓋曼群島商家庭傳媒股份有限公司城邦分公司<br>104台北市中山區民生東路二段141號2樓<br>客服服務專線：（886）2-25007718；25007719<br>24小時傳真專線：（886）2-25001990；25001991<br>服務時間：週一至週五上午09:00~12:00；下午13:00~17:00<br>劃撥帳號：19863813；戶名：書虫股份有限公司<br>讀者服務信箱：service@readingclub.com.tw |
| 晴空部落格 | http://blog.yam.com/readsky |
| 香港發行所 | 城邦（香港）出版集團有限公司<br>香港灣仔駱克道193號東超商業中心1樓<br>電話：852-25086231　傳真：852-25789337<br>E-mail：hkcite@biznetvigator.com |
| 馬新發行所 | 城邦（馬新）出版集團【Cite (M) Sdn Bhd】<br>41, Jalan Radin Anum, Bandar Baru Sri Petaling,<br>57000 Kuala Lumpur, Malaysia.<br>電話：(603) 9057-8822　傳真：(603) 9057-6622<br>Email：cite@cite.com.my |
| 美術設計 | 洸譜創意設計股份有限公司 |
| 印刷 | 沐春行銷創意有限公司 |
| 初版一刷 | 2017年09月07日 |
| 定價 | 260元 |
| ISBN | 978-986-94467-7-8 |